DESPERTAR
DA
CHAMA ETERNA

CHAMA ETERNA ∞ LIVRO UM

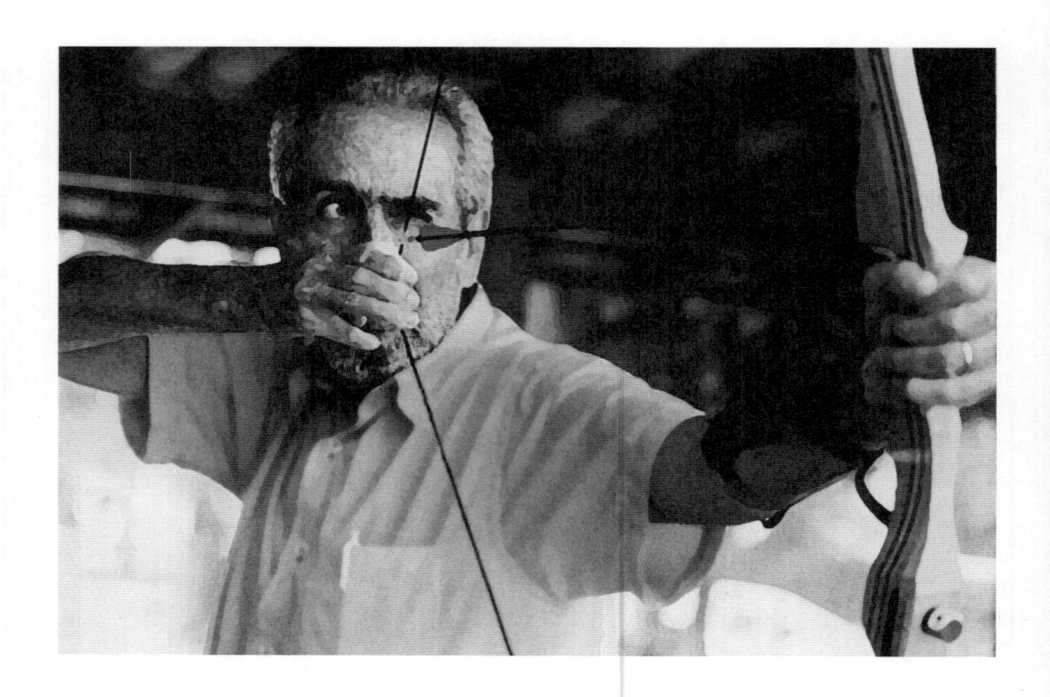

O Arqueiro

GERALDO JORDÃO PEREIRA (1938-2008) começou sua carreira aos 17 anos, quando foi trabalhar com seu pai, o célebre editor José Olympio, publicando obras marcantes como *O menino do dedo verde*, de Maurice Druon, e *Minha vida*, de Charles Chaplin.

Em 1976, fundou a Editora Salamandra com o propósito de formar uma nova geração de leitores e acabou criando um dos catálogos infantis mais premiados do Brasil. Em 1992, fugindo de sua linha editorial, lançou *Muitas vidas, muitos mestres*, de Brian Weiss, livro que deu origem à Editora Sextante.

Fã de histórias de suspense, Geraldo descobriu *O Código Da Vinci* antes mesmo de ele ser lançado nos Estados Unidos. A aposta em ficção, que não era o foco da Sextante, foi certeira: o título se transformou em um dos maiores fenômenos editoriais de todos os tempos.

Mas não foi só aos livros que se dedicou. Com seu desejo de ajudar o próximo, Geraldo desenvolveu diversos projetos sociais que se tornaram sua grande paixão.

Com a missão de publicar histórias empolgantes, tornar os livros cada vez mais acessíveis e despertar o amor pela leitura, a Editora Arqueiro é uma homenagem a esta figura extraordinária, capaz de enxergar mais além, mirar nas coisas verdadeiramente importantes e não perder o idealismo e a esperança diante dos desafios e contratempos da vida.

PENN COLE

Traduzido por Fernanda Castro

DESPERTAR
DA
CHAMA ETERNA

ARQUEIRO

Título original: *Spark of the Everflame*

Copyright © 2021 por Penn Cole
Copyright do mapa © Andrés Aguirre
Copyright da tradução © 2025 por Editora Arqueiro Ltda.

coordenação editorial: Gabriel Machado
produção editorial: Guilherme Bernardo
preparo de originais: Victor Almeida
revisão: Mariana Bard e Rayana Faria
diagramação: Guilherme Lima e Natali Nabekura
capa: Maria Spada
imagens de capa: AGB Photo Library; Shutterstock
adaptação de capa: Natali Nabekura
impressão e acabamento: Associação Religiosa Imprensa da Fé

CIP-BRASIL. CATALOGAÇÃO NA PUBLICAÇÃO
SINDICATO NACIONAL DOS EDITORES DE LIVROS, RJ

C655d

Cole, Penn
Despertar da chama eterna / Penn Cole ; tradução Fernanda Castro. - 1. ed. - São Paulo : Arqueiro, 2025.
384 p. ; 23 cm. (Chama eterna ; 1)

Tradução de: Spark of the everflame
ISBN 978-65-5565-778-4

1. Romance americano. I. Castro, Fernanda. II. Título. III. Série.

25-96084

CDD: 813
CDU: 82-31(73)

Meri Gleice Rodrigues de Souza - Bibliotecária - CRB-7/6439

Todos os direitos reservados, no Brasil, por
Editora Arqueiro Ltda.
Rua Artur de Azevedo, 1.767 – Conj. 177 – Pinheiros
05404-014 – São Paulo – SP
Tel.: (11) 2894-4987
E-mail: atendimento@editoraarqueiro.com.br
www.editoraarqueiro.com.br

EMARION

OS REINOS DE EMARION

LUMNOS, REINO DE LUZ E SOMBRA

Enquanto o breu abocanha, uma luz irradia
Seus olhos azuis assombram noite e dia

FORTOS, REINO DE FORÇA E VALOR

Com olhos e espadas sempre vermelhos
Vão pôr você no prumo ou colocar de joelhos

FAUNOS, REINO DE FERA E BESTA

Penas e pelagens, as feras que crescem
Aos olhos amarelos todas elas obedecem

ARBOROS, REINO DE RAIZ E ESPINHO

Olhos de musgo são o desdém da natureza
Também tem espinhos a flor de maior beleza

IGNIOS, REINO DE AREIA E CHAMA

Chamas no espírito, chamas na visão
O deserto é o rei da poderosa vastidão

UMBROS, REINO DE MENTE E SEGREDO

Íris pretas, corações da mesma cor
Basta um beijo, e a mente tem novo senhor

MEROS, REINO DE MAR E CÉU

Um olhar que combina com as marés vingativas
Águas profundas para afogar suas rogativas

SOPHOS, REINO DE PENSAMENTO E CENTELHA

A centelha astuta da sabedoria verdadeira
Olhos rosados são como a morte derradeira

MONTIOS, REINO DE PEDRA E GELO

Igual a seus olhos é a pedra arroxeada
Cuidado, no fim, com um humor de geada

Para todos que já ouviram que sua centelha
não deveria arder tão forte.

E para quem os amou exatamente por isso.

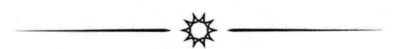

PRÓLOGO

S e foi uma bênção ou uma maldição, isso ainda é motivo de debate.
Se eu tivesse sido corajosa e dado um passo à frente no beco escuro naquele dia, para ouvir as palavras que o belo desconhecido cheio de cicatrizes sussurrou no ouvido de minha mãe, provavelmente um de nós teria morrido muito antes – ou todos nós.

Ou, se eu tivesse chegado com apenas alguns minutos de antecedência, segurado a mão de minha mãe e a convencido a sair da cidade comigo pela trilha da floresta até nossa casinha no pântano, quem sabe os segredos dela – e os segredos que guardou em meu nome – teriam ficado enterrados para sempre sob o solo de Emarion, e muitas vidas nunca tivessem sido ceifadas.

Apenas uma coisa é certa: o desaparecimento de minha mãe naquela tarde quente e amaldiçoada desencadeou uma série de reações tão inesperadas, tão abrangentes, que nem mesmo os deuses foram capazes de prever as consequências.

E é bem nesse ponto que minha história começa.

UM

Entre um paciente morto, homens bêbados e o sol sangrento, meu dia não estava tendo um início muito promissor.

Uma torrente de foliões embriagados veio tropeçando pelos becos empoeirados da Cidade Mortal, seus assovios atrevidos e palavras arrastadas criando um refrão indesejado durante minha caminhada para casa. Embora eu tivesse afastado as mãos enxeridas, não consegui evitar os olhos avermelhados encobertos por capuzes que me seguiam com interesse.

O sol sangrento não ajudava. Ao amanhecer, uma névoa densa se instalara no céu, banhando a cidade com um brilho escarlate assustador. À medida que o meio-dia se aproximava, a quentura do início do verão ficava mais intensa, mais espessa, mais *raivosa*.

– Detesto dias assim – sussurrou Maura.

Olhei para a mulher idosa, baixinha e de rosto corado ao meu lado. Ela fez uma pausa e se apoiou na bengala enquanto os olhos cor de mel se voltavam para o firmamento, os cantos dos lábios se curvando em uma carranca.

– O Dia da Forja já é ruim o bastante sem esse calor infernal – comentou ela.

Murmurei em concordância. O aumento da temperatura exaltava os ânimos, o que significava mais brigas, mais machucados e mais pacientes.

– O centro de curandeiros vai ficar uma loucura esta noite – falei. – Posso voltar com você se quiser. Tenho certeza de que os aprendizes vão apreciar a ajuda extra.

– Sua mãe e eu daremos conta. Vá para casa e descanse. Você teve um turno difícil pela manhã.

Estremeci diante da lembrança e Maura apertou meu braço.

– Não foi culpa sua, Diem.

– Eu sei – menti.

Um paciente tinha morrido durante o meu turno.

Era jovem, muito mais do que as feições cansadas sugeriam, um órfão engolido pelos cortiços da Cidade Mortal. À beira da inanição, tentara roubar um pato assado da carroça de um vendedor e recebera em troca uma facada entre as costelas. Quando cheguei, já havia perdido muito sangue e tinha a respiração rouca e úmida devido ao pulmão em colapso.

Não pude fazer nada além de segurar a mão dele e murmurar o sagrado Rito dos Encerramentos. A vida foi se esvaindo de seus olhos de alfarroba enquanto a alegria seguia ao nosso redor, ininterrupta. Ninguém parou para prestar homenagens, nem mesmo enquanto eu me esforçava para arrastar o corpo até a floresta no entorno da aldeia, de modo que ele pudesse se decompor em paz, dormindo eternamente sob um cobertor de quaisquer folhas caídas que eu pudesse coletar.

Aquela crueldade desnecessária havia piorado muito meu mau humor. A morte de cada paciente pesava em minha alma, mas aquele garoto era tão jovem, com uma morte tão evitável, que não consegui tirar o peso dos ombros. Aquilo acendeu uma centelha em meu âmago, uma sede por justiça que eu vinha lutando para ignorar.

– É estranho ter um sol sangrento no Dia da Forja – comentei, ansiosa por mudar de assunto.

Ajeitei uma mecha de cabelo branco atrás da orelha, a cor pouco natural se destacando ainda mais contra a tonalidade escura da minha pele à luz do sol. Ergui a vista para o orbe carmesim que brilhava acima de nós.

– Parece um mau presságio – acrescentei.

Nas antigas religiões dos mortais, dizia-se que o sol sangrento era um aviso dos deuses, o prenúncio de uma grande revolta. Uma aparição gerações atrás, na véspera da guerra civil – no conflito que hoje chamamos de Guerra Sangrenta, em sua homenagem –, consolidou a reputação sombria desse astro. O fato de ele ter reaparecido no Dia da Forja certamente despertaria especulações.

– Bobagem – disse Maura, abanando a mão em um gesto de desdém. – É uma superstição besta, só isso. Tivemos um desses há duas décadas, e nada de ruim aconteceu.

– Meu querido irmãozinho discordaria de você. Eu nasci no dia daquele sol sangrento.

Ela ergueu as sobrancelhas.

– É mesmo?

Assenti.

– A maior alegria dele é me lembrar disso sempre que pode.

Até os deuses sabiam que você ia ser um pé no saco, dizia Teller com um sorriso antes de sair correndo.

Sorri com a lembrança, embora um desconforto crescente nublasse meus pensamentos. Apesar de tentar aparentar indiferença, nem mesmo Maura conseguia disfarçar o vinco profundo na testa enquanto seguia meu olhar até o céu.

– Você e Henri vão fazer algo para comemorar? – perguntou ela.

Minhas bochechas coraram. Henri era meu amigo mais antigo e querido – e, nos últimos tempos, vinha se tornando algo mais.

– Ele se recusa a celebrar o Dia da Forja. Vai contra os princípios dele – expliquei, suspirando. – Diz que é o dia mais deprimente do ano.

– É raro ver um jovem recusar a chance de se afogar em vinho de graça e saracotear pela cidade sem precisar se preocupar com as consequências.

– Acredite em mim, Maura: se o vinho fosse feito por mortais, Henri seria o primeiro a *saracotear*. Ele saracotearia pela Cidade Mortal inteira. Saracotearia nos arbustos, nos becos, ia saracotear até tirar as próprias roupas.

Ela deixou uma risadinha escapar pelo nariz.

– Ele é contra o vinho dos Descendentes?

– Ele é contra *Descendentes*.

– Bem, isso explica por que ele acha o Dia da Forja deprimente.

– Pois é.

Embora o Dia da Forja fosse nosso feriado mais espalhafatoso, a maioria dos mortais não o via com bons olhos. Nesse dia, muitos milênios atrás, nove irmãos imortais, conhecidos como Linhagem, estabeleceram um pacto mágico – a Forja – depois de buscar refúgio em nosso mundo após a destruição da própria terra.

Cada membro da Linhagem se apaixonou por um cidadão da nossa nação, Emarion. Em vez de assistir a seus amados definhando de velhice até morrer, a Linhagem concordou em abrir mão da juventude eterna e atrelar a própria vida à dos amantes mortais.

Por meio do Feitiço da Forja, Emarion foi dividida em nove reinos, cada um nomeado em homenagem a um dos membros da Linhagem e infundido com a magia do respectivo deus ou deusa patronos.

A Linhagem pretendia que o fruto de sua união – os seres que agora chamamos de Descendentes – governasse os reinos e desse início a uma era de paz e prosperidade em que ambas as raças viveriam juntas em harmonia. O Dia da Forja foi criado como um lembrete, tanto para os mortais quanto para os Descendentes, de tal objetivo nobre.

Como costuma acontecer com os sonhos esperançosos dos pais para os filhos, porém, as coisas não saíram como planejado.

– Eu me pergunto o que os Descendentes fazem para comemorar – refleti, olhando para além dos telhados.

Bem ao longe, eu conseguia distinguir o contorno tênue e cintilante das enormes torres do palácio real.

– Minha prima trabalha em uma das grandes casas de lá. Ela diz que é um espetáculo. Passam o dia lançando serpentinas e petiscando frutas nos campos de flores silvestres. À noite, dançam com vestidos e joias no Baile da Forja. As mesas do banquete se estendem até onde a vista alcança, e os músicos tocam do pôr do sol ao amanhecer.

– Faz sentido – balbuciei. – É o dia deles, afinal.

O dia em que o controle de nosso mundo foi herdado pelos Descendentes, uma das muitas bênçãos garantidas por seus ancestrais divinos. Nossos ancestrais mortais não foram tão generosos conosco.

– É uma vergonha, se quer saber minha opinião – sussurrou Maura. – A data devia celebrar a união entre os Descendentes e os mortais, mas eles fazem de tudo para nos deixar de fora.

– Que grande surpresa – falei, impassível. – Eles costumam ser tão gentis e acolhedores…

Apesar do sarcasmo, nunca conheci um Descendente. Embora tivesse crescido a uma curta caminhada da Cidade de Lumnos, a rica capital de nosso reino e lar da elite dominante, daria no mesmo se tivesse vivido num mundo à parte. Quando criança, minha mãe me proibira de ter qualquer contato com eles: nada de consumir sua comida ou seu vinho. Nada de me aventurar pela capital. Eu nem tinha permissão para tratá-los no meu trabalho como curandeira.

Ela só não conseguia me proteger das rusgas ocasionais com os soldados brutos e sem coração da Guarda Real, que patrulhavam as ruas da Cidade Mortal. Naquele dia, porém, até eles estavam ausentes. Após nos apaziguar com as remessas matinais de vinho grátis, o rei retirara seus homens e nos deixara à própria sorte durante o feriado.

– Vou para o centro de curandeiros – disse Maura quando nos aproximamos de um cruzamento. Ela massageou a perna e examinou as ruas lotadas, as sobrancelhas franzidas de preocupação. – Você vai ficar bem voltando para casa sozinha?

– Pode ir. Não se preocupe. – Dei um tapinha nas adagas gêmeas penduradas em minha cintura. – Sei me cuidar. Além do mais, duvido que queiram se sujeitar à ira do poderoso Andrei Bellator vindo mexer com a filha dele.

O rosto de Maura se iluminou com um sorriso.

– Seu pai é um bom homem. Quando se aposentou, o Exército de Emarion sofreu uma grande perda.

– Ele me diz isso todo dia – respondi e dei uma piscadela.

Ela riu e se virou, dando um aceno breve.

– Abençoada seja a Forja, Diem!

Retribuí o cumprimento e dei meia-volta em direção à porção sul mais perigosa da cidade. Sem a distração da presença de Maura, me dei conta da tensão que dominara a atmosfera.

Apesar do calor abafado, fechei mais a capa em torno dos ombros. Era um mecanismo de defesa, assim como a carranca hostil que torcia meus lábios.

Eu ansiava por voltar à segurança do meu lar. Beberrões agressivos vagando pelas ruas não eram uma novidade, mas naquele dia... estava diferente. A Cidade Mortal parecia um barril de pólvora a uma mera faísca de explodir.

O vinho dos Descendentes que a Guarda Real trouxera tinha porções de magia, a fim de manter por horas o ânimo de quem bebia, fazendo a pessoa experimentar onda após onda de prazer. O impacto era ainda mais potente em mortais. Para o azar da paz e tranquilidade das mulheres da Cidade Mortal, alguns daqueles homens não ficariam sóbrios nos próximos dias.

Havia muitos deles – muitos. O suficiente para que eu precisasse me esgueirar entre as multidões que confraternizavam a cada esquina, o burburinho variando de flertes e comentários lascivos a brados violentos.

Embora eu os ignorasse, minhas mãos estavam casualmente postas sobre o punho das adagas, subindo e descendo a cada balanço dos meus quadris. Um aviso silencioso.

Por trás de janelas fechadas e cortinas cerradas, vislumbrei olhares nervosos de mulheres que, sábias, haviam escolhido passar o dia trancadas em casa.

– Ora, se não é uma coisinha bonita… – gracejou uma voz por cima do meu ombro.

Dois homens vieram cambaleando em minha direção, chegando perto o bastante para que eu sentisse o fedor pungente de álcool em seu hálito. Um líquido âmbar espirrou das canecas que eles seguravam.

Praguejei baixinho. Estava perdida demais em meus pensamentos para notar a aproximação. Meu pai ficaria desapontado – ele me treinara para nunca baixar a guarda, ainda mais em becos infestados de criminosos.

Quem dá o golpe mortal nunca é o inimigo que ataca diretamente, ele me ensinara, *mas aquele que se esconde nas sombras e espera. Aquele que ataca quando você enfim desvia o olhar. Esse é o verdadeiro predador a temer.*

Eu tinha quase certeza de que aqueles canalhas eram mais um incômodo do que predadores, mas fechei as mãos por cima das adagas do mesmo jeito.

– Acho que encontramos uma esquentadinha – falou o mais alto, indicando minhas lâminas com o queixo.

– Eu gosto quando elas reagem – provocou o mais baixo.

Ele tomou um gole de vinho e passou a língua pelos dentes imundos. Quase coloquei meu almoço para fora.

O mais alto sacou uma faca de combate e girou a arma para encaixá-la na mão.

– Você tem adagas bem pesadas aí. Pesadas demais para uma mocinha feito você. Acho que devia entregar as duas para nós.

– Junto com qualquer moeda que tiver aí – acrescentou o mais baixo.

Ele se separou do companheiro e deu a volta ao meu redor, para me cercar por trás.

Dei um passo de lado, a fim de interromper seu caminho, ainda que o movimento tivesse me deixado de costas para um beco escuro que me dava nos nervos.

– Vocês não têm coisa melhor para fazer do que assediar mulheres voltando para casa?

– Assediar? – O mais baixo colocou a mão no peito, fingindo estar magoado. – Estamos apenas celebrando este lindo Dia da Forja.

Arqueei uma sobrancelha.

– Duvido que a Abençoada Mãe Lumnos fosse aprovar esse tipo de celebração.

A expressão do homem azedou.

– Então a "Abençoada Mãe Lumnos" pode congelar nas geleiras do inferno com o resto da laia dela.

Os pelos em minha nuca se arrepiaram. Blasfêmias contra a Linhagem eram passíveis de pena de morte, e os Descendentes pagavam bem por mortais dispostos a denunciar hereges. Se aquele homem insultava de modo tão descarado a deusa Lumnos na minha frente, era porque não tinha intenção de me deixar sair viva dali.

Eu precisava escapar.

Dei mais alguns passos para trás e ousei espiar depressa por cima do ombro. Tarde demais, percebi que a rua em que eu tinha me metido terminava em um grande muro de tijolos.

O mais alto franziu a testa e se inclinou na minha direção.

– O que tem de errado com seus olhos, garota?

Semicerrei os olhos numa tentativa vã de escondê-los, mas o estrago já estava feito.

– Pelas bolas de Fortos, ela é *um deles*.

– Você é Descendente? – sibilou o mais baixo.

Ele se atrapalhou tentando puxar a faca, depois ficou imóvel, pensando melhor.

Revirei os olhos.

– Se eu fosse, acham que viveria nesta merda de lugar?

O mais alto deu mais um passo na minha direção.

– Então por que não são castanhos?

Mortais só podiam ter olhos castanhos, outra consequência do Feitiço da Forja. Como era de se esperar, os Descendentes haviam reservado os tons mais interessantes do arco-íris para si mesmos, assim como fizeram com tantas outras coisas bonitas em Emarion.

Os Descendentes de cada reino tinham a própria cor de olhos, sendo que os de Lumnos ostentavam vários tons de azul – mas eu não conseguia imaginar ninguém confundindo um deles com um mortal, não importasse a cor dos olhos, pois a força e a beleza impecável não tinham comparação.

Aquela tinha sido minha bênção salvadora. No início da puberdade, quando os olhos castanhos e o cabelo acobreado com que nasci empalideceram inesperadamente, foi meu rosto comum, meu corpo desengonçado e minha mediocridade que acabaram por convencer a todos de que eu não era uma criança Descendente disfarçada.

– Meus olhos perderam a cor por causa de uma doença que tive na infância – respondi depressa. – Agora, se me derem licença…

Tentei avançar na direção dos homens, mas eles permaneceram plantados em meu caminho.

– Se você não é uma Descendente, então prove. – O mais baixo desembainhou a faca e a estendeu, com a ponta da lâmina apontada para mim. – Mostre que pode sangrar.

Para minha irritação, aquele era um desafio inteligente. Descendentes adultos tinham a pele forte como aço, imune às armas mortais. Se eu fosse um deles, a lâmina não me faria mal.

Ele se aproximou e brandiu a ponta afiada no ar. O metal chegou perto o suficiente para que eu pudesse ver sangue seco incrustado na lâmina.

– Vamos lá, menina. Apenas estenda a mão. – Ele sorriu. – Não vou machucar muito.

Meus dedos tremeram com a ânsia de sacar as adagas. Eu poderia recorrer ao treinamento de meu pai e usá-las para retalhar as mãos, as bochechas e a virilha daqueles homens. Seria uma fuga fácil, sem que ninguém acabasse morto.

No entanto, se eu fizesse aquilo, eles iriam parar no centro de curandeiros. No *meu* centro de curandeiros.

Meu estômago revirou diante da ideia de submeter nossos jovens aprendizes àquela dupla de brutos. Passei muitos dos meus Dias da Forja desviando de punhos errantes e mãos bobas quando estava em treinamento.

Um tipo frio de dormência se insinuava pelos meus pensamentos. Eu poderia cortá-los um pouco mais fundo, mirar na veia certa. Poderia garantir que eles nunca mais saíssem cambaleando daquele beco escuro ou de qualquer outro. Nunca mais. Talvez isso tornasse o mundo melhor.

Eu nunca havia tirado uma vida. Como curandeira, tinha jurado ajudar, não causar mal. E eu não desejava ser igual aos Descendentes cruéis, que brincavam de deuses, distribuíam a morte como um baralho de cartas.

Mas se minha vida estivesse em jogo...

Sobreviva, ecoou a voz de meu pai em meus ouvidos. *A qualquer custo, de qualquer jeito. Sobreviva primeiro e pense nas consequências depois.*

Aconteceu quase rápido demais para registrar. Em um momento, o homem se lançava em minha direção, uma rajada de ar frio roçando minhas costelas enquanto a ponta da adaga acertava minha túnica, fazendo um buraco no tecido. No instante seguinte, meus membros voavam em uma coreografia de guerra que meu corpo poderia executar até dormindo.

Era fácil demais desviar dos ataques desengonçados, afetados pela bebida, e distribuir um golpe após o outro. Uma joelhada na virilha. A parte inferior da palma da mão na garganta. Um punhado de terra atirado nos olhos. Cada ataque visando a incapacitá-los *apenas o suficiente*.

O mais alto gritou e caiu de joelhos. Lágrimas escorriam por suas bochechas enquanto ele tentava tirar a terra da cara.

Ao lado dele, o amigo estava deitado de costas, apertando a garganta e ofegando para conseguir respirar.

– Você está morta! *Morta!*

– Você disse que iria gostar se eu reagisse.

Apoiei o pé nos corpos contorcidos e peguei as lâminas caídas e as espadas largas penduradas na cintura deles. Eu não tinha coragem de matá-los, mas podia ao menos impedi-los de descarregar a raiva na próxima mulher que encontrassem.

Chutei outra nuvem de terra em seus olhos, provocando uma nova rodada de gemidos.

– Lembrem-se disso da próxima vez que pensarem em atacar uma mulher.

– Você vai pagar por isso!

– Quando eu te encontrar...

– Abençoada seja a Forja! – cumprimentei de forma doce.

Uma longa sequência de xingamentos grosseiros me seguiu conforme eu saía correndo do beco e voltava para a rua principal.

A comoção tinha começado a atrair olhares em minha direção. Pescoços se esticavam, a fim de ver quem eu era e o que estava fazendo. Um grupo de quatro homens armados se aproximou.

– Você, mulher! – gritou um deles. – O que está acontecendo?

Que maravilha. Pior do que dois homens furiosos me fazendo perguntas com facas eram *seis* homens furiosos me fazendo perguntas com facas.

Perto dali, avistei uma passagem que levava a um conjunto de becos muito familiares, então me esgueirei para lá, puxando o capuz por cima da cabeça.

– Ei, você! – chamou o homem de novo. Ele acelerou o passo. – Pare aí mesmo.

– Aquela vagabunda me atacou e roubou minhas armas!

Eu me encolhi. *Que merda.*

O mais alto havia cambaleado para fora do beco, o dedo apontado em minha direção. Uma fúria incandescente brilhava em seus olhos.

– Peguem ela!

Saí correndo para o beco, uma adrenalina ardente queimando nas veias.

Eu conhecia bem aqueles caminhos. Não era a região mais pobre da Cidade Mortal, porém era a mais decadente, o tipo de lugar onde alguém poderia se entregar a qualquer tipo de pecado. Era chamada de Cantinho do Paraíso – de forma irônica ou não, a depender do que a pessoa estivesse procurando.

Como curandeira, sempre fui atraída pelos pacientes mais vulneráveis: uma acompanhante espancada pelo cliente até sangrar, um viciado desesperado tendo uma overdose de drogas batizadas com magia, um batedor de carteira faminto que perdera a mão após roubar a vítima errada. Minha disposição para atender qualquer chamado, fosse ele perigoso ou desagradável, me tornara uma visitante frequente dos labirintos sombrios do Cantinho do Paraíso.

Gritos ecoavam às minhas costas, distantes mas se aproximando. Eu estava muito lenta, atrapalhada pelo peso das lâminas roubadas. Mergulhei aleatoriamente pelas vielas laterais – esquerda, depois direita, depois esquerda de novo – e avistei uma mulher encostada no batente de uma porta aberta, a saia amarrada para cima e o decote profundo.

– Armas grátis – falei, ofegando enquanto corria até ela. – Você quer?

A mulher me fitou com desconfiança.

– Nada é de graça por aqui.

As vozes ficaram mais altas.

– Tudo bem. – Com o queixo, indiquei os homens por cima do ombro. – O pagamento é não contar para eles que me viu aqui.

Com um rápido dar de ombros, ela pegou as armas dos meus braços e as atirou em um baú de madeira do lado de dentro da porta.

– Também não mostre as lâminas para eles – alertei. – Pelo visto, homens bêbados não gostam de ser desarmados por uma mulher.

Ela sorriu, parecendo saber muito bem que aquilo era verdade, depois indicou um beco à esquerda.

– Vai por ali.

Abri um sorriso agradecido e corri na direção apontada. Atrás de mim, uma voz feminina gritou:

– *Aquela pirralha pegou minhas facas também! Ela foi para a direita! Peguem a garota e tragam de volta, e prometo que vou recompensar vocês direitinho, rapazes.*

As pessoas podem dizer o que quiserem das mulheres do Cantinho do Paraíso, mas não há como negar que elas são leais.

A escuridão se fechou ao meu redor enquanto eu me embrenhava nos becos, a luz do sol em tons de escarlate desaparecendo por trás do dossel de toldos esfarrapados. Eu conseguia sentir o peso de olhos curiosos espiando pelas portas sombrias – me observando, me avaliando. Algumas das construções dilapidadas trouxeram memórias de visitas anteriores, mas não ousei demonstrar sinais de reconhecimento.

Mais vozes ecoaram pelo caminho. Espremi o corpo contra a parede para fugir dos poucos raios de luz. Quando criança, eu costumava imaginar que as sombras eram algo tangível, um grande cobertor que eu poderia enrolar em torno do corpo para me esconder do mundo. E, naquele momento, me vi fazendo o mesmo, implorando em silêncio para minha velha amiga, a escuridão, me manter sob seu véu.

Um lampejo de vermelho chamou minha atenção. Um vermelho que eu conhecia – brilhante, acobreado, fluindo como seda derramada. E, como sempre, com um coque na altura da nuca.

Eu seria capaz de reconhecer o cabelo de minha mãe até em uma multidão, mas, naquele beco, era difícil não reparar em um toque tão vibrante de cor em meio ao mar de tons em marrom e cinza.

Ela estava de costas para mim, com o rosto oculto, uma capa familiar pendurada nos ombros esguios. Os rasgos e as manchas no tecido eram como o livro que contava a história da minha infância – pequenas queimaduras da lareira, uma mancha de quando um Teller jovem a tocara com as mãos sujas de fruta, um talho remendado de quando um cavalo assustado a empurrara para os braços protetores de papai.

Congelei no lugar, um grito de surpresa preso em minha garganta.

Encontrá-la ali não era um choque tão grande, já que mamãe também tratava de pacientes no Cantinho do Paraíso. Foi o homem parado diante dela que me deixou imóvel.

Ele era tudo que ela não era. Enquanto minha mãe era pequena e despretensiosa, sempre vestida com tecidos simples, aquele homem era um semideus em toda a sua pompa.

Mesmo à distância, era óbvio que suas roupas eram feitas dos melhores materiais. O brocado preto do sobretudo longo, com as abas cheias de bordados intrincados e cordões em ouro, brilhava mesmo à luz difusa. A silhueta elegante da veste se ajustava perfeitamente a cada curva dos músculos – algo que ele tinha em abundância. As botas polidas cintilavam como espelhos, de alguma forma imunes à sujeira da Cidade Mortal que se impregnava em todas as minhas coisas.

O homem tinha pelo menos 30 centímetros a mais que minha mãe, uma característica que ele empunhava contra ela como se fosse uma arma desembainhada e pronta para o ataque. Ele parecia alguns anos mais velho do que eu, e seu rosto era bonito de um jeito impressionante, ainda que anguloso e severo, tornado ainda mais belo pelo cabelo preto feito penas de corvo, penteado rigidamente para trás, e pela cicatriz que cortava sua pele cor de oliva. A linha pálida era irregular como um raio, e subia pelo colarinho até os olhos estreitos, cruzando os lábios carnudos.

Olhos frios e sem emoção. Olhos azul-acinzentados.

Olhos de Descendente.

Por que minha mãe estava ali com ele? Ela tratava pacientes Descendentes, mas nunca na Cidade Mortal. Além disso, com exceção da Guarda Real, a classe deles não se deixava flagrar por aquelas bandas – a menos que estivessem atrás de confusão. Ele a teria perseguido? Será que mamãe vira algo que não devia?

Ela estava em apuros?

O treinamento de papai entrou em ação mais uma vez. Examinei o desconhecido em busca de potenciais ameaças. Suas feições estavam tensas – solenes, mas não raivosas – e os braços grandes e musculosos, cruzados sobre o peito impossivelmente largo. Nenhum guarda ou companheiro à vista. Sua única arma era uma espada amarrada de forma pouco prática às costas, cujo cabo incrustado de joias despontava por cima do ombro. Apenas um Descendente usaria algo tão extravagante, algo mais adequado como adorno do que como uma lâmina destinada a abrir caminho por músculos e ossos.

A tensão em meu peito diminuiu. Talvez ele não fosse uma ameaça – exceto pela magia. Com os Descendentes, era difícil dizer. Alguns mal conseguiam invocar uma faísca. Outros eram capazes de mergulhar o reino inteiro em escuridão.

Os dois discutiam. Eu não conseguia escutar o que diziam, mas conhecia bem a linguagem corporal de minha mãe. Já tinha sido alvo daquele dedo apontado muitas vezes. Nós compartilhávamos algo que os homens de nossa família não tinham: um temperamento explosivo capaz de se inflamar quando alguém nos provocava.

Eu me aproximei o máximo possível na ponta dos pés, me abaixando por trás de uma pilha de caixotes vazios de madeira. Conforme a discussão dos dois ficava mais intensa, as vozes aumentavam, ecoando pelo beco.

– Isso está fora de cogitação – sibilou a voz do homem, baixa e profunda.

Algo dentro de mim se agitou diante daquele som, como um dragão bocejante emergindo do sono.

– Não foi um pedido – replicou minha mãe.

– *Você* não me dá ordens, Auralie.

– Devo lembrar você de que basta uma palavra minha e todo o reino saberá que...

– Não – interrompeu ele. – Já paguei sua extorsão dez vezes.

– E vai continuar pagando até que não haja mais vidas em risco.

Extorsão? Que trunfo minha mãe poderia ter contra um Descendente que o fizesse se curvar à vontade dela? Ela os tratava havia anos, mas a confidencialidade entre curandeiro e paciente era sacrossanta, e mamãe era um modelo a ser seguido por todos os curandeiros de Lumnos. Com certeza ela jamais iria...

Eu me aproximei o máximo que tive coragem, semicerrando os olhos para enxergar pelas frestas dos caixotes. O homem descruzou os braços e inclinou o rosto para ela.

– Me dê um bom motivo para eu não matar você aqui e agora e acabar com tudo isso.

Meu coração afundou no estômago, mas minha mãe não se abalou. Ela empinou o queixo, desafiadora.

– Se eu morrer, todos vão descobrir seu segredo. Eu me certifiquei disso.

O rosto do homem permaneceu uma máscara de compostura, mas as íris pálidas – azul-ardósia, com um toque de aço – faiscavam com uma fúria gélida. Estremeci, agarrando minha adaga por reflexo.

Mamãe falou de novo, a voz mais gentil:

– E você sabe tão bem quanto eu que as coisas estão piorando. E sabe que me ajudar pode ser o único jeito de impedir que continuem a piorar.

Eles ficaram em silêncio por um bom tempo. O canto do lábio dele, marcado pela cicatriz, se contraiu em uma carranca.

– Se eu fizer isso, precisa ser hoje à noite. Não haverá outra chance antes de...

Ele espiou ao redor, então baixou a voz para um sussurro.

Estiquei o pescoço, me esforçando para captar as palavras abafadas. Se ao menos eu pudesse chegar um pouco mais perto...

– Escutar os outros escondida vai acabar te matando, criança.

Tive um sobressalto. Eu me virei e me deparei com o rosto enrugado e sorridente de uma idosa. Ela se recostou casualmente na soleira de uma porta próxima, os olhos tão escuros que pareciam pretos, os ombros curvados pela idade. Estava envolta em trapos coloridos, tiras puídas em tom de esmeralda e bordô que balançavam conforme ela apontava para além do meu ombro.

– Se vai ficar ouvindo, pelo menos tenha certeza de que ninguém está te vigiando pelo outro lado.

A voz dela subia e descia em um tom descontraído, um sotaque suave que eu não conseguia identificar.

Minha boca começou a se mover antes mesmo que a mente raciocinasse:

– Eu não estava... Quer dizer, eu não quis...

– Não tem por que mentir para mim. – As rugas ao redor dos olhos da velha se aprofundaram quando ela me deu uma piscadela. – Se as razões para você estar espionando são relevantes, então já sei quais são.

– Pensei que as pessoas não fizessem perguntas no Cantinho do Paraíso.

A idosa deu de ombros.

– Não há nada errado em perguntar. São as respostas que trazem problemas.

Sua risada seca e aguda reverberou nas paredes, preenchendo cada recôndito escuro. Eu me encolhi, sabendo que o som chegaria até minha mãe e o estranho misterioso. Bastou um olhar furtivo para confirmar – eles tinham sumido.

– E lá se vão minhas respostas – murmurei.

Um brilho cintilou nas profundezas escuras dos olhos da velha.

– Essas não são as respostas que você precisa. Bem, não ainda. Mas tenho outras respostas para você. Respostas que não encontrará em nenhum mortal ou Descendente.

– Por um preço, é claro.

Eu me esforcei para não revirar os olhos. Já tinha visto vigaristas como ela no mercado, que prometiam grandes fortunas no futuro caso recebessem pequenas fortunas na hora. E também os tinha ouvido rindo das presas ingênuas enquanto tomavam cerveja na taverna à noite.

– Me deixe adivinhar... Já conheci meu verdadeiro amor, vou ter um quintal cheio de filhos e levar uma vida longa e feliz antes de morrer.

– Não, menina. Temo que não haja nada disso para você.

Havia uma tristeza no tom dela, uma empatia perpassando suas feições, que plantou uma semente de desconforto em mim.

Eu me repreendi em silêncio. *Não seja tola. É um truque, e você está caindo direitinho.*

– Vou levar isso em consideração. – Abri um sorriso tenso enquanto me virava para ir embora. – Abençoada seja a Forja.

– Esses olhos... foram um presente do seu pai, certo? Do seu pai *de verdade*.

Congelei.

– E essa não foi a única coisa que ele te deu, não é?

Virei a cabeça para ela.

– Do que você está falando?

– Sua mãe achou que poderia esconder isso do mundo. Que poderia esconder isso *de você* com aquele pozinho dela. Mas segredos não podem ficar guardados para sempre. – Ela voltou os olhos para o céu, captando os raios de sol sangrento que irradiavam ao redor. – E parece que a Linhagem está cansada de esperar.

Um alarme soou em minha cabeça. Não havia como aquela mulher saber sobre o pó e sobre o motivo pelo qual eu o tomava. Ninguém de fora da família sabia... e ninguém de dentro da família ousaria compartilhar a informação. A menos que...

A menos que essa mulher conhecesse o homem que me gerou.

Mas aquilo também era impossível. Mamãe tinha dito que ele havia morrido antes do meu nascimento, antes até de saber que ela estava grávida. Nem mesmo o homem que eu passara a chamar de pai conhecia a identidade dele.

Quando criança, eu implorara por respostas, me sentindo triste e insignificante, fantasiando ser a herdeira perdida de algum reino distante. No entanto, quando minha mãe decidia guardar um segredo, sua determinação era como uma parede de aço fortosiano.

Como se lesse meus pensamentos, a velha me lançou um olhar de divertimento.

– Ele sabe sobre você, o seu pai. Está esperando.

– O homem que me gerou não é meu pai – corrigi, falando entre os dentes. – E ele está morto.

– Deveria estar. Mas é um sobrevivente. – Ela riu. – Outro traço que você herdou, suponho.

A adaga deslizou da bainha com um chiado suave. Apontei a arma para ela e desejei que minha mão não tremesse conforme eu reduzia a distância entre nós duas.

– Quem é você?

Ela fez um muxoxo.

– É tão fácil ler você nesse estado lamentável. Tão fácil te controlar também. Eu poderia te tomar agora... Te fazer minha. – Os cantos dos lábios pálidos da mulher se curvaram para cima, a cabeça se inclinando de leve. – Gostaria de ser uma das minhas, criança? Poderíamos fazer coisas terríveis juntas, você e eu. Talvez até valesse a pena arriscar a ira da Linhagem Abençoada. – Ela ergueu o dedo nodoso para acariciar minha bochecha. – Ah, Diem Bellator, as coisas que eu poderia fazer com você...

Tentei protestar, dar um tapa na mão dela e recuar de seu toque gélido. Mas apenas a encarei, horrorizada, com os olhos arregalados.

Meu corpo não me pertencia mais, eu não conseguia mais controlá-lo.

Não tão corajosa agora, não é?

A voz dela ecoou em minha cabeça – só que parecia diferente naquele momento, mais refinada. Suave feito platina derretida, irradiando poder.

Dentro da mente, rugi contra seu aperto, me contorcendo e arranhando, mas a luta foi em vão. Eu estava completamente à mercê daquela mulher, enjaulada em minha própria cabeça pelos comandos sombrios dela.

Ela deslizou uma unha pontiaguda por meu maxilar e pela lateral do meu pescoço, seguindo então o desenho da clavícula.

Tentador, muito tentador, ronronou.

Ao toque, minhas costas se arquearam de modo involuntário. Até minha respiração permaneceu subjugada à velha, cada inspiração se demorando, aguardando um consentimento silencioso.

Ela fitou outra vez a nesga visível de céu carmesim antes de dar um grande suspiro, revirar os olhos e me encarar.

Quando nos encontrarmos de novo, lembre-se deste momento, menina. De como eu poderia ter feito você cair de joelhos. De como eu poderia ter feito você implorar.

Ela girou o punho ossudo e os dedos frios de seu controle soltaram minhas veias, se desembaraçando dos meus ossos. Meu corpo trêmulo enfim retornou ao meu comando.

Pulei para trás e agarrei minha garganta.

– Quem é você? Como fez isso?

– Ouça-me, e ouça com atenção, Filha do Esquecido. – Ela se inclinou para a frente e me cutucou no ombro. – Pare de fugir de quem você é. Pare de se esconder.

– Não estou me escondendo de nada...

– E pare de tomar aquela porcaria de pó de raiz-de-fogo.

Mais uma vez, congelei. Ela não devia saber disso. *Não podia* saber. Ela...

Balancei a cabeça para afastar os pensamentos. Não importava. Estava dolorosamente claro que minha mãe havia escondido mais coisas de mim do que jamais sonhei. Eu precisava sair dali e encontrá-la – acabar com os segredos de uma vez por todas.

Enquanto cambaleava para trás e me virava para correr, a voz provocadora e cantarolante da mulher me perseguiu pelo beco.

– *Quando sangue esquecido sobre coração de pedra cair, então a corrente será quebrada* – entoava ela. – *Vida por vida, exige a antiga dívida, ou eterna será a tirania praticada.*

Não ousei olhar para trás enquanto fugia daquela presença enervante.

– Abençoada seja a Forja, Diem Bellator! – gritou a velha. – Vamos torcer para que esta não tenha sido sua última.

Horas se passaram, mas minha mãe não voltou para casa.

Não contei nada sobre o ocorrido naquele dia para meu pai ou meu irmão. Pensava apenas em minha mãe, as perguntas que eu desejava fazer se multiplicando a cada batida do coração. Fiquei sentada na varanda da frente e esperei para ver o rosto dela emergir da trilha da floresta, aguardando para atacá-la com minha curiosidade voraz.

Mas ela não voltou para casa.

Nosso jantar perto da lareira foi menos ruidoso que o normal. Forçamos sorrisos enquanto debatíamos que coisinha boba poderia tê-la detido, virando a cabeça na direção da porta a cada barulho.

Quando a noite caiu, vagamos pela floresta ao redor da casa, chamando seu nome. Meu irmão vasculhou o trajeto até o centro de curandeiros, indo e voltando várias vezes, enquanto meu pai procurava nas regiões mais inóspitas da floresta. Já eu percorri a costa, parando nas áreas onde costumávamos colher flores para as pomadas medicinais.

Meu olhar se fixou no brilho de uma lanterna distante, pendurada em um barco. A luz foi crescendo conforme se aproximava, conforme o barco retornava à costa de Lumnos. Era algo estranho, considerando que a travessia pelo Mar Sagrado era proibida no Dia da Forja. Mas, como a Guarda Real estava se empanturrando no palácio, todo tipo de sujeito desagradável poderia se aproveitar da frouxidão na aplicação das leis.

O pensamento ficou comigo, pesando no estômago, enquanto eu retornava para uma casa vazia. Depois de um tempo, meu pai e meu irmão também voltaram. Ao serem recebidos apenas por mim, a tristeza desabou sobre eles.

Ela não voltou para casa.

No dia seguinte, fomos atrás de todos os amigos e vizinhos, esperando que algum deles a tivesse acolhido para passar a noite. Revisitamos os pacientes que ela havia tratado, e nenhum deles notara nada de estranho. Reviramos os pertences dela, procurando, em vão, por pistas que indicassem que minha mãe planejara uma viagem para longe. Vasculhamos as ruas da Cidade Mortal e seguramos a mão um do outro enquanto buscávamos qualquer vestígio dela – viva ou morta.

Mais dias se passaram sem respostas.

Depois semanas.

Depois meses.

E ela não voltou para casa.

DOIS

Seis meses depois

—D iem.

Era menos um nome e mais uma ordem – uma convocação assertiva que não deixava espaço para nada além de obediência completa.

Meus ombros ficaram tensos. Não era a voz do homem gentil que eu conhecia, cujos olhos amáveis e mãos calejadas me envolveriam em um abraço de esmagar os ossos após um dia difícil. Do homem que fora o melhor pai que eu poderia ter tido, embora não compartilhássemos o mesmo sangue.

Aquela era a voz do homem que ele era antes.

Do soldado que lutara para subir na hierarquia do Exército de Emarion, recebendo a mais alta patente já concedida a um mortal, tanto pela bravura no campo de batalha quanto pelo espírito de liderança. Do guerreiro cujo nome poderia ter virado lenda se não tivesse trocado tudo por uma vidinha pacata ao lado de uma jovem mãe sem dinheiro e sua filha de espírito selvagem.

Aquela era a voz do Comandante – o que não era coisa boa.

Teller ergueu a cabeça do livro e sorriu daquele jeito irritante de irmão caçula.

– O que aprontou desta vez?

Revirei os olhos enquanto terminava de amarrar o cadarço das botas.

– Seja lá o que for, certeza que é culpa sua – respondi.

Ele sorriu ainda mais. Teller sabia que eu estava de saco cheio. Meu irmão era o soldado mais obediente de nosso pai. Se Teller alguma vez foi repreendido pelo Comandante, foi só porque teve pena e assumiu a culpa no meu lugar, tentando me poupar de mais um sermão.

– Di-em… – A voz ribombou de novo, as sílabas se alongando em um canto fúnebre e ameaçador. – Apareça. *Agora*.

– Foi bom te conhecer – provocou Teller.

– Tente soar um pouco menos animado, que tal?

Arrumei meus cabelos brancos batendo na cintura em uma trança malfeita e prendi o cinto com as armas em torno da cintura. A bainha de couro das adagas batia com suavidade contra minhas pernas conforme eu prendia as lâminas, emitindo um tilintar da fivela de latão.

– Vamos logo com isso, preciso encontrar Maura cedo hoje – ralhei comigo mesma.

Eu me apressei pelo corredor até a câmara revestida de tábuas e aquecida pela lareira que servia como sala de estar na nossa pequena casa. Enquanto desviava das pilhas oscilantes de livros que pareciam preencher cada canto, meus pensamentos vasculhavam os últimos dias, tentando – sem sucesso – antecipar o motivo pelo qual eu seria repreendida naquela manhã.

Sinceramente, havia possibilidades demais para contar.

Parei em frente a meu pai derrapando e abri o mais crível dos sorrisos inocentes. Bati o punho contra o peito em uma saudação falsa.

– Me apresentando, Comandante.

Ele semicerrou os olhos ao ouvir o antigo título. Era sempre um cara ou coroa descobrir se o apelido carinhoso iria aplacar ou atiçar sua raiva. Naquele dia, minhas chances não pareciam muito boas.

– Você tem tomado seu pó de raiz-de-fogo?

Lutei contra a vontade de me encolher.

– Tenho – respondi devagar, cautelosa.

– Todos os dias?

Mudei o pé de apoio. Aquilo iria ser feio.

– Eu… posso ter pulado alguns dias.

– Quantos?

– As coisas têm andado tão corridas. Tive muito o que fazer por aqui, o centro está uma bagunça e…

– Quantos dias, Diem. – Era uma ordem, não uma pergunta.

Suspirei antes de dar de ombros.

– Não sei direito.

Ele cruzou os braços, a expressão fechada. Apesar das rugas em seu rosto, meu pai ainda tinha o jeito de guerreiro temível – pele bronzeada e curtida por anos sob o sol de Emarion, os ombros largos e musculosos.

– Bom, eu sei *com certeza* quantos dias foram. Sabe como eu sei?

Engoli a resposta engraçadinha. Em vez disso, sustentei seu olhar enquanto negava com a cabeça.

– Porque encontrei *isto*. – Ele mostrou um pequeno frasco em forma de meia-lua que continha um pó vermelho tão brilhante quanto sangue na neve. – Estava dentro da minha maleta de pescaria. Aquela que não abro desde que saí para pescar *dez dias atrás*.

Por um breve instante, a briga se desenrolou no teatro da minha imaginação. Eu reclamaria que estava cansada de tomar o pó, que ele deixava meu cérebro confuso e minhas emoções embotadas. Ele diria que eram efeitos colaterais necessários, que as alucinações que o pó prevenia – sintomas de uma doença herdada de meu pai biológico, a mesma que deixara meus olhos acinzentados e meu cabelo branco aos 10 anos – seriam muito mais perigosas do que uma mente enevoada. Eu deixaria escapar que havia mesmo parado de tomar o pó semanas antes e que não tivera nenhuma alucinação. Ele retrucaria que eu estava sendo imprudente e imatura, que minha mãe ficaria decepcionada.

Minha mãe.

Uma teia na qual eu não queria me enredar.

A experiência me dizia para conter os danos e desistir. No entanto, mesmo enquanto eu baixava a cabeça, trabalhando as feições para demonstrar penitência, uma *voz* persistente gritava dentro de mim – o chamado de meu temperamento explosivo.

Lute.

– Obrigada – falei, usando o tom mais meigo que fui capaz de encontrar. – Andei procurando isso por toda parte.

Fiz menção de tomar o frasco dele, mas meu pai agarrou meu punho com a outra mão.

– Diem, preciso poder confiar em você.

Ondas conflituosas de vergonha e irritação lutavam para se libertar. Desviei o olhar e fitei o chão.

– Sei que as coisas têm sido difíceis desde que sua mãe... – Ele se interrompeu, e eu sabia que estava tentando escolher a palavra certa. *Desapareceu? Foi embora? Foi sequestrada?*

Nunca fizemos um funeral para ela. Nunca admitimos que ela pudesse estar morta.

Fosse por negação, ingenuidade ou apenas uma esperança ofuscante e burra, havíamos nos convencido de que ela estava apenas *ausente*. Ocupada com uma viagem que esquecera de mencionar. Visitando um parente distante que talvez tivesse precisado de mais ajuda do que ela esperava. A qualquer momento, receberíamos uma carta dela, pedindo milhões de desculpas e explicando tudo. Qualquer dia, ela entraria outra vez pela porta.

Nas primeiras semanas, eu quase havia acreditado nisso. Mas agora, depois de tanto tempo...

Agora, não falávamos no assunto. Inflamada pelos meses de silêncio, a verdade se tornara dolorida demais para que fosse tocada.

– Tem sido difícil para todos nós, com ela ausente – disse meu pai.

Lute.

E lá estava de novo, aquela *voz* que me atormentava. Uma resposta atravessada ganhou forma em meu peito e precisei cerrar os dentes para contê-la.

A expressão de meu pai ficou mais suave.

– Você faz tanta coisa aqui em casa, e Maura me contou o quanto sua ajuda é inestimável lá no centro. Vejo o esforço que está fazendo e valorizo isso.

Aquele era o Comandante em ação. O homem que conseguia ver um soldado prestes a surtar e trazê-lo de volta com palavras gentis e um gesto de reconhecimento.

Geralmente, a facilidade com que meu pai administrava egos era inspiradora. Naquele instante, porém, vê-lo usar a estratégia comigo de forma tão natural só serviu para me irritar ainda mais.

– Só estou preocupado com sua saúde, querida. Se a doença voltar...

– Estou bem – interrompi, seca. – Me desculpe. Vou tomar uma dose hoje.

– Algum motivo para não estar tomando?

Meu pensamento se voltou para uma mulher de olhos pretos em um beco escuro.

– Eu só... andei com muita coisa na cabeça.

– Como esse frasco foi parar na minha maleta de pescaria?

É porque estou planejando sair com nosso barco e deixá-lo afundar no Mar Sagrado assim que tiver coragem.

– Eu trouxe a maleta semana passada. Deve ter caído lá dentro. – Exibi um sorriso despreocupado. – Preciso mesmo ir, ou então Teller e eu vamos nos atrasar.

Uma expiração prolongada deixou claro que meu pai não tinha comprado minha atuação, mas ele soltou meu pulso.

Eu estava quase na porta quando sua voz soou outra vez:

– Diem?

Estremeci e olhei por cima do ombro, as sobrancelhas erguidas.

– Eu te amo.

Meu mau humor se dissolveu com aquelas palavras gentis. Aquele homem generoso e preocupado, que havia renunciado a tudo tantos anos atrás por mim e minha mãe, não era o verdadeiro motivo da minha raiva. Tentei desesperadamente me lembrar disso.

– Eu também te amo. – Fiz uma pausa e depois acrescentei, com uma piscadela: – Senhor.

Meu pai soltou uma risada estrondosa e me dispensou. Peguei a bolsa e saí pela porta da frente antes que ele mudasse de ideia.

Nossa casa era simples, escondida em uma enseada pantanosa que serpenteava para oeste do mar, no centro do atol de Emarion. Meu pai a construíra do zero, desejando uma moradia tranquila, longe o suficiente dos olhares curiosos da cidade. Levara meses para limpar a vegetação pantanosa, mas, com o tempo, minha mãe e ele transformaram o terreno no oásis tranquilo que era agora, um diamante brilhando em um poço de lama.

A casa sempre foi meu porto seguro, repleta de memórias, como ficar sentada na varanda da frente criando xaropes com minha mãe, sair para pescar com meu pai e perseguir Teller pela floresta que envolvia nosso lar feito um escudo protetor.

No entanto, nos últimos meses, aquelas paredes haviam começado a parecer ocas. Com algo faltando.

– Então ele finalmente descobriu que você parou de tomar o pó. Quanto tempo faz, um mês?

Fiz sinal para meu irmão calar a boca, verificando com nervosismo se nosso pai podia nos ouvir.

– Não sei do que você está falando.

Teller revirou os olhos e se juntou a mim na trilha pela floresta.

Dei a ele um olhar de esguelha.

– Você sabia?

– Claro que sabia. Você está diferente desde que parou.

– Estou?

– Sim – respondeu ele, o tom sugerindo que a resposta era um eufemismo dos grandes. – Me surpreende que ele tenha demorado tanto para notar.

Caminhamos em silêncio por alguns minutos, ouvindo o estalar dos galhos caídos e das folhas mortas sob os sapatos, antes de voltarmos a conversar.

– Diferente como?

– Se eu contar, promete que não vai ficar com raiva de mim?

– Não.

Ele bufou.

– E aqui temos um exemplo perfeito.

Parei e me virei para Teller, fechando a cara.

– Explica.

– Você está brava. Mal-humorada. Sai pisando duro por aí, se irrita com perguntas simples, trata todo mundo como inimigo.

Ele não estava errado. Nos últimos dias, eu vinha sentindo uma indignação crescente me cutucar como ferro em brasa, o pavio da minha paciência parecendo assustadoramente curto. No início, eu atribuíra aquilo à ausência de nossa mãe, mas ela já tinha sumido havia meses.

Fora nas semanas seguintes ao abandono da raiz-de-fogo que as coisas mudaram de verdade. Com a mente clara e as emoções não mais embotadas, as injustiças do mundo passaram a me irritar de um jeito que eu achava cada vez mais impossível ignorar.

Os comentários sarcásticos dos colegas de Teller. As fofocas cochichadas dos habitantes da cidade. A violência e a frieza insensível dos guardas Descendentes.

A minha vida inteira, eu tentara me convencer de que não me importava com o que os outros pensavam ou faziam. Agora, com a névoa dissipada, eu começava a perceber que me importava. E muito. E estava cansada de fingir que não.

Franzi a testa enquanto voltávamos a percorrer a trilha bem marcada.

– Vai me dar sermão sobre isso também? Quer que eu volte a ser a Diem quieta e obediente?

– Você não foi quieta e obediente um dia sequer na vida. – Ele me cutucou com o ombro. – E confio no seu julgamento. Você é uma das melhores curandeiras do reino. Mamãe se certificou disso. Se acha que não precisa da raiz-de-fogo, é porque sabe o que está fazendo.

Embora meu coração tivesse se aquecido, resmunguei:

– Pelo menos alguém da família confia em mim.

– Papai confia em você. Só está preocupado. Nós dois estamos.

– Estou bem, juro. Se os sintomas voltarem, começo a tomar de novo. – Suspirei, então entrelacei o braço ao dele e o puxei mais para perto. – E você tem razão. Tenho estado mais irritada. Só não sei dizer se é por causa da raiz-de-fogo ou... – Acenei de forma vaga, indicando o horizonte. – Por causa de tudo.

– Eu sei. – A voz dele ficou mais baixa: – Acha que um dia vamos vê-la de novo?

Eu queria dizer que sim. Queria garantir para Teller que as coisas ficariam bem e que aquilo seria apenas um leve tropeço em nossa vida tediosa.

Pior ainda, eu gostaria de acreditar nisso.

Mas Teller sempre fora a única pessoa para quem eu era incapaz de mentir, mesmo quando a verdade se mostrava dolorosa demais para suportar.

– Não sei – respondi com sinceridade. – Pensei que sentiria no meu coração caso ela tivesse partido. Papai ainda parece certo de que ela está lá fora. Mas para mamãe desaparecer sem nem se despedir ou mandar uma carta... – Fechei os olhos para lutar contra o medo que se infiltrava em meus pensamentos. – Mamãe sempre teve seus segredos, mas isso é estranho até para os padrões dela.

– E sua investigação? Não deu em nada?

Fiquei tensa.

– Não exatamente *em nada*. Descobri que ela andou frequentando o palácio mais vezes na semana anterior ao desaparecimento. Um dos membros da realeza estava doente, e eles a chamavam quase todos os dias. Maura está indo no lugar dela desde então, mas jura que não viu ou ouviu nada incomum.

– E aquele homem Descendente com quem você viu mamãe conversando?

Fui atravessada por uma lembrança – feições escurecidas cortadas por uma cicatriz, olhos penetrantes, a voz arrebatadora. Eu via seu rosto toda vez que fechava os olhos, ouvia seu timbre baixo sussurrando em meus ouvidos sempre que minha mente divagava. Nos meses seguintes ao sumiço, eu procurara por algum sinal dele, esperando que o homem soubesse de algo, qualquer coisa, que me ajudasse a encontrá-la.

Eu também cometera o erro de perguntar a alguns moradores da cidade, mas percebi o desprezo nos olhos deles quando descrevi minha mãe acompanhada por um belo homem Descendente no Cantinho do Paraíso. Rumores de que tinha engravidado fora do casamento e fugido de vergonha se alastraram como labaredas.

A lembrança trouxe a raiva de volta à tona. Na Cidade Mortal, muitas mulheres mortais ingênuas caíam no feitiço de Descendentes charmosos, e então se viam desonradas e de coração partido. Mas minha mãe nunca seria uma delas, jamais – e por várias razões.

– Ainda estou procurando por ele – respondi com um tom firme. – Mas não vou desistir. Vou encontrá-la, Teller.

– Acredito em você. Se alguém pode encontrar nossa mãe, essa pessoa é você.

Voltamos a caminhar em silêncio. O peso esmagador da ausência tornava a atmosfera ao redor densa, dificultando a respiração.

– Você sabe que não precisa me levar para a escola, certo? – Uma aspereza surgiu na voz geralmente tranquila de Teller, e me perguntei se meu recém-descoberto pavio curto estaria passando para ele. – Não sou criança. Se estivesse com os outros mortais, eu nem estaria mais na escola.

– Que tipo de irmã eu seria se mandasse meu irmão favorito…

– Seu único irmão.

– ... meu irmão *mais inteligente* para a cova dos leões sozinho? Já é ruim o bastante você ser o único mortal em uma escola de Descendentes, mas também é dez vezes mais esperto do que qualquer um daqueles pirralhos de olho azul. E eles sabem disso. Se tiverem metade de um cérebro, vão te pegar assim que terminar o próximo ano e te mandar até o outro lado do mar, para um daqueles institutos chiques de pesquisa em Sophos.

– Isso se eles deixarem eu me formar – murmurou ele.

– Por que não deixariam?

Teller desviou o rosto, evitando meu olhar.

Segurei seu braço e o obriguei a olhar para mim.

– Teller, o que está acontecendo?

– Qual é, Di... – retorquiu ele. – Você sabe como funciona o acordo. Mamãe serve à Coroa como curandeira do palácio e eu posso frequentar a escola dos Descendentes.

– E daí?

– E daí que ela não está mais servindo à Coroa.

– Maura assumiu o lugar dela. Eles ainda têm uma curandeira. Por que ligariam para a identidade da pessoa?

Ele deu de ombros, os olhos castanho-escuros fixos no horizonte.

– Talvez não liguem. Mas Maura está servindo no palácio sem receber pagamento? Ela tem esposa e família para cuidar, Diem. Não posso continuar pedindo que ela faça isso por mim.

Senti os ombros afundando. Eu andara tão envolvida em mau humor e autopiedade que não havia pensado no efeito cascata da generosidade de Maura.

Teller enfim retribuiu meu olhar, as feições contraídas de determinação.

– Talvez seja melhor assim. Odeio aquele lugar. Além disso, com mamãe desaparecida, talvez eu devesse trabalhar para...

– Não – interrompi. – Se... *Quando* mamãe voltar, ela vai me matar se souber que deixei você desistir.

– Mas...

– Só falta um ano. Deixe que eu me preocupo com isso até lá.

– Diem...

– Não vou permitir que jogue fora a chance de sair deste esgoto, Tel.

– Diem, *me escuta...*

Uma voz alegre interrompeu a discussão:

– Ele ainda não aprendeu que não dá para vencer uma briga contra a grande Diem Bellator?

Eu sorri. Teller gemeu.

– Obrigada, Henri, venho tentando ensinar isso faz anos – respondi ao homem de cabelos desgrenhados que se aproximava de nós.

Henri passou o braço ao redor de meus ombros e sorriu para Teller.

– Seja lá o que for, siga meu conselho e aceite a derrota. Ela é implacável... Principalmente quando se trata de você, garoto.

Teller se irritou.

– Não sou criança. E isso não é da sua conta.

Apoiei o braço em torno da cintura de Henri e apertei a lateral de seu corpo, um apelo silencioso para que ele não desse corda.

Teller estava no limite entre a infância e a idade adulta, algo que vinha se tornando uma questão cada vez mais dolorida. Os mortais terminavam a escola aos 14 anos e traçavam o próprio caminho depois. Eu mesma tinha feito isso, quando comecei a trabalhar como curandeira com nossa mãe seis anos antes. No entanto, a prestigiosa academia Descendente que Teller frequentava só terminaria aos 18 anos, quando os alunos mais brilhantes seriam então convidados para Sophos, o Reino de Pensamento e Centelha, a fim de seguir os estudos ao longo da casa dos 20 anos.

Com 17, os amigos mortais de Teller já estavam na vida adulta havia anos, enquanto os colegas Descendentes ainda não tinham nem começado. Com um pé em cada mundo, meu irmão não era um menino, mas também não era homem, e eu sabia que andara lutando para encontrar seu lugar.

As provocações constantes de Henri não ajudavam. Sem um irmão para chamar de seu, Henri gostava de se imaginar como um irmão mais velho adotivo, uma oferta da qual Teller nunca gostara muito.

Henri ergueu a mão livre em um gesto fingido de rendição.

– Desculpe. Assunto de família. Vou ficar de boca fechada.

– Duvido – provoquei, embora lançasse um olhar agradecido para Henri enquanto fazíamos a curva para a estrada principal que levava à cidade.

– Como vai a escola? Nossos senhores mágicos estão te tratando com amor e respeito? – perguntou ele para Teller.

Meu irmão franziu o nariz diante do sarcasmo que escorria das palavras de Henri.

– Eles só falam em quem vai assumir depois que o rei morrer. Estão até fazendo apostas sobre isso. O homem está no leito de morte, mas eles ficam rondando feito abutres.

– Leito de morte? – Franzi a testa. – O rei está morrendo?

– Você não soube? – Boquiaberto, Teller me lançou um olhar incrédulo. – Diem, ele está doente há meses. Dizem que está quase morto. Fica deitado na cama olhando para o teto, esperando o fim.

– Que triste – murmurei, pensando nos muitos pacientes que eu já tratara em estado semelhante.

Teller continuava me encarando com uma expressão estranha. Arqueei uma sobrancelha e perguntei:

– O que foi?

– Você não sabia mesmo?

– Como eu saberia?

– Porque mamãe estava tratando dele.

– *Nossa* mãe? Ela estava tratando o rei Ulther?

Henri fez a mesma cara esquisita do meu irmão.

– O que você acha que ela estava fazendo no palácio todos os dias? – perguntou ele.

Balancei a cabeça.

– Isso não faz sentido. Se o estado dele é tão grave, por que não chamar um Descendente de Fortos? Com a magia de cura, poderiam fazer muito mais do que uma curandeira mortal.

– Você sabe que Descendentes não podem usar magia enquanto estiverem fora do reino natal – falou Teller.

– E você sabe tão bem quanto eu que as Coroas podem contornar qualquer regra que desejarem – retruquei, recebendo um grunhido alto de concordância por parte de Henri.

Teller deu de ombros.

– Talvez não seja algo que um curandeiro mágico possa consertar. Meu professor de Lei da Coroa diz que às vezes a própria magia da Forja decide que é hora de o reino mudar de mãos, mesmo quando o governante está jovem e saudável.

– Se for o caso, então por que não matam logo o rei? – perguntei. – Deixar o homem definhando por meses me parece cruel.

– Talvez a magia seja tão corrupta e desprovida de alma quanto as pessoas que a exercem... – murmurou Henri.

Estremeci com a frieza em sua voz. Ele me puxou mais para perto, apertando de leve meu ombro.

Não era que Henri não gostasse dos Descendentes – ele os *detestava*. Algumas noites, quando nos deitávamos perto da água olhando as estrelas, ele me contava sobre o sonho de um dia ver Emarion livre dos Descendentes e da magia deles, um povo unido como uma única nação, como costumava ser muito tempo atrás. Sempre considerei a ideia uma fantasia, mas, ultimamente, havia uma fagulha nos olhos de Henri quando ele falava sobre o assunto – uma certeza de que o dia estava chegando e de que estaríamos vivos para testemunhá-lo.

– Os Descendentes não fazem mesmo ideia de quem será a próxima Coroa? – perguntei.

– Nadinha – respondeu Teller. – Na teoria, a magia escolhe o Descendente mais poderoso, mas a medição de poder é mais uma arte do que uma ciência. Alguns conseguem fazer truques extravagantes, só que o poder é drenado depressa. Outros fazem coisas menores, mas que conseguem sustentar para sempre, mesmo dormindo.

– Quem é o favorito das apostas?

– Príncipe Luther, sobrinho do rei. Ele é muito poderoso, não importa qual seja a medição. É um dos únicos Descendentes de Lumnos que consegue usar tanto magia de luz quanto de sombra.

Senti Henri ficar tenso ao meu lado, o andar vacilando, embora não dissesse nada.

– Você o conhece? – questionei.

Seus lábios formaram uma linha fina.

– Ele vem à cidade de vez em quando. Gosta de se esgueirar por aí e coletar informações. Não é muito diferente de um espião de Umbros, se quer saber minha opinião.

Voltei a encarar meu irmão.

– *Você* o conhece?

– Não, mas a irmã dele, Lily, está na minha sala. Quer dizer, princesa Lilian. Ela é bem… simpática.

Se as bochechas coradas de Teller não o tivessem traído, o uso casual do apelido o teria entregado.

– Simpática, né? – provoquei. – Por acaso Lily também é muito bonita? Meu sorriso acusatório se estendeu de orelha a orelha.

Teller me olhou feio.

– Ela é Descendente. *Todos eles* são muito bonitos.

– Vou reformular. Preciso encurralar Lily e ameaçar pôr rosa-flagelo no café da manhã dela caso a princesa parta o coração do meu irmãozinho?

– Pelas Chamas – sibilou Teller, virando a cabeça depressa para os lados em busca de bisbilhoteiros. – Quer morrer? Você não pode sair por aí ameaçando assassinar membros da família real.

– Não falei em matar ninguém. – Dei de ombros, irreverente. – Na dose certa, a rosa-flagelo deixa a pessoa só um pouquinho insana por um tempo.

– Isso não melhora em nada, Diem!

– O quê? Costumavam chamar a planta de *trombeta-divina*, porque aqueles que sobreviviam alegavam conseguir falar com os deuses. – Não consegui conter o sorriso diante do lamento exasperado de meu irmão. – Imagine só, a linda Lily iria poder bater altos papos com a bisavó Lumnos em pessoa.

– Tenho que ir embora antes que vocês façam com que eu seja executado. – Teller se afastou e começou a andar até o portão de ferro cheio de adornos da academia dos Descendentes. – Tentem não tramar mais nenhum assassinato real em público, por favor.

– Vamos levar seu pedido em consideração – respondi, alegre, acenando em despedida.

Henri sorriu.

– Mas não prometemos nada.

TRÊS

Meu estômago se contorceu enquanto eu observava meu irmão conversando com os guardas e depois sumindo por trás das paredes cobertas de hera.

A admissão de Teller na academia Descendente fora agridoce. A mente dele era excepcional demais para definhar na vida dura de trabalho braçal que a maioria dos homens mortais em Lumnos era obrigada a suportar. No entanto, passar tanto tempo com os Descendentes, formar tantos laços com eles, parecia a receita para o fracasso.

Ainda que nossa terra natal, Lumnos, o Reino de Luz e Sombra, fosse uma das mais amigáveis entre os nove reinos de Emarion no que dizia respeito aos mortais, mesmo aqui as opções de Teller seguiriam limitadas. A escola explicara isso a meu irmão, alertando-o de que uma educação superior dificilmente transformaria o destino dele de modo significativo.

E que os deuses o poupassem de se apaixonar. Embora flertes não fossem um crime, mortais e Descendentes de Lumnos eram proibidos de se casar. Qualquer gravidez entre as duas raças era interrompida à força, e a mãe ou o pai mortal, banido do reino. Essa política severa tinha sido posta em prática séculos atrás, a fim de conter a diluição da magia Lumnos causada pela miscigenação com os mortais. Vários reinos promulgaram leis de progenitura semelhantes depois que a Guerra Sangrenta deixou os Descendentes a par das consequências de permitir que sua magia enfraquecesse e virasse cinzas.

E, mesmo que um Descendente concordasse com tal relacionamento, havia um problema: sua expectativa de vida prolongada muitas vezes se estendia a séculos, chegando até a um milênio ou mais, enquanto o parceiro mortal envelhecia e morria num piscar de olhos. Se o interesse amoroso de Teller fosse um membro da família real, até o menor e mais breve dos flertes infantis estaria fora de cogitação.

Os pensamentos de Henri deviam ter espelhado os meus, porque seus olhos estavam tempestuosos, fixos nos portões da academia.

– Se ele se envolver com uma princesa…

– Eu sei – respondi, suspirando. – Mas Teller é esperto. Ele sabe das consequências.

O braço de Henri deslizou dos meus ombros para minha cintura, me puxando para perto.

– Quando se trata de assuntos do coração, até os homens mais espertos podem tomar decisões imprudentes. Decisões perigosas.

As palavras de Henri eram sérias, mas os olhos cor de caramelo cintilavam com algo a mais quando ele fitou meus lábios.

Seu calor emanava através das roupas leves, fazendo meu sangue ferver e minha pulsação acelerar.

– Achei que você já soubesse que "imprudentes e perigosos" é o lema da família Bellator – ronronei enquanto me inclinava para mais perto, nossos narizes roçando um no outro.

Ele me apertou mais forte.

– Falando em decisões perigosas… – Henri fez uma pausa, a ponta do polegar traçando meu queixo e deixando uma linha ardente em minha carne. – Vou precisar fazer uma entrega em Fortos amanhã. Que tal você vir comigo?

Fiquei tensa e olhei para baixo.

– Você sabe que não posso me ausentar por tanto tempo. Maura precisa de mim. Meu pai precisa de mim.

Henri guiou meu queixo para cima até que nossos olhares se encontrassem de novo.

– Seu pai é um Comandante do Exército que caça feras selvagens no tempo livre. Ele não precisa que a filha adulta banque a babá. E Maura… – Ele deu de ombros, o sorriso ficando enviesado de um jeito adorável. – Tudo bem, ela precisa mesmo de você.

Abafei uma risada e tentei me afastar, mas Henri me segurou com força.

– Mas eu também preciso – continuou ele, as mãos se movendo para segurar meu rosto. – Você vem trabalhando arduamente por meses, merece uma pausa. Só vamos ficar longe por duas noites... Com certeza Maura pode se virar sem você durante esse tempo.

Meu bom senso dizia para negar a oferta. Maura já tinha mais serviço do que era capaz de lidar, e eu sabia o que aconteceria quando Henri e eu estivéssemos sozinhos na estrada, longe dos olhares curiosos dos parentes e das fofocas da cidade. Por mais que meu corpo desejasse o toque dele, eu não tinha certeza se meu coração enlutado estava pronto para se abrir outra vez.

No entanto... ir até Fortos poderia ser uma chance de investigar mais a fundo o desaparecimento de minha mãe. Ela passara a maior parte da vida servindo como curandeira no Exército de Emarion e ainda era próxima de alguns dos antigos colegas de lá. Se alguém de fora de Lumnos pudesse ter informações sobre os planos de minha mãe, seriam eles.

– Apenas fale com Maura – insistiu Henri. Sua boca roçou a minha de leve, nossa respiração se misturando nos lábios um do outro. – Não custa nada perguntar, certo?

Respirei fundo, desejando que meu sangue esfriasse. Deslizei a palma das mãos pelo peito dele e lentamente o empurrei para longe, até o ar fresco da manhã levar embora a sensação quente de seu corpo.

– Vou tentar.

Ele sorriu para mim, e a promessa carnal em seus olhos fez meu âmago queimar em resposta.

Seguimos caminhando juntos, Henri tagarelando sobre as últimas notícias de seu trabalho como entregador. Ele também seguira os passos da família, já que o pai entregava correspondências tanto para a capital quanto para a Cidade Mortal.

O pai de Henri tivera até mesmo a honra de servir como mensageiro do palácio. Era raro que mortais tivessem acesso ao cotidiano da família real, mas os Descendentes temiam tanto a perda temporária de magia ao se aventurar para fora do reino natal que dependiam dos mortais para entregar todas as mensagens entre os reinos, exceto as mais confidenciais.

Henri sempre voltava dessas viagens com histórias fascinantes sobre a vida fora de nossa realidade insular, histórias que me enchiam de uma boa dose de inveja. Tirando uma viagem ou outra com meus pais, minha vida me mantinha enraizada na Cidade Mortal, e o caminho que me fora traçado dificilmente me levaria a qualquer localidade mais emocionante.

Por fim, a copa vermelha e dourada das árvores outonais deu lugar às construções, e a vasta extensão da cidade se abriu diante de nós.

Cidade Mortal. Sorri para mim mesma com o absurdo do nome. Não havia nada de urbano em nossa aldeia pobre cercada de florestas. A coleção de edifícios de tijolo caindo aos pedaços e barracões com teto de estanho estavam mais para um gueto.

Foram os Descendentes que insistiram que todos os assentamentos mortais utilizassem o mesmo rótulo, independentemente do tamanho ou perfil do lugar. Pouco importava para eles que nossas comunidades um dia já tivessem tido nomes ostentados com orgulho e significado. Nomes de grandes chefes e monarcas, de clãs poderosos ou figuras amadas, dos deuses antigos aos quais costumávamos recorrer por salvação – todos os nomes haviam sido arrancados com o resto de nossa cultura mortal, nossa pele coletiva esfolada até ficar exposta e sangrando.

Como sempre, os Descendentes alegaram que o apagamento era para nosso bem, uma "unificação simbólica" a fim de atrelar as duas raças. Eu suspeitava de que tinha sido mais para servir como uma ameaça constante, mostrando que os mortais poderiam ser eliminados com a mesma eficiência implacável com que nossa cultura fora extirpada.

Henri se despediu, e segui caminho para o modesto edifício de pedra que servia como centro de curandeiros. Maura já estava ali, cantarolando acima do tilintar de frascos de vidro e ferramentas de pedra enquanto arrumava nosso armário de suprimentos.

– Bom dia, Maura. Quais são as emoções de hoje? – perguntei, deixando minha bolsa em uma mesa próxima.

– Bom dia, querida. – Ela deu um aceno em saudação sem se afastar do trabalho. – Temos que dar uma olhada no caçula da família Barnes. Talvez mais tarde você possa mostrar aos aprendizes como preparar um bálsamo de sopro-de-nuvem?

– Claro.

Prendi um avental amarrotado de linho em torno dos quadris e passei a me dedicar às tarefas habituais da manhã.

Aquele edifício representava um lar para mim tanto quanto a casa no pântano. Eu havia crescido ali, agarrada à cintura de minha mãe como uma sombra persistente. Aos 10 anos, já era capaz de criar a maioria dos xaropes enfileirados nas prateleiras. Grande parte dos aprendizes passava anos treinando antes de tratar pacientes por conta própria, mas obtive o status completo de curandeira assim que terminei a escola. Sob a tutela de Maura e de minha mãe, eu me tornei tão habilidosa quanto qualquer outro curandeiro do reino, apesar da pouca idade.

Existia apenas uma pequena, embora crucial, lacuna em minhas competências: curar Descendentes.

Todos os Descendentes eram dotados com a capacidade de se curar depressa, o que os tornava imunes à maioria das doenças e ferimentos. Para condições mais graves, eles podiam viajar até Fortos, Reino de Força e Valor, e fazer uma visita aos poderosos curandeiros mágicos que serviam ao Exército de Emarion. Consequentemente, era raro que Descendentes buscassem ajuda de curandeiros mortais.

No entanto, havia exceções – crianças, cujos poderes de cura se desenvolviam apenas na puberdade, assim como o resto da magia, e um punhado de venenos raros cujos detalhes eu tinha sido proibida de aprender. Mamãe chegara ao ponto de trancar as anotações sobre suas visitas aos pacientes para que eu não pudesse estudá-las mais tarde.

Eu havia aprendido cedo que não adiantava protestar, mamãe nunca deixaria eu entrar em contato com o mundo dos Descendentes, uma contradição curiosa se comparada a sua astúcia ao negociar a entrada de Teller na academia. Eu tinha exposto aquela discrepância com grande entusiasmo, mas nem todos os gritos, lágrimas ou portas batendo do mundo haviam feito a mínima diferença.

Você vai ter que confiar em mim, pequena guerreira, ela tentara me consolar. *Sei o que estou fazendo.*

Meu coração se partiu diante da lembrança. Seis meses – seis longos e solitários meses desde que ouvira sua voz pela última vez.

Maura tinha assumido os pacientes Descendentes na ausência dela, mas, quaisquer que fossem as preocupações de minha mãe, estava claro que

Maura não as compartilhava. Enquanto mamãe se mantinha firme e em silêncio, Maura retornava das visitas ao palácio ou às extravagantes mansões da Cidade de Lumnos tagarelando sem fôlego sobre cada detalhe fantástico, algo que eu engolia como uma mulher faminta lutando por migalhas.

– Henri vai viajar para Fortos amanhã – comentei enquanto varria o chão de ladrilhos de pedra com uma vassoura de piaçava. – Ele perguntou se eu quero ir junto.

– Perguntou, foi? – Maura percebeu minha indiferença fingida. Suas sobrancelhas se ergueram enquanto um sorriso travesso brotava em seu rosto salpicado de sardas. – E vai ter algum acompanhante com vocês nessa viagem?

– Não me olhe assim, Maura.

– Vai ser *necessário* ter um acompanhante com vocês nessa viagem?

– Maura!

Ela cutucou meu quadril e gargalhou.

– Os pombinhos querem tirar um tempinho a sós?

Eu corei.

– Vamos ver.

– Não fique tímida comigo. Conheço você desde que ainda era uma bebê e engatinhava por este lugar só de calcinha. E você e aquele rapaz são grudados feito unha e carne quase pelo mesmo tanto de tempo. Só uma intervenção divina impediria vocês dois de se apaixonarem.

Minha garganta ficou seca.

– Se apaixonar é um termo forte. Estamos indo devagar por enquanto.

– Diga isso ao idiota caidinho por você que fica do lado de fora te vigiando com os olhos brilhando todas as tardes até o fim do seu turno.

– Ah, isso não é amor! Ele só está me imaginando engatinhando por este lugar só de calcinha.

Finalmente abri um sorriso. Eu estava acostumada às provocações de Maura sobre o desastre que era minha vida amorosa. E nunca fora do tipo que ansiava por compromisso – toda vez que um garoto tinha começado a olhar para mim com algo a mais que luxúria, eu me afastara correndo.

– Se está me perguntando se posso dispensar você por alguns dias, a resposta é sim. Vão se divertir, vocês dois. – Maura se debruçou no armário de suprimentos e tirou de lá um pequeno frasco cheio de um líquido esverdeado, que depositou na minha mão. – Só não se esqueça de fazê-lo tomar o tônico contraceptivo primeiro.

Meu rosto ficou vermelho e brandi a vassoura em suas pernas. Ela pulou para longe, gargalhando. Retribuí com uma careta. Mesmo assim, discretamente, guardei o tônico.

Alguns outros curandeiros aprendizes logo chegaram para o turno da manhã. Eu estava tagarelando com eles quando a porta do centro se abriu de súbito, com um estalo agourento.

Um jovem alto irrompeu na sala. Usava um sobretudo de veludo roxo--escuro, bordado com redemoinhos delicados em prata, e anéis cheios de pedras faiscavam nos dedos dele. Seu rosto, ainda com traços de menino, estava pálido – as feições tensas conforme ele examinava o cômodo com olhos transbordantes de medo.

Olhos azuis.

Um Descendente.

QUATRO

—Auralie... Estou procurando Auralie Bellator – ofegou ele, arfando em busca de ar. – Onde ela está?

Ouvir o nome de minha mãe fez surgir uma onda aguda de tristeza em mim.

– Ela... está indisponível – respondi.

– Me disseram para chamar Auralie Bellator. É urgente. Vocês precisam se apressar!

As mãos do jovem tremiam e os olhos estavam tão arregalados que eu podia enxergar o branco ao redor das íris brilhantes em azul-cobalto.

– Ela não está aqui, mas tenho certeza de que podemos ajudar. Pode me dizer o que aconteceu?

– Houve um acidente no palácio. Crianças se feriram. Várias. Por favor... Por favor, venha comigo.

A calma se instalou em meu corpo conforme meu treinamento entrava em ação.

– Quantas crianças? De que idade? Qual o tipo de ferimento? É muito grave? – disparei.

– T-três crianças. Duas são pequenas, menos de 10 anos, acho. A outra é mais velha, talvez com 16. Um teto de pedra desabou. Por favor, *depressa*!

De imediato, me virei para Maura. Houve um entendimento tácito quando nos olhamos, aprimorado por anos trabalhando lado a lado. Assentimos em silêncio e cada uma pegou uma bolsa, enchendo ambas com gaze, talas e potes contendo vários remédios.

– Você fica – disse ela. – Eu levo alguns aprendizes comigo.

– Eu vou com você – afirmei. – Você não vai conseguir tratar três crianças feridas sozinha.

– Diem, é o palácio.

– São *crianças*, Maura.

Ela hesitou, me lançando um olhar nervoso.

– Mas sua mãe…

– Não está aqui. – As palavras saíram mais amargas do que eu pretendia. – Você pode discutir o assunto com minha mãe quando ela voltar.

Maura crispou os lábios, mas não disse nada.

– Qual é o seu nome? – perguntei, voltando-me para o rapazinho Descendente com cara de quem iria vomitar a qualquer momento.

Ele parecia pouco mais que um garoto.

– El… Elric.

– Elric, eu me chamo Diem. Esta é Maura. Lana também vai conosco. – Fiz uma pausa e gesticulei para uma das aprendizes mais experientes, uma loira baixinha mais ou menos da minha idade, mas que ainda não havia recebido o grau completo de curandeira. Depois me aproximei do rapaz e pus a mão no ombro dele. – Vai ficar tudo bem.

Com um sobressalto, percebi que aquela era a primeira vez que eu tocava em um Descendente – com certeza era o mais perto que já estivera de um deles. Sentir o calor do corpo dele sob minha mão, perceber o pulso acelerado…

Eu fora tão isolada deles, minhas percepções tão alimentadas por uma dieta restrita de mitos e fofocas, que imaginara que fossem algo monstruoso. De sangue frio, sem alma, hipnóticos. Com uma beleza etérea e perversos até o último fio de cabelo.

Mas aquele garoto pálido e tremendo de medo parecia tão… *normal*.

– Obrigado – sussurrou ele.

Um pouco da tensão em suas feições relaxou com meu toque.

Terminamos de juntar os suprimentos e nós quatro nos apressamos rumo à longa estrada de terra que levava ao palácio real. Os músculos de Elric se contraíam enquanto caminhávamos, e eu sabia que ele estava usando todo o seu autocontrole para não nos obrigar a correr feito malucas. Seus olhos continuavam pairando sobre a bengala de Maura – o rosto contorcido em uma careta a cada passo lento e desigual da curandeira.

– Foi culpa minha – disse ele em um sussurro trôpego, baixo demais para que qualquer pessoa além de mim ouvisse. – Estava exibindo minha magia para as crianças, mas ela atingiu o teto e...

A voz dele falhou. Segurei sua mão e apertei os dedos de leve.

– Acidentes acontecem, Elric.

O jovem assentiu, mas o desespero estava estampado na face.

– Quando meu irmão e eu éramos pequenos, coloquei carne podre na mochila dele – comecei a contar. – Eu só queria pregar uma peça com o cheiro, mas, no caminho para a escola, um javali sentiu o fedor e o atacou. Uma das presas atravessou a coxa dele. Nós estávamos sozinhos, pensei que ele fosse morrer na minha frente, tudo por causa de uma brincadeira idiota. – Meu estômago se contraiu com a lembrança do corpo ensanguentado de Teller em meus braços enquanto eu gritava por socorro. – E aí fiquei com medo de que, mesmo que sobrevivesse, meu irmão fosse me odiar para sempre. Eu já tinha certeza de que meus pais nunca me perdoariam.

A angústia de Elric diminuiu ante a distração momentânea.

– Mas ele sobreviveu?

– Sobreviveu.

– E perdoou você?

Soltei um gemido.

– Ele ficou em casa sem ir para a escola por semanas e recebeu permissão para comer quantos doces quisesse. Foi a melhor época da vida dele. Ele *me agradeceu*.

Um sorriso brotou em seus lábios.

– E seus pais? – perguntou ele.

– Não ficaram felizes, mas conheciam meu caráter. Sabiam que eu jamais machucaria meu irmão de propósito. – Apertei a mão dele outra vez. – É para isso que servem as famílias. Para ficar um ao lado do outro, mesmo quando você comete os piores erros.

Elric não respondeu nada, mas a carranca em seu rosto se desfez, uma esperança hesitante surgindo em meio às nuvens de culpa.

Por fim, chegamos a uma curva não sinalizada na estrada. Elric encarou as árvores, nervoso, e então se virou a fim de estudar nós três, mordendo o lábio enquanto parecia processar algum dilema em silêncio.

– Curandeiros não podem dizer nada sobre o que viram, certo? A regra é essa, não é? – perguntou ele.

Maura assentiu.

– Isso mesmo, querido. É tudo confidencial.

Ele soltou o ar com força.

– Conheço um atalho que pode nos levar até lá mais depressa. Mas vocês não podem contar para ninguém. Nunca.

Sem esperar resposta, Elric disparou pela trilha e entrou na floresta. Maura, Lana e eu trocamos um olhar confuso antes de nos apressarmos em segui-lo.

Após alguns minutos tropeçando em raízes emaranhadas e nos esgueirando sob galhos baixos, chegamos a um muro enorme encoberto por uma espessa extensão de trepadeiras densas. O muro era tão bem camuflado na vegetação que, se já fosse noite, eu poderia ter dado de cara nele.

Elric caminhou ao longo da parede, murmurando algo baixinho para si mesmo enquanto procurava, até que arquejou, triunfante:

– Aqui! Venham comigo, rápido.

Ele afastou a folhagem e revelou uma brecha que mal permitia a passagem de uma pessoa. O jovem espiou pela abertura e olhou ao redor antes de gesticular para atravessarmos.

Elric ofereceu o braço para auxiliar Maura, e precisei disfarçar um sorriso quando ela o dispensou com uma carranca severa. Nascida com agudo arqueamento de uma das pernas, Maura nunca deixou que aquilo a detivesse. Com certeza não iria deixar agora.

Uma por uma, rastejamos através da brecha, nossas bolsas arrastando pelo chão. Outro muro interno, de sebes fofas de buxeiro, bloqueava a vista, mas, conforme eu inspirava a fragrância doce de florais e ervas frescas, percebi que havíamos entrado em um grande jardim.

Um pedaço gigantesco de granito estava caído de lado. Como se a peça pesasse menos que o ar, Elric ergueu o bloco com apenas uma das mãos, afastando a cortina de trepadeiras e deslizando a pedra de volta ao lugar.

Quase me engasguei. Aquele granito com certeza pesava o dobro de mim. Eu sabia que Descendentes superavam mortais em força e agilidade, mas nunca havia testemunhado algo daquela magnitude.

Elric fez sinal para que o acompanhássemos. Ele se esgueirou junto ao muro, ficando perto das sebes e espiando de vez em quando por cima da barreira para ver se tínhamos sido vistos. Em seguida, fizemos uma curva e meu coração parou.

Olhando da Cidade Mortal, eu só conseguia obter pequenos vislumbres do palácio, uma coroa de pináculos espreitando sobre as árvores, vigiando os mortais de longe. Sempre imaginei que o lugar seria uma fortaleza imponente de pedra, um forte tão temível e impenetrável quanto os próprios Descendentes.

Mas o que estava diante de mim era algo diferente.

O palácio parecia feito não de pedra ou madeira, mas de pura luz. A estrutura ondulava para cima e para baixo em movimentos agudos e delicados, as paredes irradiando um brilho etéreo como se o cintilar das estrelas tivesse sido encapsulado em uma forma física. Um aglomerado de torres altas desaparecia em direção ao céu, visíveis apenas graças a um brilho tênue e refletido de azul que tornava difícil compreender a extensão total da planta do edifício. À medida que as nuvens passavam pelo sol da manhã, a fachada brilhante oscilava suave como um reflexo do Mar Sagrado. Longe de ser assustador ou opressivo... o palácio era a coisa mais linda que eu já vira.

– Diem! – A voz de Maura veio de longe.

Desviei o olhar da construção apenas para perceber que tinha ficado para trás em meu estupor. Mais adiante, Lana e Maura já haviam seguido Elric para fora do jardim, subindo degraus de mármore rumo a um conjunto de portas em arco gigantescas.

– Fique perto de mim – sibilou Maura, me agarrando pelo braço quando corri para me juntar ao grupo. – Eles ficam nervosos sempre que mortais estão presentes. Não saia por aí xeretando, entendeu?

Consegui apenas assentir, ainda deslumbrada com a grandiosidade que me cercava.

O esplendor não diminuiu quando cruzei a soleira.

Se a Cidade Mortal era um amontoado sombrio de pedras e terra, aquele lugar era a paleta de um artista. Amarelos-amanteigados, vermelhos e tons de laranja chamativos, azuis-aquosos, verde-musgo – todos os tons imagináveis adornavam o interior, trançados nas tapeçarias e tapetes felpudos com borlas que pareciam maiores que minha casa. Pinturas realistas em molduras douradas enfeitavam as paredes, cada uma iluminada por um orbe flutuante de luz azul-clara.

Maura me puxou mais para perto conforme seguíamos Elric por um corredor comprido ladeado por treliças de madeira abobadadas, entalhadas à mão.

O choro de vozes jovens e aflitas ecoava pelas vigas. Um grupo de Descendentes, vestidos com um caleidoscópio de sedas coloridas dignas de encher os olhos, se reunira no fim do corredor. Alguns voltaram a atenção para nós, mantendo uma expressão de cautela.

– Eu trouxe as curandeiras! – exclamou Elric, abrindo caminho pela aglomeração. – Saiam da frente! *Saiam!*

A multidão se afastou para abrir passagem, o que revelou uma sala de estar ampla e com paredes de vidro cheia de entulho, a atmosfera ainda nublada com as partículas de poeira das pedras caídas.

Várias mesas compridas transbordavam com frutas, doces e pratos fumegantes cujo aroma flutuava pelo cômodo. Uma mesa mais no centro jazia destruída, as bordas salientes exibindo lascas de madeira no ponto em que fora partida ao meio pela queda dos detritos. No teto, um buraco aberto deixava ver o nível acima.

Pelas Chamas. Era um milagre que ninguém tivesse morrido.

– Qual criança está em estado mais grave? – perguntou Maura.

Elric chamou uma mulher bonita de cabelos dourados cujo rosto estava manchado de lágrimas. Após trocar algumas palavras com ela, virou-se para nós.

– O mais novo. – Com a mão trêmula, ele apontou para um garotinho deitado imóvel logo ao lado.

Sem perder tempo, Maura saiu correndo na direção da criança, deixando Lana e eu para trás.

– A mais velha também está bastante machucada – acrescentou Elric.

Olhei para Lana.

– Vou cuidar dela. Você fica com a outra, depois vá ajudar Maura.

Ela assentiu e se pôs a trabalhar.

Enquanto Elric me conduzia até a paciente, percebi algo na atmosfera da sala – algo que eu não sabia muito bem identificar. O ar parecia pesado de um jeito estranhamente vivo, como se as partículas estivessem pressionando minha pele, explorando, *avaliando*.

– Está sentindo isso? – perguntei para Elric.

Mas minhas palavras caíram no vazio, pois a atenção dele fora consumida pela garota choramingando a seus pés.

Ela estava embalada nos braços de um homem ajoelhado em meio aos destroços, cujo cabelo comprido e escuro caía do rabo de cavalo e lhe obscurecia as feições. Ele acarinhava a bochecha da menina com gentileza, murmurando algo para ela em um tom acalentador.

A garota olhou para ele, a expressão distorcida de dor. Sangue cobria a têmpora dela e o braço estava apoiado no peito em um ângulo anormal. O cabelo castanho tinha sido arrumado em um labirinto de pequenas tranças no topo da cabeça, agora sujas de sangue e poeira de pedras.

Eu me ajoelhei ao lado dela. A garota se encolheu quando toquei seu braço com cuidado, e senti o olhar irascível do homem queimando em meu rosto.

– Olá – falei baixinho para ela, evocando uma calma bem praticada. – Sou uma curandeira e estou aqui para ajudar. Pode me dizer onde dói?

– Não está óbvio? – rosnou o homem.

Eu o ignorei, os olhos fixos na paciente.

– Meu braço – respondeu ela.

A voz estava fraca mas limpa, os olhos brilhantes e a respiração estável. Ótimos sinais.

– Você consegue mexê-lo? – perguntei.

– Não. Está claramente quebrado – retrucou o homem por ela.

A presença que eu sentira no ar pareceu envolvê-lo, pulsando no ritmo das vibrações de sua raiva. A aura inebriante criou marolas em meu estômago, mas me recusei a perder o foco. Eu tinha anos de experiência lidando com os familiares dominadores de meus pacientes. Só porque aquele era um Descendente – um Descendente furioso, cheio de músculos e *da realeza* –, não significava que eu o deixaria atrapalhar meu trabalho.

– Você consegue mexê-lo? – repeti para ela.

A garota negou com um gesto curto da cabeça, estremecendo diante do esforço.

Pela idade, eu supunha que suas habilidades de cura já tivessem se desenvolvido o bastante para remendar o ferimento em pouco tempo, mas suspeitei de que precisaria ajustar o osso primeiro, a fim de garantir que ele se curasse do jeito certo.

Vasculhei a bolsa até achar um grande frasco tampado com rolha.

– Vou dar algo para ajudar com a dor. Pode me dizer seu nome?

– S-sou Lily – gaguejou ela.

– Você pode chamá-la de princesa Lilian – corrigiu o homem, ainda me perfurando com os olhos.

A compreensão me atingiu. Lily – *princesa Lilian*. A mesma garota que fez meu irmão corar ao ser mencionada.

Inclinei a cabeça ao encará-la com novos olhos.

– É um prazer conhecê-la, *Lily* – falei, exagerando a última palavra. Um rosnado baixo ecoou na garganta do homem. – Meu nome é Diem. Será que pode tomar um belo gole disso aqui para mim?

Lily examinou o recipiente e franziu a testa.

– O que é isso?

Meus lábios se curvaram para cima. Questionando bebidas misteriosas oferecidas por estranhos: menina esperta. Não era de se admirar que Teller gostasse dela.

– É verme-prata. É feito a partir de uma linda flor branca que cresce perto da costa. – Aproximei o rosto do da princesa e dei uma piscadela. – Não se preocupe, não tem vermes de verdade na receita.

Ela me deu um sorriso discreto, e a postura tensionada do homem relaxou. Enquanto Lily virava o frasco nos lábios, examinei o resto de seu corpo diminuto em busca de ferimentos e localizei apenas um corte na cabeça, que já começava a coagular.

Ajeitei uma mecha de cabelo que havia caído sobre seu rosto.

– Logo você vai se sentir muito melhor, Lily. O verme-prata demora alguns minutos para fazer efeito, mas vou ficar esperando aqui com você, está bem?

Ela assentiu de novo. Uma lágrima escapou de seus olhos azuis meia-noite, criando um rastro úmido ao longo da bochecha coberta de poeira. Seu lábio inferior começou a tremer. Ela se virou para o homem cujos braços ainda a enlaçavam.

– M-me desculpe. Eu achava que conseguiria tirar as crianças dali antes que desabasse.

Ele pôs a mão em concha no rosto da garota, enxugando a lágrima com o polegar.

– Você fez algo corajoso para ajudar outras pessoas. Nunca se desculpe por isso. Estou muito orgulhoso de você.

A voz gentil e conciliadora do homem estava muito longe do tom severo que havia usado comigo. Finalmente, ousei erguer a cabeça para estudar o rosto dele.

No mesmo instante, todos os pensamentos abandonaram minha mente.

Pele cor de oliva. Olhos azul-acinzentados. Uma cicatriz longa e irregular.

Ele.

Era *ele*.

Durante meses, tinha vasculhado a Cidade Mortal em busca de pistas que pudessem me levar até o Descendente que eu vira discutindo com minha mãe no dia que ela desapareceu. E agora ali estava ele, a centímetros de distância – a única pessoa que tinha as respostas que eu procurava. O homem que minha mãe extorquia com segredos.

O homem que talvez a tivesse assassinado para mantê-la quieta.

Meus olhos correram para a guarda cravejada de joias da espada que se erguia por trás do ombro dele, a mesma que usava no beco naquele dia. Pisquei algumas vezes e balancei a cabeça, como se o movimento pudesse revelar que tudo não passava de uma ilusão cruel.

Ele estava *ali*. De verdade. Perto… Muito perto.

Ele devia ter notado meu queixo caído, porque voltou a atenção para mim e me encarou.

E talvez fosse *mesmo* ilusão, porque, no instante seguinte, um vislumbre de reconhecimento pareceu cruzar seu rosto – o mais sutil arregalar de olhos, um inflar abrupto das narinas.

Tudo aquilo sumiu no mesmo segundo, escondido por trás de uma máscara de pedra.

Desviei o olhar e ocupei as mãos com a bolsa.

– Nós já nos conhecemos? – perguntou ele, a voz se tornando cortante mais uma vez.

– Não – respondi, apressada. Apressada demais.

– Você falou que seu nome é Diem? – Lily quis saber. – Você é irmã do Teller?

Fiquei tensa, mas assenti.

– Nós estudamos juntos. Ele me contou de você – disse ela.

Debati mentalmente o quanto Teller iria querer me matar pelo que eu disse em seguida:

– Ele me contou de você também.

As bochechas de Lily ficaram vermelhas.

– É mesmo?

– Teller disse que você foi muito gentil com ele. Eu esperava poder agradecer por isso. Talvez nosso encontro aqui hoje tenha sido obra do destino.

– Uma bênção da Linhagem – murmurou ela, reverente.

Contraí os lábios enquanto desviava o olhar. Mortais não enxergavam nada que viesse dos deuses dos Descendentes como uma bênção, mas ali, no coração do palácio, eu não ousaria admitir tal coisa em voz alta.

– Seu irmão é o mortal que frequenta a academia Descendente? – questionou o homem, a voz soando tensa de um jeito estranho.

Assenti sem olhar. Ele manteve a atenção em mim enquanto eu mexia em um pote de pomada em uma distração fingida.

Misericordiosamente, Lily interveio:

– Tio Ulther deu permissão para que Teller estudasse conosco. Ele é o garoto mais inteligente da turma. Seria desperdiçado em uma escola mortal. – Ela percebeu a falha e se encolheu diante de mim. – Quer dizer... Tenho certeza de que as escolas mortais são muito boas, mas...

Abri um sorriso tranquilizador para ela.

– Está tudo bem. Concordo cem por cento com você.

Lily soltou um suspiro profundo de alívio.

Fiquei imaginando qual seria a relação entre a princesa e o homem na minha frente. Ele cuidava dela como um pai, embora parecesse apenas alguns anos mais velho que eu. Mas Descendentes amadureciam como os humanos apenas até a idade adulta, quando seu envelhecimento perdia a velocidade. Ele poderia facilmente ter 25 ou 250 anos. Mas o jeito agressivo com que a protegia soava como algo diferente de paternal – *um irmão mais velho e amoroso, talvez?*

– Sinto muito por sua mãe – disse Lily. – Espero que ela seja encontrada logo.

O homem ficou mortalmente imóvel. Mais uma vez, senti o peso de seu olhar. E precisei de toda a minha força de vontade para não o encarar com uma expressão furiosa.

Ele sabia.

De algum modo, eu tinha certeza: ele sabia o que acontecera com minha mãe. Ele *tinha* que saber.

Um verdadeiro incêndio irrompeu em meu peito. Raiva e acusação tomaram conta de minha garganta e a apertaram até que eu me curvasse para a frente. Meus músculos tremiam diante da urgência de atacá-lo, de exigir as respostas que ele escondia.

Lute.

A voz, a mesma que havia me rondado durante a manhã na cozinha com meu pai, ressoou em meu cérebro como o sino de uma torre de relógio.

Ou talvez fosse uma marcha fúnebre.

Apertei o frasco de remédio com força, os nós dos dedos ficando brancos.

– Como está seu braço? – perguntei entredentes.

– Não sinto nada... Significa que está funcionando?

Apliquei pressão no braço de Lily, gradualmente me aproximando da área onde a carne começara a inchar e ficar vermelha. Ela não reagiu.

– Ótimo. Agora vou colocar o osso no lugar. Não vai doer, mas você pode sentir um pouco de desconforto.

Resquícios de ira ainda pulsavam em minhas têmporas. Forcei os ombros para trás e tentei me acalmar com algumas inspirações entrecortadas.

Lute.

Cerrei o maxilar e canalizei nas mãos a energia que corria em minhas veias, segurando o ombro delicado de Lily.

– Pronta?

– Espere – interrompeu o homem. – Não deveria ser eu a fazer isso?

– E *você* é curandeiro, por acaso? – retruquei.

Eu me recusava a olhar para ele, temendo que sua expressão de condescendência pudesse me fazer perder o frágil controle que tinha sobre meu humor. Como aquele homem ousava sugerir que eu precisava da ajuda dele para fazer meu trabalho?

– Lily, feche os olhos, respire fundo e conte até três – falei para a garota.

Ela encarou minhas mãos, nervosa por um segundo, mas cerrou as pálpebras. Seu peito subiu uma vez, depois desceu.

– Um... Dois...

O homem levantou a mão.

– Tem certeza de que eu não deveria...

Encaixei o braço da garota no lugar com um estalo nauseante.

Lily arquejou e recuou para longe de mim. O homem a aninhou contra o peito.

– Está tudo bem – consolou ele, o tom mais uma vez gentil.

– Você foi ótima, Lily – garanti. – Essa foi a única parte assustadora. O resto é fácil.

Eu a persuadi a sair do abraço dele e passei a cuidar da garota, enfaixando seu braço em uma tipoia improvisada e limpando o ferimento da têmpora.

O homem continuou a me avaliar com uma intensidade de dar nos nervos. Seus olhos brilhantes seguiam cada um de meus movimentos como se pertencessem a um falcão em plena caça.

Quando terminei, gesticulei para que Lily se levantasse. Frustrada, percebi que não fazia ideia de quanto tempo o braço dela precisaria ficar imobilizado antes que os dons Descendentes da garota curassem o osso. Aquele era um exemplo perfeito do tipo de informação que minha mãe havia garantido que eu nunca soubesse – mas meu orgulho não permitiria admitir algo assim na frente daquele homem, especialmente depois de ele já ter questionado minhas habilidades.

Estava pedindo licença para consultar Maura quando notei Lily cambaleando. Seu rosto estava pálido e os olhos, nublados e meio perdidos.

– Lily? – perguntei. – Você está...

Ela revirou os olhos. Com a respiração curta e vacilante, a garota desabou nos braços do homem, o corpo ficou imóvel.

CINCO

—Lily! – gritou o homem. Seu pânico me atingiu como um bisturi. Ele segurou a parte de trás da cabeça da garota enquanto o resto do corpo deslizava para o chão. – Tem alguma coisa errada. Ajude, por favor!

Eu havia deixado passar algo... algo crucial.

Em minha mente, o mundo ficou em silêncio. Os sons abafados, as luzes reduzidas, o restante da sala sumindo no vazio. Não enxergava nada além da garota inconsciente deitada aos meus pés.

Eu me ajoelhei, minhas mãos se movendo como se tivessem vida própria. De repente, eu estava empurrando o homem para longe, libertando Lily daquele abraço protetor e verificando seu pulso, seus olhos, sua respiração. Meus dedos percorriam as roupas da garota em uma busca frenética por vestígios de ferimentos.

Foi quando eu vi.

Uma grande poça vermelha se formando na base das costas. Estava oculta atrás do corpo, o líquido sendo absorvido em segredo pelo tecido grosso do vestido azul-marinho.

Desembainhei minha adaga e cortei as roupas da princesa até livrar a pele. Brados de protesto ecoaram, vindos do que para mim pareciam quilômetros de distância, quase inaudíveis.

Um fragmento de metal retorcido, que tinha se soltado quando o lustre desabou, projetava-se das costas dela. A dor no braço devia mesmo tê-la dominado para que Lily não percebesse um ferimento tão grave.

Uma grande quantidade de sangue – sangue demais – já se acumulara no chão. Tirei um pote da bolsa e forcei uma colherada da mistura sob a língua de Lily, rezando em silêncio a quaisquer deuses que estivessem ouvindo para que a poção de coagulação fosse absorvida rápido o bastante.

Respirei fundo antes de arrancar o pedaço de metal de suas costas. Ele cedeu com um barulho úmido e nauseante.

No mesmo segundo, um rio escarlate começou a escorrer. Peguei gaze na bolsa e pressionei o ferimento, inteiramente focada na velocidade com que o tecido branco feito neve ia ficando rosa, depois vermelho e em seguida marrom-escuro. Apliquei mais gaze enquanto a ferida jorrava sangue.

De novo. E de novo. E de novo.

Era sangue demais.

Movi o corpo da garota, a fim de dar uma olhada em seu rosto. Seus lábios estavam azuis, a pele pálida e pegajosa.

– Vamos, Lily... – rosnei em voz baixa.

Eu devia ter visto aquilo. Não tinha percebido os sinais porque estava muito envolvida em meus pensamentos, enquanto uma menina inocente sangrava bem diante de mim.

Pensei em Teller e na maneira com que os olhos de meu irmão brilhavam ao falar sobre Lily. *Ela é bem simpática*, Teller tinha comentado. Tão poucas pessoas nesse mundo miserável haviam sido *simpáticas* com ele. Se aquela garota morresse nas minhas mãos...

Não. Eu não ia permitir.

Pressionei o ferimento com mais força e inclinei o corpo até roçar os lábios na orelha de Lily. Pensei *na voz*, nos comandos silenciosos que haviam assombrado meus pensamentos durante as últimas semanas.

– Lute – ordenei, reunindo cada resquício de autoridade que eu tinha. – Preciso que *lute*, Lily. Sua hora não chegou.

Lute, ecoou *a voz* dentro de mim.

Mais uma vez, um sentimento estranho se agitou em meu peito. Minhas mãos formigavam com uma sensação ao mesmo tempo gelada e quente. Era quase dolorosa, mas não ousei me afastar.

Um brilho suave irradiou por baixo da gaze encharcada de sangue sob minhas palmas. Seguindo algum instinto que eu não era capaz de compreender, curvei o corpo sobre Lily para esconder a luz.

Seria a magia Descendente de Lily fazendo efeito? Tinha que ser... Não tinha?

– Isso – sussurrei. – Lute, Lily. *Lute.*

A luz sob minha mão irradiou em um cintilar ofuscante – prateada feito o luar.

Os olhos de Lily se abriram.

Ela inflou o peito com um arquejo enquanto se levantava depressa. Os lábios estavam miraculosamente rosados, os olhos cor de safira brilhavam.

Encaramos uma à outra por um momento, piscando, sem palavras. Conforme o mundo ao redor se materializava outra vez, eu me tornava ciente de que todos os rostos na sala estavam virados em nossa direção. Observei o ferimento e, com cuidado, removi a gaze.

Arregalei os olhos.

A ferida havia sumido. Não tinha fechado nem cicatrizado.

Havia *sumido.*

Como se jamais tivesse acontecido.

Afastei o curativo por completo, mas não existia nada. Nem sequer um arranhão.

Sem saber o motivo, prendi a gaze de volta no lugar para ocultar a pele imaculada.

– C-como você se sente? – gaguejei.

A expressão abismada de Lily combinava com a minha.

– Estou bem, eu acho. O que... o que aconteceu?

Balancei a cabeça, lutando para achar as palavras.

– Você estava... sangrando. Mas você... está bem. Está tudo bem agora.

Uma multidão de Descendentes surgiu ao nosso redor. Eles estendiam as mãos para Lily, acariciando seus cabelos, seus braços, murmurando palavras de consolo e cochichando em descrença. Eu me deixei cair sentada para trás, confusa e tonta.

Meu olhar recaiu sobre minhas mãos encharcadas de vermelho. O ferimento tinha sido real. Havia muito sangue – o suficiente para que eu soubesse, do fundo do coração, que o fragmento de metal atingira algo vital, algo que nenhuma curandeira mortal seria capaz de curar. A habilidade de cura da menina podia ser assim tão forte?

O burburinho dos Descendentes ficou mais alto, todos bradando louvores à deusa ancestral.

Fiquei de pé aos tropeços, cambaleando para trás até bater contra um corpo firme. Eu me virei e dei de cara com Elric.

– Isso foi incrível – disse ele, olhando para mim admirado, como se tivesse sido *eu* a responsável por salvar Lily. – Você...?

– Tem algum lugar onde eu possa me lavar? – Eu o interrompi de forma brusca.

Meus pulmões lutavam para respirar, meu corpo estava dominado por uma tempestade de emoções conflitantes.

Ele recuou ao ver o sangue em minhas mãos trêmulas.

– Hum... Sim, é claro. – Elric me conduziu até o corredor e apontou a direção. – Última porta à direita.

Agradeci com um aceno desajeitado e saí cambaleando enquanto o palácio girava descontroladamente ao meu redor. Na metade do corredor, meus joelhos vacilaram e ameaçaram ceder, então me agarrei a uma parede próxima e fechei os olhos.

Eu me sentia leve de um jeito horrível: meu estômago caindo, afundando pelo ar. Ainda podia sentir o fantasma do formigamento em minhas palmas, o brilho prateado que era de alguma forma frio e quente, gelo e fogo. Os ecos da *voz* permaneciam em meus pensamentos, ainda provocando meus ânimos.

Após alguns minutos longos e torturantes, meu peso voltou ao normal. Minha respiração estabilizou e meu pulso não parecia mais um galope desenfreado.

Eu havia soltado a parede e me virado na direção do banheiro quando uma energia imensa me envolveu com seu peso. Senti quando a mão firme agarrou meu cotovelo e me puxou para trás, me colocando cara a cara com o homem misterioso que estava ao lado de Lily.

– Aonde vai? – Ele exigiu saber.

Por um momento, não consegui me mover. Ele estava muito mais perto do que antes. Perto o suficiente para que eu notasse o perfil anguloso de sua mandíbula, os relevos arrebatadores das maçãs do rosto, seu nariz – reto como a lâmina de uma espada. Perto o suficiente para que eu sentisse o cheiro de cedro e couro de seu almíscar amadeirado. Perto o suficiente para que eu percebesse que seus olhos gélidos, inflexíveis sobre a pele acobreada, não eram apenas de um azul estático – as cores se moviam, iluminadas por um redemoinho agitado de luz e veios de sombra.

Pelos deuses, ele é lindo.

Fiz careta diante daquele pensamento traidor. Olhei para baixo, para o ponto em que ele me segurava, a pele incrivelmente quente contra a minha.

– Se valoriza essa mão, é melhor tirá-la do meu braço – avisei.

Seu olhar me percorreu. Eu podia praticamente ouvir seus pensamentos conforme ele me avaliava – minha altura, minha constituição, minhas adagas – e descartava a ideia de que eu pudesse representar alguma ameaça. A arrogância daquilo quase me fez sorrir. Eu já fora subestimada por homens orgulhosos antes... e eles sempre terminavam arruinados.

– A mão – rosnei. – *Tire agora.*

Inclinei o corpo para esconder meus dedos enquanto eles avançavam até o punho da adaga.

O homem sustentou meu olhar por alguns segundos de tensão, as íris brilhando em reação a algo inescrutável antes que ele finalmente me soltasse.

– Como fez... *aquilo* com Lily? – perguntou ele, o tom enganosamente suave.

– Sou uma curandeira. É meu trabalho.

Ele deu um passo à frente. Dei um passo para trás.

– Seus olhos...

– Não sou Descendente – interrompi, sabendo muito bem para onde aquela conversa estava indo. A explicação ensaiada correu para minha língua como um reflexo. – Nasci com olhos castanhos. Perdi a cor por causa de uma doença que tive na infância. Existem muitos mortais na cidade que podem atestar isso.

– A luz que produziu ali...

– Foi tudo Lily. Não fiz nada. Sou uma mortal.

Ele não parecia convencido, examinando meu rosto em busca de alguma resposta que eu não pudesse oferecer.

E ali estava, bem diante de mim, o homem que eu passara meses procurando. Entreabri os lábios, pronta para perguntar sobre minha mãe, mas algum tipo de pressentimento me impediu.

Eu não conseguia me livrar da sensação de que, se eu trouxesse aquele homem para minha vida, aquilo abriria uma porta que eu nunca mais poderia fechar. E, a julgar por sua voz cortante e pela intensidade sufocante de sua presença, aquele não era um homem que eu queria em meu mundo. Se estava disposto a matar minha mãe para mantê-la em silêncio, o que faria com o resto da família caso acreditasse que também partilhávamos os segredos?

O homem olhou por cima do ombro para o corredor vazio, depois baixou a voz para um sussurro e disse:

– Se você for só meio mortal...

– Não sou.

Um vinco surgiu entre suas sobrancelhas.

– Seu pai... Ele é de Fortos?

Meus pensamentos se atropelaram em um frenesi confuso. *Como ele podia...? Estava falando do Comandante ou pretendia falar do...? Seria possível que soubesse sobre o...?*

Minha expressão pareceu responder o suficiente. Ele revirou os olhos.

– Ah, que maravilha – murmurou.

– O quê? Como você...?

– Você não devia estar aqui. – Ele indicou minhas adagas com o queixo. – *Mortais* não têm autorização para portar armas no palácio.

Ele deu ênfase à palavra, prolongando-a como uma piada interna desagradável.

Meus ânimos voltaram a se inflamar. Descendentes eram capazes de nos matar com um estalar de dedos, mas *nós* éramos a ameaça?

– Qual é o problema? – retruquei. – Está com medo de uma mulher mortal?

– Não mesmo. – O tom dele era desprovido de emoção, bastante prático. – Sendo mortal ou não, você estaria morta antes dessa adaga aí ser desembainhada.

Por um breve instante de loucura, pensei em colocar aquela afirmação à prova.

– Então por que isso importa? Pensei que armas mortais não pudessem ferir a pele de vocês.

– E não podem... Exceto a das crianças.

Suas feições se contraíram, como se estivesse se repreendendo por ter revelado tal fraqueza.

– Acha que eu machucaria *uma criança*? – sibilei.

Ele abriu a boca para responder, mas ficou em silêncio conforme eu avançava, e só parei quando meu rosto estava tão perto que o calor de seu hálito atingiu meus lábios. Com o dedo coberto de sangue, cutuquei a muralha sólida de seu peito, sentindo um pequeno arrepio de satisfação quando os olhos do homem se arregalaram de surpresa.

– Se eu quisesse machucar aquelas crianças, teria deixado a querida princesa Lilian sangrando até morrer. Nós, *mortais*, poderíamos ter ficado em casa e deixado aquelas três crianças perecerem. Em vez disso, salvamos todas. E é assim que você agradece?

Um músculo se contraiu em sua mandíbula, mas ele não disse nada.

Curvei os lábios.

– Se me der licença, preciso me lavar. Parece que me sujei toda enquanto salvava *seu* pessoal.

Dei meia-volta e saí andando.

Esperei até estar no banheiro e ouvir o clique suave da fechadura deslizando para só então desabar no chão e começar a chorar.

SEIS

Deixei escapar uma risada baixa diante daquela cena miserável: eu, coberta de sangue e chorando no chão do cômodo mais extravagante no qual já pisara.

O banheiro tinha metade do tamanho da minha casa, o teto abobadado pintado à mão com imagens de um céu noturno rodopiante. A luz cintilava das estrelas que pontilhavam a extensão de redemoinhos em safira e obsidiana, lançando um brilho salpicado em meu corpo.

Em uma alcova, um círculo de lavatórios em ouro maciço cercava uma fonte da deusa Lumnos emergindo de um lago borbulhante. Fileiras de potes de cristal lapidado contendo sabonetes e perfumes estavam dispostas ao longo da parede. Havia até uma lareira, ainda acesa com as brasas de um fogo moribundo, aquecendo uma pilha de toalhas macias e felpudas.

Olhei para o piso de mármore escuro, cujos veios brancos e dourados espiralavam ao redor de uma trilha de gotas de sangue que levava direto para mim.

– Ótimo – murmurei. – Que maravilha.

Enxuguei uma lágrima com as costas da mão. Eu não sabia direito por que estava chorando. Talvez fosse porque uma garota inocente quase havia morrido devido à minha incompetência. Ou talvez pelo jeito com que aquele Descendente insuportável olhara para mim, como se eu não passasse de um inseto a ser esmagado sob seus pés.

Ou talvez eu fosse apenas uma filha sentindo saudade da mãe.

Encontrar o Descendente tinha me levado de volta àquela maldita tarde. O último dia em que pude ver as rugas nos cantos dos olhos de minha mãe, ouvir sua risada aguda e estridente, sentir o calor de nossos braços entrelaçados enquanto caminhávamos juntas rumo à cidade.

Até aquele momento, eu não havia me permitido aceitar que minha mãe pudesse ter morrido de fato. Pelo bem da família, sempre sustentei a farsa de que ela estaria viva em algum lugar, de que acabaria voltando para casa.

No entanto, sentada ali no palácio real, cercada de Descendentes – a mesma situação da qual minha mãe passara a vida tentando me proteger –, a sensação era a de virar uma página.

Um adeus.

Seguir com a vida sem Auralie Bellator.

Cinco minutos, barganhei. *Você tem cinco minutos para sentir pena de si mesma. Depois vai se levantar e voltar ao trabalho.*

Apoiei a cabeça na parede de pedra fria e fechei os olhos. Em meio a arquejos trêmulos, seis meses de luto reprimido inundaram meu coração em pedaços.

Lana e eu voltamos ao centro enquanto Maura ficava para dar uma olhada no membro idoso da realeza de quem minha mãe andara cuidando – e que eu agora sabia se tratar do rei de Lumnos.

Para meu alívio, todas as três crianças feridas haviam sobrevivido e se recuperado. Apenas Elric se dera ao trabalho de nos agradecer por aquele resultado feliz. O restante dos Descendentes sumira sem nem pensar duas vezes.

Não voltei a ver o homem misterioso depois do nosso encontro esquisito à porta do banheiro. Ainda questionava minha decisão de não perguntar a ele sobre minha mãe. Ficava imaginando se um dia teria outra chance.

No caminho de volta para o centro, experimentei meu primeiro vislumbre da Cidade de Lumnos. Embora os mortais tivessem, em teoria, permissão para viver lá, ninguém tinha dinheiro para arcar com os custos. Até as casas mais modestas eram propriedades grandiosas adornadas com colunas e terraços frondosos, com lustres brilhantes que aqueciam janelas enormes. Era possível sentir aqui e ali o cheiro de pão recém-assado, de carnes grelhadas e bem temperadas, de buquês florais repletos de fragrância – tudo muito distante dos odores pungentes de nossa aldeia mortal.

Como era estranho ter passado a vida inteira a apenas uma curta distância de toda aquela opulência de tirar o fôlego e, ao mesmo tempo, estar tão desconectada dela.

O que não significava que eu fosse desprovida de sofisticação. Eu fazia visitas ocasionais aos portos movimentados de Meros, Reino de Mar e Céu, e também a Fortos, Reino de Força e Valor, o vizinho mais próximo de nosso reino ao sul. Meus pais haviam se conhecido lá quando ambos serviam ao Exército de Emarion. Embora fossem lideradas pelo rei de Fortos, as fileiras do Exército continham mortais e Descendentes de todos os reinos, cuja força podia ser convocada por qualquer uma das Coroas caso um conflito descambasse para algo acima das capacidades da Guarda Real interna. Nossa família visitava o quartel-general das tropas em Fortos com frequência – papai porque queria matar a saudade dos velhos amigos, e mamãe para se encontrar com os curandeiros bem treinados e abastecidos do Exército.

Mais ao sul ficava Faunos, Reino de Fera e Besta, lar dos Descendentes que, segundo os rumores, eram mais animais do que humanos. Mortais eram proibidos de entrar em Faunos – a menos que estivessem de passagem pela Estrada Circular que levava a Arboros, Reino de Raiz e Espinho. Com sua rica vegetação, Arboros fornecia muitas das plantas medicinais que usávamos no centro. Às vezes, eu acompanhava mamãe em sua viagem anual para reabastecer nossos ingredientes mais difíceis de encontrar.

O vizinho ao norte de nosso reino, Montios, Reino de Pedra e Gelo, era tecnicamente proibido para mortais, embora Henri e eu certa vez tivéssemos atravessado a fronteira em segredo para dar uma espiada nas deslumbrantes montanhas cor de lavanda cobertas de neve. Tínhamos até mesmo avistado um bando distante dos Descendentes nômades e reclusos de Montios escondido em uma caverna em meio ao terreno rochoso.

Na verdade, restavam apenas três reinos nos quais eu nunca pisara.

Sophos, Reino de Pensamento e Centelha, só abria as portas para mortais mediante convite. Se Teller obtivesse uma vaga em uma de suas prestigiadas universidades, então eu teria a chance de visitar a cidade lendária cheia de inovações, ver os arranha-céus e as infinitas bibliotecas.

Os desertos esturricados ao sul de Ignios, Reino de Areia e Chama, eram proibidos para mortais. Mesmo viajar pela Estrada Circular significava morte certa – não que eu tivesse algum interesse em visitar aquele lugar cruel e miserável.

Por fim, havia Umbros, Reino de Mente e Segredo. Embora fosse o único local onde mortais e Descendentes de qualquer reino eram bem-vindos sem restrições, as vagas de trabalho lá não eram muito agradáveis: assassinos, espiões, cortesãs, traficantes de ópio e coisas do tipo. Se Meros era a rota de transporte para o comércio de mercadorias legalizadas inter-reinos, Umbros era seu gêmeo malvado e furtivo.

Umbros era um refúgio para sombras e pecados, sendo tolerado pelos outros reinos apenas devido ao medo que estes sentiam daquela rainha implacável. Ela era velha e, segundo os rumores, imensamente poderosa. Passada a Guerra Sangrenta, havia ordenado a execução de todos os Descendentes de Umbros, com exceção de uma centena, a fim de manter a própria magia forte e pouco diluída.

Embora o simples ato de pensar em Umbros já fosse suficiente para me provocar calafrios, uma parte selvagem e aventureira de mim se agitava com a perspectiva de um dia explorar seus segredos perversos.

Meus afazeres da tarde me levaram a uma peregrinação pela Cidade Mortal conforme eu fazia visitas domiciliares a várias famílias pobres. Já era noite quando retornei ao centro de curandeiros. Os aprendizes já haviam se retirado, deixando Maura e eu sozinhas no silêncio. Ela anotava o resumo daquele dia em nossos registros enquanto eu terminava de engarrafar um novo lote de pomada de musgo-de-salgueiro.

– Deu tudo certo hoje de manhã no palácio? – perguntou Maura. – Pensei ter visto alguma comoção envolvendo a princesa.

– Nada que eu não fosse capaz de resolver – respondi depressa, a vergonha de não ter reparado no ferimento da garota ainda me atormentando. – Os Descendentes não são como achei que seriam.

– Como assim?

Parei o que estava fazendo.

– Eles parecem quase... mortais.

– Bom, eles são filhos tanto da Linhagem quanto de mortais. Por mais que tentem negar, sempre existirá sangue mortal correndo naquelas veias. Como achou que seriam?

Dei de ombros.

– Vazios. Sem emoção.

– Eles são assim às vezes. Mas acho que temer por uma criança ferida é algo universal. Mesmo as feras mais selvagens enlouquecem quando um filhote está em perigo.

A voz cheia de pânico do homem misterioso, pedindo ajuda enquanto Lily se encolhia em seus braços, ecoou repetidas vezes em meus ouvidos. Comigo ele não tinha sido nada além de rígido e (con)Descendente. Já com Lily… Eu ainda me lembrava com nitidez de como ele limpara as lágrimas da garota com carinho, dizendo o quanto estava orgulhoso dela.

Se alguém me perguntasse antes, eu teria negado que Descendentes fossem capazes de expressar qualquer forma de amor. Mas depois do que eu vira naquele dia…

– Isso me fez lembrar que o príncipe veio aqui esta tarde enquanto você estava fora – disse Maura. – Ele me pediu para agradecer a você.

Franzi a testa.

– Elric? Ele é um príncipe?

– Não, não Elric. O príncipe Luther.

Congelei.

– O príncipe Luther estava no palácio hoje de manhã?

– Você não conhece mesmo a realeza, não é? – Maura sorriu. – Diem, você estava agachada bem do lado dele. O príncipe Luther era o homem segurando a irmã, a princesa Lilian. Os dois são sobrinhos do rei.

Ah, pelos deuses. *Pelos deuses.*

O homem que eu andara procurando aquele tempo todo era o príncipe Luther.

Príncipe Luther, *irmão mais velho da garota de que Teller gostava.*

Príncipe Luther, *o homem a quem eu ameaçara cortar a mão.*

Príncipe Luther, *o futuro rei de Lumnos.*

Afundei na cadeira mais próxima. Aquilo não era bom. Não era *nada bom.*

Maura avaliou minha cara de angústia e caiu na gargalhada.

– Ah, querida, você também não! Já tenho que aturar as aprendizes se transformando em um bando de tontas dando risadinhas sempre que "o lindo do príncipe Luther" está por perto. Não vou permitir que você saia suspirando pelo sujeito também.

Meu choque se transformou em um olhar cortante.

– Eu não suspiraria por aquela besta insuportável nem que ele fosse o último homem de Emarion.

Maura pestanejou, mas depois se curvou de tanto rir.

– O que o coitado fez para merecer tanto carinho?

– Você já conversou com ele? O homem é terrível. Nada além de ego. – Toquei, distraída, no ponto em que ele agarrara meu cotovelo. Se eu me concentrasse, ainda seria capaz de sentir o calor de seus dedos em minha pele. Não que eu estivesse pensando nisso, é claro. – Ele tentou me ensinar a fazer minha função.

– Como assim?

– A garota, Lily, estava com o braço quebrado, e eu precisava colocar no lugar. Ele teve a audácia de tentar me impedir. Ficou agindo como se fosse um trabalho *para ele* fazer.

A risada de Maura parou de repente.

– E você não o deixou ajudar?

– Sabe quantos ossos quebrados já consertei, Maura? Eu poderia fazer isso até dormindo. Até vendada.

– Eu sei, mas a menina era Descendente.

– E daí?

Ela me lançou um olhar curioso.

– E como você colocou o osso no lugar?

– Ah, você sabe, com um martelo, uma corda, uma dose de uísque e...

– Estou falando sério, Diem. – Maura se ergueu e caminhou até mim. Seu rosto estava estranhamente sério. – Algum Descendente ajudou você?

– Não precisei de ajuda. Cuidei da menina como faria com qualquer outro paciente. Verme-prata para anestesiar a dor, uma pequena distração, um puxão forte... e pronto. – Sorri. – Foi como mágica.

Ela inclinou a cabeça.

– Você tem certeza de que o osso voltou para o lugar?

– Estou tentando não me sentir ofendida, Maura.

– É só que... – Ela se interrompeu, franzindo a testa. – Os ossos dos Descendentes são fortes. Mais fortes que ferro. Mortais não conseguem movê-los.

Aquilo não podia ser verdade. Eu havia sentido o osso da garota se mexendo sob minhas mãos e ouvira o estalo quando deslizara para o lugar.

– Talvez seja mais fácil com os mais jovens – conjecturei.

Maura negou com a cabeça.

– O menino mais novo tinha várias fraturas, e a primeira Descendente que chamei não conseguiu nem mexer nos ossos dele. Ela precisou chamar um dos homens mais fortes para ajudar.

Nós nos encaramos por um longo momento, atônitas.

Maura pareceu hesitante antes de voltar a falar.

– Diem... Foi só um osso quebrado mesmo? O príncipe Luther disse que você salvou a vida da irmã dele.

Uma poça de sangue trovejou em minha memória. Lábios sem cor. Um pulso fraco. Uma montanha de gaze encharcada de vermelho. E então, segundos depois, a pele das costas sem manchas, perfeitamente lisa, sem vestígios de ferimento.

Senti um arrepio.

Voltei a me ocupar com a mesa de trabalho, evitando o olhar de Maura.

– Ela teve um machucado pequeno que sarou quase de imediato. Quem diria que um príncipe pudesse fazer tanto drama?

Maura continuou parada. Seus olhos não paravam de percorrer meus braços, como se ela pudesse arrancar minha pele com o olhar e encontrar alguma resposta oculta por baixo.

Mexi o corpo, desconfortável.

– Ele falou mais alguma coisa? Algo sobre minha mãe?

– Ele perguntou se eu cheguei a conhecer você quando criança... Se eu vi você com olhos castanhos, antes de mudarem de cor. Eu respondi que sim, é claro. E aí ele perguntou se eu conhecia seu pai.

Prendi a respiração. Maura era uma das poucas pessoas de fora da minha família que sabia que eu não era filha de sangue do Comandante.

– O que você respondeu?

Maura me lançou um olhar sério, cheio de significado.

– Falei que todo mundo conhecia Andrei Bellator, o grande *mortal* herói de guerra.

– Então você não mencionou o...?

– Não – respondeu Maura com firmeza. – Não é da minha conta.

Ela se virou outra vez para a escrivaninha e retomou as anotações como se simplesmente não houvesse mais nada a ser dito sobre o assunto.

Trabalhamos em silêncio por mais um tempo, até que criei coragem para dizer as palavras que haviam ficado presas em meus lábios o dia todo.

– Talvez eu devesse começar a fazer parte do serviço com os Descendentes no palácio.

Maura ergueu uma sobrancelha.

– O que disse mesmo sobre bestas insuportáveis? E agora quer ir até lá para mimá-los?

– Não quero *mimar* ninguém, muito obrigada. Só pensei em ajudar. Você não precisa fazer tudo sozinha.

Ela hesitou.

– Você sabe a opinião de Auralie sobre isso, querida. Ela já vai ficar furiosa com o que aconteceu esta manhã.

O peso que senti no chão do banheiro do palácio voltou a se acomodar sobre meus ombros como uma capa de chumbo.

– É hora de aceitar que talvez ela não volte.

– Não diga isso.

– Já se passaram seis meses. E nem sinal dela.

– Você não pode perder as esperan...

– Maura, chega! Por favor. Esperança sem motivo é... *crueldade.* – Respirei fundo, ordenando que o bolo em minha garganta se desfizesse. – Não posso continuar fingindo que a vida está normal. Como se ela não... Como se ela não tivesse ido embora.

Maura fungou de leve, mas permaneceu calada.

– Teller está com medo de que revoguem a admissão dele na academia Descendente caso um Bellator não esteja servindo como curandeiro da Coroa. Mesmo que não seja verdade, não quero deixá-lo preocupado com isso. Ele precisa se concentrar na escola. É melhor que eu tome o lugar de minha mãe até que ele se forme.

– Não é tão simples assim.

– O que quer dizer?

– Quando sua mãe fez esse acordo, ela não concordou apenas em servir até Teller terminar os estudos. Ela...

Maura fechou a boca de repente. Eu me levantei da cadeira.

– Conte, Maura.

Ela se encolheu, a piedade pairando no ar como um perfume enjoativo.

– O acordo era para a vida toda, Diem. Sua mãe concordou em servir de qualquer maneira que a Coroa requisitasse, pelo resto da vida.

– O que quer dizer com isso?

– Não sei os detalhes, isso ficou entre sua mãe e a realeza. Ela só me contou que seguiria trabalhando aqui o máximo que pudesse, mas que os pedidos da Coroa seriam prioridade.

Meus joelhos fraquejaram. Eu me inclinei sobre a mesa, segurando a borda do tampo.

– E se ela quebrasse o acordo?

Maura passou as mãos pelo rosto e soltou o ar com força.

– Jurei para Auralie que nunca contaria isso.

– Maura, se isso afeta Teller, tenho o direito de saber. É meu dever protegê-lo agora.

Ela me encarou, uma dor genuína nos olhos.

– Se ela não cumprisse o acordo, teria a vida tomada. Ela seria executada pela Coroa.

O cômodo começou a girar. De repente, as sombras ficaram brilhantes demais, o silêncio ficou barulhento demais.

Eu me atrapalhei com as palavras.

– Mas o rei... Teller falou que ele está inconsciente. Se ele morrer... talvez ninguém mais saiba. Talvez...

– O príncipe Luther sabe. Foi ele quem negociou com sua mãe em nome da Coroa.

No jantar daquela noite, tudo que consegui foi remexer os pedaços de comida no prato. Enquanto Teller e papai tagarelavam sobre o que tinham feito durante o dia, ofereci apenas acenos e sorrisos suficientes para não parecer rude e murmurei alguns detalhes inofensivos para satisfazer as perguntas dos dois.

Minha mente estava *uma bagunça*.

Mil pensamentos conflitantes me invadiam, cada um mais horrível do que o outro. E nenhum deles fazia sentido. Nenhum deles era digno de ser falado em voz alta.

Com minha mãe presente, tinha sido fácil viver protegida no casulo que ela construíra ao meu redor. Eu havia me rebelado de todas as maneiras que a juventude incansável costuma fazer, mas sempre me rendia no fim, aceitando minha existência planejada.

Ela tinha guardado tantos segredos. De todos nós, mas especialmente de mim. Sua filha, sua primogênita.

Se alguém tinha o direito de saber a verdade, não deveria ser eu? Antes de Teller, antes mesmo de papai, éramos só nós duas sozinhas no mundo. Uma mãe solo e sua filha bastarda.

Uma parte de mim a odiava por isso, embora eu soubesse que ela havia feito aquilo pelo meu próprio bem. Lá no fundo, eu sabia que minha mãe faria *qualquer coisa* para me proteger.

Guardaria qualquer segredo. Faria qualquer acordo. Contaria qualquer mentira.

E agora, sem sua proteção, eu estava sendo arrastada em direção a todas aquelas verdades que eu me contentara em ignorar, gritando e esperneando por todo o caminho.

Se Teller ficara sabendo do acontecido no palácio, não falou nada. Ainda que, quando eu me sentei em frente à lareira e encarei as chamas de maneira vaga, tivesse sentido seu olhar curioso em minhas costas. Supus que o mau humor que adquiri desde que parei de tomar o pó de raiz-de-fogo tivesse deixado meu irmão cauteloso o bastante para não invadir meu espaço.

A raiz-de-fogo.

O frasco de pó vermelho queimava em meu bolso. Meus pensamentos caóticos o cercaram como abutres em torno de uma carcaça fresca. Aquele frasco era minha raiva e meu medo, minha angústia e meu ressentimento – todas as emoções mais sombrias materializadas.

Quando o céu ficou preto e os homens da minha família se perderam em sonhos, juntei todas as garrafas do estoque de minha mãe e me esguei-rei para fora de casa, até a beira da água.

Um por um, atirei os recipientes em forma de meia-lua no mar. Um por um, eles atingiram as ondas e afundaram para sempre em um túmulo aquático.

Cada mergulho silencioso parecia o ranger de uma porta velha e pesada, as dobradiças de ferro emperradas devido aos séculos em desuso.

Fiz uma prece para os deuses antigos, tentando me preparar para o que estivesse por vir.

SETE

— Quer conversar sobre isso?

A voz de Henri me trouxe de volta ao presente e ao som hipnótico dos cascos batendo na Estrada Circular, o caminho tortuoso que conectava os nove reinos de Emarion. Havíamos deixado a cidade horas antes, e eu mal emitira cinco palavras desde então.

– Conversar sobre o quê?

– Sobre o que quer que esteja te deixando com essa cara de que quer matar alguém.

Ele não estava errado.

Minha raiva vinha queimando em silêncio por semanas, talvez meses, mas, após os acontecimentos do dia anterior – especialmente depois das revelações de Maura –, uma inquietação ardente se instalara de forma tão profunda em minha medula que eu começava a questionar se a mudança seria permanente.

– Estou bem. – Fiz meu melhor para soar simpática, mas a afirmação não soou crível nem para meus próprios ouvidos.

– Está se sentindo culpada por ter deixado o centro?

– Não.

Não era mentira. Depois de ver como eu fiquei abalada ao saber do acordo de minha mãe, Maura sugeriu que eu tirasse *vários* dias de folga.

– É por causa de Teller?

– Não.

Também não era mentira. A princesa Lilian ficara tão grata por minha ajuda que dera um beijo na bochecha de Teller e o convidara para visitar o palácio quando quisesse. Ele estava nas nuvens. E, embora eu me preocupasse com o envolvimento dos dois, era difícil não me sentir satisfeita ao ver meu irmão tão feliz.

Um longo silêncio se instalou entre nós, interrompido apenas pelo barulho dos cascos pisoteando os seixos.

– É a sua mãe? – A voz dele soou mais baixa, mais gentil.

Tentei negar, mas as palavras não saíram.

– Diem, somos amigos desde que aprendemos a andar. Sabe que pode conversar comigo, não sabe?

– É claro.

Já *isso*... Isso era mentira.

Henri odiava os Descendentes mais do que qualquer outra pessoa que eu conhecesse, e por um bom motivo.

Quando Henri era bebê, a mãe dele contraiu uma doença rara, tratável apenas com uma erva nativa de Montios. Como mortais não podiam frequentar o lugar, o pai de Henri havia solicitado permissão para visitar o reino recluso das montanhas. Ele até arriscara sua posição como mensageiro real, tentando implorar ao rei por assistência diplomática.

O pedido acabou sendo negado sem maiores explicações e, com isso, a mãe de Henri pereceu de uma morte evitável. Desde então, o ódio dele ficou entranhado nos ossos.

Como eu poderia contar para Henri que Auralie, que tinha sido como uma mãe adotiva para ele, havia entregado a vida para aqueles monstros?

Como poderia contar que ela provavelmente tinha desaparecido a mando do rei, ou que talvez o príncipe Luther a tivesse assassinado a fim de manter os segredos dele em segurança, ou que talvez ela tivesse fugido para evitar o acordo, me deixando em seu lugar?

Eu nem sabia qual daquelas opções eu preferia.

– Sua mãe vai voltar para casa, Di. Tenho certeza.

Forcei um sorriso agradecido, mas sem entusiasmo.

Ainda que ela voltasse para casa... E aí? Minha mãe se tornaria uma escravizada vitalícia da Coroa? Seria executada por fugir do acordo? *Se* ela estivesse viva, seria melhor que permanecesse bem longe de Lumnos.

Não, eu não podia contar nada daquilo para Henri.

Ele trouxe o cavalo para mais perto do meu e estendeu a mão, segurando meus dedos.

– Não consigo explicar, mas… eu simplesmente sei. Sei que sua mãe está viva e segura, e que vai voltar. Ando rezando para os deuses antigos, e eles me disseram para ter fé.

Lancei um olhar nervoso por cima do ombro diante da menção proibida aos deuses antigos.

– Tome cuidado, Henri. Se alguém escutar você…

– Sério? – Ele deu um sorrisinho de canto de boca. – Vou levar sermão da garota que infringiu todas as leis de Lumnos?

– Nem todas. – Enfim consegui deixar escapar um sorriso. – Só as divertidas.

– Blasfemar contra nossos invasores não é divertido o bastante para você?

– Não o suficiente para valer a pena uma execução. E fale baixo, está bem?

– Eu me lembro de você achar que valia a pena quando fizemos certas melhorias naquela estátua de Lumnos que puseram perto do mercado.

Ri com a lembrança. Aos 13 anos, havíamos escapulido na calada da noite para vandalizar a estátua da deusa padroeira do reino da maneira mais absurda, que apenas dois adolescentes irreverentes seriam capazes de fazer.

– O que posso dizer? – falei baixinho. – O bigode que pintamos realçou os olhos dela.

Henri jogou a cabeça para trás e riu alto, e meus lábios se curvaram ainda mais. Fazia muito tempo que não compartilhávamos um instante tão despreocupado.

– Você é um perigo, Bellator.

– *Era* um perigo. Agora sou uma adulta séria e profissional.

– Ah, você ainda é um perigo. Não pense que não ouvi sobre os problemas que causou no palácio ontem.

Meu sorriso desapareceu no mesmo segundo. Soltei a mão dele e segurei o apoio da sela.

– O que você ouviu?

– Se os rumores forem verdadeiros, e sabemos que as fofocas da cidade nunca erram… – Ele me deu uma piscadela. – Uma princesa caiu morta, e você a ressuscitou com ervas e um punhado de bandagens.

Um nó se formou em meu estômago.

– Ela perdeu um pouco de sangue e ficou zonza. Não foi assim tão sério.

Outra mentira, mas dessa vez eu não tinha uma boa desculpa. Minhas palmas latejavam com a lembrança da luz estranha e formigante.

– É mesmo? Os Descendentes pareciam achar que foi sério.

Virei a cabeça para ele de supetão.

– Quem disse isso?

– São só boatos. – Henri me lançou um olhar curioso. – Por que você estava no palácio? Pensei que tudo relativo aos Descendentes estivesse fora dos limites.

Mordi o lábio, sentindo o peso da culpa por todos os segredos que estava escondendo dele, a única pessoa de quem eu nunca escondera nada.

– Acho que vou assumir os deveres de minha mãe no palácio. E me poupe do sermão, por favor, já ouvi tudo de Maura.

Um longo silêncio se passou. A atenção de Henri se voltou para a estrada à frente enquanto ele mergulhava nos próprios pensamentos.

– Ótimo – respondeu ele por fim.

Franzi a testa.

– Não acha que é uma má ideia?

– Você queria que eu te convencesse a desistir?

Eu não sabia ao certo como responder. Não tinha certeza nem se sabia a resposta.

– Eu entendo por que sua mãe manteve você afastada por tanto tempo – disse Henri. – Descendentes são perigosos. Só se importam com eles mesmos e eliminam qualquer coisa que considerem uma ameaça. Veja o que fazem com os bebês que são meio mortais! Nem mesmo crianças são sagradas para eles.

Estremeci ao pensar no massacre sem sentido provocado pelas leis de progenitura do rei.

– Mas o segredo para sua segurança não é mantê-la afastada para sempre – continuou ele. – Para derrotar um inimigo, é preciso conhecê-lo intimamente. E não há melhor lugar para fazer isso do que dentro da casa dele.

O tom calculista na voz de Henri fez um calafrio percorrer minha espinha. Ele parecia mais um soldado se preparando para a guerra do que o amigo bobo e despreocupado com quem eu tinha crescido.

– Você está passando tempo demais com o Comandante – provoquei, um tanto nervosa.

– Não foi seu pai quem me ensinou isso. Foi sua mãe.

Abri a boca para fazer novas perguntas, mas Henri observou o sol se aproximando do horizonte e desceu do cavalo num rompante, seus pés aterrissando no cascalho com um baque forte. Ele agarrou as rédeas das duas montarias e nos conduziu para fora da estrada, rumo à floresta, para acampar durante a noite.

Eu não sabia há quanto tempo estava ali, encarando as chamas que dançavam pela fogueira cintilante. Henri saíra para coletar lenha, me deixando em paz para pensar.

Eu estava com *tanta raiva*.

Com raiva de meu pai por agir como se o desaparecimento de minha mãe fosse um soluço momentâneo. Com raiva de minha mãe por fazer um acordo tolo. Com raiva de mim mesma por perder o controle de minha vida, por não ter sido firme e exigido saber a verdade quando tive a chance.

Mais do que tudo, porém, estava com raiva daquele abominável príncipe Descendente.

O acordo que intermediara entre minha mãe e o rei Ulther era quase unilateral demais para ser levado a sério: uma vida inteira de serviço em troca de quatro anos de escolaridade. Era assim que os Descendentes operavam. Eles tomavam e tomavam, reivindicando tudo de valor para si, e então exigiam gratidão inquestionável das mesmas pessoas a quem haviam roubado.

Afinal, era o que tinham feito com Emarion. Os Descendentes haviam infectado nosso reino outrora próspero como um vírus, infiltrando-se em nossos lares e religiões, em nossas cidades e universidades, apenas para ressurgir das cinzas da Guerra Sangrenta e banir os mortais dos mesmos reinos que estes haviam construído.

E agora tinham feito aquilo com minha família também.

Quanto mais eu refletia, mais odiava Luther. Eu o *desprezava*. Queria que ele sofresse de forma lenta e dolorosa.

Eu não sentia orgulho disso. Qualquer curandeira de respeito devia focar em acabar com o sofrimento, não em causá-lo.

No entanto, eu não tinha escolhido ser curandeira. O caminho fora definido para mim – por minha mãe, por minhas circunstâncias, por minha falta de alternativas.

Eu fantasiava sobre ir até Meros às vezes, arrumar trabalho em um barco em algum dos portos movimentados da cidade. Navegar pelo Mar Sagrado e conhecer o mundo.

Outras vezes, eu me imaginava enfrentando os becos sombrios de Umbros, experimentando os vícios da vida e aprendendo a colocar os homens de joelhos de todas as formas possíveis.

Já até considerara me alistar no Exército de Emarion, só para ter a chance de deixar uma marca no mundo fora da minha pequena aldeia irrelevante.

Eu deveria ser grata. Eu tinha habilidades, o que significava que jamais passaria fome. Eu tinha família, o que significava que jamais estaria sozinha. E eu tinha segurança – nenhum inimigo, nenhuma ameaça. Contanto que eu aprendesse a seguir as regras, eu levaria uma vida longa e pacata. Uma vida *segura*.

Então por que eu tinha vontade de arrancar os cabelos só de pensar nessa possibilidade?

Fiquei tão absorta naquela frustração que só ouvi Henri se aproximando um segundo antes que seus braços deslizassem ao redor de minha cintura. Os contornos quentes e sólidos de seu corpo pressionados contra as minhas costas.

As chamas alaranjadas e brilhantes de minha raiva mudaram para um vermelho-escuro faminto sob seu toque.

– Oi – murmurou ele, dando um beijo suave em meu ombro.

– Oi.

Inclinei a cabeça de lado em um convite silencioso, meus olhos se fechando.

Os lábios de Henri percorreram devagar a curva de meu pescoço.

– Você ainda está com aquela cara, sabia?

– Que cara?

– De que quer matar alguém. – Ele enfiou o polegar sob a bainha da minha túnica e traçou linhas vagas para a frente e para trás ao longo da pele sensível de meu ventre. – No que está pensando?

Em deixar este lugar e construir uma vida nova sozinha do outro lado do continente.

– Em uma coisa que você falou – respondi em vez disso. – Como foi mesmo? Algo sobre conhecer seu inimigo… intimamente?

Ele riu, a respiração fazendo cócegas em meu pescoço.

– Retiro o que disse. Só existe uma pessoa que desejo que você conheça intimamente.

Com aquela última palavra, ele subiu a mão por minhas costelas e roçou a curva do seio, fazendo uma onda de desejo atravessar meu corpo.

– Ou talvez eu tenha que transformar você em inimigo.

Estendi a mão para trás e segurei a adaga embainhada na cintura de Henri antes de descer por sua coxa musculosa.

– Nesse caso, eu me entrego agora mesmo – respondeu ele, me puxando contra seus quadris até que eu sentisse qual parte de seu corpo pretendia me entregar.

Arqueei as costas, a respiração saindo trêmula.

– Se entregar? Que pena. Eu gostaria muito mais de uma boa luta.

Eu me virei e agarrei a gola de sua camisa, depois o puxei para baixo até que nossos lábios se tocassem. Meu beijo veio feroz e exigente, canalizando todas as emoções escaldantes enquanto nossas línguas dançavam em movimentos profundos e ansiosos.

– Diem – murmurou ele, descansando a testa na minha. – Faz tanto tempo.

Haviam sido meses sem nos tocarmos daquele jeito.

Tudo começara na última primavera, quando uma noite amena de muita cerveja nos levara a tirar a roupa e mergulhar no mar. Nossos corpos nus haviam se encontrado sob o luar e se livrado da inocência platônica de nossa juventude.

Nenhum de nós fora o primeiro um do outro, mas tínhamos sido os primeiros a significar alguma coisa. Os primeiros a unir a paixão do toque físico com a intimidade de uma alma semelhante.

E então minha mãe desapareceu e minha vida desmoronou, e eu precisara desesperadamente de um amigo sem grandes expectativas. Henri havia retornado ao papel sem reclamações, pronto para assumir a forma que meu luto preferisse para ele.

Mas os meses que se seguiram nos transformaram. Nossa doce inocência foi embora junto com minha mãe. Ficamos ambos mais endurecidos, mais raivosos, com a alma calejada pela vida e pelas perdas.

Embora ainda gostasse de Henri com a mesma profundidade de sempre, eu não era mais a garota risonha e despreocupada por quem ele se apaixonara. Quando eu olhava em seus olhos, tinha dificuldade para encontrar o garoto de coração gentil que eu costumava conhecer.

E não sabia ao certo em que pé aquilo nos deixava.

Eu me contorci em seus braços até meus lábios encontrarem os dele outra vez. Sua mão áspera acariciou a base de minha coluna, brincando com o cós da calça. A mulher solitária presa em minha pele corada e quente implorou por mais.

Henri roçou a outra mão em meu cotovelo, e minha mente retornou àquela manhã no palácio real. Lembrei de como havia perdido o juízo com o toque dominante do príncipe Luther, com seu olhar penetrante. O rosto rasgado de cicatrizes do Descendente estava gravado em meus pensamentos. Sempre que fechava os olhos, via sua expressão gélida me observando, me estudando, me julgando.

Estava tomada pela necessidade de queimar e destruir aquela memória. Puxei a camisa de Henri pela cabeça com mãos vorazes, me atrapalhando com os cordões de couro da calça e puxando as pontas com impaciência.

– Essas coisas – rosnei. – Tire.

– Sim, senhora – respondeu ele, com um sorriso torto.

Henri afrouxou os cordões depressa e baixou as calças, mas, antes que eu pudesse alcançá-lo, ele passou as mãos pela parte de trás das minhas coxas e me ergueu contra seus quadris. Enfiei os dedos por entre seus cabelos castanhos enquanto ele me carregava até os sacos de dormir e nos abaixava até o chão. Após algumas respirações ofegantes, minha túnica foi tirada e arremessada de qualquer jeito por cima de seu ombro.

– O tônico contraceptivo – falei apressada, minha voz rouca. – Está na minha bolsa.

Henri produziu um som evasivo conforme a boca vagava por meu corpo exposto, provando minha pele quente.

– *Henri.*

– Precisamos mesmo disso? – resmungou ele junto ao meu pescoço. – Quem somos nós para interferir nas bênçãos dos deuses antigos?

Minha luxúria esfriou de leve quando lhe lancei um olhar penetrante.

– Se é assim que pensa, então...

Comecei a me desvencilhar, e Henri gemeu e me agarrou pelos quadris para me puxar de volta.

– Tudo bem – murmurou ele, pegando minha bolsa e de lá o frasco de líquido verde. Ele bebeu depressa e sorriu. – Agora podemos continuar?

Ergui os braços acima da cabeça.

– À vontade.

Ele se deitou por cima de mim e me beijou com profundidade, embora fosse mais uma carícia terna do que um zelo apaixonado.

– Senti falta disso – sussurrou ele, movendo-se pelo meu corpo e deixando um rastro de beijos leves como plumas ao passar por meu umbigo.

Mesmo sob a névoa do desejo, o toque de Henri era suave e protetor. Era como ele sempre tinha sido comigo – gentil até demais.

Suas antigas parceiras tinham sido garotas doces e quietas. Aquelas com sorrisos tímidos e fitas no cabelo, que nunca diziam nada indelicado e conseguiam se dar bem com todo mundo. Eu costumava zombar dele por causa disso, mas, na verdade, tinha ciúme. Não do relacionamento com ele, mas daquela beleza delicada pela qual uma parte de mim tanto ansiava imitar.

É que eu era feita do brandir de punhos e das palavras precipitadas. Minhas arestas eram afiadas demais; meu temperamento, muito irascível. Nada em mim era *delicado*.

Às vezes eu me perguntava se os gostos de Henri haviam mudado ou se ele tinha enxergado algo diferente em mim – a curandeira protetora que se apresentara para cuidar da família na ausência da mãe.

Mas eu não escolhera ser curandeira, nem tinha escolhido assumir o papel de minha mãe.

Não queria do jeito gentil ou delicado.

Eu queria *queimar*.

Arranquei o resto das roupas e virei Henri até que seus ombros afundassem contra o saco de dormir. Ele arregalou os olhos, depois os fechou com um gemido de prazer quando me acomodei por cima dele.

Meu nome saiu de seus lábios como se fosse uma imprecação. Henri estendeu as mãos para me tocar, mas prendi seus braços no chão, a parte vulnerável em mim se alimentando da sensação de controle. Joguei a cabeça para trás e entreguei meu corpo ao inferno.

E eu queimei.

Queimei enquanto nos movíamos juntos, respirando o nome um do outro até que ambos estivéssemos brilhando de suor, apesar do frio. Queimei enquanto me balançava furiosa contra Henri em uma tentativa desesperada de perseguir os pensamentos sobre o que – e quem – me esperava em Lumnos.

Mesmo depois de encontrarmos alívio e desmoronarmos nos braços um do outro, as chamas dentro de mim se recusavam a morrer. Elas cresciam cada vez mais, alimentadas por uma frustração inquieta, carbonizando minha pele de dentro para fora.

Mesmo quando os braços de Henri se enrolaram ao meu redor e o peito dele começou a subir e descer no ritmo lento e constante do sono, fiquei encarando o céu profundo da meia-noite, meus pensamentos tão turbulentos quanto antes. E eu queimei, queimei e queimei.

E me perguntei quanto tempo restaria até que o fogo em minha alma me queimasse viva.

OITO

E u sabia por que estava ali.

A recusa era inútil, mas minha mente se debateu, gritando em desafio. Minhas pernas me levaram para o sul, pela estrada familiar e mal iluminada. A cada passo, eu choramingava por dentro, implorando para que meu corpo virasse e escolhesse outro caminho.

Eu sabia onde ia parar. Tentei me preparar para aquilo, prendendo a respiração conforme dobrava a esquina. Desesperada, mandei meus olhos mudarem o foco, mas o esforço foi em vão. Eu já havia lutado e perdido aquela batalha muitas vezes.

Assim como acontecera antes, um vislumbre de cabelo acobreado capturou minha atenção. Minha mãe estava de costas, usando uma capa, encarando um homem imponente com roupas elegantes e acessórios caros.

Em todas as muitas ocasiões em que eu tivera o mesmo sonho, o rosto do homem permanecera borrado e indefinido, como uma palavra esquecida pairando na ponta da língua.

Daquela vez, porém, ele se destacava em detalhes nítidos.

Olhos como lascas de gelo. Maxilar afiado como uma lâmina. Sobrancelhas escuras franzidas.

Príncipe Luther.

Minha mãe estava com os ombros tensos, as mãos gesticulando de maneira enfática. O príncipe mantinha a expressão fechada e a voz baixa, os olhos semicerrados, os punhos fechados.

Meus pés se moveram de novo, me arrastando para fora do esconderijo do caixote, para terreno aberto.

Aquilo nunca tinha acontecido.

Fiquei esperando que me notassem, mas, de algum jeito, permaneci oculta aos dois. Suas vozes ficaram mais altas – sussurros, depois murmúrios, cada vez mais intensos, até seus gritos ecoarem beco afora.

– Um acordo foi feito – ralhava o príncipe, a cicatriz se contorcendo em suas feições iradas. – E agora a Coroa vai cobrá-lo.

– Não vou fazer isso. Não vou servir a você. – A voz de minha mãe soava estranha, como se não fosse dela.

– Mulher tola, já é tarde demais. Você não pode nos derrotar. Não pode escapar de nós.

– Eu vou embora… Vou para algum lugar bem longe daqui, onde você não possa me encontrar.

– Então o garoto deve pagar o preço.

– Não!

Eu não tinha certeza se a palavra saíra da boca de minha mãe ou da minha.

Os lábios do príncipe se curvaram em um sorriso cruel.

– A Coroa precisa receber uma vida. Se não cumprir o acordo, então o garoto cumprirá. É sua vida ou a dele.

Estendi a mão para tocar minha mãe. Eu precisava impedir que aquilo acontecesse, tinha que dizer a ela.

– Você ou o garoto. Quem você escolhe?

Minha mão roçou o cabelo dela e pousou no ombro. Ela começou a se virar, mas o príncipe agarrou seu cotovelo para mantê-la no lugar.

– Quem você escolhe? – insistiu ele.

Puxei com força, obrigando-a a dar um passo para trás, até que ela finalmente se virou para mim.

Só que não era ela. Era o corpo de minha mãe, seu cabelo flamejante, suas mãos envelhecidas – só que, me encarando com olhos prateados selvagens de terror, estava meu rosto.

Cambaleei para trás.

– Não – sussurrei, a voz falhando.

O príncipe deu uma risada sombria, mais baixa no início, até que sua cabeça pendeu para trás e seu corpo poderoso tremeu com a força da risada. Não havia felicidade naquele som, apenas a satisfação cruel de um homem que já sabia ter vencido.

– Por favor – implorei. – Nos deixe em paz!

Ele se aproximou até ficar bem diante de mim. Seus ombros eram tão largos, o peito tão amplo, que ele parecia abarcar o mundo inteiro. Lentamente, ele colocou a mão em torno da minha garganta. Depois se inclinou até sua respiração aquecer meus lábios.

– Um de vocês será meu. Diga-me, Diem Bellator... Quem você escolhe?

Eu me sentei em um pulo e agarrei o pescoço. O ar fresco da noite foi um choque para meu corpo ainda nu.

O fogo havia diminuído para uma poça de faíscas, lançando um brilho alaranjado suave pelo acampamento. Na luz moribunda, a respiração de Henri criava um ritmo acalentador, um contraste forte com meus suspiros ofegantes e cheios de pânico.

Rastejei para longe dos cobertores amontoados ao nosso redor e procurei, com as mãos trêmulas, por minhas roupas, antes de cambalear para fora da clareira.

Caminhei pela escuridão iluminada pela lua até que a fogueira do acampamento se tornasse um borrão vermelho e distante e me recostei no tronco de um carvalho imponente. Pressionei a palma das mãos contra minhas pálpebras fechadas.

O alívio do sexo havia sido vazio e não tinha durado muito. Eu já podia sentir a tensão se acumulando dentro de mim outra vez.

O pesadelo havia me deixado abalada. Eu revivera aquela tarde mil vezes, dormindo ou acordada, até não ter mais certeza de quais partes da memória seriam reais e quais tinham sido imaginadas. Eu havia rezado para que a resposta sobre o desaparecimento de minha mãe estivesse de alguma forma escondida nos detalhes, um quebra-cabeça que eu poderia resolver caso olhasse com bastante atenção.

Ao menos o mistério sobre a identidade do Descendente fora desvendado – mas deixou uma loucura completa em seu rastro.

Tenha cuidado com o que deseja.

Inspirei fundo e devagar, esperando que, de alguma maneira, aquilo pudesse acalmar o calor que se agitava dentro de mim. Minha concentração foi quebrada pelo som de um galho se partindo.

Suspirei, achando que tinha acordado Henri, e me afastei da árvore para voltar ao acampamento... Mas então congelei.

Em meio à folhagem, o contorno familiar do corpo de Henri ainda repousava junto ao fogo. O que quer que estivesse chegando não era ele.

O estalar de passos sobre as folhas caídas soou outra vez. Mais perto.

Girei na direção do barulho e semicerrei os olhos diante da escuridão. A lua minguante lançava um brilho precário sobre a floresta, mas uma brisa sacudiu a sombra frondosa acima da minha cabeça, fazendo com que o luar salpicado dançasse de forma a camuflar qualquer movimento.

Um som veio retumbando das árvores – grave e não humano.

Enfim, consegui ver. O marrom-escuro e o preto de seu corpo se fundiam com a natureza, mas os olhos amarelos afiados e o focinho de pelo branco o entregavam. Quatro grandes patas se moveram com habilidade pelo terreno, os passos quase inaudíveis sob o rosnado ameaçador.

Minha mão voou por instinto para a cintura, mas, em vez de encontrar o toque frio de metal do punho da adaga, agarrei o vazio. Meu cinto com as armas fora arrancado durante os momentos de paixão com Henri e agora jazia inútil no acampamento.

Estar desarmado é cortejar a morte. Fora a primeira lição de meu pai, um presente para meu oitavo aniversário – junto com minha primeira arma de verdade, um canivete com cabo de osso pertencente à coleção dele e que eu namorara por meses. Nos anos seguintes, muitas das lições do Comandante haviam se resumido à mesma verdade fundamental: *O mundo tentará desarmar você, Diem. Não deixe que isso aconteça. Seja empunhando uma espada ou a própria mente, esteja preparada o tempo todo.*

Ainda assim, ali estava eu: descalça e de mãos vazias, portando nada mais afiado do que minhas unhas e perdendo depressa a disputa de quem fazia a pior cara com um lobo faminto.

Se a fera não me matasse por minha tolice, meu pai com certeza o faria.

O animal chegou mais perto, rondando. A boca se arreganhou, expondo uma fileira de presas brancas e pontiagudas.

Praguejei baixinho. Eu sabia o suficiente sobre sobrevivência na selva para não dar as costas e sair correndo, o que apenas acionaria os instintos predatórios do lobo. Eu poderia tentar chamar por Henri, mas ele talvez não chegasse a tempo – ou, pior, o lobo poderia se voltar contra ele.

A criatura se aproximou, perto o suficiente para que eu sentisse seu hálito fétido enquanto rosnava. Os pelos em suas costas se arrepiaram, a cauda rígida e esticada na horizontal.

Péssimos sinais. Péssimos mesmo.

Meus olhos dispararam em busca de uma pedra ou galho caído, qualquer coisa que eu pudesse usar como arma, mas encontrei apenas terra e folhas.

Minhas veias gelaram. Seria aquele meu destino, uma morte aleatória no meio do nada? Minha vida triste e sem importância se resumiria àquilo?

Sem aviso, o mundo desapareceu, assim como havia acontecido naquela manhã no palácio real. A lua tremulou, as árvores se dissolveram em sombras, todo o som cessou em um silêncio estrondoso.

Não existia mais uma floresta. Eram apenas o lobo, uma escuridão infinita e eu.

Lute.

Conforme a voz dentro de mim ronronava ansiosa, uma queimação pinicou minha pele. Uma geada escaldante, um inferno impossivelmente gelado. Olhei para baixo e vi minhas mãos brilhando em luz prateada, meus dedos se contraindo de surpresa.

Meu coração martelou nos ouvidos. Aquilo era impossível. Será que eu ainda estava sonhando?

O lobo baixou as orelhas. Ele se agachou, os quadris tremendo, mortalmente imóvel enquanto se preparava para atacar.

Merda. Aquilo não era um sonho. Em segundos, aquelas presas estariam na minha garganta.

Lute.

Pela primeira vez, concordei com o que *a voz* ordenava.

Aquilo iria doer, mas eu pretendia revidar. Iria arranhar e espernear até abrir caminho rumo à segurança, mesmo que precisasse fazer aquilo com as próprias mãos. Não deixaria Maura e minha família à mercê dos Descendentes.

Eu me recusava a permitir que aquele fosse meu fim.

Encarei os olhos âmbar da fera e senti uma centelha inesperada de compreensão mútua. A fome voraz do lobo roía meu estômago como se fosse a minha.

De repente, ele pegou impulso com as patas traseiras e saltou em minha direção. Ergui as mãos para proteger meu pescoço vulnerável, fechando os olhos com força enquanto antecipava o impacto.

Destrua.

Um relâmpago ofuscante brilhou em vermelho através de minhas pálpebras cerradas. Ouvi um ganido, seguido por um sibilar suave.

E, então, um silêncio ensurdecedor.

O fedor acre de pelo chamuscado fez meu nariz arder. Ousei abrir os olhos.

Pairando no ar estava uma nuvem de cinzas, um milhão de partículas flutuando como neve delicada, polvilhando os brilhantes fragmentos de rocha preta agora espalhados pelo chão da floresta.

O lobo tinha sumido.

Não. *Impossível.*

Ele tinha estado *bem ali*. Eu havia visto e sentido o cheiro.

Olhei para minhas mãos de novo. Elas ainda cintilavam com a mesma luz bizarra, só que agora mais fraca e sumindo depressa.

A compreensão me atingiu. Eu já sentira tudo aquilo antes, muito tempo atrás. Numa época que tentara desesperadamente esquecer.

Corri de volta para o acampamento e caí de joelhos na frente da mochila.

– Diem? – chamou Henri, ainda grogue. – Está tudo bem?

Eu o ignorei enquanto revirava meus pertences, cada vez mais frenética.

– Onde está? – murmurei para mim mesma. – Vamos, por favor, tem que estar aqui.

Frustrada, virei a bolsa até que todo o conteúdo se espalhasse pelo chão da floresta. Era uma avalanche de comida, armamentos, roupas íntimas, livros – tudo menos a única coisa de que eu precisava.

– Diem, o que está procurando?

Não consegui responder. Eu não confiava em mim mesma – não confiava nele. Não confiava na lua acima de minha cabeça ou no solo sob meus pés. Se minha teoria estivesse correta, nada estaria a salvo de seu toque.

Revirei item por item, murmurando "cadê, cadê" em um cântico cada vez mais raivoso. Abri a bolsinha de camurça com os suprimentos médicos que havia trazido, mas o frasco não estava em lugar algum.

O peso da mão de Henri em meu ombro me assustou. Ele deu uma apertadinha quente e firme.

Real – aquilo era real.

Seu toque parecia uma âncora, um fardo pesado que afundou no mar tempestuoso do pânico que eu sentia e me alojou em terra firme.

Mas era outra coisa que me consumia, algo preso em um leito de areia sob as ondas que quebravam: os jarros de raiz-de-fogo que eu atirara no Mar Sagrado. Mesmo a dose extra que eu geralmente guardava na mochila havia sumido.

– Não! – Eu não conseguia parar de gritar. Talvez a verdade mudasse se eu repetisse várias vezes. – Não, não, não, não...

Meu corpo inteiro tremia com violência. *No que eu estava pensando?* Algumas poucas semanas sem sintomas e eu achava que estava curada? Eu tinha sido tão precipitada, aquilo era imperdoável.

A parte curandeira de meu cérebro, calma e profissional, tentou me dizer que eu estava em choque, com muita adrenalina fluindo para um lado e pouquíssimo sangue fluindo para o outro. Uma consciência mais sábia implorou que eu me deitasse e continuasse respirando, mas cada movimento parecia fora demais de meu controle.

Se meus medos estivessem certos... Ah, *pelos deuses*, se aquilo fosse verdade...

Henri se ajoelhou a meu lado.

– Diem, fale comigo. O que está havendo?

– Meu pó de raiz-de-fogo. – Minha voz saiu áspera, vacilante. – E-eu preciso dele.

Abençoado fosse o Fogo Eterno, ele sabia do que eu estava falando. Henri era a única pessoa fora de minha família para quem eu havia contado sobre a raiz-de-fogo. Nem Maura sabia daquilo – outra decisão na qual minha mãe insistira, ainda que se recusasse a explicar.

– Vou te ajudar a procurar. Fique calma, vai dar tudo certo.

Não consegui juntar forças para dizer que a procura seria inútil. Eu tinha destruído meu único estoque e, com mamãe desaparecida, não havia como reabastecê-lo.

Henri atiçou a fogueira para que a luz das chamas se espalhasse pelo acampamento, depois voltou para o meu lado. Com gentileza, ele revirou meus pertences enquanto procurava, mas seus olhos permaneceram em mim.

– Pensei que tivesse decidido parar de tomar essa coisa.

Alguma expressão assombrada devia ter brotado em meu rosto, porque ele ficou imóvel de repente.

– Diem, o que aconteceu?

– Tive uma alucinação. Igual a… Igual a antes. Como quando eu era mais nova.

Ele soltou os objetos que estava segurando e se agachou.

– O que você viu?

– Tinha… tinha um bicho. Me atacando. Pensei que fosse me matar. E aí eu… As minhas mãos… Apareceu uma luz e…

– Que tipo de bicho? – Ele estava com a cabeça inclinada, como se tentasse decifrar alguma coisa.

Por que isso importa?!, quis gritar. *Estou ficando maluca e não há nada que eu possa fazer para impedir.*

– Um lobo – respondi entre os dentes cerrados. – Ele avançou contra mim, e aí…

– Diem. – O chamado me atingiu como uma ordem, exigindo meu silêncio. Henri relaxou os ombros. – Você não estava alucinando.

Minha cabeça ainda girava, embora eu não tivesse certeza se era de choque ou negação.

– Não, não pode ter sido real. Minhas mãos…

– Eu também vi. Quer dizer, eu não *vi*, mas escutei o lobo rosnando. O barulho dele me acordou.

O mundo inteiro ficou imóvel.

– Você escutou? – Minha voz saiu estrangulada. – Tem certeza?

Henri riu, o som de um alívio nervoso em vez de divertimento. Ele estendeu a mão para segurar a minha.

– Sim, tenho certeza. Você não estava imaginando.

Então o lobo tinha sido real. Mas se o lobo era real, então o resto precisava ser verdade também. E o que eu havia feito com aquele bicho…

– Henri, o lobo pulou em cima de mim e aí… aí simplesmente… sumiu. Acho que eu… Foi como se eu tivesse…

– Você deve ter assustado ele. Sabe como os animais selvagens ficam ariscos perto dos humanos.

Eu o encarei, boquiaberta.

– Mas... se foi real...

– Pelas Chamas, Diem, você me deu um baita susto.

Ele riu de novo, esfregando o rosto. Depois ficou de pé e me puxou para que eu me juntasse a ele. Um braço me envolveu e me apertou contra sua cintura, a outra mão acariciando meu cabelo.

– Foi por isso que eu quis que você viesse nessa viagem – disse ele. – Você anda sob muita pressão. Eu sabia que em algum momento acabaria desabando sob o peso de tudo.

Assenti levemente e olhei para baixo, a fim de esconder o rubor escarlate em minhas bochechas.

Talvez ele tivesse razão – talvez não existisse nenhuma sensação estranha, nenhum brilho, nenhuma nuvem de cinzas, nenhum corpo queimando até ser obliterado da existência. Talvez eu simplesmente estivesse tão abalada pelos acontecimentos dos últimos dias que os antigos medos de minha juventude tinham se agitado após anos em hibernação.

Henri me deu um aperto tranquilizador antes de se afastar.

– Vem, vamos dormir um pouco. Ainda faltam algumas horas para o amanhecer.

Quando ele se virou, o brilho das brasas na fogueira iluminou suas costas musculosas. Em sua pressa atordoada pelo sono de me alcançar, Henri esquecera de colocar a camisa. Meus olhos identificaram uma área de tinta preta em seu ombro.

Uma árvore retorcida, com folhas de labareda, inserida em um círculo de videiras – a sagrada Chama Eterna, a Árvore da Vida e da Morte.

De acordo com a antiga religião mortal, toda vida começava como uma centelha da Chama Eterna, que caía na terra tal qual uma semente brilhante. Na hora da morte, aqueles considerados dignos pelos deuses antigos seriam incorporados entre seus galhos em chamas, onde seus corpos terrenos se transformariam em cinzas, mas as almas permaneceriam para sempre aquecidas pelo Fogo Eterno. Já os indignos estariam condenados a uma eternidade infernal de frio e gelo, longe do calor redentor da Chama Eterna.

Embora alguns mortais ainda se apegassem em segredo à fé ancestral, todas as referências à Chama Eterna e aos deuses antigos eram agora proibidas nos nove reinos. Eu só as havia visto nos velhos livros mortais que mamãe colecionava – a única lei à qual ela tinha o prazer de desobedecer sem ressalvas.

Levei a mão até as costas de Henri, a ponta dos dedos traçando as linhas escuras gravadas em sua pele.

– Quando foi que você fez isso?

Ele ficou tenso e recuou.

– Uns meses atrás.

Henri não ofereceu mais explicações enquanto pegava a túnica e a passava de forma apressada por cima da cabeça.

– Por quê? – perguntei.

– Para honrar os deuses antigos.

– Você sabe o que os Descendentes fariam se te vissem com isso?

– Eu não ligo.

– Henri, eles arrancariam a pele das suas costas.

– Deixe que eles tentem.

O tom amargo da resposta me provocou um frio na espinha.

Antes que eu pudesse argumentar, Henri me puxou para seus braços e me deu um beijo ansioso. Seus lábios eram ásperos e famintos, nada parecidos com os beijos doces e gentis da última noite.

Emiti alguns protestos fracos, minha mente ainda cambaleando, mas, após ser dominada com força por uma torrente de emoções, a calmaria simples da luxúria era um alívio bem-vindo. O desejo venceu, e tropeçamos para fora das roupas e de volta ao abraço sensual da noite.

Nas sombras, observando e espreitando à distância, estavam as memórias de uma mãe desaparecida, de um príncipe perigoso e de uma nuvem de cinzas que outrora já fora um lobo mostrando os dentes.

NOVE

hegamos à fronteira de Fortos na manhã seguinte.

Não importava quantas vezes tivesse feito aquela travessia, eu sempre ficava surpresa com a súbita mudança na paisagem de um reino para outro. As florestas frondosas de Lumnos, agora repletas da folhagem cor de fogo do outono, davam lugar às planícies rochosas de Fortos. Era quase como se a magia que comandava os reinos estivesse infundida na própria natureza.

E talvez fosse mesmo. Certa vez, Teller mencionara algo sobre as habilidades dos Descendentes estarem conectadas ao solo do reino de origem – ou, como eles chamavam, do *terremère*.

Teller havia voltado da escola um dia e contado, fascinado e ofegante, sobre uma mulher Descendente que desertara das montanhas cobertas de neve de Montios para o reino secreto de Umbros. Lá, ela havia parido um filho gerado por um mortal. Embora o bebê fosse Descendente – já que as leis classificavam assim qualquer indivíduo com uma gota de sangue Descendente –, de início ele não mostrara sinais de magia.

No entanto, após atingir a maioridade, o filho sentiu uma vontade irresistível de retornar ao *terremère*. No momento em que seu pé tocou o solo de Montios, a magia de gelo nativa do reino foi liberada. O corpo dele se transformou em uma nevasca ambulante que congelou tudo ao alcance enquanto a pressão de anos de contenção da magia derretia.

De acordo com Teller, a história era ensinada aos jovens Descendentes como uma parábola, a fim de desencorajá-los a deixar o *terremère*, mas eu me perguntava se o verdadeiro vilão da história não seria o reino sombrio e misterioso de Umbros e sua estranha habilidade de atrair Descendentes e mortais para a escuridão, pessoas que raramente eram vistas de novo.

Conforme nos aproximamos da fronteira, arrisquei uma espiada rápida em Henri e quase caí na gargalhada ao notar seus olhos vidrados e o sorriso satisfeito e embotado pelo sexo. Os pensamentos dele claramente ainda estavam no acampamento.

– Está pensando em indecências?

Sua expressão ficou envergonhada.

– Ficou tão óbvio assim?

Peguei o miolo de maçã que eu andara mordiscando e o atirei de brincadeira no peito dele.

– Senti saudade de você – falou ele baixinho. – De *nós*.

– Eu também – respondi, e não era mentira dessa vez.

Seis meses de celibato induzido pelo luto haviam criado uma tensão estranha entre nós, algo que ambos precisavam aplacar. Para Henri, o alívio fora imediato. Ele já tinha voltado à familiaridade reconfortante de nosso relacionamento como se nunca o tivéssemos interrompido.

Já eu... eu só precisava de tempo. Tempo para descobrir quem eu era – quem nós éramos juntos.

– Andei pensando – começou Henri, as palavras lentas e deliberadas. – Fiquei me perguntando se você...

– *Ai!* – gritei quando uma corrente dolorosa percorreu meu corpo. – O que foi isso?

Henri já estava com a faca na mão enquanto seus olhos me examinavam.

– O que aconteceu?

Fiz o cavalo parar e procurei por algum sinal de ferimento ou lesão. A dor tinha sido repentina e efêmera, quebrando como uma onda antes de desaparecer depressa. Apenas uma leve pulsação permanecia em meus membros.

– Você foi atacada? – Ele puxou as rédeas e girou a cabeça de um lado para outro, vasculhando a vegetação em busca de algum agressor escondido.

Mas eu não conseguia encontrar nada em meu corpo – nada de sangue, de pele vermelha ou irritada, nem mesmo um único ponto em que eu pudesse identificar a dor. A sensação irradiava ao meu redor como se viesse da própria atmosfera.

– Eu... não tenho certeza.

Espiei por cima do ombro, analisando a estrada. Meus olhos se fixaram em duas placas redondas: uma gravada com o emblema de Lumnos – um sol flamejante inserido em uma lua crescente – e a outra com uma espada cruzada com um osso, o símbolo de Fortos. Os painéis dourados haviam sido inseridos na Estrada Circular junto da estranha linha de demarcação de grama e pedra que sinalizava a fronteira entre Lumnos e Fortos.

A fronteira. Senti a dor assim que a cruzamos.

– Magia – sussurrei. Meus ombros relaxaram de alívio. – Fortos deve ter criado proteções mágicas ao longo da fronteira.

Henri franziu a testa.

– Eu não senti nada.

– Talvez afete apenas mulheres – resmunguei. – Não me surpreenderia. Este não é o único reino que nunca teve uma rainha? – Bufei, irritada. – Que conveniente que a preciosa magia deles nunca tenha encontrado uma mulher digna da Coroa.

– Provavelmente tem a ver com a magia deles. – Henri percebeu meu olhar confuso. – Você sabe que cada reino tem dois tipos de magia, certo? Luz e sombra em Lumnos, pedra e gelo em Montios, mar e ar em Meros, e assim por diante.

Não, eu não sabia de nada disso – e, francamente, eu me perguntava como Henri sabia. Os detalhes da magia Descendente nunca eram ensinados nas escolas mortais, mas Henri falara com um tom tão óbvio e casual que me senti insegura quanto a minha ignorância, de modo que apenas segurei a língua e assenti.

– Bom, nos outros reinos, a maioria dos Descendentes recebe ou um tipo de magia ou outro. Apenas os muito fortes recebem os dois. Em Fortos, a coisa é diferente. As mulheres Descendentes sempre recebem magia de cura, enquanto os homens têm o poder de matar: eles podem fazer seu corpo murchar bem diante dos seus olhos. Isso torna difícil derrotá-los em uma luta. Existem alguns indivíduos que não são totalmente masculinos ou femininos e que têm os dois poderes, mas ouvi dizer que é raríssimo.

Franzi o nariz ante a ideia de que o gênero de uma pessoa pudesse determinar o destino dela.

– Por que isso afetaria a herança da Coroa?

– Porque ela é passada para o próximo Descendente mais poderoso.

– E daí?

– Se apenas os homens recebem a magia assassina, eles são sempre os mais poderosos.

Inclinei a cabeça de súbito, meu tom adquirindo uma sugestão de advertência.

– Porque um guerreiro é mais poderoso que uma curandeira, né?

– Isso.

Lâminas saltaram de meus olhos prateados.

O rosto de Henri empalideceu.

– Quer dizer... Não. Eu não quis dizer que... Claro que não. Curandeiras são fortes. Muito fortes! Tão poderosas quanto... *Mais* poderosas do que...

– Da próxima vez que vier rastejando até mim com um ferimento, espero não estar *fraca e impotente demais* para tratar você.

Ele exibiu um sorriso tímido.

– Ajuda se eu admitir que você seria capaz de me encher de porrada em uma luta?

Ajudava. Um pouquinho.

– Mas eu ganharia de Maura – acrescentou ele.

Deixei uma risada escapar pelo nariz.

– Não, não ganharia.

Henri não respondeu. Estava muito ocupado analisando os próprios bíceps e flexionando os músculos, com uma carranca.

– Como você sabe tudo isso sobre a magia de Fortos? – perguntei.

– Conheça seu inimigo intimamente, lembra?

Ele me lançou um sorriso sugestivo e, embora eu respondesse com um exasperado revirar de olhos, o canto de meus lábios se retorceu para cima.

– Talvez o preconceito embutido na magia tenha sido transferido para a forma como administram o Exército – comentei. – Todas as mulheres que se alistam são colocadas em posições sem prestígio ou autoridade.

Pensei nas muitas vezes que já ouvira os velhos amigos soldados de papai se lamentando sobre como as mulheres eram "distrações" nas fileiras da infantaria. Meu pai sempre os repreendera por isso.

Se algum homem ficar cara a cara com minha Diem no campo de batalha, o melhor que ele pode esperar é que ela seja rápida, zombava ele.

Sorri diante da lembrança.

– Isso não é verdade – argumentou Henri. – A maior parte dos espiões do Exército são mulheres.

– Espionagem? – Minhas sobrancelhas se ergueram. – Se eu soubesse disso, talvez tivesse me alistado.

Era apenas parcialmente brincadeira.

Henri segurou minha trança, fazendo cócegas em meu nariz com a ponta dos fios.

– Algo me diz que a única garota de Emarion com cabelo branco e olhos acinzentados teria alguns probleminhas para se esgueirar por aí sem ser reconhecida.

Eu o afastei com um tapa e ri, mas uma pontada de tristeza se alojou em meu peito. Henri tinha razão. Minha aparência distinta significava que eu nunca seria capaz de deixar a segurança da Cidade Mortal, onde os moradores conheciam minhas origens e não me confundiam com um Descendente.

Em um mundo onde os mortais sobreviviam se misturando à multidão e evitando chamar a atenção, eu era uma bandeira vermelha ambulante.

– Onde aprendeu isso sobre os espiões do Exército?

A postura de Henri mudou de forma quase imperceptível.

– Conheci uma espiã. Eu entregava mensagens para ela. – Henri franziu a testa. – Tem certeza de que não está ferida?

A pergunta me pegou de surpresa, e percebi que andara distraída esfregando minha pele, que ainda doía. Dei uma última olhada para trás, observando a borda abrupta em que a floresta crescia. Eu havia cruzado a fronteira de Lumnos e Fortos inúmeras vezes na vida, mas nunca sentira nada parecido.

– Estou bem. Acho que deve ter sido só coincidência.

Trocamos olhares, nenhum de nós muito convencido. Sem outras respostas a oferecer, continuamos em silêncio na direção da poderosa capital de Fortos.

Algumas horas depois, eu me encontrava em um armazém quadrado de concreto, cantarolando enquanto vasculhava prateleira após prateleira de jarros de vidro contendo todo tipo de itens. O Exército estocava ingredientes medicinais nativos de todos os nove reinos, e Maura tinha enviado uma lista de suprimentos que precisavam ser reabastecidos no centro.

– Obrigada por nos deixar fazer isso! – exclamei por trás de uma fileira de musgos felpudos secos e tiras onduladas de casca de freixo. – Está cada vez mais difícil para os mortais conseguir essas coisas.

– Vale tudo por Auralie – respondeu uma voz altiva mas gentil. – Devo a ela mais do que sou capaz de contar. O mínimo que posso fazer é deixar a filha dela me roubar às cegas de vez em quando.

– Nós *tentamos* pagar você, Leona. Várias vezes.

– Ah, por favor. O dinheiro dos Bellators não é bem-vindo por aqui. Se eu tentasse receber, era capaz de o Abençoado Fortos aparecer em pessoa e me matar.

Tentei imaginar o temível deus-guerreiro da Linhagem levantando um dedo sequer para defender uma mortal, mesmo que se tratasse de pessoas tão honradas quanto meus pais. A ideia era tão inconcebível que eu quase ri.

– Como vão as coisas em Lumnos? – quis saber Leona. – Dizem que o rei de vocês não vai durar muito neste mundo.

– É mesmo? – comentei, fingindo ignorância.

Embora eu tivesse descoberto a doença do rei por meio de Teller e Henri, ainda havia feito um voto sagrado para manter o estado de saúde dos pacientes de meu centro em sigilo.

– Os curandeiros Descendentes acreditam que devemos ter uma mudança na Coroa a qualquer momento. Nunca vi isso na minha vida.

Não respondi.

– Pelo que entendi, o rei de Fortos está se preparando para enviar soldados até sua terra caso as coisas fiquem muito sangrentas na transição.

Não gostei nem um pouco de como aquilo soava. A última coisa de que a Cidade Mortal precisava era de soldados marchando até Lumnos para assumir o controle após a morte do rei Ulther. Com um arrepio de pavor, me perguntei o que eles poderiam fazer com os curandeiros mortais que não tinham sido capazes de manter o monarca vivo.

– Sangrentas? – Saí de trás das prateleiras e encontrei Leona anotando um inventário de todos os pós coloridos estocados em pilhas precárias ao redor dela. – Por que as coisas ficariam sangrentas? Achei que a magia deles escolhia um herdeiro e todos aceitavam.

– É assim que deveria ser, mas você sabe como as pessoas ficam quando há poder envolvido na disputa.

Bufei baixinho. Aquela era outra coisa da qual eu não tinha conhecimento. Nunca tive nada parecido com poder na minha vida.

– Os Descendentes do seu reino já sabem quem será o herdeiro? – perguntou ela.

O olhar penetrante e calculista do príncipe Luther surgiu em minha mente. A lembrança de tê-lo parado tão perto de mim naquele corredor, a maneira como aquilo *me afetara*, o calor de seu toque e a frieza de seu rosto fizeram meu coração palpitar.

– Já – sibilei.

Ela ergueu uma sobrancelha.

– Imagino que você não goste dessa pessoa, não é?

– Não importa. Não acho que isso vá fazer muita diferença na minha vida.

A menos que o futuro rei Luther decida que devo pagar a dívida de minha mãe.

Leona parou o que estava fazendo e me encarou longamente.

– Já que sua mãe não está mais por perto, vou dar um pequeno conselho maternal. Quaisquer que sejam suas opiniões sobre essa pessoa, guarde tudo para si mesma, entendeu? Mostre um sorriso bonito e fique de boca fechada.

Uma série de respostas malcriadas vieram na ponta de minha língua, mas eu precisava da ajuda daquela mulher, não apenas nesse dia, como também pelos próximos anos. Engoli as palavras e assenti, obediente.

Leona não pareceu acreditar. Ela deu uma espiada rápida no armazém antes de se inclinar para mais perto de mim, e a voz se transformou em um sussurro áspero:

– Escute meu conselho, garota. Descendentes podem brigar uns com os outros feito cães, mas nada os une mais rápido do que um mortal que não conhece o devido lugar. – Ela cutucou meu braço com um dedo nodoso, dando ênfase ao que dizia. – E não pense que seus amiguinhos mortais não vão se voltar contra você em um piscar de olhos caso os Descendentes ordenem.

Eu me perguntei se *ela* iria se voltar contra mim em um piscar de olhos caso os Descendentes ordenassem. Eu me perguntei se aquilo era um conselho ou uma ameaça.

Dei um jeito de abrir um sorriso grato.

– Você é muito gentil por cuidar de mim. Não se preocupe, não tenho interesse em fazer inimigos, sejam eles mortais ou Descendentes.

Eu esperava que ela fosse capaz de ler nas entrelinhas.

Os olhos de Leona me percorreram em uma avaliação profunda. Depois, ela bufou e voltou ao trabalho.

– Você está mantendo as coisas sob controle agora que sua mãe partiu?

Partiu.

Um questionamento brutal. Fiquei grata por ela não poder ver o quanto me encolhi diante da palavra.

– Estou fazendo o melhor que posso com o que os deuses me deram – respondi de forma ensaiada, repetindo a frase que minha mãe usara centenas de vezes antes.

Era a resposta certa, a julgar pelo grunhido de aprovação de Leona.

– Já descobriu alguma coisa sobre o que aconteceu com ela?

– Não. – Em seguida, perguntei com cuidado: – E você?

Leona fez que não com a cabeça.

Mordi o lábio e tentei outra vez.

– Ela mencionou alguma coisa com você sobre ter uma viagem planejada?

– Não, não que eu lembre.

– E sobre... – Hesitei. – Você sabe de algum trabalho que ela possa estar fazendo para os Descendentes? Talvez... para alguém poderoso?

As mãos de Leona interromperam o que estavam fazendo, mas ela não ergueu a cabeça para me encarar.

– Você diz um trabalho de curandeira?

– Ou... *outro tipo* de serviço.

Prendi a respiração. Eu estava correndo um grande risco – especialmente depois da advertência que ela me dera –, mas a aposta era calculada. Se Luther estivesse usando minha mãe para algo além do papel de curandeira, o trabalho poderia ter conexão com seus tempos no Exército.

Por vários segundos de tensão, Leona encarou os próprios dedos e não falou nada. Eu me forcei a continuar vasculhando as prateleiras, enchendo minha bolsa de suprimentos de maneira preguiçosa, como se a pergunta não passasse de conversa fiada.

O olhar astuto da mulher enfim encontrou o meu.

– Aonde está querendo chegar, garota?

Meu sorriso triste não foi difícil de conjurar. O desespero pela perda de minha mãe era uma tatuagem permanente gravada sob a pele, invisível para o resto do mundo, mas nunca longe da superfície.

– Só estou procurando respostas.

Um toque de empatia aqueceu as feições de Leona.

– Gostaria de ter algo para oferecer. Às vezes, precisamos aceitar que existem perguntas para as quais nunca encontraremos respostas.

Nunca. Em se tratando de minha mãe, eu jamais desistiria de procurar.

– Tem mais alguém com quem eu possa falar para saber mais sobre...

– *Não.*

A resposta veio tão definitiva, tão inequívoca, que o pote de escamas multicoloridas de gryvern que eu estava segurando quase caiu no chão de pedra.

– Eu só queria perguntar se...

– Não – repetiu Leona, dessa vez mais alto. – Se sua mãe estivesse trabalhando para o Exército, eu saberia. Ficar bisbilhotando não acabará bem, nem para você, nem para Auralie. – Seus olhos castanho-acinzentados se semicerraram. – Acho que já pegou suprimentos suficientes por hoje. É melhor ir embora.

Meu coração afundou. Eu não tinha percebido o quanto estava desesperada para que aquela viagem enfim me oferecesse algumas respostas. Agora que a porta havia sido fechada na minha cara, eu me sentia mais distante que nunca de minha mãe.

Derrotada, arrumei minhas coisas às pressas para sair enquanto Leona montava guarda, vigilante.

Eu tinha acabado de pôr minhas bolsas abarrotadas por cima dos ombros quando meus olhos perceberam uma gaiola de metal escondida em um canto, por trás de uma série de estantes de livros. Não foi a gaiola que me chamou a atenção, mas a cor vibrante que brilhava atrás dela. Cheguei mais perto. *Podia mesmo ser...?*

Minha respiração falhou.

Ainda que o tom vermelho-vivo não tivesse revelado a raiz-de-fogo, o frasco distinto em formato de meia-lua era tão familiar em minha palma que eu poderia identificá-lo mesmo vendada. Eu o tinha segurado, olhando para ele com apreensão e ressentimento, em quase todos os dias da vida.

Era o único medicamento que eu não podia fazer, comprar ou substituir. Com meu suprimento descansando no fundo do mar, eu havia feito o meu melhor para me convencer de que não precisava mais dele.

Mas, agora, com os truques que a mente andava pregando em mim... O brilho no palácio. O lobo na floresta.

Por mais que tentasse justificar tudo, eu sabia que meus sintomas estavam voltando. Os mesmos que haviam me assombrado anos atrás – visões, sentimentos que eu não conseguia explicar. A crença de que estava fazendo coisas que não deveria ser capaz de fazer...

Magia.

Eu tinha alucinado sobre ter magia.

E, por um breve e assustador momento, quando os olhos castanhos e o cabelo ruivo me deixavam, eu até acreditara que podia ser uma Descendente.

Tinha ficado histérica na época, quase me atirando no Mar Sagrado ante a perspectiva de ser um daqueles monstros terríveis das histórias que meus amigos contavam na escola. Mas mamãe me abraçara, me acalmando com palavras suaves e um toque terno e revelando que o homem que havia me gerado também sofria de delírios semelhantes, que o tinham levado à morte.

Eu esperava que, de alguma forma, isso não tivesse passado para você, me dissera ela com a voz repleta de desespero. *Mas não se preocupe, minha pequena guerreira. Vou te proteger. Não vou deixar que acabe como ele.*

E, tão logo o regime com a raiz-de-fogo começou – uma pitada de pó amargo bem misturada em uma xícara de água fervente –, as visões cessaram. Ainda que o medicamento tivesse deixado minha mente turva e minhas emoções atrofiadas, a vida havia retornado a uma abençoada normalidade.

Mas agora. *Agora...*

Notei um cadeado pesado de ferro preso à porta da gaiola.

– Posso pegar um pouco disso também? – perguntei, apontando para os frascos.

Leona olhou na direção que meu dedo apontava e arregalou os olhos, com pânico. Mais uma vez, a mulher verificou ao redor em busca de olhos e ouvidos intrometidos, seus movimentos mais frenéticos do que antes. Ela correu até a gaiola e a cobriu com um retalho de tecido, depois se virou para mim.

– Por que você precisa *disso*?

– O nosso acabou – respondi, hesitante. – Algum problema?

– Para que você usa?

Eu podia sentir em seu tom que a pergunta era um teste – um teste perigoso.

– Eu... hum... não tenho certeza. Precisaria dar uma olhada nas anotações da minha mãe.

Era uma resposta cuidadosa.

– Para começo de conversa, como você conseguiria essa substância? Seria necessária a permissão de todas as nove Coroas para pôr as mãos em sequer um grama disso.

Eu não estava conseguindo pensar rápido o bastante para impedir uma expressão chocada.

– Essa gaiola é protegida para que somente o rei de Fortos possa abrir – sibilou Leona. – Nem mesmo o curandeiro chefe tem acesso. Como você conseguiria essa substância? – A voz dela se tornou estridente, o tom quase acusatório. – *Como*?

– Devo ter me enganado – balbuciei. – Deve ser outra coisa. Eu só fiquei... confusa.

Os olhos da mulher se semicerraram em fendas cheias de suspeita.

– O ingrediente de que eu preciso... não é tão vermelho. – Tentei me agarrar a uma desculpa plausível, meu cérebro ainda cambaleando diante do que Leona acabara de revelar. – Casca de beterraba – consegui dizer enfim. – Eu estava procurando casca de beterraba.

A mulher mais velha saiu em disparada, desaparecendo atrás de uma prateleira, então emergiu com um punhado de frascos contendo uma mistura magenta pontilhada por aglomerados de pedra branca calcária.

– Era isso que você tinha no seu estoque?

Assenti com veemência.

Ela botou a coisa bem perto de meu rosto, e tinha as sobrancelhas erguidas a quilômetros de altura.

– Tem certeza? Tem certeza de que era isso?

– Sim… Sim, era isso. Rosa, não vermelho. Eu me confundi. – Peguei um dos potes e enfiei na mochila, oferecendo um sorriso tenso. – Agora está certo.

Um suspiro pesado escapou pelos lábios de Leona. Ela se deixou cair em uma cadeira próxima, esfregando os sulcos profundos que atravessavam sua testa.

E eu devia ser mesmo maluca por perguntar aquilo, mas precisava saber:

– Esse pó vermelho… Por que o uso é tão controlado?

Os olhos abatidos de Leona se voltaram para mim. Seus lábios formaram uma linha fina como uma navalha.

– Está na hora de você ir.

O que ela queria dizer parecia óbvio: a conversa estava encerrada. Não apenas naquele dia, mas para sempre.

Ofereci um agradecimento contido e quase disparei rumo à saída. Estava prestes a alcançar a soleira quando ouvi Leona chamar meu nome. Ao me virar, o olhar dela endureceu e as feições ficaram tensas.

– Apenas saber da existência desse pó já é motivo para a Coroa ordenar sua execução, garota. Não sei o que sua mãe estava aprontando em Lumnos, mas é melhor você ficar longe disso.

Deixei o armazém o mais rápido que meus pés permitiram.

DEZ

Naquela noite, Henri conseguiu um quarto em uma estalagem no andar de cima de uma taverna local, para nos poupar da miséria de acampar no solo duro e rochoso de Fortos.

A taverna era quente e barulhenta, cheia de vozes ruidosas que ecoavam em risadas, discussões e um ocasional cântico de bebedeira. No meio do salão havia uma fogueira crepitante que enchia o ar com aroma de fumaça e pinho.

Examinei o recinto, grata por não haver um Descendente à vista. Embora as vilas de Fortos não fossem tão segregadas quanto as de Lumnos, parecia que mortais e Descendentes tinham a sabedoria de se manter separados quando havia álcool envolvido.

Após pedir uma refeição quente e duas canecas de cerveja, Henri e eu nos acomodamos em uma mesinha junto ao fogo. Fiz meu melhor para sorrir e assentir enquanto ele me contava as notícias que ouvira de todos os reinos, mas minha mente permanecia do outro lado da cidade, trancada em uma gaiola por trás de um cadeado protegido que, aparentemente, só o rei de Fortos em pessoa era capaz de abrir.

O pó que eu vira naquela gaiola era pó de raiz-de-fogo – *meu* pó. Disso eu tinha certeza. Aquele frasco, aquela consistência e cor… Familiares demais para ser coincidência.

Mas por que um medicamento seria tão controlado pelas Coroas de Emarion? Qual seria seu efeito para que os Descendentes tivessem tanto medo? E como minha mãe conseguira obter frasco após frasco daquilo?

– E foi assim que eu decidi ir até Faunos e pedir para me transformarem em metade pavão, metade leopardo. Acho que isso vai apimentar nossa vida sexual, sabe?

Olhei atônita para Henri.

– Espera… Quê?

Ele sorriu.

– Ah, então você *está* ouvindo.

Minhas bochechas coraram e eu olhei para baixo.

– Desculpe. Foi um dia longo.

– Tem algo que queira conversar? – Henri cutucou meu prato intocado e minha cerveja ainda cheia em um gesto silencioso de encorajamento. – Você parecia um fantasma essa tarde.

Dei um gole longo na bebida para ganhar tempo.

– É só um monte de memórias da minha mãe.

Ele estendeu a mão sobre a mesa, seus dedos roçando nos meus.

– Aconteceu alguma coisa?

A verdade me veio aos lábios, quase escapando de minha língua. Em vez disso, neguei com a cabeça e empurrei o garfo de volta no prato.

– Diem… Seja lá o que for, eu nunca te julgaria.

Engoli em seco. Henri me conhecia bem demais.

– O pó vermelho que sempre trago comigo… Você já viu mais dele durante suas entregas?

– A raiz-de-fogo? – Ele ergueu as sobrancelhas quando assenti. – Isso é por causa do que aconteceu ontem à noite?

– Não – respondi, e Henri me lançou um olhar enviesado. Suspirei. – Talvez. Meu pó acabou e, sem minha mãe, não sei como conseguir mais.

Ele revirou os olhos, embora a curva leve em seus lábios me dissesse que estava mais brincando do que irritado.

– O lobo da noite passada foi real, Di. Você não está delirando de novo, eu juro.

– Eu me sentiria melhor se soubesse como conseguir mais. Só por precaução.

Henri hesitou, mas depois se recostou na cadeira, o olhar perdido.

– Nunca vi raiz-de-fogo pessoalmente, mas posso perguntar por aí para outros entregadores. Talvez eles possam…

– Não! – exclamei depressa.

Alguns fregueses olharam assustados para mim.

Se a informação de que Henri sabia sobre a raiz-de-fogo caísse nas mãos erradas – ou pior, se alguém soubesse que ele queria obter o ingrediente...

Afastei os dedos dos dele e apoiei as mãos no colo.

– Não precisa. Tenho certeza de que a receita do remédio está nas anotações da minha mãe. Esquece que falei sobre isso.

Agarrei os talheres e escavei o prato de comida diante de mim, enchendo a boca para não conseguir dizer mais nada. Eu podia muito bem estar mastigando terra, já que o pânico entorpecia todos os meus sentidos, deixando apenas o eco da pulsação em meus ouvidos.

Henri franziu a testa.

– Diem, o que está acontecendo?

Mas os deuses antigos deviam estar do meu lado, porque a chegada de um homem imperioso de barba espessa me poupou de responder. Seu corpo magro lançou uma sombra em nossos pratos conforme ele caminhava até a mesa.

– Ouvi dizer que Henri Albanon estava vagando pela cidade na companhia de uma linda mulher, mas tive tanta certeza de que era uma mentira deslavada que apostei meu cutelo nisso. Parece que estou prestes a ficar com uma faca a menos.

Henri bufou enquanto agarrava o antebraço do homem em uma saudação.

– É bom ver você, Brecke. Eu até fingiria estar ofendido, mas também não acredito que ela aceitou ser vista comigo.

– Então somos três – provoquei.

Brecke sorriu.

– Ah, e é espirituosa também. Todas as mulheres de Lumnos são assim? Talvez eu esteja no reino errado.

Henri deslizou o braço ao redor da minha cintura e me aconchegou de maneira possessiva.

– Pode ter certeza de que não há outra mulher como esta em toda Emarion. – Ele deu uma piscadela para mim, seu sorriso radiante de afeição, e meu coração saltou no peito. – Brecke, esta é Diem Bellator. Diem, conheça Brecke Holdern.

O homem parecia ter trinta e tantos anos. Apesar da teia sutil de vincos nos olhos e ao redor da boca, o brilho de sua alegria conferia ao rosto um charme juvenil. Seu cabelo escuro tinha um corte batido em estilo militar e ele usava uma túnica bordada que exibia uma fonte redonda cercada por uma coroa de louro de nove folhas, parte do uniforme-padrão do Exército de Emarion. Embora a cor marrom do tecido o marcasse como um comerciante mortal, seus braços e suas pernas eram rígidos e torneados e a pele estava coberta de cicatrizes: o corpo de um soldado.

Estendi a mão para cumprimentá-lo, mas vi a alegria sumir de seu rosto ao me encarar. Ele agarrou meu antebraço e me puxou para mais perto, inclinando o rosto junto ao meu.

– Seus olhos. Eles são...?

Meu sorriso se desfez.

– Acinzentados.

– Nunca vi nada parecido. – Os olhos do homem, castanhos com um toque de dourado, se semicerraram. – Nem mesmo Descendentes têm essa cor.

– Foi uma doença na infância – respondi sem rodeios, fazendo o homem soltar meu braço.

Brecke inclinou a cabeça enquanto me estudava de cima a baixo, me analisando com mais atenção.

– Se não acredita em mim, fique à vontade para pegar esse tal cutelo que mencionou e ver se minha pele é tão difícil de cortar quanto a de um Descendente – comentei de modo frio, irritada com aquele escrutínio. Toquei a arma em minha cintura. – Embora eu não possa prometer que você não vá perder um membro no processo.

Ele abriu um sorriso malicioso. Cruzou os braços, os olhos cintilando, desafiadores.

– Uma Bellator, de fato.

Ergui o queixo, orgulhosa. Eu podia não ser uma Bellator de sangue, mas a missão de honrar a reputação venerada de meu pai era como um dever sagrado para mim.

Visivelmente desconfortável com aquela interação, Henri pigarreou. Ele fez sinal para que Brecke puxasse uma cadeira, e os dois homens logo iniciaram uma conversa animada sobre amigos em comum cujos nomes eu não reconhecia. Deixei a mente vagar enquanto me concentrava na comida, embora eu notasse que Brecke me lançava olhares sempre que Henri se distraía.

Por fim, a conversa esfriou, e Brecke se virou para mim.

– Então Andrei é seu pai? – Assenti, e a expressão dele ficou mais suave, como se o homem tivesse resolvido um grande mistério. – E Auralie é sua mãe.

– Você conheceu minha mãe? – Aquilo era inesperado. Embora fosse bastante respeitada entre os círculos de curandeiros, minha mãe era relativamente desconhecida pelo resto das pessoas. Apontei para sua túnica de comerciante. – Você é curandeiro?

– Não, meu ofício é bem menos honrado do que o dos nobres curandeiros. – Ele abriu um sorriso largo cheio de dentes. – Sou ferreiro. Fiz uma arma para sua mãe certa vez.

Outra surpresa. Minha mãe nunca ia a lugar algum desarmada, uma característica que eu atribuía à insistência de meu pai. Diferentemente de mim, ela sempre tinha o cuidado de manter suas armas ocultas. Pensei em sua coleção de lâminas discretas e facilmente disfarçáveis e me perguntei qual delas teria saído das mãos de Brecke.

– Auralie é uma mulher e tanto – disse ele. – Dá para ver a quem você puxou.

Uma nova onda de orgulho me atravessou, mas dessa vez sombreada por um vestígio de tristeza.

– Como você a conheceu? – perguntei.

Antes que Brecke pudesse responder, a mesa sacudiu como se tivesse sido atingida por um raio. Henri e ele trocaram olhares significativos que fizeram minhas sobrancelhas se erguerem, mas Brecke se pôs a massagear a perna e retomou a conversa depressa:

– Nós nos conhecemos no Exército e mantivemos contato desde então. – A atenção do homem foi para as bainhas em minha cintura. – Posso fazer uma arma para você também, se quiser. Algo rápido e furtivo para substituir essas… *coisas* gigantescas que anda arrastando por aí. – Ele baixou a voz, os olhos brilhando. – E afiadas o bastante para perfurar a pele de Descendentes sem precisar custar um membro.

Franzi a testa para minhas adagas gêmeas. Eu as tinha roubado de meu pai aos 12 anos. Meu bom senso infantil havia ficado impressionado com o

peso e a robustez das lâminas, e elas me serviram bem nos anos seguintes –
embora, eu precisava admitir, fossem um tanto volumosas às vezes.

– Na verdade, tenho algo perfeito para você.

Brecke enfiou a mão na bota e tirou dela uma adaga curta e fina. O metal
liso era da cor de um céu escuro de tempestade, um sinal indicativo de aço
fortosiano, uma das únicas matérias-primas capazes de romper a pele de
um Descendente. O cabo de ônix era esculpido com chamas oscilantes
de um lado e galhos entrelaçados do outro. Ele equilibrou a arma entre os
dedos, correndo o polegar pela lâmina até que um fio de sangue aparecesse.
Depois, deslizou a adaga pelo tampo da mesa em minha direção.

Era uma arma requintada, do tipo que eu teria que economizar por
anos para pagar. No entanto, se eu fosse trabalhar no palácio dos Descendentes, seria bom ter algo que pudesse me ajudar caso as coisas dessem
muito errado.

– Não posso aceitar – falei, mesmo enquanto corria a ponta de um
dedo ansioso por cima do metal frio. – É linda, mas eu não poderia pagar
por ela.

Brecke deu de ombros.

– Pode ficar.

Ele tirou da bota uma bainha combinando e a atirou para mim.

– Você não pode estar falando sério. Você poderia vendê-la por uma
pequena fortuna.

– Se eu a vendesse pelo que vale, apenas Descendentes poderiam comprar. – Sua máscara jovial se desfez por uma fração de segundo e algo
como ressentimento atravessou suas feições. – Estou farto de armar a
laia deles todo santo dia. Só me prometa que vai tomar conta desse cari-
nha aqui.

O sorriso retornou enquanto ele dava uma cotovelada em Henri.

Hesitante, ousei pegar a arma. Era maravilhosamente leve, apesar da
sensação robusta e bem equilibrada na mão. Meus dedos roçaram as gra-
vações do punho, e notei como os sulcos profundos se agarravam à pele
e melhoravam minha empunhadura. Um modelo inteligente – tanto em
função quanto em forma. Além disso, o metal cinza e opaco havia sido
escovado em um acabamento fosco, permitindo que a lâmina ficasse oculta
com mais facilidade no escuro.

Uma arma mais adequada para uma assassina do que para uma curandeira.

Quase choraminguei ao devolver a adaga para Brecke.

– Realmente não posso aceitar, é generosidade demais da sua parte.

Ele ergueu as mãos, se recusando a tocar na faca.

– Então me pague com um favor. Algo a ser escolhido e cobrado em uma data futura.

– Que favor? – interrompeu Henri, lançando uma carranca ao amigo que indicava que ele sabia exatamente quais tipos de favores Brecke negociava.

– Não precisa vir cantar de galo. Não vai ser nada escandaloso... a menos que a moça prefira um escândalo. – Sua expressão adquiriu um tom lupino.

– Pois a moça não prefere – respondi. – Não pode ser nada ilegal e, se envolver tocar em qualquer parte sua, eu te corto com sua própria faca. – A ameaça só pareceu deixá-lo ainda mais empolgado. – Mas concordo com qualquer outro favor que esteja ao meu alcance.

– E nada que seja perigoso – acrescentou Henri.

Brecke e eu lhe lançamos um olhar exasperado.

– Se não for perigoso, não vale a pena desperdiçar um favor – comentei, embainhando a adaga e a prendendo na bota.

Fiquei maravilhada com o quanto seus contornos elegantes eram quase indetectáveis contra minha panturrilha.

Brecke soltou uma gargalhada estrondosa.

– Albanon, é melhor você manter essa por perto. – Ele deu um tapinha no braço de Henri, que parecia bastante nervoso. – Se for capaz.

ONZE

Despertei em um quarto frio e vazio.

Horas antes, tinha deixado Henri e Brecke na taverna lá embaixo, feliz por permitir que bebessem e se divertissem enquanto eu desfrutava de um banho quente. Mas, quanto mais tempo ficava sozinha na água, mais minha mente era inundada pelos muitos demônios que me espreitavam.

Minha mãe desaparecida. O acordo entre o príncipe Luther e ela. A educação de Teller. O lobo na floresta. O pó de raiz-de-fogo. Cada pergunta era uma pedra em um muro que me cercava por todos os lados, espesso e coberto com a mesma hera que crescia ao redor dos jardins do palácio – uma gaiola linda mas impenetrável. Minha mente se atirava contra aquela barreira, lutando para encontrar respostas, mas meus patéticos punhos mortais apenas se machucavam e sangravam enquanto o muro se fechava em torno de mim, sufocando minha alma.

Pensando em retrospecto, a solidão não fora uma ideia tão boa assim.

Após poucos minutos, eu havia esfregado a pele e o cabelo de forma apressada e voltado ao quarto para desabar nos lençóis de algodão áspero, grata por poder sucumbir ao refúgio do sono.

Mas agora eu estava bem acordada, e a extensão vazia da cama ao meu lado continuava fria e bem-arrumada. Henri ainda não voltara.

Uma espiada na lua baixa aparecendo pela janela me informou que a aurora estava próxima. A preocupação subiu por minha nuca, fazendo com que eu saísse da cama e vestisse outra vez roupas e armas.

As tábuas gastas do piso rangiam sob meus passos conforme eu vagava pelo corredor escuro e descia as escadas, cortando o silêncio. O ar estava denso, impregnado pelo cheiro de cerveja velha e madeira úmida, mas não havia o burburinho dos fregueses, nada de copos e louças batendo. Nem as arandelas de latão manchado que enfeitavam as paredes, os indícios vibrantes de vida que iluminavam o salão horas antes tinham sido extintos durante a noite.

Sussurros me atraíram para o interior do salão de jantar. Junto a um canto, um grupo de oito homens se aglomerava ao redor de uma mesa bamba e rústica com uma única vela no centro que lançava sombras macabras valsando ao longo das paredes forradas com painéis de carvalho. Eles tinham os ombros curvados e a expressão febril, ainda que séria, enquanto murmuravam em voz baixa.

Dei um suspiro de alívio ao avistar o queixo com covinhas e o cabelo revolto de Henri, sentado ao lado de Brecke. O sorriso que antes parecia estampado de forma permanente no rosto de Brecke agora havia sumido, sendo substituído por sobrancelhas franzidas e uma das mãos correndo com preocupação pela barba.

Um dos homens bateu com o punho na mesa, e me encolhi contra a parede. À medida que os ânimos e as vozes se inflamavam, palavras fugazes e frases curtas abriam caminho pelo salão.

– ... não podemos permitir...

– ... mandar uma mensagem para os outros...

– ... reunindo forças...

– ... quase na hora...

– ... guerra...

A última palavra me atingiu como uma víbora cravando as presas em minha pele.

Guerra.

Mas que guerra? Emarion estava em paz desde que eu era criança. E, se existissem ameaças no exterior, certamente meu pai teria mencionado algo.

Talvez, com mamãe desaparecida, ele estivesse guardando qualquer notícia preocupante para si, a fim de nos poupar de novas aflições. Assim como Teller e eu escondíamos nossos problemas dele – e um do outro.

A ansiedade apertou minha garganta. Como mortal, Teller já era considerado adulto pela lei. Se houvesse uma guerra, ele seria convocado para lutar.

Assim como Henri.

E meu pai também. Apesar de estar aposentado, sua experiência seria inestimável, e a lealdade que inspirava entre as tropas mortais era fora de série.

Eu ficaria para trás. Sozinha – a menos que abandonasse Lumnos para me juntar ao Exército também. A menos que trocasse minha vida como curandeira para pegar em armas e lutar.

Lute, ecoou *a voz* dentro de mim.

Uma sensação de formigamento cobriu minha pele e o mundo ao redor escurecia enquanto uma imagem nebulosa cintilava através dos olhos da minha mente.

Eu estava em um campo de batalha tomado por chamas prateadas, vestindo uma armadura do mais profundo preto que escondia a lama e o sangue, os vestígios salpicados da guerra. Minhas mãos ensanguentadas seguravam uma grande espada longa com cabo de ouro, cuja lâmina de ônix era entalhada com inscrições que pareciam quase irradiar luz. Brandi a espada em círculos lentos e ameaçadores, desafiando o inimigo a se aproximar. Uma silhueta escura estava por perto, e corpos sem vida – de Descendentes e mortais – jaziam em um amplo anel aos meus pés, como se arremessados para trás pela força de uma grande explosão. Meu rosto estava sombrio, destemido. Triste, eu acho – mas forte. *Insuperavelmente* forte.

Praguejei outra vez por ter destruído meu estoque de raiz-de-fogo e ter me deixado vulnerável àquelas ilusões, mas algo sobre essa cena na minha mente parecia… diferente. Ao contrário das alucinações da minha infância, que pareciam lúcidas e verdadeiras, aquela dava mais o vislumbre de algo vago… algo possível. Não a realidade do que era, mas o destino do que poderia ser.

A visão se esvaiu tão depressa quanto surgiu, deixando um rastro de energia que fazia meu sangue vibrar. Embora estivesse mais uma vez de mãos vazias em uma taverna escura, ainda podia sentir o metal brilhante da espada em minhas mãos, ainda podia sentir o cheiro podre da morte flutuando na brisa imaginária. E essa sensação de poder – não, a sensação *de ser poderosa* – era inebriante de um jeito que me deixava tão intrigada quanto nervosa.

Minhas bochechas esquentaram quando a realidade voltou. Eu não pertencia ao campo de batalha – eu era uma curandeira, não um soldado. Ainda que tivesse a mesma habilidade com uma espada ou um arco, meu pai me ensinara que era melhor não romantizar o derramamento de sangue.

A guerra não é brincadeira, nos repreendera ele certa vez, após me flagrar dando risada durante uma guerra de mentirinha, de pedras e galhos, contra Teller. *A guerra é morte, miséria e sacrifício. É fazer escolhas que vão te assombrar pelo resto da vida. Você luta para proteger, ou para sobreviver, mas nunca pela alegria de matar, não importa o quanto seu inimigo seja brutal.*

Se uma guerra estivesse chegando, não haveria glória na batalha. Nem para Teller, nem para Henri, nem para meu pai, e com certeza não para mim.

Estava prestes a voltar para a estalagem quando minha atenção se fixou em um dos homens. Ele havia apoiado o braço na mesa, a manga suja da camisa dobrada até o cotovelo. Ali, no antebraço, em linhas nítidas gravadas na pele pálida, via-se uma árvore flamejante envolta em heras. A Chama Eterna – a mesma tatuagem que eu tinha visto no ombro de Henri.

Meus olhos percorreram os outros homens. Lá estava de novo: em uma panturrilha, despontando por baixo da bainha de um par de calças curtas. Outra no peito, deixando-se entrever em uma túnica desabotoada. No bíceps de outro integrante, tinta cor de meia-noite e pouco visível por baixo da manga de linho branco. Mais uma, escondida sob o cabelo preto.

Cada um daqueles homens trazia o símbolo na carne, a marca permanente de alguma corrente que os conectava. Henri mentira para mim. Eu havia perguntado sobre o significado da tatuagem, e ele *mentira*.

Tinha dito que era para *honrar os deuses antigos*.

Honrar os deuses antigos uma ova.

Cerrei os dentes e saí das sombras da taverna. As cadeiras rangeram quando eu as empurrei para fora do caminho. Os homens se assustaram com o barulho e vários puxaram a manga ou o colarinho para esconder as tatuagens tão descaradamente visíveis momentos antes.

Henri se levantou de um pulo.

– Diem!

Sua atitude culpada apenas aumentou minha irritação. Fosse lá o que Henri estivesse fazendo, era óbvio que não queria que eu soubesse.

– Esses são meus amigos. – Ele gesticulou para a mesa. – Pessoal, esta é Diem, a garota de quem eu estava falando.

Os homens me ofereceram um coro de acenos e grunhidos de saudação, mas evitaram me encarar.

– Pensei que estivesse dormindo – falou Henri, no que parecia uma confissão.

– Eu acordei – respondi. – Posso dar uma palavrinha com você, por favor?

Os outros homens se entreolharam e observaram Henri, os lábios tremendo pelo esforço de não rir da desgraça doméstica em que o camarada deles havia se metido. Todos com exceção de Brecke, que sorria abertamente.

Dei as costas e marchei pelas escadas de volta ao quarto, me virando para Henri assim que ele fechou a porta atrás de nós.

– Me desculpe – começou ele. – Eu não tinha percebido como estava tarde...

– Não dou a mínima que tenha perdido a hora. Não sou sua esposa. – Henri se encolheu. – O que a tatuagem significa de verdade e por que todos vocês têm a mesma?

Ele abriu a boca e hesitou, procurando uma resposta – e falhando, a julgar pelo silêncio.

– Era *pelos deuses antigos*, certo? – Meu olhar era mordaz. – Não acredito que mentiu para mim.

– Não foi exatamente uma mentira... – Henri coçou a nuca, ainda evitando me encarar.

– Vocês são idiotas? – Bati com a palma da mão de leve em seu ombro, e ele cambaleou vários passos para trás, os olhos arregalados de surpresa. – Têm noção de quantos problemas podem arranjar caso alguém veja essas coisas?

– Somos cuidadosos. Não deixamos ninguém ver.

– Do mesmo jeito que *não me deixou* ver?

Ele esfregou o ombro.

– Foi diferente. Eu não estava tentando esconder a marca de você. E não tem nenhum Descendente perto daqui.

– Você ficou maluco? – Minha voz estava rouca pelo esforço de não gritar com ele, sabendo que as paredes eram finas e os tópicos, perigosos. – Pelas Chamas, Henri, estamos em *Fortos*. O Exército pintou esse maldito continente inteiro de vermelho da última vez que um grupo de mortais se reuniu sob esse símbolo.

A expressão dele mudou, as linhas endurecendo de uma forma que o fizeram parecer mais velho e experiente.

– Sei muito bem disso, Diem.

– Então me conte o que está acontecendo.

Cruzei os braços e ergui uma sobrancelha, em expectativa.

Henri baixou a voz:

– Do mesmo jeito que me contou o que está acontecendo com você?

Um longo silêncio se estendeu entre nós.

Minha consciência me repreendeu, dizendo que ele estava certo. Eu vinha me afastando de Henri fazia semanas, e seus segredos, quaisquer que fossem, com certeza perderiam gravidade em comparação com a turbulência que eu andava escondendo dele.

Mas havia outra voz. Uma voz mais alta.

Lute.

Ela tinha ideias próprias, essa *coisa* dentro de mim. Era um fósforo aceso oscilando acima da pilha de gravetos de minha alma despedaçada, uma batida de tambor que convocava meus ânimos a pegar em armas diante de cada provocação.

Henri esfregou o rosto.

– Não quero discutir com você, mas é mais seguro que não saiba de nada.

– Não preciso que me proteja. Eu não vou quebrar.

– Tem certeza disso? – retrucou ele. – Você não anda lá muito estável ultimamente.

Lute.

Palavras borbulharam em minha boca. Palavras horríveis. Imperdoáveis. Palavras que nos afastariam de maneiras irreparáveis.

E não eram só palavras. Os pensamentos enfurecidos que tomavam meu cérebro estavam deixando meu coração assustado para valer, mesmo conforme ficavam mais altos e insistentes.

Lute.

Fechei os olhos com força.

Eu... Eu queria machucá-lo. Quebrar seus ossos. Arranhar sua pele até sangrar.

O pensamento me horrorizou.

E me seduziu.

Ronronou para mim.

– Volte para seus amigos lá embaixo. – Eu me forcei a dizer com os dentes trincados.

Minhas mãos trêmulas se abriam e fechavam, de novo e de novo.

A raiva de Henri se dissipou.

– Espere, Diem, eu sinto muito.

Ele deu um passo à frente e estendeu a mão. Eu me afastei e cambaleei para trás, meu pânico soando parecido com aversão. Henri me olhou como se tivesse levado um tapa, mas eu estava com medo de fazer coisa pior se ele ficasse.

Muito pior.

Lute.

– Agora – rosnei para ele. – *Vai!*

Ele me encarou por alguns segundos, com mágoa nos olhos, depois deu as costas e saiu do quarto.

DOZE

Se havia algo pior do que brigar com Henri, era a tensão estranha que vinha em seguida.

Em algum momento da noite, Henri voltou ao quarto e adormeceu a meu lado, mas, mesmo depois de acordarmos com o nascer do sol e juntarmos nossas coisas para retornarmos a Lumnos, o silêncio entre nós permaneceu. De tempos em tempos, ele me olhava longamente e contraía os músculos, como se lutasse contra a vontade de falar. Mas segurou a língua, e eu também.

Enquanto estávamos do lado de fora da pousada, preparando os cavalos, dois dos homens da noite anterior vieram nos desejar boa viagem. Dei a eles um sorriso contido e um agradecimento educado, mas, assim que um deles se inclinou para cochichar no ouvido de Henri, os olhos de Henri me encontraram, e meu sorriso sumiu.

Voltamos para a trilha larga e desolada da Estrada Circular. Nossos cavalos marchavam lado a lado, o silêncio sendo pontuado apenas pelo tamborilar constante dos cascos.

Eu quis machucá-lo.

O pensamento não parava de me assombrar. Henri, tão leal e bondoso, que sempre fora meu amigo mais próximo… Na noite passada, eu desejara partir seu coração e depois seus ossos.

A pior parte era que eu não tinha certeza se teria me contido. Se ele tivesse ficado por mais tempo, se tivesse chegado mais perto… Eu não conseguia me livrar da sensação de que não teria conseguido resistir.

Eu sempre fui meio pavio curto, e sentia orgulho disso. Um espírito indomável em um mundo que me queria quieta, pequena e subserviente. Mas essa centelha não estava mais se manifestando em forma de coragem ou travessuras inofensivas. Ela havia se tornado algo destrutivo. Algo mortal.

Se eu não aprendesse a controlá-la depressa, tinha medo de que a coisa me destruísse – ou machucasse as pessoas que eu mais amava.

Estávamos viajando fazia várias horas em nossa comitiva tímida quando enfim cedi e quebrei o silêncio.

– Você estava certo.

A atenção de Henri se voltou para mim. Parecia que ele nunca ficara tão aliviado em ouvir um som na vida.

– Não estava – respondeu ele depressa. – O que eu falei ultrapassou os limites.

– Não, você estava certo. Eu *estou* quebrada. – Minha voz falhou na última palavra, e fechei os olhos com força. – Ou pelo menos estou quebrando.

A perna dele roçou na minha enquanto Henri trazia seu cavalo mais para perto.

– Não é a pior coisa do mundo dar uma quebrada de vez em quando. Ajuda a formar o caráter.

Mesmo sem vê-lo, pude notar a provocação em sua voz, uma oferta gentil de paz.

Por isso, resolvi oferecer outra em troca.

– Você está soando como o Comandante de novo.

– Vou considerar um elogio.

Quando abri os olhos, Henri estava sorrindo. Um peso monstruoso saiu do meu peito – algo que não iria embora para sempre, mas apenas o bastante para que eu sentisse uma onda da familiar antiga alegria brotando em meu sangue.

– Me desculpe – falei, e estava sendo sincera.

– Idem. – E eu sabia que ele também estava sendo sincero. – Conheço você bem demais para tentar te forçar a compartilhar seus sentimentos, mas você sabe que vou estar aqui caso precise de mim, certo? Sempre. Não importa o que aconteça.

Meu coração ficou apertado. Consegui apenas sorrir e fazer que sim com a cabeça.

Seguimos andando sem falar nada por vários minutos, os dois relaxando conforme as horas de tensão se dissipavam. Em seguida, foi Henri quem quebrou o silêncio:

– Cerca de um ano atrás, vi um Descendente matar um garoto mortal.

Meus olhos dispararam para ele, mas sua atenção permaneceu fixa à frente, a expressão tornando-se sombria.

– Eu estava fazendo uma entrega na Cidade de Lumnos. O garoto estava entregando peras de uma fazenda no Oeste. Ele não devia ter mais que 14 anos, recém-saído da escola. Estava atravessando a rua, mas vinha carregando um monte de caixas nos braços, então não conseguia ver...

Henri respirou fundo.

– Tinha *um deles* montando um cavalo gigantesco, o maior que já vi. Nunca vou me esquecer. Branco feito neve, com uma mancha preta entre os olhos e tão alto quanto uma casa. Tinha uma fita dourada na crina. E estava indo rápido. Rápido demais para uma estrada movimentada como aquela.

Henri se encolheu, e meu estômago ficou embrulhado.

– Foi um acidente. Sei disso. Só um acidente. Mas o Descendente... – Seus olhos faiscaram de raiva diante da memória. – Ele mal parou. Pelos deuses, ele *xingou* o garoto por sujar de lama sua linda sela cheia de joias. Quando falei que o garoto estava morto, ele só ficou lá sentado com os pertences chiques e olhou para o corpo do menino como se *não fosse nada*. Ele bateu a poeira de cima do cavalo e foi embora.

Os dedos de Henri se apertaram em torno da sela. As unhas cravaram pequenas meias-luas no couro com fúria suficiente para sugerir que ele estava imaginando estrangular outra coisa entre as mãos.

– Carreguei o corpo do garoto até três vilas diferentes, mas ninguém sabia quem ele era. Eu o enterrei nas terras da minha família para que pudesse ao menos devolver os ossos para os parentes, caso os encontrasse.

Um calafrio percorreu meu corpo.

– Por que não me contou?

– Porque aí eu teria que contar o que fiz em seguida.

Ele cerrou a mandíbula, ainda evitando meu olhar.

– Eu estava com tanta raiva, Diem. Algo se partiu dentro de mim. Eles nos pisoteiam a vida inteira, assim como aquele sujeito fez com o garoto. E não se importam. Apenas nos deixam na lama, como se nossa vida não valesse nada. – A voz de Henri estava ficando mais alta e fervorosa. – Então decidi. Se eles podiam tirar uma vida nossa, eu podia tirar uma deles. Juntei todas as armas que consegui, voltei para aquela estrada e fiquei esperando. Todo dia, durante uma semana, esperei o Descendente aparecer naquela estrada. Sabia que, quando acontecesse, iria matá-lo. Eu nem me importava de morrer no processo. Só queria que eles *nos vissem*, mesmo que fosse o único jeito de fazer alguém olhar.

– Henri... – sussurrei com tristeza.

Eu quase o tinha perdido, sem nem saber. Eu provavelmente estava provocando Teller ou talvez trabalhando no centro... Enquanto isso, Henri aguardava a alguns quilômetros de distância, resignado a uma morte certa.

Procurei as melhores palavras para confortá-lo, para convencê-lo de que eu jamais o julgaria por isso. De todas as pessoas, eu sabia bem o que era ser tão consumida pela raiva que todo o resto ficava de lado, esquecido. Mas dizer isso exigiria admitir um segredo que era só meu.

Henri se encolheu e continuou falando:

– Um homem me encontrou. Um homem mortal. Ele olhou para mim e, de alguma forma, entendeu o que eu estava fazendo ali. Disse que eu podia escolher entre uma morte sem sentido em um ato de vingança ou então canalizar a raiva para algo maior. Algo que importasse. Algo que faria muitos deles pagarem em vez de apenas aquele homem. – Henri por fim me encarou. Suas feições adquiriram uma expressão serena, quase reverente. – Quando falei que a tatuagem era para honrar os deuses antigos, não estava mentindo. Eles olharam por mim naquele dia.

– Quem era o homem? – perguntei.

Ele examinou brevemente a estrada em busca de olhos e ouvidos curiosos.

– Não posso contar o nome dele. É uma das regras: nunca revelar a identidade de outro membro, mesmo para pessoas em quem confiamos. É um grupo de mortais que se recusam a aceitar os Descendentes como governantes de Emarion. Revidamos de todas as maneiras possíveis. Somos chamados de Guardiões da Chama Eterna.

Meu corpo congelou, o coração saltando para a garganta.

– Mas esse é o nome da...

– Da rebelião mortal durante a Guerra Sangrenta – concluiu Henri com um aceno de cabeça. – Os Descendentes pensaram que a tinham destruído, mas algumas células rebeldes sobreviveram. Elas operam em segredo desde então, reunindo informações e armas. A esperança é de um dia sermos fortes o suficiente para tentar de novo, e dessa vez vencer.

– E quando vai ser esse "um dia"? – questionei.

– Não podemos nos dar ao luxo de agir cedo demais e falhar outra vez, mas muitos acreditam que o sol sangrento no Dia da Forja foi uma mensagem dos deuses antigos, um aviso de que a hora está chegando. Mas isso só vai acontecer se... se tivermos mais mortais do lado de dentro.

– É por isso que seu pai trabalha como mensageiro do palácio?

– Não. – Suas feições endureceram. – Meu pai não apoia os esforços rebeldes. Ele nem sabe do meu envolvimento.

Henri me lançou um olhar intenso, um pedido em silêncio.

– Não vou contar nada – falei depressa. – Para seu pai ou qualquer outra pessoa.

Ele freou o cavalo até parar e se virou na cela, a fim de me olhar de frente.

– Junte-se a nós, Diem. O acesso que terá no palácio como curandeira deles seria inestimável. Você poderia descobrir fraquezas, como contornar as habilidades de cura, talvez até testar diferentes venenos dizendo a eles que são remédios.

Uma sensação doentia e pegajosa se contorceu em minhas entranhas. Curandeiros faziam votos para salvar vidas. Usar dos meus conhecimentos e da confiança sagrada dos pacientes para prejudicá-los...

Por mais horríveis que fossem os Descendentes, eu não tinha certeza se seria capaz de me rebaixar a tanto.

Henri pareceu notar minha apreensão.

– Você podia ao menos passar adiante qualquer coisa que ouvir. Informações militares, como a movimentação das tropas ou alguma arma que estejam desenvolvendo.

Enquanto eu olhava para a estrada adiante, me ocorreu que aquela podia ser a oportunidade de escolher meu futuro. Minha família, minha pequena vila, até mesmo meu trabalho como curandeira – tudo aquilo fora um caminho traçado por minha mãe. Até meu corpo ultimamente parecia refém de pensamentos e emoções indesejadas.

E das *vozes*.

Por mais maluco que fosse trabalhar contra as criaturas divinas que eram os Descendentes, aquilo seria fruto de minha escolha. Quaisquer que fossem as consequências, seriam minhas e apenas minhas.

Os Descendentes, ainda mais os da realeza, com certeza não seriam tolos de divulgar informações úteis em minha presença. Mas, se o fizessem, se cometessem um erro – e se fossem informações que não prejudicassem meus pacientes, mas pudessem proteger mortais sem culpa de nada...

Talvez aquilo fosse exatamente do que eu precisava.

A *voz* seguia exigindo que eu lutasse. Talvez o que eu precisasse fosse de algo *pelo que* lutar. Talvez eu pudesse canalizar o temperamento que ardia dentro de mim e direcioná-lo de forma a ajudar, em vez de deixá-lo me queimar devagar até virar cinzas. Se o príncipe Luther ou qualquer outro Descendente fosse responsável pelo sumiço de minha mãe, quem melhor do que os Guardiões para me ajudar a descobrir a verdade?

Mas...

Eu havia feito um voto. Um voto tão precioso e sacrossanto que era a base fundadora do treinamento de um curandeiro. Um voto que, caso fosse violado, podia resultar em banimento. Se eu fosse pega, aquilo acabaria com a minha carreira. Minha mãe teria vergonha de mim, e Maura talvez nunca mais falasse comigo.

Pior, eu poderia prejudicar meus colegas de ofício. Se os pacientes não confiassem em nós para guardar seus segredos, poderiam não nos chamar quando precisassem de ajuda. Pessoas inocentes poderiam sucumbir a mortes desnecessárias e evitáveis.

Não. Eu não podia fazer aquilo. Aquele era um limite importante e sagrado demais para ultrapassar.

Mas... *Mas.*

– Vou pensar no assunto – respondi.

Henri sorriu e assentiu com tanto entusiasmo quanto se eu tivesse lhe dado uma anuência completa. Ele fez o cavalo voltar a andar, e seguimos nosso caminho.

– Você não vai estar sozinha. Vou estar lá também e... bom, não posso contar ainda. Mas há outros membros que você conhece. Talvez possamos recrutar Teller também. Com as informações que ele está aprendendo naquela escola Descendente...

– De jeito nenhum. – Balancei a cabeça com veemência. – Deixe Teller fora disso, Henri. Ele é jovem demais. Não quero meu irmão envolvido.

– Ele não é mais criança, Diem. É quase um homem adulto. Ele pode querer ajudar.

– Não me importo. Posso até pensar em ajudar vocês, mas só se mantiverem Teller fora disso. Essas são as minhas condições.

– Deveria ser uma escolha dele...

– Prometa para mim, Henri.

Uma sombra de julgamento cruzou suas feições, mas ele ergueu as mãos em rendição e me deu um breve aceno em concordância.

– Tudo bem. Eu prometo.

– E também não vou fazer uma tatuagem. Diferentemente de você e seus amigos, não tenho a menor vontade de ser esfolada viva quando os Descendentes descobrirem.

– É justo. – Ele percorreu meu corpo com um olhar caloroso. – De qualquer jeito, gosto da sua pele do jeito que está.

Arqueei uma sobrancelha.

– Esse seu clubinho de aventureiros aceita mulheres como membros? Não vi nenhuma ontem à noite.

– Esse meu *clubinho de aventureiros* é comandado por uma mulher.

– Sério? – Eu me endireitei na sela. – Em Lumnos?

Eu podia imaginar aquilo acontecendo em algum dos reinos mais progressistas, mas, com suas tradições datadas, Lumnos sempre havia sido um lugar desafiador para mulheres que desejassem ser algo além de esposas e mães, por mais honrosos que tais papéis sagrados pudessem ser.

– Quem é? Eu conheço?

– Não posso dizer. Não revelar a identidade de ninguém, lembra?

Meus ombros caíram.

– Eu seria capaz de trabalhar com ela?

– Espero que sim – respondeu, os olhos adquirindo suavidade com alguma emoção inescrutável. – Ela é uma força digna de nota. Assim como você.

Enquanto seguíamos viagem, Henri ia tagarelando animado, fornecendo dicas veladas sobre o grupo e suas atividades secretas e deixando lacunas carregadas de silêncio que mais pareciam respirações presas sempre que outro viajante cruzava por nós na estrada.

Ele relatou com empolgação as missões que já completara, entregando mensagens entre membros dentro de Lumnos ou para células nos reinos vizinhos. Contou sobre como planejava persuadir o pai a deixá-lo ajudar no correio do palácio, de modo que pudesse interceptar as comunicações reais, ainda que o pai conhecesse o ódio de Henri pelos Descendentes o bastante para recusar a oferta até o momento.

Fiquei ouvindo sem comentar, observando como o rosto dele se iluminava a cada história. Henri estava tão orgulhoso, tão certo de seu caminho. Eu sabia que deveria estar preocupada, talvez tentando convencê-lo a se afastar de uma atividade que poderia levá-lo à morte, mas um calor se espalhava em meu coração ao vê-lo cheio de alegria outra vez. Talvez Henri precisasse de um propósito tanto quanto eu.

E poder compartilhar isso um com o outro... talvez fosse o que precisávamos para nos unir de novo e restaurar nosso relacionamento.

– Tem outra coisa que eu queria falar com você. – A voz dele mudou, contida pela apreensão. – Sobre nós dois.

Enrijeci. Meus pensamentos estavam tão óbvios assim na minha cara?

Ele respirou fundo e estendeu a mão para segurar a minha entre os dedos úmidos.

– Eu te amo, Diem. A verdade é que te amei a vida inteira. Todas as outras com quem estive... foram só uma distração enquanto esperava o momento certo, até que você estivesse pronta para me dar uma chance.

Meu coração estava aos tropeços. Nunca havíamos dito aquelas palavras um para o outro. Nunca tínhamos chegado nem perto disso.

Henri me encarava com expectativa nos olhos, e minha mente se tornou um turbilhão de pensamentos frenéticos.

Eu o amava? Sim, é claro que amava. Ele era meu amigo mais antigo e querido, tão próximo quanto um parente. Mas talvez... talvez eu não o amasse do jeito que ele me amava. Ou talvez até amasse, mas só de pensar no que aquilo podia significar – no que ele podia querer de mim em troca...

O movimento de seu polegar contra as costas da minha mão parecia uma lixa. Tive que lutar contra a vontade de puxar meus dedos de volta.

– Sei que ainda estamos entendendo tudo isso – disse ele, apontando para nós dois. – Mas tenho certeza de uma coisa: você é minha garota,

Diem Bellator. É a única com quem quero passar o resto da vida. E estava pensando se você me daria a honra de...

Minha boca ficou seca.

– Também gosto de você. – Eu deixei escapar. – Muito, muito mesmo. E com tantas decisões difíceis para tomar na minha vida agora, fico feliz por poder simplesmente estar com você e... relaxar. Sem pressão.

A vergonha fazia pesar meu coração. Eu sabia o que ele estava prestes a dizer. O que estava prestes a *pedir*.

E, como uma covarde, eu estava fugindo.

Uma sombra de decepção obscureceu seus olhos. Henri assentiu e apertou minha coxa enquanto retornávamos para a estrada e seguíamos a longa jornada de volta a Lumnos. Evitei o olhar dele durante todo o caminho até em casa, mas suas palavras – e nosso futuro – consumiam meus pensamentos.

TREZE

uas semanas haviam se passado desde nossa viagem a Fortos e, pela primeira vez em muito tempo, eu sentia um lampejo de esperança.

No dia em que retornamos, anunciei a decisão de assumir os deveres de minha mãe no palácio. Embora Maura tivesse me dado um sermão bom o suficiente para deixar mamãe orgulhosa, pude perceber o alívio na mulher quando enfim cedeu.

Nos dias seguintes, examinei os registros de minha mãe, familiarizando-me com o pequeno tesouro de poções e pós reservados ao tratamento dos Descendentes (para meu desânimo, nada daquilo incluía raiz-de-fogo). Também passei noites intermináveis sendo ensinada por Maura, aprendendo todas as excentricidades de tratar os seres poderosos dos quais eu fora tão cuidadosamente segregada por anos.

Diante do sigilo que minha mãe havia criado, eu esperava alguma grande revelação capaz de justificar seus esforços, mas, no fim das contas, o tratamento dado a eles não era assim tão diferente daquele prestado aos mortais.

Mas eu havia aprendido que existia uma substância letal para os Descendentes: gema-dos-deuses, um material raro que só podia ser produzido por membros da Linhagem. Se transformado em projétil ou lâmina, um golpe certeiro podia se tornar fatal em pouco tempo. Mesmo ferimentos menores corriam o risco de infeccionar devido a uma toxina letal. Embora inofensiva para mortais, a gema-dos-deuses era bastante destrutiva para os Descendentes, uma morte horrível e dolorosa sem antídoto conhecido.

Aquele aprendizado assombrou meus pensamentos por dias a fio. Era o tipo de informação que o grupo rebelde de Henri gostaria de saber.

Se eu decidisse cooperar com eles.

Assim, armada com um arsenal de sabedoria recém-adquirida, eu estava pronta para acompanhar Maura em suas visitas ao palácio. Nossa primeira incursão seria simples e rápida: um último retorno para verificar as duas crianças mais novas que haviam se machucado no desabamento do telhado semanas antes.

– Pelo visto não vamos ter atalhos pelo jardim desta vez – refleti, enquanto passávamos no trecho da floresta pelo qual Elric nos guiara até o buraco escondido no muro de pedra.

Outro detalhe que os rebeldes de Henri ficariam felizes em descobrir.

– É melhor esquecer que isso aconteceu – advertiu Maura. – Se descobrirem que você sabe sobre um acesso desprotegido ao palácio, terá sorte se a única consequência for perder seu posto de curandeira.

– Vai ser pela porta da frente, então – declarei com alegria.

E que porta da frente era aquela.

Se a parte de trás do palácio parecia moldada pelo luar cintilante, a da frente era o lado obscuro da mesma moeda magnífica. Sombras lúgubres e sinistras se esgueiravam pela fachada como videiras retorcidas em perpétuo estado de crescimento. Os cordões escuros se enroscavam ao longo de cada balaustrada ou pináculo, feito um ninho de víboras pretas se preparando para atacar. O palácio parecia pulsar sob seus movimentos infinitos – o coração palpitante e obscurecido do reino.

Era intimidante, sem dúvida uma escolha proposital de arquitetura. Tentei imaginar como qualquer inimigo podia sequer dar uma espiada naquele edifício sombrio e não sair correndo na direção oposta.

Mas o que me deixou sem palavras não foi nenhuma proeza arquitetônica, mas a criatura que guardava o palácio. Como uma gárgula em carne e osso, a besta se reclinava em um patamar alto no topo das paredes do palácio, a cauda peluda balançando de forma preguiçosa enquanto dois olhos brilhantes varriam o terreno ao redor.

Um *gryvern*.

Eu já ouvira histórias sobre eles na escola e vira imagens bordadas e esculpidas em vários materiais pelo reino, mas observar um deles com os próprios olhos era como andar pelas páginas de um conto de fadas.

A cabeça espinhenta e escamosa de um dragão-do-mar. As asas e as garras dianteiras de uma águia. O corpo de um leão. Reis do mar, do céu e da terra – tudo combinado em um único monstro. Aquele terrível amálgama parecia uma matéria-prima de pesadelos, diferente de qualquer outra criatura em nosso mundo.

Milênios atrás, quando a Linhagem chegou ao reino mortal, cada uma das nove divindades irmãs trouxe um gryvern como companheiro e guardião. Durante a Forja, a Linhagem vinculou suas feras a uma eternidade servindo a Coroa de cada reino. Apenas sete gryverns permaneciam vivos, pois os representantes de Fortos e Montios tinham sido abatidos pelos rebeldes mortais durante a Guerra Sangrenta. Embora suas mortes representassem uma grande vitória para a rebelião, fui atingida por uma tristeza profunda ao imaginar um animal tão glorioso encontrando seu fim.

A luz do sol brilhava nas escamas iridescentes da criatura, a superfície lisa e escura refletindo em arco-íris como óleo empoçado sob uma lâmpada. Uma brisa passageira agitou a penugem das asas macias, dobradas com firmeza contra as costas.

Como se pudesse sentir o peso de minha atenção, os olhos dourados do gryvern baixaram, a fim de encontrar os meus. Suas pupilas pretas e fendidas pulsaram e se estreitaram, mudando conforme o animal me estudava. Parei de andar, hipnotizada pelo olhar da criatura.

Com um impulso repentino, o gryvern se lançou no ar. O bater de suas asas estendidas criava redemoinhos de poeira à medida que circulava o palácio em um arco gracioso, rosnando uma nota estridente para as nuvens. Sua sombra pairou sobre nós quando sua envergadura ampla bloqueou o sol. Mas o curso de voo mudou abruptamente, descendo, e a criatura aterrissou no passadiço da porta dianteira com força o bastante para fazer a terra tremer.

Maura soltou um gritinho e cambaleou ao recuar alguns passos, escondendo-se atrás de mim em busca de proteção, sem pedir desculpa. Não me ofendi. Na verdade, uma parte de mim ficou orgulhosa por ela achar que eu seria capaz de protegê-la de um bicho daqueles.

Baixei o olhar em sinal de deferência. Dei um passo hesitante, a mão pairando na lâmina na minha cintura.

O gryvern se sentiu insultado pelo gesto e soltou um rosnado trovejante por trás das presas à mostra. Músculos se contraíram ao longo da pele grossa conforme uma garra se esticava para raspar o caminho de pedra ladrilhada.

Congelei. Ergui as mãos, exibindo as palmas vazias.

– Não somos uma ameaça – murmurei, perguntando-me se a criatura seria capaz de entender. – Estamos aqui para ajudar.

O animal deu outro passo, e depois outro, o focinho se esticando a um braço de distância de meu rosto. Suas narinas se abriram e me farejaram. A criatura inclinou um pouco a cabeça, primeiro para um lado, depois para o outro.

Atrás de mim, Maura choramingou:

– Alguém p-pode nos ajudar, por favor? – gritou ela para os guardas, a voz desesperada.

Ela puxou meu braço em uma tentativa de me arrastar para uma posição mais segura.

Mas me mantive firme, a atenção fixa no gryvern. Havia algo de muito curioso em seus olhos. Algo expressivo e quase humano em sua astúcia cativante.

– Não vou fazer mal – falei com uma voz tranquilizadora, a mesma que usava com os pacientes mais difíceis.

Devagar e com cuidado, estendi uma das mãos, impelida por algum desejo inexplicável.

Os olhos da criatura dispararam para meus dedos, depois de volta para mim. Com a mesma lentidão e cautela, o bicho arqueou o pescoço para aceitar meu toque.

– Sorae, volte para seu poleiro! – berrou uma voz grosseira.

O gryvern sibilou e virou a cabeça, o tufo de pelo preto na ponta da cauda batendo no piso em um golpe furioso. Um raio de sol iluminou um medalhão dourado preso em uma corrente ao redor de seu pescoço, esculpido com um sol e uma lua entrelaçados, o símbolo de Lumnos.

Um guarda avançou e deu um tapinha nas ancas do animal, apontando de volta para o palácio.

– Calma, menina. Elas são só mortais, nada com que se preocupar.

Minha irritação aumentou.

Os lábios do gryvern se curvaram em um rosnado para o guarda, mas a criatura obedeceu ao comando e se esgueirou de volta para o prédio.

O guarda fez sinal para que chegássemos mais perto.

– Peço desculpa. O temperamento de Sorae tem sido difícil desde que o rei adoeceu. Tudo a deixa irritada.

– Ela não estava irritada, apenas curiosa – falei.

O guarda me lançou um olhar inquisitivo, uma expressão que se refletiu no rosto de Maura.

Não respondi.

Acabei descobrindo que entrar pela porta principal do palácio era um desafio em comparação com a facilidade com que tínhamos cruzado a passagem do jardim.

Vigias armados nos interrogaram sem fazer o menor esforço para esconder a condescendência. Exigiram saber nossos nomes, nossa qualificação, o que havia em nossas bolsas, qual era nosso objetivo no palácio. Apesar de já ter passado pelo procedimento inúmeras vezes, Maura continuou paciente, respondendo às perguntas cada vez mais rudes sem um pingo de aborrecimento. Já eu ia perdendo a confiança na minha capacidade de assumir aquele papel sem dar início a uma guerra.

Por fim, os guardas grunhiram em aprovação e jogaram as bolsas de volta a nossos pés. Reunimos nossos pertences espalhados e seguimos pelo saguão de entrada cavernoso, revestido em mármore. Foi quando um braço usando armadura me segurou.

Os olhos cerúleos do homem se fixaram em minha cintura.

– Mortais devem entregar as armas antes de entrar.

Contraí a mandíbula. Não havia a menor chance, nem por todas as grutas congelantes do inferno, de eu concordar em entrar na cova dos leões desarmada.

– Preciso delas para fazer meu serviço aqui – protestei.

O homem curvou os lábios.

– Nenhuma das suas funções no palácio deveria exigir uma lâmina.

Dei um tapinha no punho da adaga, abrindo um sorriso amargo.

– Esta lâmina ajudou a salvar a vida da sua princesa Lilian da última vez que estive aqui.

Nós nos encaramos com os olhos semicerrados, nenhum dos dois cedendo.

– Diem – sibilou Maura, em uma mistura de apelo e advertência.

– Vá chamar o príncipe Luther! – ordenou um dos guardas. – A decisão é dele.

Maura abanou as mãos em um gesto frenético.

– Não, não, isso não vai ser necessário. Ela vai deixar as armas. Certo, Diem?

O guarda sorriu para mim.

– É exatamente o que ela vai fazer.

Ele veio até mim e com uma das mãos me segurou com força pelo ombro. A outra roçou no meu seio enquanto ele tentava capturar as adagas, e seu sorriso lascivo não deixou dúvida de que o ato foi intencional.

Perdi o controle e meu treinamento assumiu o comando. Antes que a ponta dos dedos dele pudesse roçar o cabo da minha lâmina, agarrei seu pulso com uma das mãos, enquanto a outra cruzou o tronco, prendendo seu antebraço. Depois girei, torcendo seu pulso, usando o impulso contra ele até o braço do guarda estar travado em um ângulo estranho às costas. O homem ficou de joelhos, gemendo de dor e em choque.

Era uma manobra simples, uma das primeiras que aprendi com meu pai. Eficaz até mesmo contra um inimigo que tivesse o dobro do meu tamanho.

O barulho de espadas sendo desembainhadas soou ao meu redor, e me vi presa em um círculo de lâminas afiadas apontadas para meu peito.

– Isso é que eu chamo de começar com o pé direito – murmurei.

Maura gritou quando um dos guardas se adiantou e a agarrou, pondo uma faca em seu pescoço.

– Tire as mãos dela, ou você será um homem morto – rosnei.

O homem a meus pés se debateu contra o meu golpe, e torci ainda mais seu braço, arrancando um novo gemido de dor.

Era inesperadamente fácil imobilizá-lo, e, pelos olhares confusos que seus companheiros me lançavam, percebi que compartilhavam da minha surpresa. O treinamento de meu pai havia me mantido forte o bastante para lidar com os mortais com quem eu brigava, mas eu esperava um desafio maior por parte dos famosos e formidáveis Descendentes.

Outro guarda apontou a espada em minha direção.

– Acha mesmo que pode dar conta de todos nós, mortal?

– Ah, dar conta só de você já me deixaria satisfeita. – Lancei um olhar de pena para o ponto entre suas pernas. – Deve ser a primeira vez que uma mulher te diz isso.

Risadinhas silenciosas percorreram o ambiente.

As bochechas do guarda ficaram vermelhas. Ele se lançou contra mim.

– Sua mortal desgraça...

– *Afastem-se.*

A voz baixa e estrondosa reverberou contra as paredes de pedra.

Todos os olhares subiram ao mesmo tempo as sinuosas escadarias gêmeas até encontrar a figura imponente no topo do patamar. Calças de camurça preta sob medida, uma jaqueta do mais profundo azul da meia-noite com as lapelas prateadas, a espada incrustada de joias, o cabelo cor de ébano preso bem firme.

Príncipe Luther.

– Em relação a seguir minhas ordens, eu não dou segundas chances – rosnou ele.

Sua voz vibrava e tinha um poder sobrenatural que enchia o saguão com sua presença. Mesmo do outro lado do cômodo amplo, vi seu olhar gélido pousar em mim.

Os guardas deram um passo para trás e embainharam as armas, e o homem que segurava Maura a soltou com um empurrão brutal que fez a bengala dela sair voando.

Eu me mantive firme.

Nossos olhares permaneceram fixos um no outro conforme Luther descia os degraus curvos. Ele pegou a bengala de Maura do chão e devolveu a ela, oferecendo o braço para ela se segurar até que firmasse as pernas. Uma quentura irritante se acumulou em meu peito diante do gesto cavalheiresco.

– Vo-vossa Alteza – gaguejou Maura –, isso tudo é só um mal-entendi...

Ele ergueu a mão, fazendo-a se calar.

A quentura se dissipou.

Luther deu a volta e parou bem diante de mim. Seu rosto era uma máscara congelada de calmaria, ainda mais intimidadora devido à linha tênue da cicatriz que dividia suas feições como um abismo.

Seu foco mudou para o homem tremendo a meus pés.

– Explique-se.

– Falamos para elas que não permitimos armas – grunhiu o guarda, tentando livrar o braço de meu aperto e falhando outra vez. – E aí elas nos atacaram.

– Mentira! Será que por aqui os pais não ensinam os filhos a não passar a mão em uma mulher sem o consentimento dela?

– Sim, eles ensinam – respondeu Luther.

Meus olhos se voltaram para ele.

– Então parece que *muitos de vocês* não levaram a lição a sério.

As feições dele permaneceram imóveis feito rocha, mas as centelhas e as sombras espiralando por trás dos olhos cor de safira fizeram os alarmes soarem em minha cabeça. Aquilo parecia muito com *a voz* que vinha atormentando meus pensamentos nas últimas semanas: o modo como a empolgação de uma luta a despertava e a fazia implorar para ser libertada.

Luther baixou um pouco o queixo.

– Solte meu guarda, Srta. Bellator. O comportamento dele receberá a punição apropriada.

Então o príncipe lembrava meu nome. Eu ainda não sabia se isso era bom ou muito, muito ruim.

– Diem, por favor – guinchou Maura. Ela parecia desesperada, quase chorando. – Deixe o príncipe cuidar disso.

Eu duvidava muito que a ideia de Luther de *punição apropriada* combinasse com a minha, mas eu havia me metido em um beco sem saída e não sabia mais o que fazer.

Afrouxei o aperto no braço do guarda e, com um desprezo declarado, observei o homem se levantar. Seu rosto estava afogueado em uma mistura escarlate de ódio e vergonha. Enquanto ele se movia para se juntar aos outros guardas, esbarrou o ombro no meu e me provocou baixinho:

– É melhor se cuidar daqui pra frente, sua mortal vagabunda.

A magia explodiu pelo saguão.

Embora Luther mal tivesse se movido, vinhas semelhantes a chicotes de luz crepitante e sombra disparavam de suas palmas abertas. Elas se contorceram em um frenesi violento e se enrolaram pelo torso do guarda, *apertando-o*. Os ossos do homem rangeram diante da pressão crescente, e ele deixou escapar um grito sufocado dos lábios.

Eu podia sentir o poder de Luther, aquilo que lhe concedera uma reputação pelas ruas. Era como se o ar ao redor dele exercesse uma atração própria, espessa e inebriante. Algo despertou dentro de mim em resposta. Se ainda me restasse qualquer bom senso, eu deveria estar sentindo medo – mas a agitação em meu ventre não parecia ter nada a ver com *temor*.

Antes que eu pudesse impedir, dei um passo cambaleante para mais perto, minha mão se erguendo como se atraída pelo canto de uma sereia. Era a mesma atração inexplicável que eu sentira pelo gryvern – talvez eu tivesse uma queda por feras perigosas e irritadiças.

Os olhos de Luther dardejaram em minha direção, me congelando no lugar. Seu rosto permanecia passivo, quase entediado, como se aquela exibição impressionante tivesse custado tanto esforço para ele quanto espantar uma mosca.

Ainda assim, enquanto o príncipe me analisava, algo atravessou seu semblante – algo que não fui capaz de decifrar.

Mas sumiu em um piscar de olhos. Luther rondou o guarda. A vinha luminescente ergueu o corpo do homem ainda mais alto, deixando os pés dele balançando impotentes no ar e colocando os dois sujeitos frente a frente.

– Estas mulheres estão aqui a serviço da Coroa – falou Luther, a voz gélida. – É assim que tratamos os convidados de Sua Majestade?

– Mas elas estavam...

O punho de Luther se fechou com força, e as amarras se apertaram em torno do pescoço do guarda, sufocando o protesto.

– Não, Vossa Alteza – conseguiu sussurrar o homem.

– Então peça desculpa. – O príncipe semicerrou os olhos. – E seja convincente.

O guarda fez uma careta, a atenção se voltando para mim e Maura.

– Eu... Eu sinto muito.

Apenas o olhei ainda mais feio.

Luther inclinou a cabeça, a fim de contemplar o homem.

– Eu devia quebrar suas costelas por ter me desobedecido, mas aí nossas convidadas se sentiriam na obrigação de remendar seus ossos. Embora essa fosse uma consequência justa para *ambos*... – Seu olhar correu brevemente até o meu. – Vou me contentar com chamas e espinhos.

Com um estalar de seus dedos, as vinhas em torno do guarda adquiriram vida. Pequenos espinhos afiados cresceram em cada cordão sombrio, perfurando o corpo do homem e fazendo fios finos de sangue escorrerem. Um som crepitante emergiu da luz que pulsava, seguido pelo cheiro de carne queimada. Os gritos do guarda ecoaram, espalhando-se pelo saguão.

O corpo trêmulo de Maura chegou mais perto de mim. Embora eu me obrigasse a não reagir para mim mesma por puro orgulho e teimosia, admiti que a curandeira mais velha era sábia por estar com medo. Aquela demonstração de poder, aterrorizante em sua força e selvageria, parecia ainda mais acentuada pela indiferença pétrea no rosto de Luther. Ele observava a tortura do homem sob seu jugo com um distanciamento perturbador, o que me fazia considerar que todas as histórias envolvendo Descendentes monstruosos e impiedosos eram ainda mais verdadeiras do que eu imaginara.

No entanto, enquanto observava o guarda sangrar e queimar sob o controle arrepiante de Luther, não me senti assustada.

Eu me senti… cativada.

– Srta. Bellator – disse Luther, virando-se para mim. – Pode ficar com suas armas enquanto estiver sob minha escolta, mas, caso tente usá-las contra qualquer ocupante deste palácio, então isto… – A magia se dissolveu em névoa, e o guarda desabou em uma pilha sangrenta, gemendo. – …será uma gentileza em comparação ao seu castigo. Estamos entendidos?

Engoli em seco.

– Estamos.

Luther era convincente, eu precisava admitir.

– Sigam-me.

Ele deu meia-volta e saiu andando rumo ao interior do palácio.

Maura parecia presa no lugar, o rosto meio cinza, meio pálido. Entrelacei nossos braços e a empurrei para a frente, passando por cima do corpo caído do homem. Não resisti a espiar por cima do ombro e responder com um sorriso vitorioso às carrancas dos guardas que haviam ficado para trás.

Continuamos subindo por um dos lados da escadaria magnífica e percorremos uma série de corredores sinuosos, cada um mais ofensivamente decorado que o anterior. Tapeçarias intrincadas com cores vibrantes, mármores esculpidos de tal forma que pareciam rendados, tetos cintilantes cujo interior brilhava, tudo isso com pedrarias e detalhes em ouro. Mesmo o ar cheirava a riqueza, perfumado com a doçura delicada de rosas recém-desabrochadas. Lutei para não ficar boquiaberta diante do esplendor daquele lugar.

– Se entendi direito, você deseja ocupar o cargo de curandeira do palácio, Srta. Bellator – comentou Luther enquanto caminhávamos.

Assenti.

– Estou assumindo os deveres de minha mãe na ausência dela.

– *Todos* eles?

Meu olhar encontrou o do príncipe tão depressa que meu cérebro levou um instante para raciocinar. Havia certo peso em suas palavras, uma implicação que aguçava meus instintos. A expressão dele não revelava nada, mas senti que eu andava em um terreno mais perigoso do que minha compreensão era capaz de abarcar.

Sua mãe concordou em servir de qualquer maneira que a Coroa requisitasse, dissera Maura.

Eu não respondi.

Luther nos conduziu até uma pequena sala de estar. Dois meninos brincavam no chão, rindo e parecendo tão comuns quanto qualquer criança mortal.

As mães, contudo, me pareciam tão estranhas quanto animais selvagens. Cada uma usava um vestido espalhafatoso de tecido cintilante pendurado com rigidez sobre camadas de anáguas em tons pastel que as engoliam em seus minúsculos assentos estofados. Pedras preciosas enormes envolviam pescoços e pulsos, e os cabelos de cores artificiais exibiam uma confusão de fitas e plumas coloridas. Era uma cena tão absurda que precisei cobrir minha boca para abafar uma risada.

– Primas – disse Luther, oferecendo um aceno superficial.

– Vossa Alteza – responderam elas em uníssono, ficando de pé e fazendo mesuras.

Uma das damas, uma mulher bonita usando muitas esmeraldas e tafetá lilás, deu uma piscadela para ele.

– Que gentil de sua parte vir se sentar conosco, Luther – arrulhou ela, abrindo um sorriso tímido.

– *Príncipe* Luther – corrigiu ele, e o rosto da mulher ficou rosado o bastante para combinar com o vestido. – Estou aqui apenas escoltando as curandeiras.

Meus olhos se alternaram entre eles, fascinada pela dinâmica. Eles eram... primos? E ela estava... flertando com ele?

E que tipo de gente esperava que familiares usassem títulos formais? Eu me perguntava se Luther tinha uma esposa – com certeza nenhum rostinho bonito valeria o preço de suportar aquilo. Pelos deuses, como aquele homem seria na cama? Ele provavelmente exigia que as amantes o chamassem pelo título também.

Mais forte, Vossa Alteza. Teria eu permissão para gozar, Vossa Alteza? Deixe-me ajoelhar diante de Vossa Alteza e entreter esse seu principezinho lindo até...

Luther pigarreou, e ergui o olhar, que estava involuntariamente fixo na região abaixo de seu cinto. Exibi para ele minha carranca mais desagradável, lutando com todas as forças para não ficar corada.

– Quem são elas? – perguntou a segunda mulher.

Ela era bem mais velha, mas ainda muito bonita. O cabelo violeta-escuro tinha mechas grisalhas junto às têmporas, e as feições dela pareciam esculpidas em uma careta permanente enquanto nos olhava.

– São as curandeiras que atenderam os meninos no dia do acidente – respondeu Luther. Ele então se virou para nós. – Maura, Diem, estas são minhas pr...

– Por que essa aí está carregando uma arma? – interrompeu a mulher bruscamente. Ela gesticulou para mim com o pulso hesitante e os lábios curvados, do jeito que alguém apontaria para uma pilha de carne estragada. Seu olhar subiu para meu rosto, e ela pareceu desconfiada. – Seus olhos, menina... Você é Descendente?

– Ela é apenas uma mortal – respondeu Luther por mim. – E tem permissão para portar armas enquanto estiver sob minha escolta.

– *Apenas* uma mortal? – falei baixinho, e recebi uma cotovelada de Maura.

Luther se colocou discretamente entre mim e a mulher mais velha. Quase dei uma risada, tentando imaginar qual de nós ele pretendia proteger.

Tive minha resposta um segundo depois, quando ela acenou com a mão e uma fina parede de luz azul-clara cintilante surgiu ao redor dos dois meninos.

– Ela não vai ter permissão perto dos meus filhos – retrucou a mulher.

Luther contraiu o maxilar. E, embora eu quisesse *muito* me manter firme e vê-lo estrebuchar – ali estava um homem que detestava ter sua autoridade ameaçada, só que preso entre duas mulheres com a intenção de fazer exatamente aquilo –, as crianças estavam começando a perceber a tensão. O menorzinho nos encarava com um medo crescente nos olhos azul-celeste. Por maior que fosse minha antipatia por Luther, eu não me rebaixaria a ponto de colocar uma criança já ferida sob estresse desnecessário.

– Está tudo bem – falei depressa.

Atravessei o cômodo até uma mesinha de canto distante e soltei meu cinto com as adagas, deixando-o cair no tampo de madeira com um baque alto – embora mantivesse a adaga de Brecke em segurança dentro da bota. Então me virei, exibindo um sorriso açucarado.

– Problema resolvido.

A mulher fungou, sem se deixar impressionar.

Começamos a trabalhar antes que a tensão aumentasse. Maura tinha a tarefa mais difícil: examinar os vários ossos quebrados do menino mais novo. Eu me ocupei com o mais velho, apoiando-o em uma poltrona e verificando seus cortes quase curados enquanto o distraía com piadas bobas que meu pai ensinara para mim e Teller quando éramos crianças.

– Como você chama um peixe que encontrou o amor da vida dele? – perguntei enquanto espiava por baixo de um curativo em seu joelho.

O menino abriu um sorriso banguela para mim.

– Como?

– *Apeixonado.*

Ele caiu na gargalhada, quase arrancando meu olho ao balançar as pernas com alegria. Acabei rindo junto enquanto baixava seus pés.

– E como você chama um travesseiro metido a besta?

– Como? – O menino quase gritou, sem conseguir parar quieto de expectativa.

– *Almofadinha*! – exclamei de volta, alcançando as costelas dele e fazendo cosquinhas.

O garoto se contorceu para fora do meu alcance e se dissolveu em um acesso de gargalhadas.

– Eles são adoráveis nessa idade, não acha? – perguntou a mulher mais jovem.

Abri um sorriso e me virei para responder, mas ela estava olhando embevecida para Luther, após ter ido se postar ao lado dele. Mas os olhos do príncipe estavam em mim, sua expressão mais suave que o normal.

– Não acha? – perguntou ela de novo, tocando no braço dele.

As feições de Luther endureceram no mesmo instante.

– O quê? – retrucou ele.

Bufei baixinho diante daquela demonstração de amor não correspondido e voltei minha atenção para a criança.

– Acho que está tudo certo, meu amigo. Tem mais alguma coisa machucando você? – perguntei. Ele fez que não com a cabeça, sorrindo, e eu sorri de volta. – É melhor ser rápido, então, senão vou ter que...

Estiquei o corpo para fazer cócegas no menino outra vez, soltando uma risada baixa e maliciosa. Ele gritou em meio aos risos e saiu correndo rumo à segurança de sua montanha de brinquedos.

Fiquei de pé e apoiei as mãos na cintura, ainda com um meio sorriso. Em seguida, me virei para a mulher mais jovem.

– É difícil garantir, mas acho que ele vai sobreviver.

As mãos delicadas e leitosas da mulher – que me faziam questionar se ela algum dia já trabalhara na vida – voaram para o peito.

– O quê? Ele se machucou tanto assim?

Meu sorriso vacilou.

– Não! Não... Foi só uma brincadeira. Ele está perfeito. Eu...

Ela contorceu as feições delicadas e me lançou um olhar penetrante.

– Uma ameaça à vida de uma criança não pode ser considerada uma piada.

Minhas bochechas esquentaram. Olhei para Luther, que me observava com uma sobrancelha erguida. Seus lábios permaneciam contraídos, mas ele parecia entretido. Era a minha vez de estrebuchar, e o príncipe estava se deliciando com a lei do retorno.

Engoli meu orgulho e assenti.

– Peço desculpas. Não queria preocupá-la.

A mulher cruzou os braços.

– Eu não devia ficar surpresa por uma pobre criança à beira da morte ser o que *gente do seu tipo* considera engraçado.

O constrangimento sumiu de meu rosto, substituído por uma onda quente de raiva. Dei um passo à frente, as mãos se fechando em punho ao lado do corpo.

– O que foi que você disse?

A diversão de Luther desapareceu de seu rosto. Mais uma vez, ele se postou entre nós, os músculos se flexionando em resposta à minha mudança de comportamento. Eu o ignorei e espiei por cima de seu ombro, meus olhos fixos na mulher e naquela expressão mordaz e hipócrita.

– Toda semana eu trato crianças que estão morrendo de fome porque a família não consegue pagar por comida. Tenho medo do inverno e dos órfãos que serão encontrados mortos e congelados em montes de neve porque não têm um lar para se aquecer. Enquanto isso, gente *do seu tipo* fica com a bunda sentada neste palácio ridículo coberto de ouro e joias que poderiam servir para resolver todos esses problemas em um estalar de dedos – sibilei. – Então não ouse vir me falar sobre crianças morrendo.

A mulher bufou.

– Não é culpa nossa se os mortais não sabem cuidar bem dos seus.

Lá no fundo, uma voz impaciente uivou em sua gaiola.

Lute.

Com sensatez, Luther se mexeu antes que eu pudesse reagir. Ele agarrou a mulher pelo antebraço e a levou para longe, *bem longe* de meu alcance. Eu os ouvi trocando palavras abafadas, mas estava ocupada demais rangendo os dentes e lutando contra meu ressentimento fervente para prestar atenção.

Catei meus pertences e fui até a mesinha de canto enquanto esperava Maura terminar. Recoloquei o cinto com as armas e atirei minhas coisas com violência dentro da bolsa, pesando os prós e contras de estrangular um membro da família real.

Naquele momento, os prós pareciam ganhar por ampla vantagem.

– Peço desculpas por isso – ecoou a voz de Luther por trás de meu ombro. – Ela passou dos limites.

– Parece ser um traço de família – murmurei.

A voz do príncipe ficou mais baixa conforme ele se movia para se postar a meu lado.

– Fui procurar você na Cidade Mortal. Queria agradecer pelo que fez pela minha irmã.

Deixei uma risada escapar pelo nariz.

– Não, não queria.

Ele pareceu irritado, remexendo os pés.

– Queria, sim. E também... queria me desculpar pelo meu comportamento da última vez que esteve aqui.

– Não, você foi até lá para perguntar a Maura se sou mesmo mortal. – Eu me virei para ele e desembainhei uma das adagas gêmeas, pressionando a ponta da lâmina contra meu pulso. – Ela elucidou suas suspeitas ou devo me cortar aqui e agora para conquistar sua confiança?

Para minha *completa* indignação, Luther sequer piscou. Sem desviar o olhar, ele fechou a mão em torno da lâmina. Não consegui deixar de espiar, respirando fundo enquanto a palma do príncipe apertava o fio da adaga. Ele pôs tanta força no gesto que os nós dos dedos ficaram brancos – sem nenhum vestígio de sangue. Nem mesmo um arranhão.

– Acho que é seguro dizer que você já conquistou, Srta. Bellator – disse ele, tomando a arma de mim. Com um movimento rápido dos dedos, ele girou a lâmina na mão e a segurou pelo cabo. Depois se aproximou e deslizou a adaga de volta para o cinto. – Se não fosse o caso, eu estaria enfiando esta faca em outro lugar.

Seu polegar roçou meu quadril, e minha pele foi inundada de calor.

Pelos deuses, eu o odiava.

Luther arqueou as sobrancelhas.

– Auralie devia ter me contado – falou ele de repente.

Pisquei algumas vezes, a menção ao nome de minha mãe me resgatando das ondas indesejadas de luxúria e me lançando de volta à raiva.

– Você... O quê?

– Se as condições estavam tão ruins na Cidade Mortal, sua mãe deveria ter me avisado para que eu pudesse oferecer assistência.

Minha carranca voltou com tudo.

– Bom, ela não estava por perto para fazer isso, não é? – Ele ficou rígido diante da acusação em meu tom de voz. – Além do mais, as coisas sempre foram ruins na Cidade Mortal. Sempre.

A postura de Luther estava tão tensa que uma veia pulou em seu pescoço. O movimento atraiu minha atenção para a cicatriz que cortava os lábios dele e descia pelo pomo de Adão, e me demorei no ponto em que a linha pálida e irregular desaparecia sob a gola da jaqueta.

– Se houver uma família passando necessidade, me diga. Eu farei com que...

– Todas as famílias estão passando necessidade, Luther. Não venha fingir que *seu pessoal* se importa com qualquer um de nós.

Lancei para ele um olhar provocativo, desafiando-o a me corrigir por não usar seu título de nobreza, mas ele apenas me encarou, o maxilar travado.

Respirei fundo para acalmar a mente. Eu não estava em condições de debater aquele tema. Também não nutria esperança de que Luther tivesse algum desejo real de ajudar. Se tivesse, dificilmente precisaria de minha orientação: mesmo uma breve caminhada pelas ruas sujas e lotadas da Cidade Mortal revelaria as condições precárias em que vivíamos.

– Como está Lily? – perguntei sem rodeios. – Ela precisa de algum acompanhamento médico?

Ele franziu a testa diante da mudança de assunto, a calma sobrenatural sendo momentaneamente perturbada – uma vitória que comemorei em silêncio.

– Ela está bem. Curada. Mais rápido que o normal, na verdade.

– Ótimo.

Dei um passo para trás e senti algo prender meu quadril – a mão dele continuava ali, segurando o cabo da adaga. Ele retirou os dedos devagar.

Engoli em seco e dei as costas para o príncipe.

Ele ficou me olhando por um tempo enquanto eu continuava organizando minhas coisas. A aura peculiar que parecia carregar a atmosfera na presença de Luther teceu seu caminho a meu redor, zumbindo contra minha pele e me deixando com a sensação de estar nadando em um mar feito todo *dele*.

Luther veio para meu lado e baixou a voz:

– Soube que minha irmã e seu irmão se tornaram bastante próximos.

Sinais de alerta vermelho piscaram em minha mente.

– E é claro que está ciente dos perigos que podem surgir quando relacionamentos entre Descendentes e mortais se tornam... imprudentes – continuou.

Mais uma vez, segurei a língua.

– E tenho certeza de que também está ciente de que, nessas situações infelizes, é o mortal quem paga o preço mais alto.

– Meu entendimento é de que é o bebê quem paga o preço mais alto – disparei com frieza.

Ele avançou até poder ver meu rosto.

– O que você precisa saber é...

– O que eu sei é que a melhor maneira de levar pessoas da idade deles a fazer uma besteira é justamente proibindo que elas façam isso. Se quer mantê-los afastados, forçar uma separação só vai deixar os dois mais próximos. – Eu me virei para poder olhá-lo cara a cara. – Meu irmão é tudo menos imprudente. Ele é esperto e observador, e confio no julgamento dele. Talvez você devesse confiar no da sua irmã também. – Enfiei um dedo em seu peito. – E se acha que algum dia eu iria...

Ele fechou a mão em torno da minha, e todas as palavras raivosas se emaranharam em um nó gigantesco.

Meu coração batia tão forte que eu tinha certeza de que Luther podia ouvir. Esperei que me soltasse, que me afastasse, que revidasse. Que fizesse algo diferente de sustentar meu olhar em uma competição silenciosa, cada um de nós desafiando o outro a recuar.

Eu deveria me afastar. Por que não estava me afastando?

O toque quente de sua mão era uma distração irritante. Fiz menção de falar outra vez, e o olhar dele desceu para os meus lábios. Minha boca ficou seca.

Pelos deuses, eu *realmente* odiava aquele homem.

Um pigarro baixo roubou nossa atenção. Olhei para o lado e vi Maura e as duas mulheres nos encarando. Maura tinha o queixo caído e as sobrancelhas erguidas até o céu, enquanto as duas Descendentes me observavam com veneno nos olhos.

Foi só então que percebi o quanto Luther e eu estávamos próximos, o quanto nossos rostos estavam perto um do outro – o bastante para que eu sentisse o hálito quente de sua expiração silenciosa quando soltei minha mão.

Era quase como se ele também estivesse prendendo a respiração.

Joguei a bolsa por cima do ombro. Minha pele pareceu gelada e vazia quando caminhei para a porta sem a presença de Luther.

– Terminou? – perguntei casualmente para Maura.

Ela crispou os lábios e assentiu. Sem dizer nada, refizemos o caminho para sair do palácio, com Luther em nosso rastro. Do lado de fora, evitei o olhar dele de forma desajeitada enquanto Maura oferecia um adeus por educação.

Estávamos quase na Cidade Mortal quando ela enfim falou. Seus olhos cintilaram, a voz pingando de provocação e malícia.

– Que bom que deu *tudo certo* hoje, não foi?

– Fique quieta, Maura – resmunguei. – Não diga nada.

CATORZE

Voltei para casa naquela noite com o fogo ainda crepitando nas veias. Meu pai olhou para mim apenas uma vez, pisando duro por toda parte, e pegou duas espadas de treino sem lâmina de corte.

– Lá fora – resmungou ele, atirando uma das espadas para mim.

Nem me dei ao trabalho de discutir.

Embora o envelhecimento de meu pai tivesse dado fim aos dias dele no campo de batalha, a mentalidade de soldado nunca fora embora. Aposentado e sem um exército para treinar, ele transformara os filhos em seu novo batalhão. Até eu começar a trabalhar em tempo integral como curandeira, ele convocava Teller e eu para fora de casa todas as noites a fim de transmitir seu conhecimento.

Ensinava como lutar, tanto com as mãos quanto com a espada. Como se esquivar e fugir. Como identificar os pontos fortes e as fraquezas do inimigo. Quando era hora de defender a posição e quando era melhor debandar.

Éramos os soldados mais queridos de Andrei Bellator, e ele havia nos treinado bem.

Àquela altura, nossa rotina era tão familiar que nenhum de nós precisava dizer uma só palavra. Certo conforto nostálgico aqueceu meus músculos tensionados conforme nos posicionávamos na clareira. Iluminados pela lua e pelos fachos de luz dourada que escapavam pelas janelas, vindos de dentro de casa, começamos a nos rondar em um círculo amplo e lento.

Ele ergueu a espada no alto, alto demais, a lâmina oscilando acima do ombro. Apesar do mau humor, abri um sorriso. Ele estava me provocando com um ataque malfeito, tentando determinar o quanto meus ânimos inflamados estariam nublando meu raciocínio.

Embora eu até fosse alta para uma mulher mortal, ainda era superada pela maioria dos meus oponentes masculinos, sobretudo pelos Descendentes e sua altura e força sobrenatural. Papai havia me ensinado a não me acuar diante dessas características e, em vez disso, enxergá-las como vantagens.

Ser menor significa que você é mais rápida e mais difícil de acertar, costumava dizer. *Mais fraca significa que vai ser subestimada, e por isso tem mais chances de pegar o adversário de surpresa.*

Mas aquilo também significava que eu precisava conhecer meus limites. E desperdiçar energia brandindo uma espada pesada acima da cabeça só para parecer ameaçadora era um deles.

– Energia e sangue, os recursos mais valiosos em uma luta – provoquei, ecoando as palavras que ele tantas vezes me ensinara. – Escolha com sabedoria como vai gastar os dois.

Meu pai sorriu.

– Essa é minha garota.

Apesar do elogio, ele aproveitou minha decisão de manter a guarda para avançar, baixando a espada na direção da minha cabeça desprotegida. Fintei para a esquerda antes de girar para a direita, brandindo a lâmina em um arco amplo até sua caixa torácica. Eu quase o atingi, mas ele desviou no último segundo.

Nós dois nos afastamos, ofegantes devido à explosão de esforço enquanto retomávamos nosso círculo.

– O que aconteceu hoje? – perguntou ele.

Meu sorriso desapareceu.

– Crianças feridas. Um mundo injusto. Você sabe, o de sempre.

– Deve ter sido mais que o de sempre para te deixar tão nervosa.

Foi minha vez de atacar, forçando-o a apoiar o peso em um dos pés enquanto desviava de um golpe rápido. Acertei seu tornozelo com minha perna, e ele caiu no chão em um rolamento suave que o colocou de pé outra vez.

– Você estava olhando meu pé direito o tempo todo – repreendeu meu pai. – Não deixe a ansiedade anunciar seu próximo movimento.

Era um erro de principiante, algo que aprendera a não fazer anos atrás. O fato de meu pai não ter apontado isso sugeria que ele estava mais preocupado comigo do que deixava transparecer.

– O que está te incomodando? – pressionou ele.

– Estou bem.

Antes que ele pudesse argumentar, brandi a espada em um rápido movimento circular que se dirigiu a seu ombro. Ele aparou o golpe, usando o impulso para forçar minha lâmina do lado mais fraco. Tentei me contorcer em um contra-ataque, mas meu pai me conhecia muito bem. Sua espada bloqueou a minha, o clangor áspero de metal contra metal reverberando em meus ossos.

Tentei também recuar para me recompor, mas ele não permitiu. Avançou com agressividade, braços e pernas dançando em movimentos tão familiares para nossos corpos quanto a voz de um ente querido em nosso ouvido.

A cada golpe de espada, eu sentia meu temperamento inflamar, meus ataques se tornando cada vez mais desleixados. Eu sabia que não devia levar a raiva para um combate, mas não conseguia impedir. Desde a interrupção da raiz-de-fogo, minhas emoções haviam se tornado um fogaréu descontrolado, ameaçando carbonizar tudo que encontrasse no caminho.

Meu pai acertou meu pulso com o cabo, mirando com cuidado um nervo sensível. Uma dor lancinante disparou pelo meu braço e meus dedos afrouxaram contra a minha vontade. A espada caiu no solo de turfa.

– Conte para mim – insistiu ele outra vez.

Minha determinação se partiu.

– Como você aguentou? – rebati. – Quando estava no Exército, como aguentou servir aos Descendentes?

Era uma pergunta que nunca tivera coragem de fazer.

Outros, sim. A maioria das pessoas na Cidade Mortal o considerava um herói, ou ao menos um guerreiro experiente merecedor de respeito, mas outras o acusavam de ser um traidor do próprio povo. O temperamento calmo de meu pai fazia com que ele raramente ligasse para aquilo, embora um ou outro provocador tivesse terminado com um soco no meio da cara – vindo dele ou de mim mesma.

Sua expressão ficou gelada. Ele olhou para a espada caída e depois para mim – uma ordem silenciosa. Fiz uma careta e peguei a arma do chão.

– Eu não servi a eles – respondeu ele enquanto voltávamos a rondar um ao outro. – Eu servia a Emarion. Ao povo inteiro, seja mortal ou Descendente.

– Mas você recebia ordens deles. Você lutou contra os rebeldes.

– E lutei contra Descendentes algumas vezes também. Meu juramento foi sobre proteger Emarion contra qualquer inimigo que viesse, não importava qual sangue corresse nas veias. E eu faria isso de novo, sem questionar.

Fiz uma pausa, baixando a espada.

– Mas quem decide quem é o inimigo?

– As Coroas.

– E se as Coroas forem o verdadeiro inimigo?

– Cuidado, Diem. – Seu tom severo combinava com as feições. – O que está dizendo é uma traição.

Revirei os olhos.

– E não foi traição ao povo de Emarion quando eles vieram e tomaram as cidades e nossas terras sagradas? Quando cortaram a Chama Eterna? Quando começaram a matar crianças por serem miscigenadas?

Meu pai cravou sua espada no chão pantanoso, depois cruzou os braços.

– De onde isso está vindo? Você nunca ligou para essas coisas.

As palavras pareceram um golpe.

– É claro que eu ligo! – retruquei na defensiva, mas a verdade me corroía. Eu sempre ligara. Mas apenas quando aquilo me afetava *diretamente*. Eu me importava quando eu mesma ou as pessoas próximas sofriam, quando as injustiças causadas pelos Descendentes eram forçadas em meu caminho, invadindo minha pequena bolha feliz. Mas agora eu estava começando a olhar para além do prisma oleoso cheio de arco-íris daquela bolha, para a realidade do mundo.

– As lições que ensinei aqui, sobre lutar e enfrentar oponentes... – Ele se interrompeu, apontando para a espada à sua frente. – A força vence, Diem. A força perdura. Os Descendentes têm a força ao lado deles, sempre terão. Ignorar a verdade apenas fará com que você termine morta.

– Então devemos só nos render e aceitar? Você não me criou para isso.

– Não, não criei. Mas o que ensinei sobre lutar contra alguém muito mais forte do que você?

Suspirei. Os anos de treinamento fluíram de meus lábios:

– Se não pode ser a mais forte, seja a mais esperta. Escolha tanto suas batalhas quanto seus inimigos com cuidado. Saiba quando perder um confronto para vencer a guerra.

– É isso aí. – Ele se aproximou e pôs as mãos nos meus ombros. – Essas lições são tão verdadeiras no campo de batalha quanto fora dele. Nunca se esqueça disso.

Seus olhos castanho-escuros encontraram os meus, a preocupação escondida por trás da expressão rude. Apesar de toda a bravura, eu sabia que a realidade de enviar os filhos para nosso mundo miserável o aterrorizava. O combate, os ensinamentos e as frases de efeito memoráveis haviam sido tanto para administrar os medos de meu pai quanto para nos preparar para os confrontos que ele não poderia lutar a nosso lado.

– E se eu não quiser mais ficar sentada sem fazer nada? – questionei. – E se eu quiser revidar?

Ele segurou meu rosto entre as mãos, a pele áspera contra meu queixo.

– Não posso dizer o que fazer com sua vida, minha querida Diem. Mas, seja qual for sua escolha… Seja inteligente. E, acima de tudo, *sobreviva*. Sua vida é preciosa demais para mim para ser desperdiçada.

Suspirei e beijei sua bochecha, os pelos grossos da barba grisalha fazendo cócegas em meu rosto.

– Amo você, Comandante.

Seus ombros balançaram quando ele riu.

– Também amo você, soldada.

Pegamos as espadas e voltamos para casa, o braço dele ao meu redor, me puxando para perto.

– Tenho muito orgulho da mulher que você se tornou, Diem. E sua mãe, onde quer que esteja, também sente orgulho de você.

Embora eu não conseguisse responder devido à queimação do nó em minha garganta, fiz uma prece silenciosa para que meu pai nunca viesse a se arrepender de tais palavras.

– Fazia tempo que você e papai não treinavam.

Teller e eu estávamos esparramados em nossas camas no pequeno quarto, o rosto dele oculto por uma pilha de dever de casa enquanto eu permanecia deitada de barriga para cima, olhando para o teto. Já éramos velhos demais para dividir o mesmo quarto, mas a tradição de Lumnos ditava que os filhos só saíam de casa após se casar, e as chances de isso acontecer em breve para qualquer um de nós eram mínimas.

– Desde que mamãe foi embora – respondi.

Senti o olhar de Teller sobre mim.

– Contou para ele sobre a raiz-de-fogo? Ou sobre o Descendente?

– Não.

– Vai contar?

Não respondi.

Fiquei observando com admiração os redemoinhos de luz no teto, formados pelas velas acesas em nossa mesa de cabeceira. Uma lembrança arranhava as bordas da minha mente, implorando para ser libertada de onde a tinha selado. Uma lembrança de tantos anos atrás, quando eu estivera deitada nesse mesmo quarto, observando a mesma dança de luz e sombra, imaginando se eu poderia…

Não.

Fechei os olhos com força. Empurrei os pensamentos de volta para um canto escuro e cheio de teias de aranha enterrado bem fundo no meu cérebro.

Eram alucinações. Delírios. Nada além disso.

Engoli em seco.

– Teller?

– Hum?

– Você está sendo cuidadoso com Lily, certo?

– Não há nada para se ter cuidado – respondeu ele depressa.

Virei a cabeça para encarar meu irmão.

– Eu não o culparia caso houvesse. Ela é muito bonita.

O rosto dele adquiriu um tom de vermelho bastante revelador. Teller afundou ainda mais o nariz no livro.

– Não desse jeito. Somos só amigos.

– Tudo bem. Se é o que você diz…

– Qualquer garoto da escola daria tudo para ficar com ela. Lily pode escolher quem quiser.

– Posso imaginar.

– E ela é uma princesa. A *única* princesa. É bem provável que se case com algum parente consanguíneo assim que ela terminar os estudos.

Mordi o lábio para suprimir um sorriso.

– Sim.

Ele baixou o lápis com violência e falou mais alto:

– Além disso ela é Descendente, e eu sou mortal. Você conhece as regras. Nada de casamento, nada de filhos.

Teller olhou para mim, e meu sorriso maldoso entregou meus pensamentos. Ele amassou uma folha de papel e a jogou na minha testa.

– Certo, certo – admiti, lutando para disfarçar o riso enquanto voltava a observar o teto.

Talvez eu fosse uma irmã terrível pelo que falei a seguir, ou uma má influência, ou alguém muito ingênua, mas só de ter visto o brilho nos olhos dele ao falar de Lily...

– Sabe que eu apoiaria vocês, não é? – comentei baixinho. – Mesmo que fossem mais que "só amigos". Mesmo que a roubasse do primo-marido e fugisse com ela até Umbros para se casar escondido e ter mil bebês proibidos. Eu seria a tia mais orgulhosa do mundo.

E estava falando sério. Embora não pudesse me imaginar apaixonada por um Descendente, eu ficaria ao lado de Teller independentemente da escolha que ele fizesse. Ficaria do lado dele mesmo se meu irmão fosse precipitado e quebrasse todas as regras, porque eu sabia que ele faria o mesmo por mim. Sempre fez.

– Só tome cuidado, está bem? – pedi. – Não importa o que aconteça, estou com você. Apenas... tome cuidado.

Ele assentiu, mil palavras passando entre nós sem serem ditas. Permanecemos sentados na penumbra tranquila pelo resto da noite. Embora o silêncio fosse quebrado aqui e ali pelo farfalhar dos papéis, eu conhecia meu irmão bem o bastante para saber que a mente de Teller estava muito, muito longe do dever de casa.

QUINZE

No dia seguinte, os avisos de meu pai ainda sussurravam em minha cabeça. Eu havia esperado que ele me dissesse para aceitar a imutabilidade do governo rígido dos Descendentes e encontrar outras formas de fazer a diferença. De certa maneira, talvez ele tivesse dito isso.

Mas existia algo nas entrelinhas de suas palavras, algo que permanecia comigo. Em algum ponto, entre seus ensinamentos, havia um desafio. Uma convocação.

Eu não sabia se aquilo vinha de meu pai ou de meu coração, mas sentia o chamado com tanta nitidez quanto sentia a brisa do outono esfriando o suor em minha nuca.

Não tinha nascido para esperar sem fazer nada. Tinha nascido para *lutar*.

E, enquanto fazia as visitas domiciliares a meus pacientes por toda a Cidade Mortal, tratando membros quebrados e doenças persistentes, *a voz* dentro de mim sussurrava de volta.

A voz também ouvira o chamado. E agora era uma fera ruidosa na jaula, esperando que eu reunisse coragem – ou loucura – para libertá-la.

A última visita do dia me levou aos arredores do Cantinho do Paraíso, em um aglomerado de becos onde profissionais do sexo se empoleiravam em cada porta, oferecendo seus talentos carnais a qualquer alma solitária e embriagada que cambaleasse para fora dos pubs.

Eu sabia que era melhor não pedir muitos detalhes ao atender pacientes naqueles arredores, mas minha curiosidade venceu assim que entrei no salão do bordel e topei com uma mulher irada, de braços cruzados e sangue fresco lhe cobrindo as roupas.

– Em nome do Fogo Eterno, o que aconteceu aqui? Me disseram que eram só uns hematomas e talvez alguns ossos quebrados.

– É isso mesmo – respondeu a mulher, seca. – A garota que você vai examinar está lá atrás. Esse sangue não é dela.

– Há um segundo paciente?

– Não.

– Se alguém estiver sangrando, preciso ver essa pessoa primeiro. Você tem uma quantidade grande de sangue aí e…

– O sangue não é da sua conta.

Ela ergueu a sobrancelha em uma ameaça silenciosa.

– Entendido – falei depressa.

Ela me conduziu até um quarto nos fundos, onde uma mulher estava encolhida, nua e chorando, na beirada de uma cama bagunçada. Ela apertava um lençol contra o corpo a fim de esconder suas partes mais íntimas. Manchas azuladas e roxas estavam visíveis em sua pele acobreada.

Uma comitiva de mulheres vestidas com renda a cercava, as quais seguravam suas mãos e penteavam seus cabelos, murmurando palavras ternas de encorajamento. Várias estavam cobertas de sangue. Eram muito mais jovens e menos vestidas do que a mulher severa que me recebera – uma cafetina e suas garotas, imaginei.

Ignorei os olhares de cautela das outras conforme eu me aninhava ao lado da jovem ferida.

– Meu nome é Diem. Sou curandeira. Estou aqui para ajudar.

Ela fungou.

– Meu nome é… hum… Peônia.

Não era o nome verdadeiro dela, disso eu sabia. Aquela área do Cantinho do Paraíso era ironicamente chamada de Jardim em homenagem aos pseudônimos de flores que costumavam ser adotados pelas prostitutas. Os apelidos brincavam com a fantasia dos homens sobre amantes ingênuas e inocentes, além de proteger as trabalhadoras e suas famílias vulneráveis de serem perseguidas por julgamentos cruéis ou clientes perigosamente apaixonados.

Ofereci um sorriso simpático para a garota.

– Prazer em te conhecer, Peônia. Lamento muito que isso tenha acontecido com você.

Lágrimas se agarravam aos cílios enormes que emolduravam seus grandes olhos castanhos.

– Quanto tempo os hematomas vão durar? Tenho que voltar ao trabalho, preciso do dinheiro.

– Não se preocupe com isso, Peônia – falou a cafetina, um tanto rude, encostada no batente da porta. – Vamos cuidar de você. Não vamos, meninas?

As outras mulheres concordaram com gestos enfáticos.

– Pode me contar o que aconteceu? – perguntei.

– Ele… Ele…

Os ombros de Peônia começaram a tremer enquanto ela se dissolvia em soluços.

– Um cliente queria mais do que ela estava disposta a vender – respondeu outra garota. – Ela negou, mas ele tentou tomar à força mesmo assim. Ele acertou algumas pancadas antes que a gente conseguisse mat…

– Tulipa! – interrompeu a madame. – Já chega.

Tulipa olhou para baixo e comprimiu os lábios.

Foi quando percebi que também havia sangue no chão – não em poças, mas em longos rastros escarlates que desenhavam um caminho até a porta. De repente, entendi por que tantas das garotas estavam sujas de vermelho. E por que a cafetina tinha dito para eu não me preocupar.

Como já falei antes, as mulheres do Cantinho do Paraíso são leais.

Assenti de maneira brusca e comecei a cuidar dos ferimentos da garota, grata por meu exame revelar apenas hematomas e arranhões.

Enquanto trabalhava, incitei as amigas da garota em uma conversa descontraída. Com feridas daquele tipo, capazes de deixar cicatrizes mais na alma do que no corpo, o riso costumava ser um remédio melhor do que qualquer xarope que eu pudesse preparar.

Bastou um pedido tímido de conselho sobre qual a melhor lingerie para surpreender o homem com quem eu estava saindo e elas logo deram início a um debate acalorado envolvendo os méritos de peças finas de cetim versus espartilhos que realçavam a silhueta. Até Peônia entrou na discussão com um solilóquio sobre usar fantasias em vez de camisolas.

– O que eles realmente gostam é do faz de conta – disse ela com naturalidade, as lágrimas secando depressa. – Eles querem o que não podem ter.

– De quais fantasias gostam mais? – provoquei, espalhando uma pomada de arnica no colo dela.

– Para ser sincera, eles *amam* curandeiras – respondeu uma das garotas, revirando os olhos e gemendo. – Sempre querem que a gente finja cuidar de seus pobres pintinhos machucados.

Outra garota sorriu para mim.

– Talvez você possa nos dar algumas dicas.

Eu não tinha certeza se devia rir ou me sentir perturbada.

– Mas o que gostam ainda mais é que você finja ser Descendente – falou Peônia, sendo acompanhada por um murmúrio de concordância das colegas.

– Todos eles falam como se as odiassem, mas a maioria dos homens mortais pagaria cada centavo do bolso para dormir com uma Descendente – completou outra garota.

Aquilo não me surpreendia. Para muitos homens mortais, sexo era uma questão de poder e controle em um mundo onde tinham muito pouco das duas coisas. Imaginar até onde eles poderiam ir para exercer seu domínio sobre uma mulher da classe governante fazia meu estômago se revirar.

– Não existe nenhuma mulher Descendente oferecendo... esses serviços? – perguntei.

– Tentei recrutar algumas – falou a cafetina, o tom amargo. – Mas elas se acham boas demais para fazer nosso trabalho.

Uma das garotas bufou.

– Bom, eles não são bons demais para vir aqui nos foder. Alguns dos meus melhores clientes são Descendentes.

– E, ao contrário dos mortais, eles não mentem sobre tomar o tônico contraceptivo – comentou outra, entrando na conversa. – Eles têm medo demais do rei para arriscar engravidar uma mulher mortal.

Uma das garotas me estudou com atenção, os olhos desconfiados.

– Já ouvi falar de você. A mortal que tem os olhos deles.

Eu me curvei um pouco sob aquele escrutínio. Mesmo após tantos anos, ainda ficava nervosa quando reparavam em minhas íris.

– Você podia fazer uma fortuna aqui, fingindo ser um deles – sugeriu ela. – Poderia cobrar quanto quisesse.

– E eles não iriam *te bater* – zombou Peônia, embora um tom de tristeza tivesse retornado ao olhar. – Ficariam com medo de que você tivesse magia de verdade.

– Hum, vou manter isso em mente – menti. Arrumei minhas coisas e entreguei um pequeno frasco a Peônia. – Tudo certo com você. Continue passando esta pomada nos hematomas. Ela vai ajudar as manchas a sumirem mais rápido.

Os cílios de Peônia pestanejaram enquanto ela lutava contra uma nova onda de lágrimas.

– Quanto devo?

– Essa fica por conta da casa.

O alívio brotou em seu rosto, mas ela o escondeu depressa por trás de um beicinho defensivo.

– Posso pagar – insistiu ela.

Fiquei de pé e sorri.

– Eu não ousaria cobrar. O conselho sobre lingerie que me deram já vale muito mais do que a consulta.

Após me despedir, segui a cafetina até o salão principal. Quando ficamos sozinhas, ela tirou uma bolsinha de camurça do decote do espartilho.

– Você é uma boa garota, mas não sou uma mendiga pedindo esmolas. Se um cliente utiliza um serviço, tem que pagar por ele. É assim que administro meu negócio aqui, e não aceito que seja diferente com você. Quanto?

Lancei um olhar duro para ela, pesando minha resposta. Entendia as convicções da mulher, mas a ideia de lucrar com o que fora feito a Peônia não se encaixava bem em meus princípios.

– Se alguém deve pagar o preço, é o homem que machucou Peônia – falei, escolhendo as palavras com cuidado. – E algo me diz que ele já pagou.

A cafetina contraiu os lábios enquanto me avaliava.

– As meninas estão certas, sabe? Você poderia ganhar muito dinheiro aqui com seus olhos. Eu cortaria minha porcentagem pela metade por você.

– Já tenho um emprego.

– Você pode ser curandeira quando ficar velha. Mas só lhe restam alguns anos de juventude e beleza. Aproveite as oportunidades enquanto existem.

– Agradeço pela oferta, mas não acho que meu noivo ficaria muito feliz caso eu aceitasse.

Uma pequena mentira. Henri não era meu noivo... ainda. Só de pensar em dar aquele passo, sentia um aperto na garganta. Mas era uma explicação mais simples do que a verdade.

Meu problema não era o trabalho. Eu tivera minha cota de amantes casuais, e respeitava aquelas mulheres e sua profissão. Homens vendiam a força de seus corpos como mercenários ou assassinos, pedreiros ou carpinteiros. Por que deveria ser menos aceitável que mulheres vendessem a delicadeza dos seus?

A verdade, a verdade *mesmo*, era que eu já tinha feito visitas demais daquele tipo ao Cantinho do Paraíso. Já vira em primeira mão o que acontecia com as garotas ali – alguns poucos hematomas seriam a menor das preocupações de Peônia. E não importava quantos homens ruins a cafetina fizesse desaparecer em retaliação aos atos malignos, sempre existiriam outros.

Até que alguém promovesse mudanças no reino, sempre existiriam outros.

– Garota, quem é seu amado? Um fazendeiro? Um ferreiro? – A mulher fungou em desdém. – Trabalhando comigo você poderia ganhar cinco vezes mais que a renda do seu noivo. Poderia ganhar o suficiente para viajar ou talvez comprar uma casinha bonitinha em algum reino melhor. Você poderia até sair deste continente abandonado pelos deuses.

Eu não podia negar que uma parte de mim ficava animada com a ideia de ter recursos para escapar do meu pequeno e miserável fim de mundo em busca de uma grande aventura. Como curandeira, sobreviver na Cidade Mortal era o melhor que eu podia esperar do futuro.

Mas meu pai. Meu irmão. Henri. Maura.

Minha mãe.

Suspirei.

– Obrigada, mas... não posso.

Ela deu de ombros e devolveu a bolsinha de moedas ao sutiã.

– Como preferir. Mas seja lá o que fizer, meu bem, faça por si mesma. Não escolha levar uma vida medíocre por causa de um homem medíocre. Seja excepcional. Se ele valer a pena, não vai te julgar. E se for mesmo sua alma gêmea, vai te acompanhar.

Um grito de arrepiar os cabelos interrompeu a conversa, vindo do lado de fora da porta aberta.

A cafetina nem sequer se encolheu.

– Pense na minha oferta! – gritou ela, dando um aceno pouco entusiasmado enquanto eu disparava para a rua.

Em meu trabalho, eu já ouvira pacientes berrando o suficiente para saber distinguir entre um grito de medo e um uivo de dor agonizante – e aquilo tinha sido, sem sombra de dúvida, *as duas coisas*.

Minha cabeça virava de um lado para o outro, à procura da origem. Um novo brado ecoou à minha esquerda, seguido pelos gritos e lamentos de uma criança. Desembainhei uma das adagas e comecei a correr.

– Por favor, não! Meu filho! *Meu filho!*

Era uma voz de mulher, lamuriosa, desesperada. E a criança... Seus gritos se transformaram em um som que fez meu sangue gelar.

Mais à frente, fiapos de fumaça escura cobriam o chão, desenrolando-se em um movimento curiosamente lento e deliberado, como dedos sob uma luva se esticando para alcançar alguma coisa. Não, não era fumaça – era *sombra*.

Outro grito me levou para mais perto, e cheguei derrapando até parar na beira do alcance dos tentáculos. Ali perto, uma mulher se encolhia no chão, os braços estendidos para proteger um menino pequeno que se agarrava à cintura dela e berrava com histeria.

Um homem franzino estava diante deles, o cabelo dourado e brilhante emoldurando uma expressão esculpida em ódio. Ele usava uma jaqueta elegante em um tom de terracota, os botões abertos revelando o peito de pele clara.

O cintilar de seus olhos cortava a escuridão do beco.

Olhos azuis e cruéis de Descendente.

Novas sombras nebulosas e ondulantes vazavam de suas palmas abertas. A escuridão tornada viva formava um arco de espinhos cor de ônix flutuando ao redor da mulher e da criança.

Minha mão apertou a adaga com mais força.

– Saia da frente – rosnou o Descendente para a mulher. – Vou fazer com que seja o mais rápido e indolor possível.

– Ele é *seu filho*! – O tom dela oscilava entre implorar e soluçar. – Como pode ser tão cruel com seu próprio filho?

– Esse mestiço nunca deveria ter nascido! – disse o homem, cuspindo as palavras. – Isso é culpa sua. Devia ter interrompido a gestação logo no começo. Mas você o escondeu de mim durante quatro anos, e agora o sangue do garoto vai estar nas suas mãos.

A mulher implorou, as lágrimas escorrendo pelas bochechas:

– Posso procurar o rei e suplicar por misericórdia. Ou... Ou eu posso ir embora. Vou levar o menino para Umbros, você nunca vai ouvir falar de nós outra vez.

– Não posso correr esse risco. Minha família passou séculos construindo nossa reputação com a realeza. Estamos entre as vinte casas, não vou permitir que uma prostituta e sua prole criminosa arruínem tudo pelo que trabalhamos.

O veneno que pingava das palavras dele parecia infectar as sombras que estavam sob seu controle, tornando-as mais escuras e cruéis. O Descendente dobrou os dedos em garra, e as pontas afiadas chegaram mais perto da mulher e da criança.

A *voz* dentro de mim despertou. Sua ira contida pareceu reverberar contra a pulsação da magia do homem.

Lute.

– Saia da frente, ou vou matar os dois – ordenou ele.

– Mas nem por cima do meu cadáver – retruquei, desembainhando a segunda adaga. – Afaste-se deles.

O homem mal prestou atenção em mim, abanou a mão com desdém.

– Vá embora, mortal. Você não vai querer se meter nisso.

– Ah, mas eu quero, sim – rosnei de volta.

Uma parte mais inteligente e racional de meu cérebro me agarrou pelo colarinho, chiando para que eu escutasse o aviso do homem e desse meia-volta. Aquilo não era como um bando de idiotas procurando briga ou como os valentões da escola que eu estava acostumada a encarar. O homem era um *Descendente*. Tirando a exibição do príncipe no palácio – que eu não conseguia tirar da cabeça –, era a primeira vez que eu testemunhava a magia deles de perto.

Mas ser inteligente e racional era um privilégio daqueles que tinham sorte, dos poucos afortunados que podiam se dar ao luxo de fechar os olhos para a injustiça e ir embora.

Ao povo da Cidade Mortal, *meu* povo, nunca foi permitido acessar a sorte.

E eu não era do tipo que dava as costas.

Escolha tanto suas batalhas quanto seus inimigos com cuidado, dissera meu pai.

Bem, eu decidia escolher *aquela* batalha. Eu decidia escolher *aquele* inimigo. Não ia deixar que mais uma criança inocente perecesse na mão dos Descendentes.

Se seria assim que eu morreria, então tudo bem.

Lute.

Baixei o queixo e marchei na direção do homem.

Ele ergueu o punho, e as sombras a meus pés espiralaram até formar algo parecido com barras de ferro para bloquear meu caminho. Praguejei, recuando depressa, minha mão hesitando pelo ar. *A voz* se enrolou na ponta dos meus dedos, tentando persuadi-los a avançar e me enchendo com uma vontade terrível de tocar aquela estranha matéria escura.

– É meu último aviso! – gritou o homem para a mulher.

Ela se virou para mim com olhos vermelhos e lacrimejantes, sem esperança.

– Salve meu filho – implorou ela. – Deixe que eu morra, mas salve *meu menino*.

Congelei quando o reconhecimento me atingiu. No dia em que minha mãe desapareceu, aquela mulher me ajudou, distraindo os homens que me perseguiam e permitindo que eu escapasse. Talvez ela tivesse salvado minha vida naquele dia – e agora seu destino estava em minhas mãos.

O homem rugiu, lançando os braços para a frente, e o anel de espinhos pretos como a noite se fechou conforme o grito agonizante da mulher queimava em minha cabeça. Os raios escuros afundaram na carne dela, produzindo respingos escarlate por todo o corpo. As feridas cresceram e cresceram e cresceram, o sangue escorrendo em uma série de pequenas cachoeiras rumo ao chão.

Gritei para que ele parasse e agarrei as barras. Elas estalaram enquanto eu tentava chegar mais perto, pequenas farpas se cravando em minhas mãos, me forçando a recuar.

Se eu não podia passar por elas, então minhas facas poderiam. Dobrei o braço e lancei uma das adagas gêmeas, mirando com cuidado através de uma abertura estreita na gaiola de obsidiana.

Meu coração vibrou quando a lâmina atingiu o alvo. A ponta fez uma covinha na carne macia da garganta do Descendente, bem no ponto da jugular – o tipo de ferimento capaz de encerrar uma vida em questão de segundos.

Enterrada fundo sob o medo, uma dormência pesada e fria se espalhou por meu corpo ante a perspectiva de ter uma morte nas costas. Não era tristeza ou arrependimento, mas uma aceitação sombria que fazia todos os meus preciosos ideais parecerem distantes e nada familiares.

Mas, tão rápido quanto a sensação veio, o desespero tomou seu lugar. A adaga caiu no chão quicando, mal fazendo um arranhão no Descendente.

Minhas lâminas – inúteis, baratas, as *malditas* lâminas de uma mortal – não conseguiam perfurar a pele de um Descendente. Era como tentar golpeá-lo até a morte com uma pedrinha. Tinha sido um ataque tão patético que o homem nem se dignara a virar a cabeça para mim.

Fiquei olhando para ele, horrorizada.

– Que os deuses me salvem, *por favor* – soluçou a mulher.

Ela lutava com os espinhos em uma tentativa frenética e ineficaz de arrancá-los. Um segundo arco de sombras se materializou e mergulhou em sua garganta. O sangue brotou ao longo da clavícula, escorrendo pelo peito como um colar cruel de rubis dependurados.

Meu olhar se fixou no par de olhos azuis assustados sob seu corpo caído. O menino era jovem demais para entender o que estava acontecendo. Ele apenas sabia que a mãe estava machucada; estava assustado e não sabia o que fazer.

Nem eu, percebi, e aquilo me destruiu. Eu não podia chegar até ele, não podia salvar sua mãe, não podia impedir seu pai. Podia encher o peito e cantar de galo, fazendo minhas ameaças impetuosas contra o Descendente o dia inteiro, mas, no fim das contas, eu era apenas mais uma mortal fraca e inútil.

Quando caí de joelhos, uma ideia desesperada brotou na superfície da minha angústia. A faca que Brecke me dera – ele alegara ser afiada o bastante para cortar a pele de Descendentes. E então talvez, só talvez...

Tomando cuidado para não chamar atenção, tirei a faca da bainha ao longo da minha panturrilha.

O homem levantou o braço. Os espinhos agarrados ao corpo da mulher se ergueram, arrastando o corpo dela junto. Ele balançou a mão, e a mulher saiu voando pelo beco até colidir contra um enorme muro de pedra.

Eu me encolhi diante do estalo repugnante. Sabia reconhecer o som de ossos se quebrando. Quando enfim reuni coragem para espiar, me deparei com os olhos vazios e vidrados de um cadáver que não enxergaria mais nada.

Lute, exigiu a voz. *Lute*.

Um rosnado irrompeu de meu peito.

– Você a matou, seu monstro desgraçado!

Ele não me ouviu. Seus olhos estavam focados no próximo alvo.

Gesticulei de maneira frenética para o garoto. Se eu pudesse colocá-lo em uma posição segura e aí fazer o arremesso...

– Venha aqui – chamei.

O olhar do menino saltava entre mim e o pai, que se aproximava, suas feições contraídas e inseguras. Ele deu um passo em minha direção antes de parar, espiando com cautela as barras que me continham.

– Não quero fazer isso, mas não tenho escolha – disse o homem, falando baixo, ainda que alto o suficiente para que eu pudesse ouvir. Eu me perguntei qual de nós dois ele tentava convencer. – Preciso fazer. É a lei.

– Não precisa – implorei. – Não vou contar a ninguém. Vou levar o menino embora e dizer que ele é meu.

O Descendente hesitou.

– Se alguém descobrir, assumo as consequências sozinha – acrescentei. – Não sei seu nome, não poderia dedurar você nem se quisesse. Ninguém nunca vai saber.

Ele ficou pensativo conforme encarava o filho em silêncio. Depois, ergueu o rosto para mim, e meu coração parou.

– Por favor – sussurrei. – Ele é só uma criança. Não faça isso.

O semblante do homem endureceu.

– Não.

Ele fechou os olhos covardes para não precisar ver o que faria em seguida. Com uma única palma estendida, um raio de sombra atravessou o beco.

Lute.

Eu me movi no mesmo instante. A lâmina de Brecke deixou minha mão e voou na direção do Descendente. A faca ainda era nova e pouco familiar, seu equilíbrio delicado soando muito diferente de minhas adagas pesadas. Meus anos de treinamento foram suficientes para acertar a faca em seu pescoço, mas ela se prendeu muito longe de qualquer veia que pudesse derrubá-lo.

O homem cambaleou para trás, as mãos tateando a garganta enquanto o líquido vermelho-escuro escorria por seus dedos.

No meio do caos, a gaiola que ele havia construído a meu redor tremulou e sumiu. Eu me lancei para junto do garoto e cobri o corpo dele com o meu. O menino estava encolhido como uma bola, os braços minúsculos envolvendo os joelhos esfolados de terra de maneira protetora.

– Sua *vadia*, você me esfaqueou!

As palavras do homem saíram gorgolejantes, um tanto afogadas no sangue, mas ele conseguiu se manter de pé. O choque em seus olhos se transformou em algo mais afiado e colérico.

Ele arrancou a lâmina do pescoço e a jogou no chão. Assisti com horror enquanto o corte começava a coagular bem diante de meus olhos.

Eu sabia que Descendentes eram capazes de se curar, mas ver aquilo em ação... Ver uma ferida que poderia ser fatal em um homem comum não causar mais danos do que um pequeno corte...

Aquelas pessoas eram mesmo deuses.

Deuses horríveis, malignos e assassinos.

Meu pai estava certo. Mortais não tinham a menor chance – não em uma disputa de força, pelo menos. Se quiséssemos ter qualquer esperança de sobreviver a eles, precisaria ser na base da inteligência.

Lute.

Um plano começou a se formar. Puxei o ar nos pulmões e gritei o mais alto que pude:

– Fogo! Aqui! *Fogo!*

O homem empacou, a ira esfriando para dar lugar à confusão. Gritei a palavra mais uma vez – e de novo e de novo. Minha garganta arranhava com o esforço de projetar a voz o mais longe possível.

Com um gesto da mão do Descendente, os espinhos sombrios se

dissolveram do cadáver da mulher e reapareceram, um por um, formando um anel ao redor de meu peito.

– Você devia ter ido embora – alertou ele. – Vocês, mortais, têm uma vida tão pateticamente curta. Ainda assim, são tão ávidos por jogá-la fora.

– Fogo! – gritei de novo. – Fogo!

Nada aconteceu. Minha confiança no plano estava perdendo a força.

A morte me encarou bem nos olhos, seu sorriso cheio de dentes apreciando a miséria de minha derrota. Eu iria perecer naquele beco nojento e esquecido. Será que alguém se daria ao trabalho de examinar meu cadáver ou procurar o parente mais próximo? Ou eu seria mais uma mulher a desaparecer nas ruas do Cantinho do Paraíso, seguindo os passos de minha mãe de um jeito péssimo e definitivo?

LUTE.

A *voz* se rebelou, não mais pedindo a liberdade, mas exigindo recebê-la – rosnando para ser libertada e transformar o mundo em cinzas.

Mas eu não tinha mais nada para oferecer, nem ao garoto nem a mim mesma. Nenhuma arma ou magia, apenas a proteção da minha carne para protegê-lo contra a ira cruel do pai.

Eu nunca fui religiosa. Jamais tinha buscado a orientação dos deuses antigos e, para além de um ocasional xingamento cheio de sacrilégio, nunca invocara qualquer membro da Linhagem, sabendo que era besteira esperar o auxílio dos mesmos seres que tinham partido nosso mundo em dois.

Mas se isso pudesse trazer ao menos um resquício de paz para aqueles últimos momentos, se pudesse arrancar uma migalha de boa vontade que fosse de qualquer coisa infernal que governasse a vida após a morte... tanto pelo garoto quanto pela mãe dele, eu tinha que tentar.

Palavras sagradas e ancestrais fluíram através de mim: o Rito dos Encerramentos, uma prece proibida da antiga religião mortal.

– *Seu tempo se encerra em uma troca justa, uma vida bem vivida pela paz fora da terra.*

Conforme a oração saía de meus lábios, os pés do homem se arrastavam pelas pedras empoeiradas. Ele se aproximou, e minhas palavras aumentaram em ritmo para acompanhar meu coração acelerado.

– *Não há o que temer quando as sombras se dissipam, pois dor e sofrimento vão desaparecer.*

– Uma blasfemadora – zombou ele. – Ótimo. Dormirei melhor sabendo que você mereceu morrer.

– *E então seu destino oculto será revelado, pois um espírito digno será libertado.*

– Seus deuses mortais não podem ajudá-la agora, garota. Talvez a Linhagem tenha misericórdia de vocês.

Envolvi as mãos com mais força ao redor da criança e fechei os olhos.

– *No amor e na calmaria, nosso salmo sagrad...*

E então ele atacou.

DEZESSEIS

Um formigamento se espalhou por meu corpo. Aquele mesmo calor frio e peculiar que eu tinha sentido no palácio, e depois na floresta, agora se derramava em cada reentrância, em cada curva suave, incendiando minha pele em ondas de gelo e fogo.

Um clarão brilhante iluminou minhas pálpebras, seguido por um silêncio tenebroso.

Esperei sentir algo – dor, impacto ou qualquer tipo de sensação de leveza capaz de acometer aqueles que morriam. Mas não veio nada. Apenas minha respiração ofegante e a sensação que me consumia momentos antes, agora arrefecendo.

– C-como? – gaguejou ele. – Como você...?

Abri meus olhos.

Nada tinha mudado. Ainda havia um menino aconchegado em meus braços. A mãe dele ainda estava caída morta junto ao muro. E o homem Descendente ainda se erguia acima de mim, boquiaberto e atordoado.

Ele tinha errado.

Ele tinha errado.

O homem balançou a cabeça.

– Mas... eu acertei você.

Um brilho refletido chamou minha atenção. Era a lâmina de Brecke, caída a uma curta distância dos pés do homem. Se eu pudesse alcançá-la, se tivesse mais uma chance...

O Descendente seguiu meu olhar. Compreendendo minha intenção, ele se lançou para a frente com a palma das mãos abertas. Sombras se materializaram e ganharam volume, criando uma saraivada de flechas com pontas afiadas.

Voltei a me encolher enquanto a escuridão me cercava.

Outro formigamento gelado.

Um novo brilho ofuscante.

Fechei os olhos por reflexo. Quando os reabri, havia fiapos de névoa cintilante se dissipando no ar.

Ele tinha errado... *de novo*? Eu vira o ataque – as flechas estavam em uma trajetória direta, apontadas para meu coração palpitante. Não havia como errar.

Ainda assim...

Nossos olhares se encontraram, ambos com expressões similares de confusão, logo interrompidas pelo som de gritos e passos se aproximando.

Meu plano.

– Fogo! – gritei outra vez, cambaleando para ficar de pé. – Fogo, aqui!

Uma multidão se reunia na entrada do beco, incluindo vários homens corpulentos carregando baldes que chapinhavam com água.

Anos atrás, eu cuidara de uma mulher naquelas vizinhanças que tinha sido esfaqueada pela esposa do amante. Os ferimentos não a levaram à morte, mas a incapacitaram de andar. Após horas choramingando por socorro sem obter resposta, ela entendeu que, no Cantinho do Paraíso, ninguém era corajoso ou tolo o bastante para ajudar uma completa desconhecida. Mas se ela gritasse *fogo*... Bem, a coisa mudava de figura. Um incêndio, naquelas ruas estreitas, podia destruir toda uma faixa de edifícios em questão de minutos. Embora as pessoas dali não arriscassem a vida por estranhos, elas fariam isso pelas próprias casas e negócios.

E as pessoas que estavam diante de mim agora talvez nunca resolvessem intervir para me salvar do Descendente, mas podiam formar uma plateia. E aquilo podia ser suficiente.

O homem encarou a multidão que se aproximava e praguejou.

Eu me lancei na direção da faca caída. Meus dedos se fecharam contra o metal frio no mesmo instante em que meu ombro deslizou pelo chão coberto de cascalho. Girei o corpo e brandi a lâmina na direção da perna dele.

O instinto guiou minha mão rumo ao tornozelo. Graças ao treinamento tanto de curandeira quanto de lutadora, eu sabia que um golpe no ponto certo poderia cortar o tendão e deixá-lo incapaz de andar, mas um Descendente encurralado sem conseguir fugir poderia querer descontar na multidão inteira. Eu não precisava deixá-lo incapacitado – só precisava que ele *fosse embora*.

Minha mira mudou no último segundo, e me encolhi ao sentir o metal atingindo o osso. Sangue quente espirrou em meus dedos conforme a lâmina retalhava sua pele fortificada como se fosse manteiga.

O homem rugiu de dor e se afastou em um movimento brusco. Ele arrancou a adaga da perna e a atirou em minha direção, mas era mais raiva do que pontaria, de modo que a faca caiu deslizando, inofensiva, no chão à minha frente.

Eu a agarrei e olhei para ele.

– Vá embora agora, ou vou mirar no rosto da próxima vez.

O Descendente inflou as narinas. Pelo movimento rápido de seus olhos, percebi que ele estava memorizando meu rosto, desistindo da luta para lidar comigo mais tarde. Ele lançou um último olhar para o garoto, que quase me fez cumprir a ameaça, e depois saiu correndo para o outro lado do beco.

Um burburinho irrompeu da multidão.

– O que está acontecendo?

– Cadê o incêndio?

– Ela enrolou a gente!

Corri até onde o garoto permanecia encolhido em posição fetal.

– Você está seguro – sussurrei, puxando seus braços com gentileza. – Ele foi embora. Ninguém vai te machucar agora.

A mão do menino veio com facilidade demais. Não havia força em seus dedos, nenhuma resistência quando soltei seu braço e o vi cair de lado no chão.

Não.

Empurrei a criança para que ficasse deitada de costas. As roupas estavam perfuradas em incontáveis pontos, a frente inteira coberta por uma mancha rubi-escura de sangue. Os lábios do menino estavam azuis, e os olhos...

Arregalados. Sem vida.

– Não! – gritei, pondo a mão em seu pescoço.

Sem pulso.

Pense, Diem, sibilei para mim mesma. *Force o ar de volta para os pulmões, comprima o peito, faça o coração voltar a bater, cubra os ferimentos com gaze e dê hidromel para acelerar a coagulação.* Mas com todo aquele sangue perdido...

Era tarde demais.

Eu havia agido tarde demais.

Puxei-o para meus braços e comecei a chorar conforme a angústia jorrava de meus lábios.

Se eu tivesse chegado mais cedo. Se não tivesse hesitado em atacar. Se tivesse me lembrado antes da lâmina de Brecke.

Encostei a testa no peito do menino, implorando perdão em silêncio por ter falhado, minhas lágrimas quentes misturadas ao sangue ainda morno acumulado em seu corpo frágil.

Senti a mão de alguém apertar meu braço.

– Sinto muito pelo seu filho – falou uma voz baixinho.

Eu não conseguia desviar o olhar, mal conseguia me forçar a continuar respirando entre um soluço e outro.

– Ele não é meu – respondi em um engasgo. – A mãe dele... está ali, perto do muro.

– Pelos deuses... Que a Chama Eterna os receba. Você os conhecia?

Fiz que não com a cabeça, incapaz de falar.

Um homem idoso com cabelos ralos e grisalhos e uma barba crespa se agachou a meu lado e tocou o rosto pálido do menino.

– Aquela garota tola foi se envolver com um *deles* – falou o homem, estalando a língua. – Ela devia saber que não é boa ideia se deitar com o tipo de criatura que mata a própria prole.

Uma raiva nascida da injustiça se enraizou em meu peito, tão obscura e mortal quanto a videira espinhosa da magia de sombras do Descendente.

– Então a culpa foi dela? – retruquei. – Olhe para o menino. Ela o protegeu durante anos. Ela o amava. Estava disposta a morrer para salvar o filho.

Ele me lançou um olhar penetrante.

– E que tipo de vida ele teria, com uma sentença de morte pairando sobre a cabeça pelo resto de seus dias? Hoje pode ter sido a primeira vez que a criança saiu de casa.

Meu corpo tremia em uma fúria crescente, agora entrelaçada com tanta força em minha devastação e culpa que eu não era capaz de dizer onde uma emoção começava e a outra terminava.

– Ele não devia ter que viver assim! – exclamei. – Ele não escolheu ser filho daquele monstro. Essas leis são erradas, más e erradas, *e aquele maldito rei...*

O homem fez sinal para que eu me calasse e lançou um olhar nervoso por cima do ombro, ainda que a multidão já tivesse ficado entediada e se dispersado. Cadáveres dificilmente eram uma cena incomum por aquelas bandas.

– Segure a língua, mulher. Não faz sentido morrer por um desconhecido.

– Por que não? – disparei. – O menino também era um dos nossos. Não devíamos protegê-lo? Não devíamos revidar e fazer essa gente pagar?

Aquelas eram palavras perigosas – palavras letais. O homem podia ganhar uma fortuna me dedurando por traição. Em uma cidade cheia de pobreza, eu podia muito bem ter acabado de assinar minha sentença de morte.

Mas com o cadáver da criança ainda quente em meus braços, eu não conseguia me importar com isso. A autopreservação tinha dado lugar à ira, ardente e infinita, rompendo a represa onde eu continha minha língua.

– Foram eles que diluíram o próprio poder, tudo para povoar *nossas* cidades e encher *nossas* escolas. Por que crianças deveriam pagar o preço enquanto eles nos evitam e tentam arrebanhar a magia de volta? Por que qualquer um de nós deveria baixar a cabeça para os...?

O homem se levantou em um rompante, balançando a cabeça.

– Vá lá se matar, então. Não quero nada com isso.

Ele deu as costas, mas agarrei seu tornozelo depressa.

– Espere. Por favor. Eu... eu preciso da sua ajuda.

Era uma bênção conhecer aquele caminho tão bem que eu podia percorrê-lo sem prestar atenção, porque minha mente estava a quilômetros de distância.

De algum jeito, eu havia convencido o homem grisalho a me ajudar a carregar os corpos até a floresta e dar à mãe e ao filho um enterro adequado. Ele ficara me olhando com cautela o tempo inteiro e, pela falta de perguntas sobre a cor de meus olhos, suspeitei de que sabia quem eu era ou, ao menos, sabia o bastante para me encontrar caso quisesse.

Já se o homem iria me dedurar pelo discurso traidor, só o tempo diria.

Sem uma pá, eu conseguira apenas cavar uma cova rasa no solo endurecido de raízes. Depois colocara os corpos juntos em um abraço gentil, o menino embalado nos braços da mãe por toda a eternidade. Rezei para que encontrassem, no calor da Chama Eterna, a segurança pacífica que os deuses lhes haviam negado em vida.

Diante da cena, era difícil não pensar em minha mãe – imaginar se ela podia estar esperando por eles, ou por mim, do outro lado. Imaginar se alguém encontrara o cadáver *dela*, se alguém se se dera ao trabalho de enterrá-la em uma cova não identificada também.

Apesar da chegada de uma tempestade furiosa que parecia determinada a pairar sobre minha cabeça, resolvi voltar ao Cantinho do Paraíso e procurar por pessoas que pudessem conhecê-los. Nos seis meses desde o fatídico dia em que mamãe desaparecera, eu mergulhara de cabeça em outros detalhes, deixando meu breve encontro com aquela mulher pairando nos limites obscuros da memória.

Andei pelos becos a noite inteira, esperando que algum detalhe esquecido pudesse desencadear uma lembrança. Depois de várias horas, eu estava encharcada, congelando e sem esperança.

E com raiva. Muita, muita raiva.

Mais cedo, meu ódio era como metal derretido, incandescente e fluindo em um rio de destruição. Naquele momento, porém, ele havia esfriado e se solidificado em algo mais resistente. Algo afiado e implacável.

Minha fúria ia muito além do assassino em si. Eu o odiava, é claro – minha mente fervilhava com milhares de visões sobre o que eu poderia fazer caso o encontrasse de novo, e *a voz* em minhas entranhas ronronava a cada cenário cada vez mais sombrio e violento.

Mas o foco real da minha ira eram os Descendentes e o rei amaldiçoado que colocara em prática as leis de progenitura.

Ver aquele menino morrer tinha partido algo fundamental dentro de mim. Como pude ser tão inútil? Como pude ficar assistindo a um assassinato e não ser capaz de impedir?

As artes da cura me pareciam agora uma carreira frívola. Curar era algo reacionário. Passivo. Ser uma curandeira significava ficar sentada de braços cruzados esperando alguém se machucar.

E eu estava cansada de esperar.

A hora de lutar havia chegado. Eu estava pronta.

Meus olhos se concentraram no destino à frente. *Por favor, esteja em casa*, pensei. *Antes que eu perca a coragem.*

Através das janelas iluminadas pela luz das velas do posto de correio, avistei o pai de Henri trabalhando. Ele estava sozinho, assobiando enquanto separava os pacotes para as entregas do dia seguinte.

Eu me esgueirei até os fundos, mirando a portinha discreta que levava aos aposentos anexos. Com a orelha colada na madeira, ouvi sons abafados de passos e uma voz de barítono murmurando para si mesma. Em qualquer outra ocasião, eu poderia ter aberto um sorriso ou planejado fazer uma piada para provocá-lo, mas naquele dia...

Bati o punho contra a porta, um som pesado que ecoava o do meu coração. Lá dentro, os passos pararam.

– Sou eu, Diem – resmunguei. – Abra.

A porta se abriu e, por um momento, o rosto de Henri se iluminou com um sorriso caloroso e uma centelha de especulação sobre o motivo que me levaria até sua casa tão tarde da noite.

Mas, conforme ele me analisava, as roupas encharcadas grudadas na pele e os respingos de lama e sangue que cobriam meus braços varreram para longe quaisquer pensamentos obscenos que ele pudesse ter.

– O que houve? – perguntou Henri.

– Estou pronta. Vou te ajudar.

– Me ajudar? – Henri deu um passo para o lado, abrindo mais a porta. – Entre, venha se secar.

Continuei sem me mexer.

– Quero te ajudar. Preciso fazer alguma coisa, Henri. Qualquer coisa.

– Mas me ajudar com o quê?

– Estou pronta para lutar contra os Descendentes. Custe o que custar. – Respirei fundo, em um movimento sôfrego. – Quero me juntar aos Guardiões.

DEZESSETE

U ma coisa era ouvir as histórias sobre a Cidade de Lumnos. Eu certamente já escutara muitos mexericos envolvendo a extravagância brutal das cidades Descendentes, e até tivera um vislumbre daquilo no dia em que visitara o palácio com Maura.

No entanto, estando ali ao lado de Henri, no centro do território Descendente, eu me sentia mais como se tivéssemos sido transportados para outro plano de existência do que fazendo um trajeto curto pela estrada.

– Você nunca veio até aqui mesmo? – perguntou ele.

Fiz que não com a cabeça, boquiaberta, tentando não babar muito nos paralelepípedos imaculados da rua.

Tudo na capital de Lumnos prosperava no excesso. Embora as feições dos Descendentes fossem tão variadas quanto as dos mortais, todos tinham um ar sobrenatural de perfeição, uma espécie de filtro capaz de suavizar qualquer falha – rostos impossivelmente simétricos, a pele sem manchas, cabelos brilhosos que balançavam com a brisa.

Eu mal conseguia tirar os olhos de todos aqueles queixos esculpidos e cílios longos e curvos, mas também havia algo neles que me deixava quase triste.

Espiei Henri pelo canto do olho. Seu nariz era ligeiramente torto graças a uma briga de bêbados no bar, e várias cicatrizes cobriam suas mãos e seus braços. Quando ele me flagrou olhando e abriu o sorriso de sempre, exibiu um dente torto, e havia outro lascado devido a uma queda na infância.

Ainda assim, senti um frio na barriga. Henri era tão bonito para mim quanto qualquer outro homem daquela cidade, e não apesar dos defeitos, mas também por causa deles. Aquelas pequenas idiossincrasias espalhadas pelo corpo eram vestígios de sua vida e personalidade, um mapa de sua alma que somente aqueles que o conheciam de verdade eram capazes de ler.

Quando eu ficava deitada na cama, evocando lembranças do rosto de minha mãe, não era a beleza dela que me vinha à mente. Era o sinalzinho em seu queixo, as rugas ao redor dos olhos. O pedaço da orelha que ela havia perdido após ser mordida por um cavalo raivoso. O modo como seu sorriso pendia mais para a esquerda quando gargalhava.

Aquelas eram as coisas às quais eu me agarrava com desespero no escuro, assombrada pelo medo de que, em um dia cruel e inevitável, o tempo arrancasse as memórias de mim e nunca mais devolvesse.

Embora os Descendentes fossem lindos de doer, havia certo vazio no modo como sua beleza era uniforme, padronizada. Dos poucos que eu conhecera, cada um deles era belo o bastante para arrancar meu fôlego – mas, tirando isso, não conseguia me lembrar de mais nenhum detalhe.

Com exceção de Luther e sua cicatriz interessante – outro rosto a assombrar meus pensamentos.

Eu havia brincado com Maura, dizendo que a cicatriz do príncipe devia ser prova de que a alma dele era corrompida, mesmo para um Descendente, e ela não perdera tempo em me repreender pela crueldade ignorante. Ela apontara que o ferimento devia ter ocorrido quando Luther era muito jovem, antes que as habilidades de cura se manifestassem. Era difícil engolir a ideia de que uma criança pudesse ser machucada de forma tão horrível, quanto mais sobreviver a isso, e agora eu não conseguia deixar de imaginar um jovem Luther toda vez que pensava no garotinho do beco cuja morte havia me levado até aquele exato ponto.

Segurei a mão de Henri e dei um aperto rápido, afastando as lembranças para bem longe.

– Obrigada por vir comigo hoje.

– Não tem de quê. Não podia perder o grande exame de admissão da minha garota.

Franzi a testa.

– Isso é mesmo necessário? Eles não vão me deixar entrar a menos que eu leve algum tipo de presente?

Henri olhou ao redor e me puxou pela mão até ficarmos fora do alcance da audição dos outros transeuntes.

– Não é um presente, é um teste. Os Descendentes caçaram todos os rebeldes e os executaram depois da guerra. Agora os Guardiões precisam tomar mais cuidado com quem recrutam. Você tem que provar aos outros que não vai traí-los.

– Tudo bem – murmurei. – Mas meu teste precisava envolver espionar um comerciante de armas muito poderoso e provavelmente *assassino* enquanto cuido da filha doente do sujeito?

As mãos de Henri esfregaram meus braços.

– Estamos de olho nesse cara há meses. Ele é o chefe de uma das casas mais importantes de Lumnos. Qualquer coisa que consiga obter dele… – Henri tocou meu rosto com o nó do dedo. – Pode salvar muitas vidas.

– Ah, que bom, isso vai ser um grande conforto quando ele me pegar e me matar – respondi sem humor.

Ele sorriu.

– Não faça nada arriscado demais. Se não conseguir as informações com segurança, apenas saia de lá viva, entendeu?

Assenti.

– Vou estar do lado de fora o tempo todo. Se algo der errado, grite o mais alto que puder.

Comecei a lembrá-lo de que, para um Descendente, matar dois mortais custava pouco mais do que matar um só, mas pensei nos assassinatos que haviam me trazido até ali e calei a boca.

Eu tinha escolhido aquilo. Não podia me acovardar diante do primeiro desafio.

Respirei fundo e me virei para a estrada pavimentada com pedrinhas que serpenteava pelo distrito residencial.

– Não sei o que eu estava esperando, mas com certeza não era isso.

Henri riu, me puxando para perto.

– Não dá para dizer que eles não são *coloridos*.

Aquilo era um eufemismo.

O que faltava de individualidade física aos Descendentes, eles compensavam nas roupas extraordinárias. Andar pela via principal era como passear pelo melhor mercado têxtil após mordiscar o tipo errado de cogumelo. Cada cor competia com a seguinte para ser a mais chamativa, algumas tão ofuscantes que quase me faziam tapar os olhos. Eles usavam tecidos que eu nunca vira – alguns brilhantes e fluidos como líquido, outros rígidos e revestidos com contas ou joias vítreas. Alguns pareciam quase vivos – uma saia caindo feito uma cachoeira rodeada de névoa, ou mangas bufantes que se enrolavam e crepitavam sob pálidas chamas azuis.

Enquanto os Descendentes do palácio se vestiam como se esperassem que um baile fosse começar a qualquer momento, no meio da rua era um vale-tudo da moda. Homens passavam em túnicas amarrotadas e ternos justos, mulheres usavam peças de renda minúsculas e plumas dos pés à cabeça.

Mas o que me fazia empacar era o uso casual da magia. Nas poucas vezes em que a vira, ela fora sempre uma arma – algo projetado para causar dano. Eu nunca, nunca tinha visto – ou sequer imaginado que testemunharia – uma mulher cujo espartilho brilhava em crepúsculo, ou um homem envolto em uma névoa de escuridão tênue.

A minha volta, luz e sombra eram manipuladas de formas inimagináveis. Duas crianças saltitavam entre fitas cintilantes trançadas por um colega mais velho. Uma mulher passou por mim com os membros relaxados, sendo carregada em uma cama sólida de anoitecer. Nervosa, evitei o olhar de um homem cujo peito nu ostentava tatuagens que não eram tatuagens, mas sim tinta viva que parecia mudar de acordo com os pensamentos dele.

A própria cidade já era uma joia brilhante por si só. As ruas eram impecáveis, muito diferentes dos becos empoeirados e cheios de lixo aos quais eu estava acostumada. Cada pedaço de vegetação era frondoso e bem podado, os arbustos eram pontilhados de flores com pétalas macias que perfumavam o ar. Mansões magníficas exibindo portões com ponteiras de ouro e fontes borbulhantes se estendiam por quilômetros ao longo das ruas, algumas tão enormes que pareciam capazes de abrigar toda a Cidade Mortal.

E então havia eu.

Ingênua, eu esperara que meus olhos acinzentados me permitissem transitar entre os Descendentes sem ser notada. Tinha até tirado um tempo para arrumar o cabelo em uma trança branca que dava a volta na cabeça, e pegara um punhado de frutinhas silvestres da floresta a fim de tingir meus lábios. Fora o mais perto que eu já chegara de estar bonita e, por um breve instante, eu havia ficado mesmo orgulhosa.

Eu não tinha me preparado para o desprezo direcionado às minhas botas gastas e cheias de buracos. Às minhas roupas amarrotadas e manchadas de sujeira e sangue. Às minhas mãos com calos e unhas ressecadas e roídas.

Meu orgulho insistia que eu mantivesse a cabeça erguida. No entanto, sob a armadura de confiança, eu me encolhia, sentindo-me cada vez mais como a impostora que eu era.

– Eu devia pelo menos ter me vestido de acordo com o papel – falei baixinho.

– Não deixe que a cara feia deles te engane. Eles gostam mais quando nós, mortais, parecemos sujos. – A expressão de Henri era jovial, ainda que atravessada por uma pontada de amargura. – Eles ficam desconfiados quando parecemos muito limpos ou arrumados. Faz com que pensem que não conhecemos nosso lugar.

– Você já entrou na casa deles? – perguntei.

– Nunca me deixaram passar da soleira da porta. Você tem uma vantagem. Vão confiar mais em você, por ser mulher e curandeira.

Fiz uma careta. *Curandeira...*

Ainda não havia feito as pazes com a decisão de quebrar meus votos sagrados. Tinha me revirado na cama a noite toda, lutando com minha consciência. Sem sucesso, tentei ignorar a repreensão imaginária na voz de minha mãe.

Naquele dia, eu estava cruzando um limite que nunca poderia ser refeito. Eu só rezava para que tudo que estava sendo sacrificado valesse a pena.

Soltei um suspiro e guardei a hesitação nos recônditos do cérebro, um comportamento que estava se tornando frequente de um jeito perturbador.

– Como sabia que a filha dele ficaria doente? E como sabia que ele chamaria uma curandeira?

Henri coçou a nuca.

– Mantemos gente de olho em todos os Descendentes importantes. Você sabe, só por precaução.

– E vocês ficam tomando conta para ver se os filhos deles adoecem?

– Procuramos por qualquer motivo que possa levá-los a convidar um mortal para dentro de casa.

Arqueei uma sobrancelha.

– Não é estranho que o sujeito precise de uma curandeira apenas dois dias depois de eu me oferecer para ajudar? Essa coincidência é...

– Uma bênção dos deuses antigos, isso, sim. – Ele deu de ombros. – Quando uma oportunidade dessa se apresenta, temos que aproveitar.

Franzi a testa para Henri, mas o olhar dele estava fixo em uma propriedade palaciana que começava em uma curva da estrada e terminava em algum ponto muito, muito, *muito* distante.

– Evrim Benette é o líder da casa Benette, uma das vinte casas que controlam o reino – explicou ele. – Ele é responsável pela maioria dos armamentos em Emarion. Se pudéssemos interceptar uma de suas remessas e colocar as armas nas mãos dos mortais em vez de nas dos Descendentes, isso ajudaria muito a nivelar as probabilidades.

Henri se virou para me olhar, segurando meu queixo e me puxando para mais perto.

– Você pode salvar muitas vidas hoje.

Assenti.

– Eu consigo. *Vou* conseguir.

– Maravilha. – Ele me deu um beijo rápido antes de me soltar. – Agora vá. Vou te seguir em alguns minutos e ficar esperando por perto. E lembre-se: entrar e sair em segurança. Não arrume briga.

– Quando foi que arrumei uma briga? – perguntei, mal conseguindo terminar a frase antes que Henri me lançasse um olhar enviesado.

– Estou falando sério, Di. Isso aqui não é como as confusões em que nos metíamos na Cidade Mortal. Descendentes matam pessoas como nós todos os dias e sem nem pensar duas vezes. Se quiser enfrentá-los, precisa aprender a se misturar em vez de chamar atenção.

Algo nas palavras dele soou errado em meu coração, o som de um piano distante errando uma nota. *A voz* dentro de mim pareceu se arrepiar com igual desgosto.

Flexionei a perna, sentindo o contorno da faca de Brecke pressionar minha panturrilha – a única arma que me dei ao trabalho de trazer. Eu jamais admitiria aquilo para Henri, mas, se as coisas dessem errado, aquela faca e eu estaríamos por nossa conta. Eu preferia morrer a levar ele comigo.

Aprumei os ombros e me voltei para a casa Benette.

– Hora de bancar a espiã.

– E quem é você mesmo?

Havia algo de muito humilhante em ser ridicularizada por uma criança usando sedas.

O garoto na porta me olhava por baixo de uma cascata de cachos dourados, seus olhos cor de cobalto analisando com desprezo minha vestimenta suja. Ele parecia pouco menos que um adolescente, mas se portava com a arrogância de um homem muito mais velho.

– Acredito que alguém da sua família tenha requisitado uma curandeira – falei.

– E eles mandaram *você*?

– Posso ir embora, caso prefira tratar da paciente por conta própria.

Ele não disse nada, apenas me encarou com o mesmo ar esnobe.

Dei de ombros e me virei.

– Como preferir.

– Espere. – Ele abriu mais a porta. – Se você é tudo que eles têm, então é melhor entrar.

Eu o segui até a sala de estar, tentando não ficar boquiaberta com a infinidade de mármore do chão ao teto. Ao contrário das cores brilhantes e dos detalhes chamativos do palácio, aquela casa refletia uma elegância mais discreta. Cada superfície era lisa e polida até que alcançasse um brilho imaculado, tudo em uma paleta estéril de branco e creme que apenas os mais ricos podiam se dar ao luxo de manter limpos. Parada no meio da sala, eu parecia uma bola de lama atirada contra um vestido de noiva.

– Fique aqui – ordenou o garoto, fazendo a curva em um corredor próximo.

Cerrei os dentes por ser tratada como um cachorro de rua. Minha culpa por trair aquela família estava evaporando depressa.

No instante em que o garoto saiu de vista, segui seus passos em silêncio. Um corredor comprido, com colunas alinhadas e banhado na luz solar que entrava pelo abobadado de vidro, revelou uma fileira de portas abertas. A maioria dos cômodos parecia servir para receber convidados, alguns contendo mesas de jantar com quilômetros de extensão esculpidas em quartzo leitoso, outros com bustos majestosos expostos em pedestais de alabastro.

Por fim, o corredor se bifurcou em direções opostas. À esquerda, o tilintar de panelas e frigideiras se misturava ao aroma flutuante de carne defumada e perfume de especiarias. Peguei a direita e me esgueirei ainda mais fundo pela casa, de onde eu podia ouvir vozes estrondosas.

– Estava faltando metade do que pedimos nos últimos três carregamentos. Se Sophos não puder apressar suas pesquisas, não teremos escolha a não ser...

– Pai.

– Agora não, Lorris. O que eu estava dizendo? Sim... Seremos forçados a recorrer a Umbros para suprir as demandas. Não tenho a menor vontade de trabalhar com aquela rainha vadia e seu pequeno exército de escravos sexuais, mas avise a Doriel que, se for preciso, eu...

– Hum, pai.

– Eu disse *agora não*. – Um resmungo, depois uma pausa. – Se Sophos não descobrir algo que se equipare aos explosivos dos rebeldes, então vou achar outra pessoa que descubra. Tenho ouro demais em jogo com as encomendas de Meros e Fortos para deixar que qualquer coisa atrapalhe...

– Pai, tem uma curandeira aqui para ver Evanie.

Um rosnado estrondoso.

– E eu lá tenho cara de quem se importa com uma maldita curandeira, menino? Vá procurar sua mãe.

– Mas... hum... mamãe saiu para almoçar na casa Hanoverre.

– Então lide *você* com isso. O que espera que eu faça? Segure sua mão e te acompanhe até o quarto de sua irmã?

– N-não, pai. Eu...

– Então dê o fora do meu escritório. A menos que o rei Ulther em pessoa esteja na porta, nunca mais me incomode durante uma reunião.

Outra pausa. Depois, mais baixinho:

– Sim, pai.

Passos leves se aproximaram da porta. Disparei pelo corredor até a sala de estar, retornando ao lugar segundos antes de o garoto aparecer.

Mágoa e raiva cintilavam em seus olhos abatidos. Apesar da grosseria anterior, senti uma pontada de empatia brotar em meu coração. Com um pai como aquele, não era surpresa que o jovem tivesse se tornado tão desagradável.

Ele semicerrou os olhos enquanto me examinava.

– Não sabia que tínhamos curandeiros Descendentes em Lumnos.

Pela primeira vez, não corrigi a suposição.

Dei de ombros.

– Minha mãe me ensinou. É um jeito interessante de passar as décadas. *Isso soou como algo que um Descendente diria, certo?*

– De que casa você é?

– Hum... Desculpe?

– Sua casa. De que casa você é?

Meu estômago ficou embrulhado. Eu já tinha percebido o bastante sobre a sociedade Descendente para entender que eles se dividiam por herança familiar e que o status de um clã determinava sua posição social – mas, tirando a família real da casa Corbois, que nem eu mesma seria burra o suficiente para chamar de minha, eu não saberia citar uma única casa Descendente – mesmo que minha vida dependesse disso.

O que poderia ser o caso em um futuro próximo. Bem, *bem* próximo.

– Moro do outro lado da cidade – respondi com alegria, torcendo para que o garoto me considerasse mais tola do que suspeita. – Mas é uma casa pequena. – Soltei um assovio baixo. – Nada perto dessa elegância toda.

– Não quero saber da sua residência. Sua casa. A qual família você pertence?

A voz provocante de Henri logo soou em minha cabeça: *Pense rápido, Bellator.*

Exibi meu olhar mais desagradável a fim de rivalizar com o do garoto.

– Você está me pagando por hora, sabia? Vai querer desperdiçar mais ouro do seu pai ouvindo minhas histórias ou podemos ir direto ao assunto?

Ele ficou pálido diante da menção ao nome do pai.

– Tudo bem. Venha comigo.

Eu o segui pela casa, conseguindo até dar uma espiada na sala onde eu havia escutado as vozes. Lá dentro, dois homens estavam reclinados junto a uma escrivaninha de mogno repleta de livros e pilhas de papéis. Eles conversavam em um volume baixo demais para que eu ouvisse, girando entre os dedos taças de cristal brilhante que continham um líquido caramelo. Nenhum deles sequer nos olhou quando passamos.

Chegamos ao fim de um corredor escuro, e o garoto parou e se virou meio sem jeito para mim.

– Evanie está aqui dentro.

Ergui as sobrancelhas. Ele ficou me olhando em silêncio.

– Não vai me dizer o que tem de errado com ela? – pressionei.

– Não é seu trabalho descobrir?

Eu me poupei do esforço de esconder um revirar de olhos enquanto passava pelo garoto para entrar no quarto gigantesco, cujo tamanho poderia facilmente engolir minha casa inteira. Apesar disso, faltavam ali as cores doces e os enfeites frívolos que se esperaria encontrar no quarto de uma criança. Os móveis eram retos, sóbrios, ecoando a decoração austera do resto da propriedade. Até os brinquedos expostos em linhas perfeitas nas prateleiras na altura do peito eram esculpidos em madeira clara ou pintados em vários tons de casca de ovo e bege. Era tudo elegante – e desprovido de alma.

Bastante apropriado, pensei, irônica.

Na ponta do quarto, uma cama enorme engolia uma garotinha aninhada sob uma montanha macia de cobertores grossos e felpudos. Os lençóis sacudiram sob o som de fungadas, seguido por um gemido fraco de dor que partiu meu coração.

– Olá – disse, e me sentei na beirada da cama.

Cheguei mais perto e afastei os cachos dourados e molhados de suor que se agarravam à testa da menina. Ela era nova, devia ter cerca de 5 anos. E, embora pálida, a pele estava quente ao toque.

– Você deve ser Evanie. Meu nome é Diem. Sou uma curandeira. Me falaram que você não estava se sentindo muito bem hoje.

Seus cílios claros se abriram, revelando duas íris azul-celeste.

– Eu quero a mamãe – choramingou ela.

– Sinto muito, querida, sua mãe não está aqui. Mas vou tentar fazer você se sentir melhor, certo?

Ela assentiu em um movimento fraco, fungando outra vez.

Olhei por cima do ombro para o garoto, que nos observava com cautela junto à porta.

– Sua irmã está doente e nem seu pai, nem sua mãe quiseram ficar com ela?

Ele soltou o ar em escárnio.

– Meus pais são pessoas muito importantes. Não têm tempo para ficar em casa nos paparicando.

O timbre sombrio da crueldade do pai já ecoava na voz jovem do garoto. Meu coração afundou ao pensar no homem que o menino se tornaria.

Eu me esforcei para não demonstrar pena enquanto examinava as condições da menininha. Com pais como aqueles, que tipo de mulher *ela* se tornaria? Quem escolheria para se casar? Que tipo de filhos iria educar?

Embora nós, os Bellators, tivéssemos lá nossos problemas, eu com certeza sabia o que era ter pais amorosos vivendo um casamento feliz. Minha mãe e meu pai garantiram que Teller e eu sempre soubéssemos o que era ser valorizado, nutrindo nosso solo com amor incondicional para que a gente pudesse fincar raízes e crescer, não importando os percalços do mundo.

Até aquele momento, eu não havia me dado conta do quanto aquele presente era raro.

Lorris chegou mais perto da cama.

– Ela vai ficar bem?

Embora mantivesse a carranca petulante, certa preocupação transpareceu em suas feições.

– Creio que sim… Mas eu poderia ajudar muito mais se soubesse o que aconteceu.

Ele estudou a irmã por um momento, depois me encarou com ceticismo.

– Ontem, estávamos na cidade com mamãe, e Evanie se perdeu. Quando a achamos, ela disse que tinha ganhado flores de uma mulher. Algumas horas depois, estava com marcas vermelhas por todo o corpo.

– E vocês acham que foram as flores?

– Tem um homem mortal que cuida das plantas da nossa propriedade. Ele viu Evanie carregando as flores e nos disse para jogá-las fora.

Franzi a testa.

– Você ainda tem essas flores?

– Não, jogamos fora.

Olhei outra vez para a garotinha. A roupa de cama estava puxada até em cima, firmemente ajustada ao pescoço, mas era possível ver vestígios de vermelhidão aparecendo por baixo do queixo.

– Evanie – chamei baixinho. – Se importa se eu der uma olhada nos seus braços?

Ela balançou a cabeça vigorosamente.

– Não toque! Não pode tocar!

Ergui as mãos.

– Não vou tocar, prometo. Só quero ver como está a pele.

Os olhos da menina voaram para Lorris, buscando alguma confirmação de que eu era confiável. Eu estava esperando que ele saísse correndo do quarto com um comentário sarcástico, mas, para minha surpresa, ele se sentou ao lado da irmã.

– Está tudo bem, Ev – disse ele em um tom calmo e confiante. – Mostre para ela onde está doendo.

Hesitante, a menina afastou os cobertores até revelar os braços – rígidos e inchados, a pele clara coberta por vergões inflamados em forma de anel. Examinei seu rosto. Os olhos estavam claros e sem vermelhidão, e os fungados não eram causados por lágrimas, mas sim por um nariz que não parava de escorrer.

– Por acaso essas flores eram pequenas e amarelas, com folhas grandes e verdes, bem cerosas? – perguntei.

Lorris assentiu.

– Acho que sim.

– E elas cheiravam a caramelo?

Ele se aprumou na cama, surpreso.

– Sim… Como você sabe?

Franzi a testa outra vez, depois puxei minha bolsa, vasculhando o suprimento de frascos e cremes.

– Bom, Evanie, eu tenho uma boa notícia, uma ótima notícia e uma notícia maravilhosa. Qual você quer primeiro?

Ela espiou o irmão de novo, ainda insegura.

– A maravilhosa – respondeu baixinho.

– A notícia maravilhosa é que você ganha doces por ser tão corajosa

– falei, tirando da bolsa um punhado de balinhas rosa e laranja embrulhadas em papel encerado.

No mesmo instante, o ar desanimado de Evanie desapareceu. Ela se aprumou e estendeu as mãozinhas para os doces, esquecendo por alguns instantes os ferimentos. Eu podia ter mencionado que as balinhas eram tanto remédio quanto doces, mas aquele era um segredo de curandeira que eu levaria para o túmulo.

– E qual é a boa notícia? – quis saber Lorris.

– Sei o que causou esses vergões. Foi uma planta chamada sombra-da-morte.

Os irmãos arregalaram os olhos ao mesmo tempo.

– Não é tão ruim quanto parece – expliquei. – Contanto que não a comam, não vai ficar pior do que isso.

– E a ótima notícia? – Evanie se intrometeu.

– Tenho uma pomada para tratar seu problema. – Mostrei um potinho contendo uma mistura cor de mostarda. – E funciona rápido. Esta noite você já deve estar melhor.

– Tem alguma má notícia? – perguntou Lorris.

– Bom, vou precisar passar a pomada nas feridas, o que pode ser meio dolorido.

– Sem tocar! – A garotinha negou com a cabeça de novo e recuou para longe de meu alcance, enfiando os braços de volta sob os cobertores.

Lancei um olhar esperançoso para Lorris.

– Talvez você possa segurar a mão da sua irmã e mostrar para ela como ser supercorajosa neste momento?

Uma ruga se formou entre as sobrancelhas do garoto enquanto ele alternava o olhar entre nós duas, dividido entre cuidar da irmã e querer parecer tão distante e pomposo quanto o pai.

Para minha sorte, e de maneira inesperada, a compaixão dele venceu. Lorris estendeu a mão e puxou os dedos da irmã, segurando-os entre os seus.

– Lembre-se do que papai sempre diz, Ev. Somos os líderes da casa Benette. Temos que ser fortes e nunca demonstrar fraqueza. A casa inteira está de olho em nós dois. Não podemos ficar chorando e envergonhar o papai.

A menina encarou o irmão e assentiu devagar, mesmo com o lábio inferior tremendo.

Com bastante cuidado, mergulhei a mão no frasco de pomada e rocei a ponta dos dedos com suavidade em sua pele. Ela estremeceu ao sentir o toque, as mãos ficando brancas enquanto ela apertava os dedos de Lorris.

Trabalhei o mais depressa que pude, espalhando uma camada grossa da mistura em seus braços.

– Tentem soprar – pedi a ambos. – A brisa vai fazer melhorar mais rápido.

A garota me lançou uma careta tão óbvia de desconfiança que precisei comprimir os lábios para não rir, mas seu irmão mordeu a isca, inclinando-se para perto e soprando os braços da irmã. Ela arquejou, depois caiu na risada.

– Lorris, isso faz cosquinha!

Logo estávamos todos rindo e nos revezando para soprar ar frio enquanto a menina gargalhava e se contorcia na cama. Até o garoto acabou abrindo um sorriso, a fachada rude enfim vencida.

Tirei vantagem daquela alegre distração e terminei de aplicar o remédio, mas, apesar da delicadeza, a risada da menininha voltava a dar lugar a choramingos conforme minhas mãos deslizavam rumo às piores feridas.

– Ei, Evanie, olha – falou Lorris depressa, estendendo as mãos. – Aprendi a fazer isso semana passada na escola.

No centro de suas palmas em concha surgiu um pequeno orbe de luz. Por um segundo, o orbe apenas oscilou e girou, mas, devagar, a luz começou a tomar forma, adquirindo os contornos do que parecia ser uma mariposa moribunda e meio comida.

– Uma borboleta! – arquejou Evanie, os olhos se arregalando conforme a demonstração de magia lançava um brilho azulado em seu rosto. – É linda.

A testa de Lorris ficou ainda mais franzida de concentração, a língua se projetando do canto da boca. A mariposa – não, *borboleta* – bateu uma asa torta e desparelhada, e Evanie soltou um gritinho, batendo palmas de puro deleite. Aproveitei a chance para passar o resto da pomada.

– É difícil moldar a luz desse jeito? – perguntei para ele.

Lorris me ofereceu um olhar confuso.

– Você já não sabe disso?

Meu estômago afundou quando percebi que havia esquecido meu brilhante – ou melhor, *estúpido* – disfarce.

– Ah, hum… eu tenho do outro tipo. Do… do tipo sombrio.

O garoto assentiu, como se aquela fosse uma resposta aceitável, e suspirei de alívio.

– Na escola, me disseram que luz e sombra funcionam do mesmo jeito – explicou Lorris. – Mas minha tutora de magia tem os dois tipos, e ela fala que as sombras são mais difíceis de convencer a fazer o que a pessoa quer que elas façam. Ela diz que a luz gosta de agradar seu portador, mas que as sombras só querem saber de lutar.

Esfreguei o peito, um desconforto esquisito se instalando em minhas costelas.

– Acho que é bom você ter magia de luz, então.

Ele deu de ombros, olhando para a mariposa – *borboleta!* – com uma espécie de ressentimento contorcendo as feições.

– A luz não quer *me agradar.* Papai contratou uma tutora assim que minha magia se manifestou, mas ainda não consigo fazer nada mais avançado que isso.

Bem naquela hora, a magia evaporou em uma espiral de fumaça e o rosto de Lorris ficou triste, assim como o de Evanie. Ele olhou para mim.

– Você também deve ser fraca, já que é só uma curandeira.

Fiquei irritada.

– Existe mais de uma maneira de ser forte. Você não precisa de magia para ser um líder ou para ajudar as pessoas.

– Você precisa de magia se quiser derrotar seus inimigos – argumentou o garoto.

Meus lábios se curvaram em um sorriso. *É o que nós vamos ver.*

– Sabe, Lorris, você é um bom irmão mais velho, cuidando de Evanie desse jeito.

Ele se aprumou, as costas ficando tensas.

– Família é algo importante. Família é tudo.

A voz dele soava mecânica, como se as palavras estivessem mais memorizadas do que sendo ditas com sinceridade.

– Mesmo assim… você é o único familiar aqui com ela.

– Já falei que nossos pais são muito importantes. Gente *do seu tipo* jamais entenderia.

– Eu só quis dizer que…

– Isso é tudo? – Lorris se afastou da irmã e ficou de pé. – Também sou importante, sabia? Não tenho tempo para cuidar de menininhas. Imagino que você consiga dar conta do resto sem minha ajuda, né?

Meu coração ficou apertado ao ver a mágoa que brotou no rosto da irmã dele.

– Consigo, é claro. Mas tenho certeza de que Evanie iria amar se você...

– Pode me esperar na sala de estar quando tiver terminado.

Sem dizer mais nada, o garoto saiu do quarto e bateu a porta.

Fiquei ali olhando, sem palavras diante daquela reação turbulenta.

– Ele é sempre assim. – A voz de Evanie quebrou meu estupor. Quando me virei para ela, a menina revirou os olhos de um jeito fofo. – Mamãe diz que ele é temperamental.

Eu me inclinei para mais perto dela e sorri.

– *Meninos*... Eles são terríveis, não são?

Ela sorriu e concordou. Limpei as mãos e peguei uma das balinhas, tirando-a da embalagem de papel. Evanie arrancou o doce de meus dedos e o enfiou na boca antes que eu sequer pudesse oferecê-lo.

– Evanie, seu irmão me disse que uma mulher deu as flores... Isso foi ontem? Você se lembra de como ela era?

A menina mordeu o lábio.

– Ela mandou eu não contar para ninguém.

Uma suspeita incômoda revirou minhas entranhas. Eu havia estado na casa de Henri três dias antes e, na noite seguinte, ele me dissera que o centro de curandeiros receberia um pedido de ajuda de um Descendente importante com uma filha doente. Se a menina só fora contaminada no dia anterior...

– Os olhos dessa mulher, você se lembra de que cor eles eram?

Evanie franziu a testa, sem entender o questionamento. Então me ocorreu que uma criança tão pequena podia ter visto apenas olhos azuis a vida inteira, principalmente caso os pais a mantivessem longe de qualquer criado mortal que trabalhasse para a família.

– Eram olhos azuis, como os dos seus pais e os do seu irmão? Ou pareciam mais dessa cor? – Apontei para minhas calças de couro em tom conhaque e para minha bolsa marrom-acinzentada.

Pensando bem, quase todos os meus pertences exibiam tons tristes de marrom sujo. Para mortais vivendo em um mundo onde se destacar demais podia levar à morte, o uso das cores era tanto um luxo quanto uma ameaça existencial.

Evanie hesitou, depois apontou para as minhas calças.

– Eram assim, eu acho. Eram escuros. – Ela abriu um sorriso. – Como chocolate!

Minha suspeita se transformou em fúria.

Fui até uma escrivaninha próxima e rabisquei um bilhete rápido para os pais da menina, explicando meu diagnóstico e as instruções de tratamento. Em seguida, coloquei o frasco de pomada e mais algumas balinhas em cima do papel.

– Foi um prazer conhecer você, Evanie. Se não estiver se sentindo melhor até amanhã de manhã, peça para sua mãe me chamar de novo, está bem?

Ela assentiu e afundou de volta na pilha de travesseiros. Com gentileza, ajeitei os cobertores sob seu queixo e acariciei seu cabelo, cantarolando baixinho até as pálpebras da menina ficarem pesadas e enfim se fecharem.

Tomando cuidado para não a acordar, escapuli do quarto e fechei a porta, me esgueirando pelo corredor vazio até o escritório pelo qual havíamos passado antes. O cômodo não tinha ninguém agora, os copos esvaziados brilhavam sobre uma mesa de apoio laqueada. O lugar tinha cheiro de baunilha e tabaco, além do aroma bolorento de livros velhos, estes últimos expostos em pilhas desorganizadas em cima de uma escrivaninha próxima.

Uma parte crescente de mim queria ir embora daquela casa e nunca mais olhar para trás. Agora que eu suspeitava do que os Guardiões haviam feito com a garotinha, não tinha mais certeza se queria tomar parte em suas maquinações implacáveis.

Mas eu conhecia o caráter de Henri tão bem quanto o meu. Ele nunca toleraria algo assim e jamais me envolveria no assunto, ainda mais sem saber. E o homem que comandava aquela família era sem dúvida uma criatura cruel fazendo coisas terríveis por conta própria. Eu talvez nunca tivesse outra chance de impedi-lo.

Com um olhar rápido por cima do ombro, andei na ponta dos pés até o escritório e empurrei a porta até que ficasse entreaberta – fechada o suficiente para que ninguém me visse, aberta o suficiente para que eu escutasse qualquer um se aproximando.

Eu me esgueirei até a escrivaninha e vasculhei as pilhas de documentos. Havia livros-caixa contendo palavras desconhecidas e números confusos anotados em uma caligrafia elegante, e muito pouco fazia sentido para mim. Parte de uma folha que parecia ser um esboço estava visível na base de uma das pilhas. Eu a puxei com cuidado.

Era um mapa – a planta de um edifício, dividida em vários cômodos. Muitos tinham legendas que eu não entendia, embora outras eu conhecesse muito bem.

Armas afiadas. Armaduras. Bestas.

Um arsenal, eu suspeitava – e dos grandes, a julgar pela extensão da planta baixa. Dobrei o papel e o coloquei na bolsa com um punhado de outros documentos.

Meus olhos vagaram até uma fita de veludo vermelho enfiada entre as páginas de um caderno de couro equilibrado na beirada da mesa. Puxei-o para mais perto e o abri, dando de cara com páginas manchadas de chá repletas de nomes, datas e valores: uma relação de clientes, talvez?

Peguei um papel quase em branco na escrivaninha e copiei os nomes o mais rápido que pude. Estremeci diante de minha caligrafia quadrada e deselegante, lembrando mais uma vez o quanto eu não pertencia àquele mundo de etiqueta e ostentação.

Eu havia copiado apenas um punhado de páginas quando o som de passos pesados surgiu pelo corredor e meu coração saltou em disparada. O único lugar possível para me esconder era embaixo da mesa, mas se alguém viesse com a intenção de se sentar… não haveria como explicar aquilo.

Um vulto parou junto à porta do escritório, apenas o contorno de sua sombra visível pela abertura estreita – eu estava sem tempo.

Desabei no chão, me enfiando o máximo que pude pelo vão escuro da escrivaninha. Tapei a boca para abafar minha respiração acelerada.

Botas estalaram no piso de mármore, e o som ficou mais suave quando os sapatos passaram a farfalhar sobre um tapete grosso e luxuoso. Ouvi o gorgolejar de um líquido – alguém enchendo um copo, talvez –, depois o crepitar de uma lareira moribunda sendo trazida de volta à vida. E então novos passos – agora mais próximos.

Um chiado de pânico se prendeu à minha garganta. Em questão de segundos, eu seria descoberta. Eles iriam me prender. Ou me executar. Se não me matassem ali na hora, eu teria sorte caso tivesse a chance de me despedir de minha família.

Droga! Eu teria sorte caso eles não matassem minha família junto.

Os passos chegaram tão perto que pude ver a ponta das botas brilhando em ébano conforme elas contornavam a lateral da mesa. Fechei os olhos com força e me preparei para o pior.

– Pai?

Lorris.

O doce e miserável Lorris. Fiz questão de retirar cada opinião horrível que eu tivera sobre o garoto.

– O que foi agora?

– A curandeira... Eu, hum... não consigo encontrá-la.

– Como assim *não consegue* encontrá-la?

– Falei para ela me esperar na sala depois que tivesse terminado, mas ela não está lá, e também não está no quarto de Evanie.

– Você deixou uma desconhecida sozinha? Na *minha casa*?

Um longo e pesado instante de silêncio se passou. Embora estivesse oculto da minha vista, eu podia imaginar Lorris se encolhendo sob o julgamento abrasivo e severo do pai.

– Seu pirralho estúpido e inútil. Não ensinei nada sobre proteger nossa casa?

– É claro que ensinou, pai. Só pensei que...

O estalo forte de um tapa cortou o ar, seguido por um gemido trêmulo.

– Não pense. Obedeça! Você me entendeu?

– Entendi, pai – respondeu o garoto em um sussurro.

Dois conjuntos de passos saíram do escritório e desapareceram pelo corredor. Eu me arrastei para fora do esconderijo, enfim me permitindo respirar em grandes arquejos. Qualquer interesse que eu pudesse ter em explorar novos itens da escrivaninha tinha ido embora dali junto com Lorris e o pai.

Corri até a porta e verifiquei se o corredor estava livre antes de me apressar rumo à frente da casa. No último minuto, porém, em vez de me encaminhar para a sala de estar, continuei andando, seguindo o barulho da cozinha movimentada.

Entrei em um rompante, ainda respirando rápido, e um mar de olhos azuis confusos se virou em minha direção.

– Estou procurando o dono da casa – falei depressa. – Alguém pode me ajudar?

Uma mulher mais velha coberta de farinha limpou as mãos no avental, depois chegou mais perto e se inclinou para mim.

– E quem é você?

– Uma curandeira. Vim tratar a garotinha. Preciso... hum... receber meu pagamento. Só isso.

Ela me lançou um olhar desdenhoso.

– Você não pode ficar aqui. Nenhum desconhecido pode estar perto da comida da família. Agora vamos ter que jogar tudo isso fora e cozinhar de novo.

Meus olhos se reviraram quase que por vontade própria.

– Ah, pelo amor das Chamas! Isso é realmente necessá...?

– Das *Chamas*?

Fechei a boca no mesmo instante.

A mulher me agarrou pelo braço e me arrastou de forma rude até o corredor. Lorris e um homem muito mais velho surgiram na extremidade oposta, me encarando com um par de carrancas gêmeas.

Ah, aqueles dois *definitivamente* eram da mesma família.

Ofereci para eles um sorriso envergonhado.

– Entrei no corredor errado e me perdi na cozinha, mas essa senhora simpática foi muito gentil em se oferecer para me ajudar a achar o caminho.

A mulher me lançou um olhar tão severo que me fez pensar se *ela* fazia parte da família também.

– Só preciso do meu pagamento, caso o senhor não se incomode – falei depressa. – Três marcos de ouro.

Eu honestamente não queria nada com o dinheiro deles, ainda mais se a causa da doença da menina fosse o que eu temia. Mas abrir mão do pagamento levantaria ainda mais suspeitas. E, naquele momento, meus instintos de sobrevivência ganhavam da culpa.

O pai pareceu irritado enquanto vasculhava uma carteirinha presa no cinto. Ele estendeu as moedas pesadas para mim.

Minha mão tremeu ao tirar o dinheiro de sua palma e o colocar na bolsa.

– Deixei um remédio no quarto de sua filha. Não hesite em nos chamar de novo caso ela não melhore.

O homem me encarou por um longo momento, depois arqueou uma sobrancelha.

– Tem mais alguma coisa, ou já terminou de desperdiçar meu tempo?

Na cabeça, recitei alguns comentários bastante vívidos sobre seu estilo parental, mas eu sabia muito bem que, com homens daquele tipo, seriam os membros mais vulneráveis da família que pagariam caso meu temperamento ferisse o ego do patriarca.

Então segurei a língua, sorri com candura e marchei depressa em direção à porta em um ritmo alucinado que só poderia ser descrito como *pelo-amor-dos-deuses-alguém-me-tire-daqui.*

DEZOITO

— Henri Albanon, eu vou *te matar*.

Henri estava recostado em um pilar de pedra do lado de fora da casa da família, meio escondido por uma árvore carregada de flores brancas. Passei por ele pisando duro, me recusando a parar em minha marcha rumo à rua.

Ele veio correndo atrás de mim.

– O que aconteceu? Conseguiu alguma coisa útil?

De início, não respondi, focada demais em abrandar a adrenalina que escaldava minhas veias.

– Diem, espere! – Ele puxou meu braço, mas me desvencilhei. – Você está bem?

Eu me virei para encará-lo.

– Não, não estou bem. Quase fui morta lá dentro. E tenho algumas perguntas bem sérias sobre o que aconteceu com aquela garotinha. Por acaso, você…?

– Morta? – A atenção de Henri passou para meu rosto e depois foi descendo pelo corpo. – Está ferida? Ele fez alguma coisa com você?

– Não, mas chegou a um passo de me pegar escondida debaixo da escrivaninha dele. Se o sujeito tivesse me encontrado lá…

– *Debaixo da escrivaninha?* Você entrou no escritório dele?

– Entrei.

Henri ficou pasmo.

– Você... entrou... no escritório pessoal de Evrim Benette?

Olhei feio para ele.

– Tente parecer menos chocado.

– Ele estava lá com você?

– Não no começo.

– E você encontrou alguma coisa?

Soltei o ar com impaciência e agarrei Henri pelo pulso, arrastando-o para trás de uma cerca-viva próxima até que estivéssemos fora de vista. Vasculhei minha bolsa e entreguei para ele os documentos que eu afanara.

Conforme ele folheava os papéis devagar, fui me sentindo de repente muito pequena e insegura, uma aluna nervosa encolhida à espera da avaliação do professor. Apesar de estar irritada com o desenrolar da missão, me juntar aos Guardiões era a única chance de obter a vingança contra os Descendentes que eu tanto queria, e aqueles documentos eram a chave para minha aceitação na equipe.

– Não sei se essas coisas vão ser úteis – comentei, já me preparando para uma provável decepção. – Foi tudo que tive tempo de copiar.

Fiz uma pausa, esperando que Henri falasse, mas ele apenas ficou olhando para os papéis em um silêncio torturante.

Minha ansiedade aumentava a cada segundo. Será que ele havia esperado mais de minha parte? Eu tinha acabado de desperdiçar uma oportunidade?

– Também escutei uma conversa. Algo sobre Sophos estar pesquisando explosivos. E ele mencionou encomendas vindo de Fortos e...

Henri soltou uma risada alta e repentina.

Meus ombros caíram.

– Não foi suficiente?

– *Não foi suficiente?* – Ele riu de novo, passando a mão pelo cabelo. – Diem, eu não esperava que fosse conseguir nada. Não achei que Evrim fosse sequer te perder de vista.

Inclinei a cabeça.

– Então por que me mandar para lá?

– O objetivo do teste é mostrar que a pessoa está disposta a tentar. – Henri sorriu. – Ninguém nunca completa de verdade a primeira missão.

– Você está de brincadeira comigo. Quase fui morta só para provar que eu tentaria? Juro pelos deuses, Henri, vou mesmo te mat...

Ele avançou e me envolveu em seus braços, me levantando no ar enquanto colava os lábios nos meus e roubava minhas palavras.

– Estou tão orgulhoso de você – falou ele, sem fôlego. – Isso é incrível, Di. A maioria dos Guardiões não teria coragem de fazer o que você fez.

Fiquei congelada, meu mau humor desarmado diante daquelas afirmações inesperadas.

– Esses documentos... – Henri me soltou e voltou a examinar os papéis em suas mãos. – Você não tem ideia do quanto são valiosos. Isso é...

Ele balançou a cabeça e me encarou, abrindo um sorriso quase ofuscante. Seus olhos brilhavam de admiração, o rosto exibia um ar de maravilhamento e um tipo reverente de orgulho.

Meu coração ficou aquecido – Henri nunca olhara para mim daquele jeito, nem mesmo após uma vida inteira de convivência. Aquilo era mais do que amizade ou mesmo amor, algo que ia além de apenas estar impressionado. Aquilo era *respeito* – do tipo que só podia ser conquistado por meio de desafios e provas.

Eu já vira aquela expressão no rosto de desconhecidos quando olhavam para meus pais ou falavam de suas carreiras ilustres, mas nunca fora o alvo daquilo. Durante toda a vida, eu ficara à sombra da grandeza merecida dos dois. Ali, pela primeira vez, eu me sentia como uma pessoa que poderia ser digna de grandeza também.

Ou, pelo menos, capaz de alcançá-la.

– Acha mesmo que essas coisas vão ser úteis? – perguntei.

– Diem, esse é um dos melhores resultados de espionagem que já tivemos. Os Guardiões estão há séculos tentando achar informações sobre os negócios dos Benettes. Isso aqui não é só uma informação: pode ser o suficiente para explodir a coisa toda.

Um sorriso lento se formou em meus lábios.

– Sério?

– Sim, sério. Se eles tinham alguma dúvida sobre deixar você entrar na equipe, esses documentos vão sanar tudo.

– Dúvidas? – Minha animação vacilou. – Por que eles duvidariam de mim?

Henri ficou tenso.

– Eu só quis dizer que… você sabe, eles desconfiam de novos membros. E com a história do seu pai no Exército e tudo mais…

– Por que isso importaria? Brecke é do Exército, e ele é um Guardião, não é? Eu vi a tatuagem dele.

– Temos muitos integrantes do Exército. Mas são todos soldados ou comerciantes, não oficiais de alta patente. Não pessoas leais aos Descendentes.

Dei um passo para trás e franzi a testa.

– Meu pai não é leal aos Descendentes, Henri.

Ele ficou me encarando por alguns segundos.

– Diem… – Henri inclinou um pouco a cabeça, as feições ficando mais gentis. – Seu pai liderou batalhões durante décadas. Sabe quantas células rebeldes ele atacou? Quantos Guardiões ele foi responsável por capturar ou matar?

O tom de Henri era delicado, mas não pude deixar de notar o julgamento em seus olhos.

E não era que eu não estivesse ciente – eu já ouvira aquelas acusações antes, eu mesma as fizera naquela noite. Mas entender que fazer parte dos Guardiões poderia transformar meu pai em inimigo…

– Nem sempre é tudo tão preto no branco – argumentei, sentindo um peso no estômago. – Meu pai revidou à própria maneira. Às vezes é preciso fazer coisas que você odeia para impedir que coisas piores aconteçam.

Eu não tinha certeza se estava tentando convencer Henri ou a mim mesma.

Quando ele não respondeu, apenas ficou olhando para mim com uma espécie de pena silenciosa, e tive a impressão de que Henri se perguntava o mesmo.

Soltei um suspiro pesado.

– Acha mesmo que eles não vão me deixar entrar por causa do meu pai?

– Depois que aparecer com esses documentos? Pelos deuses, Di… Eles não só vão deixar você entrar, como também eu ficaria surpreso se não te dessem logo uma equipe inteira. – Um sorriso alegre retornou a seu rosto. – Você vai ser uma heroína.

Meu orgulho se inflamou e, como consequência, os argumentos murcharam em meus lábios.

Eu ainda tinha preocupações – muitas, para ser honesta –, mas, pela primeira vez na vida, senti um senso de propósito. De justiça.

Aquele era um caminho que eu havia escolhido independentemente da influência da minha família ou das expectativas da sociedade. Por meio dele, poderia ajudar muito mais pessoas do que um ou outro paciente ocasional. Se pudesse trabalhar com os Guardiões e vencer a guerra, eu seria capaz de ajudar cada mortal de Emarion e garantir a paz para as gerações futuras. Sem mais violência, sem mais sofrimento... Certamente isso valia mais do que qualquer hesitação no fundo da minha consciência, certo?

Além disso, eu poderia ser mais cuidadosa, assumir menos riscos. Eu poderia estabelecer regras básicas com os Guardiões – limites que não estava disposta a cruzar. Se Henri acreditava que eu poderia ser uma liderança naquelas fileiras, então eu podia usar aquilo para garantir que lutássemos a guerra com honra, jamais sacrificando uma vida inocente para proteger outra.

Eu tinha potencial para tantos feitos.

A única coisa que eu não podia fazer era *nada*.

Respirei fundo e assenti:

– Tudo bem, então. Vamos encontrar os Guardiões.

– Viemos para o carteado.

Henri e eu estávamos do lado de fora da porta dos fundos de uma taverna suja e decadente. O ar da noite era úmido e gelado, e nós dois nos mantínhamos bem enrolados em capas grossas de lã. Eu não conseguia parar de puxar o capuz por cima da cabeça a cada poucos segundos, meu foco atento a olhares curiosos.

Perto da porta havia um homem corpulento sentado em um banquinho de braços cruzados. Encostado na parede, com um chapéu de abas largas tapando parte do rosto, parecia entediado.

– Noite tranquila hoje – comentou o homem.

A voz de Henri se tornou um sussurro:

– Mas a árvore continua queimando.

O homem ergueu o chapéu e nos estudou, os olhos fixos em mim.

– Não tem carteado aqui – disse ele por fim, dando uma tragada preguiçosa no cachimbo.

– Vamos, irmão… Você me conhece.

– Não tem carteado aqui.

Henri espiou por cima do ombro, depois removeu a capa e puxou a parte de trás da túnica. O tecido se amontoou até exibir a imagem de raízes
finas na pele – a base de sua tatuagem da Chama Eterna.

– Isso é suficiente para você? – sibilou Henri, ajustando a túnica de volta
no lugar. – Abra a porta.

– Eu disse que *não tem carteado aqui*. – O homem apontou com o queixo para mim. – Não para ela.

Ajeitei os pés, desconfortável.

– Ela é novata – falou Henri. – O Patriarca providenciou um teste, e ela
passou. E ela trouxe uma oferenda muito boa.

– Nem que ela tenha trazido as chaves da porra do palácio, não muda
nada. Até alguém importante me dizer que ela pode entrar, não tem carteado.

– Só preciso falar com ele e mostrar o que ela trouxe. Nos dê cinco minutos, Dar…

– *Cuidado* – interrompeu o homem, ficando de pé. – Lembre-se das
regras, ou não haverá jogo para você também, *irmão*.

Henri se irritou.

– Peço desculpa, irmão. Mas estou dizendo, o Patriarca vai querer ver o
que ela tem.

O homem alternou o olhar entre nós dois, depois se aproximou e ficou
na minha frente. Sem aviso, ele empurrou meu capuz para trás e agarrou
meu queixo, puxando-o para mais perto.

Uma Diem mais esperta poderia ter lembrado que devia se portar de
forma obediente e leal, a fim de provar para aquelas pessoas que era digna.
Uma Diem mais esperta poderia ter deixado aquele estranho passar a mão
nela só um pouquinho caso isso o convencesse de que ela não estava ali
para causar problemas.

Mas eu sempre fui o tipo de garota que age primeiro e pensa depois.

Agarrei o pulso do homem e o arranquei de meu rosto, depois bati
com o punho em seu peito, mirando com cuidado a carne macia logo

abaixo do esterno. Ele soltou o ar em um arquejo, dobrando o corpo e gemendo de dor.

– Diem, pare! – Henri passou o braço em torno de minha cintura e me arrastou para longe. – O que está fazendo? – sibilou ele em meu ouvido.

Lancei-lhe um olhar que dizia que ele deveria ser o mais interessado em defender minha honra, mas uma gargalhada barulhenta nos fez congelar.

Embora ainda estivesse curvado, os ombros do homem tremiam a cada risada estrondosa.

– Bem, aí está uma mulher que sabe bater.

Ele se endireitou e me encarou outra vez, os olhos brilhando de um jeito assustador. Eu não sabia se ele queria me levar para a cama ou me matar.

– Você. – Apontou para Henri. – Entre e fale com o Patriarca. – Ele torceu os lábios em um sorriso. – Ela fica aqui comigo.

Henri abriu a boca para protestar, mas eu o incentivei a seguir em frente:

– Pode ir, está tudo bem.

Ele hesitou.

– Tem certeza?

Fiz um movimento exagerado e teatral, cerrando os punhos enquanto retribuía o sorriso do homem.

– Não se preocupe. Eu e o baixinho aqui vamos virar melhores amigos.

O homem abriu ainda mais o sorriso.

Henri me lançou um olhar suplicante que era metade pânico, metade advertência.

– Só me dê alguns minutos.

Acenei para que fosse embora, e Henri desapareceu lá dentro.

O silêncio ficou tenso à medida que o homem e eu tentávamos intimidar um ao outro com sorrisos igualmente maliciosos.

– Você é a garota Bellator – disse ele.

Não respondi.

– Você não devia estar aqui – continuou.

Eu ansiava em perguntar por quê, mas me recusei a dar a ele aquela satisfação.

– Como estão as costelas? – questionei, em vez disso.

Ele soltou uma risadinha perigosa.

– E o que é essa oferenda tão especial que você trouxe?

– Por que não vem tentar encostar em mim de novo? Aí eu te mostro.

O homem bufou.

– Palavras grandes para uma pessoa tão pequena.

– Melhor ser uma pessoa pequena do que ter um pequeno...

Olhei brevemente para a virilha dele, estalando a língua com uma expressão de pena.

Ele curvou os lábios.

– Você sabe que precisa da minha permissão para entrar, não sabe?

– É mesmo? – Ergui as sobrancelhas. – Você disse que só "alguém importante" poderia decidir isso. Quando eu enfim for falar com o Patriarca... – *Seja lá quem ele for*, pensei, mal-humorada. – ... vou perguntar se ele primeiro pediu sua permissão.

Um instante depois, a porta se abriu. Um grupo de três homens saiu e formou um semicírculo a meu redor, com Henri logo atrás. A atmosfera parecia tão carregada de violência que minhas mãos se flexionaram, ansiosas por pegar em armas.

O homem que se posicionara bem diante de mim chegou um passo mais perto. Ele era mais velho, quase da idade de meu pai, com a pele áspera e marcada pelas cicatrizes e rugas de uma vida dura. Algo nele me parecia familiar.

– Você é a curandeira que esteve na casa Benette? – perguntou ele.

– Sou.

– E conseguiu interceptar documentos do escritório de Evrim Benette?

– Só alguns.

– Mostre.

Lancei um olhar para Henri, que assentiu e apontou para minha bolsa. Peguei os documentos e, hesitando apenas por um segundo, prendi a respiração ao entregar os papéis.

Os três homens se amontoaram, murmurando comentários baixos demais para que eu pudesse ouvir. Fiquei observando enquanto os outros dois homens reagiam com choque, os lábios se abrindo e as narinas inflando, mas o homem que falara comigo primeiro não esboçou reação.

De novo, minha insegurança veio à tona. Eu *odiava* precisar da aprovação daqueles homens. Estava acostumada à confiança que a posição de curandeira me rendia, uma segurança sobre mim mesma que vinha do fato de ser uma especialista com uma vasta experiência na área.

Mas ali eu não era nada nem ninguém, apenas uma mulher que eles não conheciam, criada por um homem em quem não confiavam. Para aqueles três estranhos, meu único valor estava nos papéis em suas mãos. Se os documentos não fossem suficientes para impressioná-los, minha vida como Guardiã podia acabar antes mesmo de começar.

Quanto mais as deliberações sussurradas se estendiam, mais minha ansiedade ganhava força, e me vi divagando antes de poder impedir que as palavras saíssem:

– Os nomes... são de uma relação de clientes, eu acho. Era um caderno grande, mas essas eram as anotações mais recentes.

O homem no centro olhou para mim, depois de volta para os papéis.

– Isso é tudo?

Meu corpo enrijeceu.

– Eu... eu também escutei uma discussão. Não tenho certeza de com quem Benette estava falando, mas debatiam remessas e compras de outros reinos. E pesquisa... algo sobre explosivos.

Os três homens ficaram paralisados ao ouvir aquilo.

– Me conte – demandou ele. – Quero ouvir tudo, cada detalhe, não importa se é algo pequeno.

Narrei tudo que tinha acontecido e tudo que eu havia visto e escutado, deixando de fora apenas os detalhes sobre as duas crianças que eu conhecera e as coisas que elas compartilharam comigo. Embora eu já tivesse traído meu voto de curandeira, existiam limites que eram sagrados demais para ultrapassar – até mesmo para mim.

Quando terminei, o homem dobrou os documentos e os entregou aos colegas. Ele cruzou os braços sobre o peito e me lançou um olhar demorado e inescrutável.

– Alguém de lá reconheceu você?

– Não.

– E ninguém a viu entrar ou sair do escritório dele?

Fiz que não com a cabeça.

Um dos companheiros se virou para o homem.

– Você não está considerando deixá-la entrar, né? Você sabe quem ela é?

Ele continuou me observando, os olhos escuros grudados nos meus.

– Sei exatamente quem ela é.

– Então sabe por que ela está fora dos limites.

O homem semicerrou os olhos.

– Quantos anos você tem, menina?

– Tenho 20 anos.

– Uma adulta, então. Capaz de fazer as próprias escolhas e decidir por si mesma onde reside sua lealdade.

Não parecia uma pergunta, mas assenti.

– Eu sei pelo que estão lutando. E sei dos riscos. Não tenho medo. Quero ajudar.

Algo formigou em minha pele. Um calafrio vindo do ar da noite, talvez, ou quem sabe minha consciência me alertando sobre a fronteira perigosa que eu estava prestes a cruzar. Ou então...

Espiei a escuridão de um beco próximo por cima do ombro. Semicerrei os olhos conforme examinava o lugar com mais atenção, vasculhando as sombras.

– Patriarca – disse o terceiro homem, atraindo meu foco de volta para eles. – Devo concordar com meu irmão. Ela é uma Bellator. Não deveria estar aqui. Vai causar problemas demais quando... – Ele se interrompeu, mas inclinou a cabeça para mim, a testa franzida.

O homem do meio – o que eu agora percebia se tratar do *Patriarca* – olhou de volta para o guarda que eu havia socado.

– E você, irmão, o que acha? Ela vale mais que os problemas que vai causar?

Os lábios do homem se arreganharam em um sorriso enorme.

– Ah, então vai depender de *mim*, é?

Eu quase gemi.

Ele veio bamboleando, até ficar tão perto que as dobras da minha capa roçavam nos cachos escuros que saltavam livres de seu peitoral meio descoberto. Eu queria vomitar diante da arrogância presunçosa no rosto dele, mas me forcei a levantar o queixo.

O guarda ergueu a mão para meu rosto como se fosse segurá-lo outra vez. Eu me afastei e levantei um punho cerrado em advertência. Mesmo que eu já estivesse perdida, com certeza cairia lutando.

Ele riu e baixou o braço.

– Você tem fogo, garota. Precisamos de mais gente como você por aqui. – Ele se virou para o homem no centro. – Eu voto por deixá-la entrar.

– Então está decidido – respondeu o Patriarca. Um sorriso sombrio curvou seus lábios. – Seja bem-vinda aos Guardiões da Chama Eterna.

DEZENOVE

Pelo que vira dos amigos rebeldes de Henri em Fortos, eu esperava que os Guardiões fossem um ajuntamento de soldados brutos e musculosos, o tipo de homem que enxameava ao redor de meu pai como abelhas em um pé de hortelã recém-florido.

E embora muitos dos homens em idade de lutar estivessem aglomerados, esbarrando uns nos outros e rindo alto enquanto conversavam, foram as outras pessoas reunidas no salão lotado que me pegaram de surpresa.

Mulheres – muitas delas – de várias idades, e um bom punhado eu reconhecia. Uma costureira amiga de minha mãe, algumas prostitutas que eu reconhecia do Jardim, uma ex-colega de classe conversando com nossa antiga professora. Crianças também – algumas nem tinham idade suficiente para ter saído da escola, ainda com o rosto redondo da juventude e a pele marcada pelas espinhas da adolescência. E várias idosas, velhas demais para lutar, mas talvez ainda dispostas a colocar a vida em risco de outras maneiras.

Havia até uma das minhas antigas aprendizes do centro de curandeiros. Lana, a garota que me acompanhara com Maura na primeira visita ao palácio, correu até Henri e começou a conversar com ele de forma animada, antes que seus olhos me vissem perambulando ao fundo.

O rosto dela perdeu a cor. O meu talvez tivesse ficado do mesmo jeito. Tive vontade de repreendê-la – marchar até lá e dar um sermão sobre como a garota estava pondo seu futuro como curandeira em risco. Foi difícil admitir que eu não tinha mais muita moral para censurar ninguém.

Não ousei fazer muito contato visual com as pessoas. Minha presença ali ainda parecia uma intromissão indesejada, uma violação a algo íntimo e protegido com ferocidade. Os outros, por sua vez, me observavam como predadores à espreita. Estava murchando sob o peso de inúmeros olhares ao me sentar perto da saída e encarar minhas mãos.

A porta da frente se abriu e o homem que eles chamavam de Patriarca entrou, acompanhado pelos mesmos dois colegas. O salão ficou em silêncio e todos se dirigiram apressados para ocupar as cadeiras espalhadas. Henri deslizou para o assento ao meu lado e se recostou, relaxado, com o braço descansando em meus ombros.

– Quem são esses três? – sussurrei.

– O do meio, o que deixou você entrar, é Vance. Nós o chamamos de Patriarca porque ele comanda a célula dos Guardiões de Lumnos. O da esquerda é Brant e o da direita é Francis. Eles são o segundo e o terceiro em comando.

– Você tinha me dito que os Guardiões eram comandados por uma mulher.

– Ela está em outro reino em uma missão. Vance está nos liderando agora.

Franzi a testa, desanimada. Uma pequena parte de minha motivação para fazer parte dos Guardiões era conhecer essa tal mulher misteriosa que tinha conquistado uma posição de poder tão excêntrica.

– Qual é a missão? – perguntei.

– Não sei direito. Vance não dá detalhes específicos sobre missões até que elas acabem. Isso limita o dano se alguém nos trair.

Engoli minha resposta. Francamente, se alguém os traísse, todos naquele salão estariam mortos em pouco tempo de qualquer maneira.

– Sejam todos bem-vindos – anunciou Vance em voz alta. – Abençoada seja a Chama Eterna.

– *O solo de Emarion, hei de reconquistar* – entoou o salão em uníssono.

Cutuquei Henri.

– Você não me disse que havia essas senhas secretas.

– Você vai aprender tudo depois do rito de sangue.

Meus olhos se voltaram para ele.

– Rito de sangue?

Henri fixou o olhar à frente e assentiu.

– Daqui a pouco, você será chamada para confessar as piores coisas que já fez, assim o grupo fica com um trunfo sobre você caso queira desistir. E depois todos tiram a roupa e colocam uma gota de sangue em um cálice, e você vai ter que beber. É o segundo teste de lealdade.

– Pelas Chamas, *você ficou maluco*? – sibilei. – Não vou fazer nada disso.

– Agora é tarde. Depois que você entra na reunião, não pode ir embora sem o rito de sangue. Você já viu demais.

Pânico e raiva inundaram minhas veias. Henri não me advertira sobre nada daquilo. *Nada.*

– Isso foi um erro. Vou embora daqui. – Minha mão desceu para a bota, tirando a faca de Brecke da bainha. – Posso lutar para sair se for preciso.

Comecei a me esgueirar para dar a volta na cadeira de Henri. Ele agarrou minha cintura e me arrastou de volta ao assento.

– Você não pode ir.

– Ah, mas eu posso – retruquei, lutando contra seu aperto. – Tire as mãos de mim.

– Di, espera…

– *Me solta*, Henri.

– Diem, para.

– Eu juro pela Chama Eterna, se acha que não vou te esfaquear por…

– Eu estava *brincando*!

Apontei a lâmina para ele. Os lábios de Henri estavam franzidos, tentando evitar um sorriso, e os ombros tremiam sob a força de uma risada mal contida. Vários rostos haviam se virado para observar a comoção, me rendendo uma série de olhares de censura.

– Era brincadeira – sussurrou ele. – Não podia te contar sobre as palavras secretas até que Vance deixasse você entrar. Não existe rito ou confissão. – Henri revirou os olhos e sorriu. – Não somos um culto.

Minha expressão só o fez rir ainda mais.

Minhas bochechas ficaram vermelhas e voltei a me afundar na cadeira.

– Isso foi incrível – disse ele, mordendo os nós dos dedos. – Devia ter visto a sua cara.

– Continue rindo. Quero me lembrar de cada segundo disso da próxima vez que chegar pedindo um pouquinho de *diversão noturna* na floresta.

A risada de Henri parou de súbito.

Os anúncios de Vance continuaram, embora eu mal conseguisse prestar atenção, as palavras quase abafadas pelo som de minha pulsação acelerada.

– ... vários sucessos nas missões recentes. Irmã Samyra concluiu uma entrega de alto risco na Cidade de Lumnos.

Junto da entrada, uma pequena mulher de cabelos castanhos olhou ao redor e sorriu timidamente para os aplausos.

– E nossa mais nova integrante, irmã Diem, obteve alguns documentos muito valiosos na casa de um importante alvo Descendente.

Uma coleção de olhos se voltou para mim, acompanhada por palmas e alguns acenos apreciativos. Minhas bochechas coraram ainda mais.

Sem querer, meu olhar encontrou o de Lana, e vi o mesmo julgamento que senti por ela agora refletido na expressão da garota. Ela sabia sobre minha visita à casa Benette, assim como todos os curandeiros do centro. Qualquer esperança que eu pudesse ter de esconder minha decisão de trair os votos estava inevitavelmente perdida.

Não importava que eu provavelmente pudesse dizer o mesmo dela. Lana era apenas uma aprendiz. Eu era sua mentora, sua guia, alguém que deveria liderar pelo exemplo impecável. Mas agora nós duas sabíamos que eu era uma fraude.

O desejo de derreter na cadeira e evaporar dali era avassalador.

Vance voltou a falar, a voz assumindo um tom mais sério:

– Com a chegada de um novo membro, quero lembrar a todos sobre nossa regra mais antiga e importante. Os nomes de seus companheiros Guardiões devem ser protegidos a todo custo. Estamos entendidos?

– Sim, Patriarca – ecoaram as vozes.

– Não se deve revelar a identidade de nenhum membro. Não há exceções a essa regra. *Jamais*. Estamos entendidos?

– Sim, Patriarca – respondi com a multidão dessa vez, as palavras deixando um gosto estranho na língua.

Os olhares dos três homens da frente se voltaram para mim e permaneceram por mais tempo que o necessário. Havia algo ali, algo naquela repentina fixação – como se pudessem enxergar o desconforto estampado em minha face. Os dois homens ao lado de Vance trocaram um olhar, com uma expressão inescrutável no rosto.

Eles não confiavam em mim. Henri estivera certo sobre a névoa que o legado de meu pai lançava sobre minha lealdade à causa dos mortais. Meu suposto *teste* podia ter sido o bastante para Vance, mas era óbvio que eu tinha um longo caminho a percorrer se quisesse ser aceita pelos outros.

– Como mencionei – prosseguiu Vance –, a irmã Diem nos trouxe informações inestimáveis que esperamos ser úteis durante nossa próxima missão. Muitos de vocês sabem que estamos planejando um curso de ação mais agressivo em virtude da doença do rei Ulther. Com esses novos documentos...

– Pelas bolas de Fortos, você conseguiu mesmo. Você a convenceu a entrar.

Olhei para o lado e vi Brecke deslizando para a cadeira junto de Henri.

– Irmão Brecke – disse Henri baixinho, enquanto os dois se cumprimentavam. – Você está bem longe de casa.

Brecke passou a mão pela barba escura.

– Me disseram que havia mulheres atrevidas aqui em Lumnos. – Ele deu uma piscadela para mim. – Eu tinha que conferir.

Eu me inclinei por cima do peito de Henri e pus a mão na coxa de Brecke em um gesto teatral.

– Parece que é seu dia de sorte, irmão – ronronei. – Voltei ao mercado apenas alguns minutos atrás.

Henri agarrou minha mão e a guardou entre as suas.

– Não dê ouvidos a ela, Diem bebeu vinho Descendente demais.

Lancei um olhar ferino para ele, mas o rosto de Henri estava tão cheio de malícia, os olhos ainda brilhando de orgulho por minha missão bem-sucedida, que não pude resistir ao sorriso que brotou em meus lábios.

– Então ele te convenceu a se tornar uma Guardiã – disse Brecke, falando baixo enquanto a reunião se desenrolava à nossa frente.

– É minha primeira noite – respondi.

– Ela invadiu o escritório pessoal de Evrim Benette – acrescentou Henri. – Roubou uma pilha de documentos da mesa dele e saiu.

– Caramba, Bellator! – Brecke deu um tapinha no próprio joelho. – Você é mesmo uma de nós agora.

Minha culpa corrosiva diminuiu um pouco diante do elogio.

– Como anda essa faca que te dei? – perguntou ele, apontando para a lâmina que eu ainda segurava após a brincadeira de Henri. – Já esfaqueou algum Descendente com ela?

Eu sorri e guardei a faca de volta na bainha.

– Na verdade, já.

– Você o quê? – disseram eles em uníssono, subindo o volume.

Uma mulher carrancuda se virou para trás e nos mandou calar a boca, e me encolhi ainda mais na cadeira com um sorrisinho arrependido.

Brecke se inclinou para mais perto.

– Você realmente esfaqueou um deles?

Assenti.

– Vi um Descendente atacando uma mulher mortal e uma criança meio mortal alguns dias atrás. Ele... – Minha voz falhou, a lembrança ainda recente. – Ele fugiu, mas consegui acertar dois bons cortes.

Brecke sorriu como se eu tivesse dito que havia feito a Chama Eterna crescer de novo.

Henri franziu a testa.

– Você não me contou essa parte.

Eu me encolhi. Havia ocultado de Henri a maior parte dos detalhes sobre o que acontecera naquele beco. Quando fora procurá-lo mais tarde, eu estava perdida na raiva e focada demais em buscar vingança através dos Guardiões.

E ainda existiam algumas partes sobre o ocorrido que eu não estava pronta para revisitar. Não até que eu mesma as entendesse melhor.

– Eu esqueci – menti, evitando o olhar de Henri. – Foi um dia com muitas emoções.

– Você esqueceu que esfaqueou um Descendente?

Dei de ombros e me recostei na cadeira, fingindo voltar a me concentrar na reunião. Um silêncio constrangedor se formou, mas depois fiquei escutando aqui e ali enquanto Brecke e Henri debatiam baixinho o real motivo para Brecke estar em Lumnos: alguma coisa envolvendo um carregamento de armas, algo que ignorei, pois já tinha me exposto o suficiente àquele mundo por um dia.

Vez por outra, porém, eu flagrava Henri me observando. Após quase duas décadas de amizade, eu conhecia os sinais sutis de seu temperamento e sabia que ele estava ofendido por eu não ter contado sobre a luta com o Descendente.

Até nossa viagem para Fortos, porém, Henri também não contara para mim sobre o garoto cuja morte ele tinha testemunhado. Parecia que nós dois tínhamos nos tornado bons em guardar segredos um do outro – pelo menos no que dizia respeito aos Descendentes.

Na frente do salão, o segundo em comando, Brant, solicitava ajuda para missões futuras, e a energia do lugar tinha mudado para uma animação ansiosa. Parecia que todos, com exceção de mim, ouviam com atenção, tentando achar alguma maneira de ser úteis.

Havia uma demanda por cavalos para uma visita ao interior mais ruralista a oeste de Lumnos, que foi respondida com uma leva de mãos se erguendo, e uma entrega para Faunos, que Henri reivindicou antes mesmo de Brant terminar de falar.

Um por um, os Guardiões mais experientes se voluntariavam. A cada tarefa solicitada, eu me afundava mais um pouco na cadeira.

– A Matriarca da célula de Arboros enviou uma mensagem. Ela está planejando uma missão importante para breve, e gostaria de nossa ajuda. Precisamos de um Guardião que possa obter acesso ao palácio real de Lumnos e encontrar uma maneira de se deslocar pelo térreo sem ser detectado. Nós vamos fornecer...

– Essa é sua – sussurrou Henri, me cutucando com o cotovelo. – Você poderia ficar com ela.

– O príncipe Luther nunca tira os olhos de mim quando estou lá. Não tem como eu escapulir sem ser vista.

– Você escapuliu de todo mundo na casa Benette. Consegue dar um jeito. – Ele me cutucou de novo. – Anda, essa missão foi feita para você.

Ele começou a erguer a mão, mas eu a puxei para baixo, sibilando em seu ouvido:

– Henri, não... Eu acabei de chegar. Não acha que eu devia pegar o jeito da coisa primeiro?

– Pegar o jeito? – Ele me olhou como se eu tivesse ganhado um par de asas. – Di, você fez mais na sua *missão de teste* do que a maioria aqui já conseguiu. Você não precisa aprender nada. Está pronta.

Ele abriu aquele mesmo sorriso bobo pelo qual eu me apaixonara, os olhos brilhando de afeto. Trabalhar com os Guardiões infundira uma paixão em Henri que eu nunca tinha visto em meu amigo. Era difícil resistir àquela animação contagiante.

Ele se levantou de súbito e me puxou junto.

– A irmã Diem pode fazer isso – anunciou.

Todos os olhares do salão se voltaram para mim. Brant ergueu as sobrancelhas. Até Vance deixou de olhar os papéis e me encarou pensativo.

– O palácio é um lugar perigoso para nossa espécie, irmã Diem – disse ele. – Se for capturada, talvez não possamos fazer nada para poupar você das consequências. Tem certeza de que está preparada para isso?

Não. Eu não estava nem um pouco preparada. Eu mal tinha sobrevivido à missão na casa Benette e, por mais intimidador que Evrim Benette pudesse ser, o sujeito não era *nada* comparado ao príncipe de Lumnos. Salvar a vida da irmã dele me rendera um pouco de sua paciência, mas eu não tinha dúvida de que Luther acabaria com minha vida sem pensar duas vezes se descobrisse que eu andava espionando para os Guardiões.

Mas...

Eu sempre sonhara com uma vida digna de um legado. Ter *grandeza* era um privilégio, algo a que os mortais de Lumnos raramente tinham acesso. Se eu pretendia deixar uma marca no mundo, ali estava minha chance de começar.

Suspirei e levantei a voz:

– Estou preparada. Me diga o que preciso fazer.

VINTE

—Existe um protocolo – explicou Maura enquanto caminhávamos pela longa estrada até o palácio. – Ajoelhe quando o cumprimentar pela primeira vez e espere que alguém diga que se levante.

– Pensei que o rei estivesse inconsciente.

– E está. Mas o príncipe Luther estará presente também. Ele me permite pular a reverência por causa da minha perna, mas vai esperar que você se ajoelhe. Ele é muito rigoroso com o decoro.

Bufei.

– Claro que é. Está estabelecendo as bases para seu futuro reinado de terror.

Maura me lançou um olhar de censura.

– Guarde esse tipo de comentário para você, querida. Suas piadas não vão encontrar uma plateia receptiva por aqui.

– Mas Luther parece um cara tão divertido e tranquilo. Aposto que ele iria *amar* minhas piadas.

Maura revirou os olhos exageradamente.

– Vai ser um milagre se este dia não acabar com você morta.

– Tudo bem. De volta ao protocolo. Para agradar ao príncipe Luther, devo ficar de joelhos até que Sua Futura Majestade esteja total e *completamente* satisfeita.

– Diem Bellator!

Sorri com malícia.

– Estou prestando atenção, juro.

Ela massageou as têmporas, a exasperação pesando em seus traços envelhecidos.

– Não fale até que falem com você primeiro. Tente evitar olhar o rei e o príncipe nos olhos e...

– Você só pode estar brincando.

– ... e não esconda as mãos nem faça qualquer movimento brusco.

– Estamos indo encontrar cães raivosos ou seres humanos civilizados?

– Nenhum dos dois. Eles são Descendentes. São algo distinto.

Pensei em lembrá-la de que, nas duas últimas vezes em que estivera no palácio, eu já havia quebrado todas aquelas regras, mas o suspiro sofrido de Maura me manteve em silêncio.

De todo modo, naquele dia eu quebraria regras muito mais sérias.

Apesar das piadas, eu desejava que o encontro corresse bem. Aquela deveria ser minha última visita ao palácio acompanhada por Maura, e minha primeira interação com o rei. Fazer com que a família real me aceitasse como substituta de minha mãe era crucial para meus planos: proteger a vaga de Teller na escola Descendente, ter sucesso em minha missão para os Guardiões e descobrir a verdade sobre o que acontecera com minha mãe.

– Me lembre de novo por que eles precisam de curandeiros mortais para o rei.

– Sua mãe disse que os curandeiros Descendentes de Fortos já fizeram tudo que podiam. Seja qual for a doença que o acometeu, ela não responde à magia deles.

– Então o que devemos fazer?

– Deixá-lo o mais confortável possível até que ele se vá. A doença enfraqueceu suas habilidades de cura, então o rei não é muito diferente de qualquer paciente mortal perto do fim.

Para além da copa das árvores, as torres cintilantes do palácio real ficaram visíveis. À distância, as paredes de luz ofuscante pareciam uma miragem no deserto, as bordas aquosas e indistintas contra os tons pastel do amanhecer.

– Não acha estranho pensar que um rei que viveu e governou durante gerações agora não passa de um velho indefeso e moribundo? – perguntei.

Maura murmurou consigo mesma:

– Eles podem trilhar vários caminhos, mas no início e no fim da vida são tão mortais quanto nós. Talvez a Linhagem os tenha feito assim por um motivo.

– Se o plano era deixá-los mais humildes, acho que não funcionou.

Maura riu, apesar de me olhar com reprovação.

– As histórias dizem que a deusa Lumnos e seus irmãos desejavam que os Descendentes protegessem os mortais. Talvez isso tenha sido feito para lembrá-los do que significa ser vulnerável e precisar de proteção.

– Acho que isso não funcionou também. As únicas pessoas que os Descendentes parecem interessados em proteger são eles mesmos.

– Você forma suas opiniões bem rápido para alguém que mal começou a entrar no mundo deles.

– O mundo deles, nosso mundo, não é tudo a mesma coisa? Só porque os Descendentes se escondem em cidades luxuosas, não significa que a gente não sinta as consequências de tudo que eles fazem. Talvez eu não tenha saído lado a lado com eles a vida inteira, mas enxergo as coisas que fizeram. Sei o que tiraram de nós.

Maura parou e se virou para mim.

– Diem, tratar o rei vai ser um problema para você? Sabe que deixamos nossas opiniões sobre os pacientes para trás enquanto atendemos, certo?

Eu não podia negar que estava com dificuldades no assunto. Uma coisa era ignorar uma ocupação sórdida ou vícios pessoais, mas, depois de ter visto aquele garoto e a mãe serem massacrados a sangue-frio, sabendo que tudo não passava de um resultado das políticas públicas do rei...

Maura me lançou um olhar severo e bateu com a bengala em minha perna, e me senti outra vez como uma garotinha travessa levando bronca dos mais velhos.

– Você é melhor que isso – disse ela. – Sempre foi a curandeira que podíamos mandar para os clientes mais podres e desagradáveis.

– Você me mandava porque eu não tinha medo deles como todos os outros aprendizes tinham.

– Não, nós a mandávamos porque você tinha *compaixão* por eles. Por baixo de toda essa irreverência, você ainda tratava cada paciente como um ser humano merecedor de uma chance de ser salvo.

Desviei o rosto, me escondendo daquele julgamento.

– Sim, mas, como você disse, eles não são humanos. São outra coisa – falei.

– Eles descendem do companheiro mortal de Lumnos também, não é? São filhos de ambos os mundos. Podem ter se esquecido disso, mas não precisamos fazer o mesmo.

Quando não respondi, Maura estudou meu semblante por um longo momento.

– Isso foi um erro – disse ela. – Volte e deixe que eu cuido do rei.

– Não... não é necessário. – Endireitei a postura e forcei minhas feições a ficarem neutras. – Vou ficar bem. Sério.

– Aquele príncipe é mais observador do que você pensa, Diem. Se ele suspeitar...

– Eu consigo lidar com isso. E com certeza eu consigo lidar *com ele*.

Maura não parecia convencida.

– Estou falando sério – prometi. – Só precisava colocar isso para fora. Mas sou uma profissional, lembra? – Fingi um sorriso caloroso e a cutuquei no braço. – Aprendi com a melhor.

Ela bufou e voltou a atenção para a estrada, a preocupação ainda irradiando por suas mãos inquietas e sua postura retraída. Um nó se formou em minha garganta enquanto eu a observava seguir em frente.

Se Maura soubesse o que eu planejara para aquele dia, preocupação seria a coisa mais branda que ela estaria sentindo.

O gryvern nos recebeu primeiro.

Era uma visão digna de deixar os joelhos trêmulos: a ameaçadora cabeça dracônica, o corpo ágil e leonino e asas largas e emplumadas circulando os céus acima de nós. A sombra imponente do animal passava de um lado para o outro conforme percorríamos o caminho ladeado por arbustos de topiaria que conduzia à entrada do palácio.

Toda vez que eu ousava erguer a cabeça, meu olhar encontrava o da criatura – Sorae, era como a chamavam. Eu tinha a estranha sensação de que ela não estava apenas me observando, mas também me sentindo, me *lendo*. Seus olhos dourados pareciam enxergar para além de meu rosto, perfurando até algo muito mais profundo, algo que eu ainda não estava pronta para compartilhar.

– Ela costuma fazer isso? – perguntei, semicerrando os olhos para o gryvern.

– Não, nunca. – O rosto de Maura estava pálido e um tanto verde. – Essa coisa me deixa nervosa como se eu fosse um rato de uma perna só rodeado de gatos.

Nós nos aproximamos dos degraus da entrada. As garras de Sorae, afiadas como lanças, atingiram a parede quando ela desceu e se empoleirou junto ao telhado, fazendo Maura quase morrer do coração.

– Desarmada desta vez, Srta. Bellator?

Desviei minha atenção do gryvern e vi o príncipe Luther parado sob o arco amplo da entrada com a habitual expressão de pedra. O cabo da espada incrustado de joias aparecia por cima do ombro dele e cintilava sob o sol da manhã, um contraste grandioso com o conjunto sombrio e todo preto em tecido jacquard que o príncipe usava. Os músculos dos braços se flexionaram quando Luther cruzou os braços, fazendo com que sua silhueta já bastante larga parecesse ainda mais imponente.

Ofereci um sorriso charmoso para ele e estendi os braços para mostrar a ausência de armas em minha cintura. Eu havia deixado as adagas gêmeas em casa para evitar atenção – na esperança de que, se fosse pega no meio do plano, aquilo pudesse servir como argumento de que eu não tivera intenção de causar mal. Apenas a faca de Brecke permanecia escondida dentro da bota. Era a única coisa que poderia de fato salvar minha vida caso a missão despencasse ladeira abaixo.

– Não queria que pensasse que vim até aqui para machucar alguma criança! – gritei com doçura para ele.

Luther não reagiu, ainda que os olhos glaciais me seguissem conforme eu passava por ele rumo ao saguão.

Os guardas nos cercaram e começaram a vasculhar nossas bolsas, depois passaram para as roupas. A inspeção acabou sendo muito mais agressiva do que da vez anterior, talvez porque soubessem que iríamos ver o rei – ou talvez em retaliação por eu tê-los desafiado.

Eu me forcei a sustentar o olhar de Luther enquanto seus homens passavam as mãos por meu corpo como se eu fosse só mais um bem a ser apreendido, não mais humana do que as bolsas que eles haviam desarrumado com grosseria e dedos indelicados. Eu me encolhi quando um deles apertou meu traseiro de modo desnecessário. O guarda deu um risinho diante da reação, os dedos apertando mais forte a minha carne.

Um músculo se contorceu no maxilar de Luther.

– Já chega – disse ele, seco.

O guarda olhou para o príncipe.

– Mas… Vossa Alteza…

– Eu assumo a partir daqui.

Sem desviar o olhar, Luther se aproximou. A presença de seu imenso poder me atingiu como uma força física, e tive que firmar os pés para me manter imóvel.

Suas mãos desceram do peito e pairaram no ar junto aos meus quadris.

– Posso?

Ergui as sobrancelhas.

– Ah, *agora* está pedindo permissão.

– Eu detestaria que pensasse que não fui ensinado a pedir o consentimento de uma mulher.

Uma centelha de desafio brilhou em seus olhos. *Você não é a única que lembra de nossa conversa anterior*, aquilo parecia dizer.

Dei de ombros em um gesto que era mais de convite do que de desdém.

– Vá fundo, então. Se é mesmo necessário.

Ele sustentou meu olhar por um segundo a mais – apenas o suficiente para capturar minha indiferença cuidadosamente construída e deixá-la de lado. Eu odiava como um único olhar de Luther conseguia me dar nos nervos, odiava seu foco implacável e a observação penetrante ao estilo "estou vendo tudo".

Pior, eu me odiava por ele *saber* disso, por empunhar seus olhos contra mim com tamanha precisão de especialista. Outra arma que eu não era capaz de igualar.

As mãos do príncipe pousaram em meus punhos, abrindo caminho até meus braços. As palmas grandes pareciam estar grudadas em minha pele, o calor transbordando com facilidade através do tecido fino da minha túnica. Embora seus olhos enfim quebrassem o contato visual com os meus, permitindo que uma inspiração reprimida percorresse meus pulmões, eu me sentia mais presa a ele do que nunca.

Um rastro de quentura abrasadora seguiu o deslizar hábil de sua palma por minha coluna, os dedos se abrindo com amplidão na curva das minhas costas. Em seguida, ele passou os dedos ao redor das minhas costelas, os polegares se movendo em círculos lentos sob meus seios – amplos o bastante para permanecer educado, mas perto o suficiente para que precisássemos engolir em seco.

As mãos de Luther deslizaram pela silhueta de meus quadris até o cós da calça. A intimidade daquele gesto, especialmente por estarmos na presença de Maura e dos outros guardas, fez meu corpo formigar em lugares que eu preferia nem pensar.

– Não vai fazer comentários? – perguntou ele, ficando de joelhos. – Estou decepcionado.

– Estou muito ocupada apreciando a vista.

Arrisquei olhar para baixo, esperando encontrar o mesmo sorriso irritante que o guarda havia me dado, mas pela primeira vez Luther parecia tão encabulado quanto eu. Se não sentisse que minha pele estava prestes a entrar em combustão espontânea, eu poderia até ter apreciado vê-lo se contorcer. Ainda de joelhos, veja bem.

Seus dedos formaram uma faixa ao redor das minhas coxas, os polegares pressionando com gentileza o couro apertado. Tentei me concentrar em seguir respirando com calma, apesar da consciência muito aguda sobre qual parte do meu corpo estava a poucos centímetros da cara dele.

– É uma pena que eu não esteja usando vestido – murmurei.

As mãos dele subiram mais, e soltei um arquejo.

Nossos olhares se encontraram por uma fração de segundo. Luther não disse nada, mas eu podia jurar que seus dedos ficaram mais firmes contra a parte interna da minha coxa.

O toque permaneceu firme enquanto ele revistava minha perna e a curva das panturrilhas, roçando meu tornozelo e depois mudando para a outra perna. O príncipe já estava prestes a levantar quando sua palma apertou a borda superior da minha bota.

Nós dois congelamos ao mesmo tempo.

Merda. A faca de Brecke.

Ao contrário de minhas adagas mortais, a lâmina podia causar danos de verdade – a ele e ao rei. Se Luther a encontrasse, não haveria respostinhas espirituosas que pudessem explicar aquilo.

Os dedos dele traçaram com sutileza o contorno da bainha, e meu estômago deu cambalhotas. Embora Brecke tivesse feito a arma bastante fina, quase invisível para um observador casual, a proximidade entre mim e o príncipe naquele instante era tudo menos casual.

Abri a boca para soltar uma desculpa esfarrapada, mas, antes que eu pudesse falar, as mãos de Luther soltaram minha perna.

Ele ficou de pé e me lançou um olhar longo e silencioso, depois se virou.

– Peguem suas coisas e venham comigo.

Maura arregalou os olhos para mim com uma expressão que significava que ela seria capaz de me dar um sermão durante horas. Reuni nossos pertences depressa, e ela agarrou minha mão e me fez andar um passo atrás do príncipe.

Meu cérebro tentou compreender o quase incidente pelo qual acabara de passar. Luther sabia – eu tinha certeza disso. Eu vira o entendimento aguçado em seus olhos. O julgamento, a advertência.

Mesmo assim… ele me deixara entrar sem dizer uma palavra.

Por quê?

Mas eu não podia me dar ao luxo de remoer a pergunta. Conforme Luther nos guiava por várias escadarias, lutei contra minha mente dispersa, buscando me concentrar outra vez em meus arredores.

Entrar foi a parte fácil, lembrei a mim mesma. *Agora vem o verdadeiro desafio.*

Prestei atenção em tudo: no posicionamento dos guardas em cada patamar e ao longo de cada corredor. Nos cantos sombreados que a luz do sol não alcançava. Nos esconderijos – cômodos vazios com portas entreabertas e cortinas opacas grandes o suficiente para esconder um corpo.

Apertei a mão contra o peito, onde um pedaço de pergaminho dobrado jazia escondido na faixa de tecido cobrindo meus seios, misericordiosamente não detectado pela revista dos guardas. O barulho suave do papel sendo amassado contra o tecido serviu para acalmar meus nervos. Em poucos instantes, aquele pergaminho poderia se tornar minha tábua de salvação.

Viramos em um corredor mais deserto do que os outros. Um guarda postado no outro extremo tornava aquela localização um pouco menos que ideal, mas eu não sabia quanto tempo ainda nos restava e estava ficando sem opções. Diminuí o passo, fingindo interesse em uma tapeçaria até sair das vistas de Maura. Com o máximo de sutileza que pude reunir, atirei minha bolsa em uma alcova escura.

Primeira etapa concluída.

Acelerei para alcançar Maura e Luther, minha mente focada em memorizar cada passo. Virar à esquerda, depois à direita. Vinte passos e então outra curva à esquerda. Direita de novo onde as colunas eram menores.

Por fim, nós nos aproximamos de um conjunto de portas de ferro arqueadas, gravadas com o emblema de Lumnos – um sol poente com uma fina lua crescente por dentro – encimado pelo símbolo de uma coroa. A porta estava sendo guardada por dois soldados, que baixaram a cabeça em sinal de respeito ao príncipe.

Luther os ignorou e moveu o pulso para cima. Videiras escuras e retorcidas saíram pelas laterais das portas, produzindo espinhos e folhas sombrias enquanto deslizavam pela superfície de metal.

– *Diem* – sibilou Maura.

Eu estaquei. Sem perceber, havia me aproximado da porta, atraída pela força da magia de Luther. Minha mão pairava na frente do rosto, tentando tocar em um dos tentáculos de escuridão pulsante.

– Cuidado – murmurou o príncipe. Ele me observava com atenção, embora não tivesse feito nada para me impedir ou para afastar a própria magia. – Neste palácio, as sombras são tão perigosas quanto as pessoas.

Eu não tinha dúvida daquilo.

Ainda assim… não conseguia me afastar. Por mais mortíferas que fossem, havia algo de inebriante no poder sobrenatural que aquelas videiras exerciam, uma canção inata que me atraía e anulava meus instintos de sobrevivência.

Talvez aquilo também fosse parte do que as tornava tão perigosas.

– Como funciona? – perguntei, franzindo a testa diante da massa emaranhada de trepadeiras. – No mundo mortal, luz e sombra não são coisas sólidas, não podem machucar. Por que sua magia é tão diferente?

Um longo silêncio se estendeu, e tive certeza de que Luther não responderia. Mas então ele disse:

– Você já segurou uma lupa contra a luz do sol em um dia sem nuvens?

– Meu irmão achou um monóculo perdido na rua quando éramos crianças. Nós o usávamos para atear fogo em folhas caídas na floresta. – Soltei uma risada. – Se não fosse uma estação tão chuvosa, talvez tivéssemos queimado metade de Lumnos.

– Diem, *silêncio* – chiou Maura, os olhos arregalados e frenéticos se alternando entre mim e o príncipe.

O canto do lábio de Luther se contraiu no que poderia ter sido um sorriso caso o restante do rosto não permanecesse tão terrivelmente sério.

– Nossa magia funciona do mesmo jeito. Conjuramos a luz e a concentramos em sua essência. Em seu estado mais puro, a luz é capaz de queimar quase tudo.

– E quanto às sombras? – perguntei.

Os dois guardas na porta se remexeram, desconfortáveis, e um deles pigarreou baixinho. Pela careta desaprovadora, suspeitei de que aquela fosse uma informação proibida para mortais.

Luther seguiu ignorando os soldados, seus olhos fixos em minha mão, que pairava junto à porta. Suas sobrancelhas ficaram franzidas quando uma espiral nebulosa se desprendeu da videira e se esticou em direção a meu dedo, parando um pouco além de meu alcance.

– As sombras funcionam da mesma maneira. A escuridão não é só a ausência de luz. É a ausência de tudo. Sem luz, sem calor, sem ar. A verdadeira escuridão pode destruir até a própria vida.

Algo se agitou sob minhas costelas. Olhei para ele.

– Isso ainda não explica como vocês podem torná-las sólidas. Nem mesmo luz e escuridão puras podem fazer isso.

O lábio dele se curvou de novo, mais alto dessa vez.

– É por isso, Srta. Bellator, que chamamos de *magia*.

Apesar de minha lista quilométrica de motivos para odiar Luther, sua resposta foi tão inesperada, tão estranhamente charmosa, que meu sorriso se abriu de orelha a orelha.

Por um momento tão efêmero que talvez nem tivesse durado um segundo, a fortaleza de pedra que o príncipe construíra ao redor de si baixou seus portões, permitindo um vislumbre fugaz do homem que vivia ali dentro. Um homem que podia ser bem diferente do que eu imaginava.

Mas ele se foi antes que eu pudesse pensar no assunto. A silhueta quadrada de sua mandíbula se contraiu, e qualquer coisa próxima de uma emoção humana desapareceu. Luther era outra vez uma estátua esculpida em mármore – bonita de se ver, impossível de conhecer melhor.

Ele ergueu uma palma, e as videiras de ébano abriram as portas. A colossal câmara interna era decorada com tanta elegância quanto o resto do palácio, mas aquele quarto parecia mais acolhedor e confortável. Estava cheio de cadeiras estofadas, almofadas macias e cortinas translúcidas penduradas ao longo de uma parede repleta de aberturas em arco.

Luther nos conduziu até um anexo contendo uma cama com dossel esculpida em madeira rádica. Uma figura frágil jazia sobre o colchão, envolta em camadas de cobertores. O príncipe parou à porta, ajoelhando-se e baixando a cabeça em sinal de respeito.

Rei Ulther.

Eu nunca o tinha visto de verdade. Ele visitara o lado mortal de vez em quando – sobretudo para inaugurar construções em homenagem à deusa Lumnos que eles às vezes colocavam ao redor da Cidade Mortal como uma ameaça sutil contra qualquer adoração aos deuses antigos. Nessas ocasiões, minha mãe havia me mantido dentro de casa.

Senti um puxão em meu braço. Maura estava se curvando sobre a bengala e me lançando um olhar insistente.

Certo.

Ajoelhar. Deferência. Protocolo.

Obediente, eu me abaixei sobre um joelho, embora não conseguisse tirar os olhos do rosto do rei. Estiquei o pescoço, tentando enxergar melhor.

Ele parecia surpreendentemente jovem. Era um homem mais velho, é claro, mas não velho o bastante para estar sucumbindo ao que parecia ser o equivalente Descendente de causas naturais. Se fosse mortal, eu teria imaginado que o rei tinha a mesma idade que meu pai.

Mas eu sabia que não era o caso. O reinado dele começara havia muito tempo, antes que o mais velho dos mortais do presente tivesse sequer nascido. Como devia ser sobreviver a gerações de mortais, vendo-os envelhecer e morrer repetidas vezes? A ideia me pareceu triste.

Claro que aqueles Descendentes provavelmente jamais tinham conhecido um mortal com quem se importassem o suficiente para lamentar.

Senti o calor dos olhos de Luther sobre mim. Ele havia se levantado e estava de pé ao lado da cama do rei, me observando como sempre. E me julgando, imaginei, com aquele olhar desafiador ao qual eu não conseguia resistir, mesmo na presença da Coroa.

A meu lado, Maura permaneceu imóvel. Os ombros curvados em submissão, o olhar voltado para baixo, à espera da permissão do príncipe para se levantar.

A cena mexeu com meu orgulho. O que qualquer um daqueles homens fizera para merecer tamanha servidão da parte dela? Suas leis cruéis roubavam vidas inocentes, enquanto Maura as salvava. Por que ela, ou mesmo eu, deveríamos nos ajoelhar diante deles – ou de qualquer outro?

Sem esperar pela aprovação de Luther, fiquei de pé depressa, com os ombros para trás e o queixo erguido. Puxei Maura para cima e dirigi ao príncipe um sorriso ousado e nada arrependido que o desafiava a tentar nos advertir.

Ele sustentou meu olhar, recusando-se a reagir.

– Podem cuidar dos seus deveres – disse ele em um tom seco.

Maura cravou as unhas em minha pele enquanto me arrastava até a cama, transmitindo uma mensagem clara: *Comporte-se.*

Inflei as narinas em uma resposta silenciosa. *Esta sou eu me comportando.*

Ela enfiou sua bolsa em minhas mãos e se virou para o rei. Começamos a trabalhar: enquanto eu colocava os itens da bolsa sobre uma mesinha lateral, Maura avaliava o estado do monarca.

Os olhos dele estavam fechados, a respiração tranquila. Se Maura não tivesse me avisado que o homem ficara inconsciente meses atrás, eu poderia pensar que ele estava dormindo. O único sinal de que o triste fim se aproximava era a palidez acinzentada da pele e os contornos da carne grudando contra os ossos nos pontos em que os músculos do rei começavam a atrofiar.

Apesar de meus esforços em detestá-lo, senti uma pontada de pena. Minha cabeça entendia que ele era responsável por inúmeras atrocidades, tendo reinado durante gerações de opressão e crueldade contra minha espécie, mas naquele momento meu coração enxergava apenas um velho frágil e moribundo.

Se fosse qualquer outro paciente, eu pegaria sua mão e me sentaria com ele, murmurando palavras suaves para acalmar qualquer pedacinho de alma que ainda restasse ali. Mas o príncipe não tirara os olhos de mim desde que havíamos entrado. Chegar tão perto assim da Coroa com uma faca de aço fortosiano na bota já era testar demais a sorte.

Eu me afastei enquanto Maura aplicava pomada nas escaras do rei, massageando as muitas articulações inchadas. Eu deveria estar ajudando. Deveria estar fazendo aquilo *eu mesma*, considerando que aquele era nosso rito de passagem oficial.

Mas naquele dia eu tinha outros planos.

Graças aos deuses, Maura começou a puxar conversa para aliviar a tensão. Sorri por dentro ao testemunhar a facilidade com que ela envolveu Luther em um vai e vem mundano sobre as colheitas mais recentes da esposa na fazendinha da família, o que sutilmente o persuadiu a baixar a guarda. A amabilidade maternal de Maura era capaz de acalmar até os corações mais gelados. Embora fosse uma habilidade muito menos natural para mim, fora uma das primeiras e mais úteis lições que aprendi com ela.

A conversa engatou, e o olhar de Luther enfim me deixou conforme seu foco mudava para Maura. Aproveitei a oportunidade para me aproximar devagarinho da saída.

– Ah, que droga – falei de súbito, recuando até a porta. – Deixei minha bolsa na entrada do palácio. Devo ter me esquecido depois de toda a *animação* com nossa chegada.

Lancei um olhar acusatório para Luther.

Ele deu um passo em minha direção.

– Posso mandar um dos guardas…

– Não precisa, eu lembro o caminho. – Apressei o passo antes que ele pudesse bloquear minha passagem. – Vou pegar minhas coisas e volto direto para cá.

– Srta. Bellator…

– Me dê dois minutos!

– Srta. Bellator, *pare*.

– Eu volto já!

Passei para o corredor externo aos aposentos do rei e comecei a correr.

Vozes gritaram atrás de mim, acompanhadas pelo som de botas. Forcei meu corpo a acelerar o máximo possível enquanto meu cérebro refazia os passos que havia memorizado.

Virar à direita, vinte passos – ou o que pareciam ser vinte passos naquela velocidade. Virar à direita de novo e aí… *Porcaria*, era esquerda ou direita?

Entrei em uma sala que eu tinha visto antes, um escritório escuro cujas cortinas estavam cerradas para bloquear a luz. Uma fina camada de poeira cobria tudo na sala, e prendi a respiração para não tossir e denunciar minha posição.

Um momento depois, um único guarda passou pela porta. Continuei imóvel feito uma pedra conforme seus passos sumiam pelo corredor, deixando tudo em silêncio.

Minha aposta havia se mostrado acertada. Eu tinha certeza de que Luther jamais deixaria Maura sozinha com o rei, e, com apenas dois guardas protegendo o aposento real, eu suspeitava que o príncipe só abriria mão de um para me procurar. E eu acabara de evitá-lo sem fazer muito esforço.

Um sorriso satisfeito se espalhou por meus lábios.

Segunda etapa concluída.

A confiança que eu projetava estava começando a parecer mais verdadeira do que fingida. Primeiro, eu havia roubado documentos importantes de um poderoso negociante de armas Descendente, e agora estava vagando livre pelo palácio real. Talvez eu tivesse nascido para me tornar uma Guardiã.

Por algum milagre dos deuses, encontrei minha bolsa enfiada na alcova escura. Eu me esgueirei pelo corredor agora deserto e a agarrei, passando-a sobre o ombro. Tirei o papel que eu havia escondido sob a camisa e o desdobrei. Ao longo das décadas, vários Guardiões tinham se infiltrado no palácio como servos ou comerciantes. Embora a movimentação de mortais naquele lugar sempre tivesse sido controlada, os rebeldes haviam conseguido montar uma planta baixa rudimentar que mostrava as muitas alas e os andares do palácio.

Grande parte do mapa ainda estava em branco – ou apenas esboçada a partir de espiadas furtivas. A ala em que eu me encontrava não passava de um retângulo assinalado com as palavras "Residência Real". As escadarias estavam indicadas, bem como o melhor palpite sobre a localização dos guardas. Quanto ao resto, eu estava por minha conta e risco.

No canto inferior do mapa, vários andares abaixo, através de um labirinto de curvas, uma porta fora marcada com um círculo brilhante em vermelho.

De acordo com Vance, oculta por trás da porta, havia uma escada em espiral íngreme e coberta de algas que desembocaria em um canal subterrâneo. E, amarrado a um píer junto à água, eu encontraria uma pequena, embora fortificada, embarcação: o meio de transporte pessoal da Coroa para viajar pelo Mar Sagrado.

A missão dada a mim pelos Guardiões era procurar no barco por um lugar onde um clandestino pudesse se esconder sem ser visto. Vance se recusara a contar o motivo de precisar dessa informação, dizendo apenas que era necessária para coordenar uma incursão da célula rebelde de Arboros. Na melhor das hipóteses, eu teria minutos para chegar, fazer o que precisava e voltar.

Era uma tarefa impossível, mas eu teria que dar um jeito.

Guardei o mapa e comecei a correr na direção dos fundos do palácio, mirando uma escadaria que havia sido assinalada como um dos caminhos da criadagem. Se eu pudesse entrar nos corredores desprotegidos usados pelos funcionários, teria uma chance de…

Ouvi passos descendo pelo corredor.

Lentos e pesados, vindo em minha direção.

Eu não conseguia ver ou escutar mais nada, apenas a cadência daquela marcha, *pé direito, pé esquerdo, pé direito, pé esquerdo*, mas, de alguma forma… De alguma forma, eu sabia.

Luther.

Algo em minhas entranhas vibrava com a aproximação de seu imenso poder conforme este preenchia o corredor. Os pelos em meus braços se arrepiaram, como se estivessem ansiosos por alcançá-lo.

Eu me virei em busca de um quarto ou uma alcova, qualquer lugar onde pudesse me esconder, mas havia apenas duas paredes longas e lisas se estendendo de cada lado.

Praguejei baixinho. Eu estivera mesmo me parabenizando pelo meu sucesso, minutos atrás?

Meus olhos se fixaram em uma coluna alta de pedra. Era um pouco estreita e mais próxima do que eu gostaria da luz lançada pelos orbes brilhantes que pontilhavam o teto. Se Luther passasse pela coluna, não haveria como me proteger de ser flagrada, mas era tudo o que eu tinha, então me escondi por trás da pilastra e prendi a respiração.

Os passos se aproximaram em um ritmo lento. Ele não parecia ter pressa de chegar a lugar algum, como se já soubesse que tinha me encurralado feito um rato em uma gaiola.

Os passos cessaram.

– Srta. Bellator.

Meu peito ficou apertado. Tentei ocupar o menor espaço possível por trás da barreira precária. Será que ele já tinha me visto? Será que podia sentir minha presença, assim como eu conseguia sentir a dele?

– Seja lá o que estiver fazendo, garanto que é do seu interesse se revelar agora mesmo.

Ah, sim, claro. Se meus pulmões não estivessem prestes a explodir pelo esforço de continuar em silêncio, eu talvez tivesse rido.

– Se os outros encontrarem você antes de mim, não haverá muito que eu possa fazer para te proteger.

Proteger? Quão ingênua ele achava que eu era? Luther pensava mesmo que eu ia…

– Não termine como sua mãe. Ela me traiu e perdeu minha confiança. Você devia aprender com os erros dela.

Meu sangue congelou nas veias.

Não termine como sua mãe.

Uma suspeita efervescente inundou meu crânio, queimando qualquer pensamento racional. Que tipo de *erro* minha mãe cometera? E o que o príncipe fizera para puni-la?

Desci a mão até a lâmina escondida na bota. Luther fora um tolo ao me deixar ficar com ela – um tolo que estava prestes a se arrepender de todas as suas escolhas.

Meus dedos tremiam de expectativa, apertando o cabo da adaga com tanta força que quase cortei minha própria pele. Imaginei a lâmina perfurando o pescoço de Luther do mesmo jeito que fizera com o homem Descendente no beco, imaginei o calor de seu sangue em minhas mãos e a luz sendo drenada de seus olhos azul-acinzentados enquanto eu segurava a faca no lugar para impedir que a veia se regenerasse. Uma pontada aguda de algo como arrependimento veio me incomodar, mas eu a empurrei com raiva para longe.

Estava prestes a avançar pelo corredor e aceitar meu destino – e o dele – quando um segundo conjunto de passos, dessa vez mais apressados, ganhou volume e depois cessou.

– Vossa Alteza, não estamos conseguindo encontrá-la. Ela não estava na escadaria principal ou em qualquer lugar próximo à entrada.

O silêncio que se seguiu foi tão profundo que eu poderia ter me afogado nele.

– Quero guardas postados em cada andar, em cada escada, dos dois lados de cada saída. Triplique o contingente nos aposentos do rei. Ninguém deve deixar seus postos, não importa o que veja ou escute.

– Sim, Vossa Alteza.

– Caso a encontrem, mandem me chamar, e somente a mim. Ninguém deve entrar em combate com ela. A menos que seja necessário proteger um residente deste palácio, vocês *não devem atacar.*

– Sim, Vossa Alteza.

– Quero ela viva. Entendeu?

– Sim, Vossa Alte…

– Vá!

O eco de passos rápidos se afastou pelo corredor.

Durante um momento agonizante de tão longo, não ouvi nada além de silêncio. Nenhum passo, nenhuma nova falsa promessa de segurança tentando me desentocar. Esperei o bastante para me perguntar se não havia notado Luther indo embora, e até mesmo considerei espiar ao redor – até que sua voz baixa perfurou a calmaria:

– Esse é um jogo muito perigoso, Srta. Bellator. Espero que saiba o que está fazendo.

A batida rítmica de seus passos voltou a soar, desaparecendo à distância.

Quando não ouvi mais nada pelo que pareceu uma eternidade, enfim me deixei puxar o ar e aliviar meus pulmões em chamas.

Merda. *Merda, merda, merda.*

Não havia a menor chance de chegar ao alvo agora. Mesmo que eu alcançasse as escadas antes que os guardas assumissem seus novos postos, poderia acabar ficando presa na sala que estava procurando. E ser encontrada sozinha em um corredor podia ser ruim, mas ser encontrada no barco pessoal do rei ou no canal subterrâneo secreto…

Inclinei a cabeça para trás, atingindo a coluna atrás de mim com um baque forte.

Terceira etapa… fracassada.

Eu mal tinha feito a curva na direção dos aposentos reais quando os guardas gritaram e vieram correndo para mim com as armas em punho.

Estampei um sorriso inocente nos lábios.

– Me desculpem pela demora, devo ter pegado o caminho errado.

Em segundos, eu estava cercada. Alguém bateu meu rosto contra a parede de pedra áspera e torceu meus braços às minhas costas de forma dolorosa. Uma faca apareceu contra a minha garganta, a ponta da lâmina fazendo pressão na carne macia sob meu maxilar.

Atrás de mim, Maura soluçava de angústia, implorando aos guardas pela minha vida. De modo nada surpreendente, eles não se comoveram.

Talvez eu devesse ter revidado, ao menos por aquilo ser exatamente o que Luther esperava que eu fizesse, mas a decepção do fracasso havia tirado meu ímpeto.

Um guarda arrancou a bolsa de meu ombro e cortou o fundo de pano com a espada. Frascos de xarope e pomada caíram e se estilhaçaram contra o piso de pedra. Tiras de gaze desceram flutuando por cima da bagunça, arruinadas no mesmo instante. O desperdício de tudo aquilo fez eu me encolher.

– O que são essas coisas? Veneno? – perguntou um guarda enquanto empurrava um montinho de talco com a ponta do pé.

– Remédios – respondi.

– Prove.

– E como vou fazer isso?

– O problema é seu, mortal.

– Tudo bem. Experimente uma colher de cada. Se estiver morto amanhã, aí pode vir me prender.

O guarda torceu meu braço até o ombro estalar de forma nada natural contra a articulação. Meu corpo estremeceu em reflexo e, no ponto em que a faca tocava minha garganta, senti uma picada aguda e um rastro de gotículas quentes descendo pelo meu peito. Cerrei os dentes, uma parte miserável de mim mesma acolhendo a dor de boa vontade.

Eu tinha decepcionado a todos. Tinha sido orgulhosa e arrogante demais em achar que poderia fazer aquilo e escapar impune.

Até mesmo *a voz*, minha companheira sempre presente quando eu era provocada, estava desaparecida. Esperei que ela se desenrolasse de fosse lá qual canto escuro estivesse morando, que me incitasse a *lutar*, a *destruir*, mas ela nem se mexeu.

Fechei os olhos e apoiei o rosto na parede fria.

Fracasso. Um fracasso ingênuo e estrondoso.

Uma cadência familiar de passos soou no corredor. Os guardas – aqueles que não estavam me segurando contra a parede – enrijeceram. Eles bateram com o punho fechado sobre o peito em um gesto de saudação.

– Vossa Alteza, nós a encontramos espionando os corredores.

– Mentiroso – murmurei.

O guarda apoiou o cotovelo dobrado em minha coluna, e um choramingo involuntário de dor escapou por meus lábios.

Maura implorou com a voz trêmula:

– Vossa Alteza, ela cometeu um erro honesto. Diem é nova no palácio, ainda não entende as regras. Eu suplico, tenha misericórdia.

Uma longa pausa se seguiu, interrompida apenas pelos fungados de Maura.

– Soltem-na – rosnou Luther.

O guarda hesitou. A faca se afastou de minha garganta, mas meu corpo permaneceu preso no lugar.

– Vossa Alteza, ela...

– Eu disse para *soltar*.

O homem libertou meus braços e me deu um último empurrão conforme se afastava. Não consegui sequer fazer cara feia enquanto sacudia os braços e esfregava meu ombro sensibilizado.

Havia tantas, tantas coisas que eu preferia ter feito naquele momento a olhar para Luther. Talvez me oferecer como almoço para o gryvern. Rastejar com as mãos e os joelhos sobre os cacos de vidro de meus potes de remédio.

Ainda assim, devagar, com relutância, eu me virei para encará-lo.

Ah, o príncipe estava *puto*.

Eu só costumava encontrar leves traços de emoção em seu rosto. Preocupação quando a irmã desmaiara. Satisfação quando a prima me reprendera durante a última visita. Aborrecimento quando... bem, sempre que eu estava por perto.

Mas a expressão dele agora era pura fúria declarada. As feições, que já eram severas, endureceram como aço inflexível, os olhos azuis brilhando com malícia. A presença ao redor dele era uma aura de fogo que aquecia minha pele de um jeito muito diferente daquele que eu sentira enquanto as mãos do príncipe apalpavam minhas coxas.

Engoli em seco.

– O que aconteceu? – grunhiu ele.

– Encontrei minha bolsa e depois voltei.

Eu me encolhi diante do tremor em minha voz.

– Onde?

– Caiu do meu ombro no corredor.

– E por que os guardas não viram você?

– Eu me perdi.

Ao lado dele, a magia começou a fluir no centro de sua palma. Faíscas de luz e fios de sombra se entrelaçaram em seus dedos e subiram pelos pulsos, formando uma luva pulsante.

A voz adormecida dentro de mim abriu um único olho curioso.

Luther virou sua carranca para os guardas.

– Falei para vocês não atacarem.

O homem que havia me empurrado deu um passo à frente.

– Estávamos apenas segurando a mortal até Vossa Alteza chegar. Começamos a revistar as coisas dela, mas aí ela nos atacou.

Revirei os olhos para o guarda.

– Sério? Essa é a versão da história que vai contar?

– *Silêncio!*

Todos ficaram paralisados diante do rugido estrondoso de Luther. Sua fúria pairava de forma tão espessa no ar que eu quase conseguia sentir seu gosto de fumaça. Meu olhar encontrou o dele enquanto os ecos de seu comando reverberavam pelo corredor.

Não termine como sua mãe...

Ele semicerrou os olhos para mim.

– Você...

– Vossa Alteza, por favor. – Maura se aproximou, cambaleando. Apesar de ter dado um gritinho quando os guardas tentaram conter seu avanço, o rosto da curandeira exibia uma resolução firme que eu raramente tinha visto. – Não posso justificar o que Diem fez. Ela foi... imprudente. E imatura.

Eu me encolhi. Ela continuou:

– Mas conheço essa garota desde que era apenas um bebê. Diem não tem um pingo de maldade no corpo. Ela não quis causar mal algum. Juro por minha vida.

Meu estômago se contorceu de náusea. *Ah, se ao menos ela soubesse...*

Eu nunca quisera tanto afundar nas sombras e desaparecer.

As botas de Luther esmagaram os cacos de vidro espalhados pelo chão enquanto ele se aproximava, sustentando meu olhar até eu desistir e virar o rosto. Que ele vencesse a disputa, contanto que eu saísse de lá viva.

Pelo canto do olho, vi sua atenção descer para meu pescoço. Ele afastou a magia que se enroscava em um dos braços e esticou a mão na minha direção. Eu me preparei, prevendo ser agarrada pela garganta, mas o que ele fez pareceu ainda mais perturbador.

Seu toque foi surpreendentemente gentil conforme examinava o ferimento. Nem sequer senti dor, apenas o roçar lento e cuidadoso de seu polegar sob meu maxilar, na curva do pescoço, parando para traçar uma antiga cicatriz em minha clavícula. Um arrepio percorreu meu corpo.

Ele deteve a mão. Depois se afastou e encarou o sangue que agora cobria seus dedos.

– Rigorn. Yannick.

Dois dos guardas se apresentaram. Um eu reconheci como o homem que me empurrara contra a parede. O outro segurava com força uma faca manchada de sangue.

Luther estendeu a outra mão, ainda envolta em espirais de escuridão.

– Sua arma.

Quando o guarda depositou o cabo da faca na palma do príncipe, a magia de sombras envolveu a lâmina, infectando-a com uma energia obscura e pulsante. A mão do guarda permaneceu imóvel, como se ele não quisesse soltar, e percebi que o homem estava tremendo.

Rápido como uma cascavel, Luther atacou. Em um instante, a faca estava em sua mão. No seguinte, estava alojada no ventre do guarda, com gavinhas pretas e espinhentas se desenrolando e perfurando a pele ao redor do ferimento.

A curandeira dentro de mim sentiu certa admiração sombria pela execução do golpe. Não existia algo como *um bom lugar* para ser esfaqueado, mas, se precisasse acontecer... menos veias, nenhum órgão vital. Doeria feito o inferno, mas, com as habilidades Descendentes de cura, o guarda iria se recuperar com facilidade.

Era quase como se Luther fosse um especialista naquele tipo de coisa.

Ele se virou para o outro homem.

– Leve-o para a sala da guarda e espere lá. Lidarei com você mais tarde.

O guarda ficou pálido, mas obedeceu, o colega gemendo e pressionando a ferida enquanto era carregado para longe.

Eu não saberia dizer que parte de ver um homem sendo cruelmente espetado no estômago soltara minha língua, mas, de repente, me vi falando:

– Isso era mesmo necessário?

– Diem Bellator – sussurrou Maura. – *Cale a boca.*

Luther virou a cabeça devagar para mim.

Conforme ele se postava de volta a meu lado em silêncio, o príncipe parecia ter ficado alguns centímetros mais alto e ainda mais centímetros mais largo. Aqueles olhos cintilantes me deixavam paralisada, incapaz de desviar o rosto.

– Você defenderia o homem que cortou sua garganta? – perguntou ele, a voz baixa e suave.

Toquei de leve a ferida em meu pescoço, surpresa ao descobrir que não estava mais sangrando.

– Foi só um arranhão. Nada que justifique esfaquear alguém.

Algo muito parecido com choque perpassou suas feições, mas o rosto de Luther voltou a se solidificar em pura resolução.

– As pessoas neste palácio devem aprender, de um jeito ou de outro, que há consequências por me desobedecer.

Luther se abaixou e pegou minha bolsa rasgada, assim como as bandagens e os potes caídos que não haviam se espatifado por completo.

Sem cerimônia, ele colocou tudo em uma pilha em meus braços e me lançou um olhar severo.

– Hora de ir embora, Srta. Bellator. – Ele se inclinou até que a pele lisa de seu maxilar aquecesse minha bochecha, sussurrando palavras que acariciavam meu ouvido: – Fique grata por estar saindo daqui com vida.

Maura não esperou que eu respondesse. Ela avançou correndo e me agarrou pelo pulso, quase fazendo minhas coisas caírem de novo.

– Obrigada, Vossa Alteza. Somos imensamente gratas por sua generosa misericórdia.

Murmurei algo que talvez fosse um agradecimento, um pedido de desculpas ou um palavrão. Minha mente ainda tentava entender como o homem diante de mim passara de me proteger e esfaquear o próprio guarda a ameaçar minha vida em tão poucos minutos.

Sempre que eu achava que estava começando a entender Luther, ele fazia algo que me surpreendia por completo. E aquilo – mais do que sua raiva, mais até do que sua magia –, era o que o tornava uma ameaça de verdade.

Se ele tivesse convencido minha mãe de que poderia ser um aliado, mas depois tivesse se voltado contra ela tão depressa quanto se voltou contra mim...

Não termine como sua mãe.

As palavras do príncipe ecoaram em minha cabeça durante todo o trajeto para casa.

VINTE E UM

Maura não voltou a falar comigo até muito depois de termos deixado os limites da Cidade de Lumnos.

No início, eu ficara grata pelo silêncio e pela oportunidade de analisar todas as emoções que guerreavam dentro de mim.

Vergonha. Culpa. Raiva. Medo. Tudo girando em um ciclo de autodestruição.

No entanto, quanto mais nos aproximávamos da Cidade Mortal, mais o silêncio ficava insuportável. Maura jamais havia ficado brava comigo. Tínhamos nossos desentendimentos inofensivos, mas nunca nada que tivesse criado um abismo entre nós duas de modo significativo.

Naquele momento, ela não conseguia nem olhar na minha cara.

A floresta começou a rarear, gradualmente abrindo espaço para as construções da Cidade Mortal. Eu sabia que não tínhamos muito tempo antes de sermos consumidas pelo caos do centro de curandeiros.

– Me desculpe. Sei que cometi um erro hoje. Vários erros.

A princípio, Maura não respondeu, encarando a estrada à frente com um ar pensativo. Mas ela não era do tipo que ficava calada. Dentro daquela mente justa, eu sabia que ela estava escolhendo as palavras com cuidado. O que eu não sabia era se Maura estava tentando evitar dizer algo de que iria se arrepender ou que iria me partir em um milhão de pedacinhos.

– Foi culpa minha – falou ela, por fim. Depois fez uma pausa e assentiu, como se tivesse tomado uma decisão. – Eu devia ter confiado no julgamento da sua mãe. Ela conhecia você melhor, e, se achava que você não daria conta do recado, eu devia ter respeitado isso.

Teremos um milhão de pedacinhos, então.

Fiquei irritada.

– Eu dou conta do recado. Foi só um erro. Não vai acontecer de novo.

Maura sufocou uma risada seca, desprovida de humor.

– Ah, mas não vai mesmo.

Acelerei até ficar de frente para ela, forçando-a a parar.

– Da próxima vez, prometo que vou seguir todas as regras.

– Da próxima vez? – Ela lançou um olhar incrédulo. – Não vai existir próxima vez, Diem. Mesmo que, por um milagre, o príncipe Luther esteja disposto a deixar você voltar ao palácio, eu com certeza não estou.

– Vou me desculpar com o príncipe. Posso mostrar a ele que sou confiável. Tenho que continuar servindo como curandeira no palácio, por causa de Teller...

– Por causa de Teller? – Os olhos cor de café de Maura se semicerraram enquanto ela balançava o indicador diante do meu rosto. – Onde estava essa preocupação com Teller quando enfrentou os guardas? Ou quando saiu correndo dos aposentos do rei, ou quando foi grosseira com o príncipe? Aquele garoto podia ter sido expulso da escola por qualquer uma dessas coisas.

Fechei a boca, a culpa paralisando minha língua. Ela tinha um bom argumento.

– Posso garantir que seu irmão preferiria perder os estudos a ver a irmã sendo presa e executada.

Mais verdades. Se Teller soubesse dos riscos que eu estava correndo para manter o acordo de nossa mãe, abandonaria a escola sem hesitar.

E se meu pai soubesse... Estremeci só de pensar. Sua fúria faria inveja até mesmo à de Luther.

– Esse acordo foi feito entre sua mãe e a Coroa – continuou Maura. – Eu nunca devia ter contado sobre ele. Não era sua função se envolver.

– Eu não tenho escolha além de me envolver. Você sabe disso.

– Se sua mãe estivesse aqui...

– Minha mãe *não está aqui*.

– E graças aos deuses por isso. Partiria meu coração ver o quanto ela estaria decepcionada.

Maura podia muito bem ter pegado minha adaga e a enfiado em meu peito.

– Você pôs tudo a perder hoje, Diem. Nosso trabalho no centro, a educação do seu irmão, a segurança da sua família, a *minha* segurança. Já é a segunda vez que um guarda do palácio aponta uma arma para mim por sua causa. E para quê? Me diga, o que é assim tão importante que vale a pena arriscar tudo?

Desviei o rosto, incapaz de suportar o julgamento nos olhos dela.

– Isso tem a ver com o que está acontecendo entre você e aquele príncipe?

Meu maxilar se retesou.

– Não tem nada acontecendo entre mim e *aquele príncipe*.

– Ah, não me venha com essa. Vocês dois não conseguem tirar os olhos um do outro. Ele não consegue parar de tocar em você, e você não consegue parar de provocá-lo.

– Não tem nada acontecendo – retruquei, minhas palavras adquirindo um tom rude.

– Certo. – Maura cruzou os braços e inclinou a cabeça. – Então isso é por você não querer ser uma curandeira?

Disparei o olhar de volta para ela.

– É claro que quero ser uma curandeira. Ser curandeira é… a história da minha vida.

– Exatamente. – Um pouco da frieza derreteu de suas feições. – Sei que você nunca teve escolha nesse assunto. Sua mãe decidiu que você seria aprendiz antes mesmo de você andar.

– Eu podia ter escolhido outro caminho se quisesse – argumentei, embora o olhar fixo de Maura indicasse que ela estava pouco convencida disso. Soltei um suspiro. – Então vai ser assim? Cometo um erro e agora não sou mais boa o bastante para ser curandeira?

– Não se trata de ser boa o bastante. Você é muitíssimo talentosa. Aprende rápido, trabalha duro, é ótima com os pacientes. Metade dos nossos clientes me faz desejar enfiar um bisturi nas orelhas, mas você sempre encontra um jeito de ser gentil, mesmo com os que não merecem.

– Então qual é o problema?

– Seu coração não está nessa carreira. Ou está pelos motivos errados.

Quando você era aprendiz, sempre queria vagar pela floresta para coletar ingredientes, ou conversar com os pacientes mais desagradáveis para ouvir as histórias de vida deles.

– Dá para dizer a mesma coisa de qualquer aprendiz.

– Não, Diem. Quando peço aos aprendizes para fazer essas coisas, eles me imploram por outra tarefa. – O rosto de Maura ficou suave quando ela segurou minha mão. – Você é como se fosse da minha família. Quero que seja feliz. Quero que tenha uma vida que te satisfaça. E se isso não for o que...

– Mas é.

– Diem...

– É, sim, Maura. Estou feliz. De verdade. E sinto muito por hoje.

Apertei a mão dela e abri o que eu esperava ser um sorriso convincente.

Porque eu estava feliz. Eu tinha pessoas que me amavam, uma profissão na qual era boa e um futuro seguro e confortável pelo qual a maioria dos mortais estaria disposta a matar.

Eu estava feliz. De verdade.

De verdade...

– Vim para o carteado.

Forcei o que devia ser meu vigésimo sorriso doce e inocente do dia. Nenhum deles tinha funcionado ainda, mas minha maré de azar precisava acabar em algum momento.

O homem que estava de guarda – que, para minha sorte, era o mesmo Guardião musculoso e mal-educado com quem eu brigara da última vez que estivera diante daquela porta – resmungou:

– Não tem carteado hoje.

Revirei os olhos.

– Precisamos passar por isso de novo? Sabe que sou uma integrante. *Você mesmo* teve um papel crucial nisso, caso tenha esquecido.

– Ah, eu não esqueci.

Alternei o olhar entre o guarda e a porta, batendo com o pé em expectativa.

– E então?

Ele olhou ao redor, para o beco vazio, antes de chegar mais perto.

– Carteado é para os dias de reunião. Não temos reunião hoje.

– Bom, eu tinha uma missão hoje, e Van...

– O *Patriarca*.

– Isso. O Patriarca me pediu para vir aqui encontrá-lo e contar como foi. Então... me deixe entrar. – Abri um sorrisinho – Por favor.

O homem se recostou na parede e me examinou de forma lenta e deliberada. Assim como da última vez, estava usando um chapéu de aba larga que sombreava seus olhos. Um sorriso do qual eu não gostava nem um pouco se espalhou por seus lábios.

– Noite tranquila hoje – disse ele.

Merda. Eu me lembrava vagamente daquilo: algum tipo de mensagem codificada que Henri tinha usado para provar sua filiação – mas eu não conseguia me lembrar da resposta. Henri e Brecke haviam estado ocupados demais rindo de mim após a brincadeira do "rito de sangue" para me ensinar.

– Ainda não aprendi esses seus lindos apertos de mão secretos. Tenho certeza de que tem algo envolvendo uma árvore e talvez chamas, ou queimaduras, ou algo pegando fogo...

– Se não sabe a senha, não vai entrar.

– Ah, qual é? – gemi. – Isso só pode ser piada.

– Pareço uma piada para você?

– Já viu o chapéu que está na sua cabeça?

O sorriso dele adquiriu um ar mais frio.

– Você sempre pode tirar a camisa e me mostrar sua tatuagem.

– Não tenho tatuagem.

– Talvez eu me contente em ver você tirando a camisa.

O brilho em seus olhos era predatório, mas não excitado. Ele estava brincando comigo, tentando me irritar por pura diversão.

Meus dedos tamborilaram os punhos das adagas gêmeas.

– Ou posso esfaqueá-lo e entrar do mesmo jeito, chapeuzinho.

– Ameaçando um irmão? Maneira estranha de provar sua lealdade.

– Deu certo da última vez.

– *Deixe-a entrar*, irmão.

Eu me virei e vi Vance parado atrás de mim, parecendo bastante entretido.

Mais uma vez, fiquei impressionada com o quanto o rosto dele era familiar. Eu tinha certeza de que nunca havia estado com Vance antes daquela primeira noite, mas algo nele me remetia a uma lembrança antiga, enterrada. Tentei puxar o fio que nos conectava, mas a memória permaneceu presa naquele lugar inalcançável em que vivia.

O homem de guarda se levantou e abriu a porta. Percebi sua piscadela enquanto passávamos.

Vance me conduziu até o salão onde a reunião ocorrera e gesticulou para que eu me sentasse. Depois arrastou um punhado de cadeiras, formando um círculo improvisado enquanto dois homens emergiam de uma porta nos fundos.

– Irmã Diem, você se lembra dos irmãos Brant e Francis, certo?

Abri um sorriso, recebendo um grunhido de um e um aceno silencioso do outro em resposta. Fosse lá qual motivo os Guardiões tivessem para se opor à minha entrada no grupo, a opinião deles parecia continuar a mesma.

Com tristeza, percebi que o que eu tinha para contar provavelmente não mudaria muita coisa.

– Você tinha uma missão no palácio esta manhã – falou Vance. – Como foi?

Encarei minhas mãos.

– Não saiu bem como o planejado.

– Conseguiu escapar dos guardas e andar pelo palácio sem escolta?

– Consegui – respondi devagar.

– Isso é muito impressionante.

– Como fez isso? – Brant se inclinou para mais perto. – Por que eles te deixariam andar sozinha por aí?

– Eles não *deixaram*. Eu saí correndo.

– Você saiu correndo? – perguntaram Vance e Brant em uníssono.

Assenti.

– Estávamos lá para examinar o rei. Quando chegamos ao quarto, falei que tinha esquecido minha bolsa e saí correndo para pegá-la antes que pudessem me impedir.

– E eles não foram atrás de você? – quis saber Brant.

– Um guarda foi, mas me escondi dele.

Deixei de fora as estranhas declarações que Luther havia feito no corredor. Ainda estava determinada a descobrir qual papel ele tivera no desaparecimento de minha mãe, mas não me sentia pronta para envolver os Guardiões e seus esquemas naquele mistério.

Vance se recostou na cadeira e assobiou.

– Você tem fibra, garota.

– Ou muita vontade de morrer – murmurou Francis.

– Conseguiu chegar ao barco? – perguntou Vance.

Olhei outra vez para baixo, cutucando de modo distraído um pequeno rasgo em minhas calças.

– Não. Eles aumentaram o contingente antes que eu pudesse chegar lá. Precisei voltar.

Não tive coragem de encará-los, mas senti a onda de decepção percorrendo o cômodo.

– Você conseguiu *algo de útil*? – questionou Brant.

– Não.

– Ela entrou no palácio e saiu viva – disse Vance. – Ainda é um sucesso.

Olhei para o Patriarca, e uma imagem cintilou em minha mente: Vance, parado do lado de fora do centro de curandeiros, olhando para mim pela janela.

Um paciente – *é claro*. Ele devia ter sido paciente do centro em algum momento. Talvez eu não me lembrasse porque não o havia tratado.

Agora que tinha uma resposta racional, tentei afastar o pensamento da cabeça, mas algo nele ainda puxava minha manga, exigindo atenção.

– Então você bateu perna por todo o palácio e eles simplesmente te deixaram ir? – perguntou Brant.

– Eles me ameaçaram – retruquei na defensiva. – Não sei se vão me deixar entrar de novo.

– E os soldados não te revistaram e encontraram o mapa?

– Eles revistaram minha bolsa, mas eu tinha escondido o mapa na roupa.

– Eles não te prenderam? Não te bateram? Não fizeram nada com você? Apenas deixaram que você fosse embora?

Meus ânimos se inflamaram.

– Minha garganta foi cortada e quase perdi um braço. Isso é bom o suficiente para você, ou devo voltar até lá e pedir que me chicoteiem também?

– Já chega – interrompeu Vance, erguendo a mão para Brant. – Vamos ser gratos por tudo ter acabado bem. Temos ciência da relação de confiança entre o palácio e os curandeiros. Não deveria ser surpresa que os guardas não tenham presumido o pior no caso dela.

Meu estômago se embrulhou.

– Onde você se cortou? – perguntou Francis.

Sua voz parecia gentil, mas ele olhava para meu pescoço com uma carranca.

Minha mão subiu para a garganta. Eu havia higienizado o corte e limpado o sangue no centro de curandeiros, mas estivera mal-humorada demais para permitir que um dos aprendizes fizesse um curativo. Meus dedos roçaram meu pescoço em uma busca inútil pelas marcas da ferida.

Olhei para as manchas de sangue marrom-escuro na gola da minha túnica. Talvez, durante o esforço para me subjugar, o guarda tivesse se cortado. Talvez o sangue fosse dele, não meu.

Mas eu me lembrava com muita clareza da mordida fria da lâmina furando a pele. Ainda podia sentir a dor fantasma no ponto do corte. Quando passei a mão sobre o local, porém, encontrei apenas a pele lisa. Quase como se...

Suspeitas havia muito enterradas borbulharam na superfície, fazendo meu coração disparar. *Não*, gritei em silêncio por cima dos rugidos de meu cérebro. *Foi só um erro. Uma alucinação, talvez. Nada mais. Não* pode *ser nada além disso.*

– Irmãos – interrompeu Vance –, não é assim que tratamos uma Guardiã que arriscou a vida pela causa. Somos gratos pelo perigo que a irmã Bellator correu hoje, não somos?

Ele lançou um olhar duro para os dois companheiros, que assentiram, apesar de continuarem de cara feia.

Vance se inclinou e pegou minhas mãos, apertando-as entre as dele.

– Você foi muito corajosa hoje, irmã. Precisaremos disso em um futuro próximo. Precisaremos de Guardiões que não tenham medo de fazer o necessário para acabar com o governo dos Descendentes de uma vez por todas.

Não sei direito o que me fez dizer as palavras seguintes – se foi a compaixão no rosto de Vance, o julgamento que senti sob os olhares céticos de seus colegas ou apenas minha sensação de fracasso me consumindo de dentro para fora.

– Posso tentar de novo. Eu... eu conheço uma entrada secreta para o palácio.

Os três homens se aprumaram nos assentos.

– Que entrada? – perguntou Vance.

– Tem um buraco no muro do jardim do palácio.

No segundo em que falei aquilo, o arrependimento se afundou em meu peito como uma rocha.

Havia crianças naquele palácio e, levando em conta minha primeira tarefa, eu não estava segura de que os Guardiões hesitariam em machucá-las para conseguir o que queriam.

Vance sussurrou algo para Brant, que deixou o salão por alguns segundos, então voltou com um grande mapa da propriedade real.

– Pode nos mostrar onde fica, irmã?

O Patriarca alisou o papel amassado diante de mim, o rosto reluzindo de animação. Até Brant e Francis me olhavam com um interesse flagrante, a suspeita temporariamente apaziguada.

Por um segundo, torci para não ser capaz de indicar o local, quando então eu seria forçada a ser sincera e dizer que não sabia. Eles ainda iriam desejar que eu os levasse até lá, mas pelo menos eu podia ganhar tempo até decidir o quão longe estava disposta a ir.

Mas meus olhos me traíram. Encontrei o ponto certo no instante em que olhei o mapa, logo ao norte de uma curva na estrada que eu não conseguia esquecer.

Era isso que você queria, lembrei a mim mesma. *Você se voluntariou para ajudar os Guardiões a derrubar a Coroa e todos que a apoiam.*

Baixei o dedo.

– Aqui – murmurei, e minha garganta ficou seca. – O buraco é aqui.

O papel foi puxado de baixo de minha mão, dando lugar a anotações febris e uma discussão silenciosa que não fiz esforço para decifrar.

Então me ocorreu que Lana, a curandeira aprendiz que nos acompanhara naquele dia, tinha visto a entrada secreta, e ela também era uma

Guardiã. Se aqueles homens ainda não sabiam de nada, ela escolhera não contar. Independentemente de quais votos Lana tivesse quebrado pelos Guardiões, ela mantivera aquele.

E eu, não.

Tentei me consolar pensando em todas as almas destruídas pelo desprezo dos Descendentes em relação às vidas mortais. A mãe de Henri. O garoto que Henri vira ser pisoteado pelo Descendente a cavalo. A mulher e a criança no beco. Todos os bebês mortos pelas leis de progenitura. Inúmeros vizinhos, colegas de classe e pacientes.

Minha própria mãe, talvez.

A guerra é morte, miséria e sacrifício, advertira meu pai. *É fazer escolhas que vão te assombrar pelo resto da vida.*

– Posso voltar quando escurecer e tentar de novo – ofereci. – Posso tentar entrar no palácio à noite. Se não souberem que estou lá, então talvez...

Minha voz sumiu. Eu não acreditava ser capaz de entrar e sair do palácio sem ser pega, mas, caso isso acontecesse, pelo menos as consequências de usar a entrada escondida recairiam apenas sobre meus ombros.

– Você já fez o bastante, irmã. – Vance se agachou diante de mim e deu um tapinha de leve em meu braço. – Mais uma vez, suas informações se provaram valiosas.

Meu coração disparou.

– Não, é sério, me deixem tentar de novo. Posso fazer isso. Eu posso...

– Você não está pronta. – Brant se recostou na cadeira e cruzou os braços. Ele ainda franzia a testa para mim, mas sua atitude havia mudado. – Você é corajosa, admito, mas sua estratégia hoje foi amadora. Qualquer um poderia dizer que seu plano fracassaria.

– O que o irmão Brant quis dizer – interrompeu Vance – é que você se juntou a nós faz pouco tempo. Temos muito a ensinar. Com o tempo, você pode ser uma entre os melhores, mas, por enquanto...

– Você não está pronta – repetiu Brant.

O Patriarca deu um sorriso tenso, mas concordou com a cabeça.

Eu me levantei da cadeira, sentindo o calor do constrangimento colorir minhas bochechas. Os três homens também se levantaram. Vance levou a mão à parte superior de minhas costas, me conduzindo em direção à porta. Tentando se livrar de mim.

– Devia se orgulhar de si mesma – disse ele. – Na próxima reunião, vamos contar para os outros sobre o grande risco que correu.

– Não! – exclamei, um pouco alto demais. – Por favor… não diga nada. – As sobrancelhas do Patriarca se ergueram, por isso acrescentei depressa: – Não me interessa receber o crédito. Eu só… quero fazer a diferença.

Ele abriu um sorriso de aprovação enquanto me empurrava até a saída do beco.

– Irmã Diem, sinto que sua ajuda fará ainda mais diferença do que imagina.

E era exatamente daquilo que eu tinha medo.

Henri me esperava do lado de fora do ponto de encontro dos Guardiões. Era evidente que notara meu humor sombrio, porque não falou nada a princípio. Apenas segurou minha mão e me acompanhou pelo caminho até nossas respectivas casas.

– Mas e aí? Como foi? – perguntou ele após alguns minutos.

– A missão ou a reunião de agora?

– Qualquer uma das duas. Ambas.

– Foi bem ruim.

– Qual delas?

– Qualquer uma das duas. Ambas.

Ele me deu um empurrão de leve com a lateral do braço.

– Você ainda está viva e inteira, não pode ter sido tão ruim.

– Falhei na missão. Para ser sincera, não sei como ainda estou respirando. Maura está furiosa comigo. Acho que posso ter banido os curandeiros de entrar no palácio. Posso ter custado a vaga de Teller na escola. Seus *irmãos* acham que não estou pronta para missões futuras. Eu…

Minha voz embargou conforme o peso de todas aquelas decepções envergava o último pilar frágil de minha compostura, e fiquei em silêncio.

– Bem… ainda estou orgulhoso de você.

Olhei para Henri e, mais uma vez, aquela admiração maravilhosa brilhava em seu rosto.

– Se acham que você não está pronta, então estão errados. Você é incrível, Di. Eles vão perceber isso com o tempo. E se Maura soubesse o que você estava fazendo, também entenderia.

– Não acho que entenderia. Quebrei meus votos de curandeira, Henri. Se ela soubesse... Pelos deuses, se *minha mãe* soubesse...

– Se elas soubessem da história toda, apoiariam você. O objetivo desses votos é ajudar pessoas, certo? Salvar o máximo possível de vidas?

– Bom, é, mas...

– É isso que estamos fazendo. Não estamos só salvando uma vida aqui e outra ali. Pense em quantos mortais são assassinados pelos Descendentes todos os anos. Estamos tentando acabar com isso. Estamos tentando salvar *nossa raça inteira*. Não acha que vale a pena fazer algumas concessões ao longo do caminho?

– Mas e se...? – Eu não conseguia encontrar palavras para explicar a Henri o conflito que se formava em meu coração, a sensação de que eu não estava apenas fazendo concessões, mas sacrificando uma parte fundamental de mim mesma que jamais poderia ser recuperada. Assenti e suspirei. – Sim, é claro. Você tem razão.

Caminhamos em silêncio por um tempo, ouvindo os sons da vila e o barulho suave de nossos passos sobre o cascalho da estrada.

– Devo confessar que também estou chateado com você – declarou Henri.

Meu coração afundou.

– Está?

– Você esfaqueou um Descendente. E não me contou.

Eu me virei para ele, pronta para defender meu caso, mas sua expressão me fez parar. Não havia julgamento em seu rosto, apenas um tipo de calor. *Luxúria.*

– Espionando a família real, roubando de um comerciante de armas, esfaqueando um Descendente... – Ele me ofereceu um sorriso indecente e passou o nó do dedo na curva interna do meu braço. – Eu devia ter contado sobre os Guardiões mais cedo.

Franzi a testa.

– E por que não contou? Costumávamos contar tudo um para o outro.

– Por causa de sua mãe. – Ele puxou um cacho solto de meu cabelo, enrolando-o entre os dedos. – Auralie é a coisa mais próxima que já tive de uma mãe. E ela queria manter você afastada dos Descendentes. Tive que respeitar os desejos dela.

As palavras não ditas pairaram no ar. *Mas agora que Auralie não está mais entre nós...*

– E você parecia feliz o bastante em ficar longe dos Descendentes – continuou Henri. – Você vivia na sua bolha no mundo mortal. – Ele tocou a ponta do meu nariz. – Não queria ser o responsável por estourá-la.

Fechei a cara.

– Eu não vivia protegida. Sei como o mundo funciona.

– Sei que sabe, mas você viu o que aconteceu. Uma vez que seus olhos se abrem para todas as coisas terríveis que os Descendentes fazem, é meio enlouquecedor. Fica difícil se concentrar em qualquer outra coisa além de detê-los.

Eu tinha visto aquilo acontecer com ele. Ao longo do último ano, eu vira Henri endurecer e, pouco a pouco, perder aquela alegria e leveza de menino que sempre o tinham definido.

Eu presumira se tratar da progressão natural da vida adulta, mas, olhando em retrospecto, havia sinais que eu tinha deixado passar. O jeito como seu rosto ficava sombrio sempre que Descendentes surgiam na conversa. O distanciamento entre ele e o pai... entre ele e o *meu* pai. Sua avidez para aceitar trabalhos no palácio ou na Cidade de Lumnos, algo que costumava evitar quando éramos mais novos.

Henri puxou meus quadris contra os dele, as mãos segurando meu rosto.

– Nada disso importa agora. Estamos juntos nisso daqui por diante. – Ele riu, o hálito aquecendo minha pele. – Minha linda espiãzinha.

Quando seus lábios reivindicaram os meus, senti sua adoração, o louvor em cada carícia de sua língua. Após um dia tão miserável de fracassos, era bom ser vista como alguém valiosa outra vez, uma pessoa digna.

Henri me puxou para mais perto, e meu corpo derreteu em seus braços junto com um suspiro pesado.

– Case comigo, Diem Bellator.

Meu coração perdeu o compasso.

– Seja minha esposa. Vamos lutar lado a lado nessa guerra.

Meus músculos travaram. Os resquícios de autoestima que estivera saboreando no brilho residual dos elogios de Henri evaporaram no mesmo instante, dando lugar a um aperto gelado de pavor.

– Henri... nós mal voltamos a dormir juntos. Não estamos nem namorando. Nós mal... Digo, isso ainda é tão recente e...

– Recente? – Ele riu, balançando a cabeça. – Diem, eu não devia precisar te pedir em namoro para você saber o que sinto. Estamos juntos faz quase duas décadas.

– Como *amigos*...

– E o que temos agora pode ser muito mais do que amizade. Algo melhor... Não concorda?

Eu não conseguia parar de piscar, não conseguia parar de gaguejar. O polegar de Henri traçava uma linha abaixo da minha orelha, de novo e de novo. Meu cérebro não conseguia se concentrar em nada além daquele movimento, imaginando minha pele erodindo devagar até sangrar e ficar em carne viva.

Ser uma esposa – relegada a acompanhar um homem em vez de ter minha jornada, abandonar meus objetivos a serviço da autoridade de um marido e do dever de uma esposa. Aquele era o destino esperado da maioria das mulheres da Cidade Mortal.

Silêncio. Obediência. Sacrifício.

A ideia me pressionava como um punho cerrado. Com certeza Henri não desejaria aquele tipo de casamento. Com certeza ele não esperaria aquilo de mim... esperaria?

– Você me conhece melhor do que ninguém – falou ele. – E eu conheço você. Sim, o último ano foi um pouco... difícil, mas nós fomos feitos um para o outro. Os deuses antigos nos uniram por um motivo.

Encarei o chão, incapaz de digerir o otimismo em seus olhos cintilantes.

– Henri – sussurrei, engolindo em seco. – Esse é um passo bem grande.

– Mas é um bom passo. Você poderia morar comigo e com meu pai. E, depois que os Guardiões vencessem a guerra, poderia parar de trabalhar e ficar em casa para formarmos uma família. Você seria uma mãe incrível.

Aquela era a coisa errada a dizer.

De súbito, me afastei. A última coisa que queria era machucá-lo, mas aquilo... Eu não estava pronta. E se essa era a vida que Henri desejava, talvez eu nunca estivesse pronta.

Lute.

Pelas Chamas, aquela *voz*. Ela achava que *esse* era um bom momento para enfim dar as caras?

– Me deixe pensar – consegui dizer. Estiquei os lábios em um sorriso fino e apaziguador. – É uma decisão importante. Você pode me dar um tempo?

Henri assentiu com entusiasmo.

– Tome o tempo que precisar. Quero que se sinta tão bem sobre o assunto quanto eu. – Ele me puxou para um beijo rápido e firme. Pela primeira vez, seus lábios pareceram errados junto aos meus. – É nosso destino, Diem. Temos que ficar juntos. Sei disso.

Henri me acompanhou até em casa, sorrindo o trajeto inteiro, como se eu tivesse dado a ele o fervoroso sim que ele tanto esperava. Enterrei minha inquietação crescente bem no fundo da alma, o mais fundo que pude cavar.

Talvez eu conseguisse fazer aquilo.

Talvez só precisasse de mais tempo.

Talvez.

VINTE E DOIS

Maura se manteve fiel à palavra dela. Nas semanas seguintes, o palácio requisitou curandeiros várias vezes e, apesar de minhas promessas sobre me comportar, ela me proibiu de aceitar o trabalho.

Em vez disso, Maura continuou a lidar com as demandas da família real, sendo ocasionalmente acompanhada por Lana.

A tensão silenciosa entre mim e Lana atingira um ponto crítico. Nenhuma de nós conseguia encarar a outra, e nos atrapalhávamos o tempo todo no centro, de um jeito tão desajeitado que passamos a receber olhares curiosos dos outros aprendizes. Eu não fazia ideia do que suspeitavam, mas a verdade era que olhar para Lana era como encarar um reflexo de mim mesma que eu tinha vergonha de aceitar.

Toda vez que Maura e ela voltavam de uma visita ao palácio, eu ficava paralisada, temendo que trouxessem notícias sobre um ataque rebelde que tivesse usado a entrada secreta que eu havia revelado. O cenário se desenrolava em minha cabeça todas as noites enquanto eu me revirava no travesseiro.

Eles entraram pelo acesso dos jardins, diria Maura. *Mataram as crianças ainda na cama. Aquelas pobrezinhas nunca tiveram a menor chance. Que tipo de monstro se envolveria em algo assim?*

Se eu fosse mais inteligente e corajosa, poderia ter chamado Lana em um canto e avisado, ou pelo menos confessado minha culpa em trazer os Guardiões para nosso mundo. Nós duas nunca tínhamos sido muito próximas, sobretudo devido à minha inveja mesquinha. Lana era o tipo de loira delicada e de olhos grandes que chamava a atenção dos homens e me deixava insegura sobre ser alta, musculosa e rústica em todos os sentidos.

Mas aquelas questões eram apenas minhas. Lana era bondosa, além de ser a única pessoa capaz de entender o fardo que eu agora carregava nos ombros. Pela melancolia nada característica que passara a demonstrar sempre que voltava de uma visita aos Descendentes, eu me perguntava se ela também estava travando aquela guerra em seu coração.

Nos últimos dias, eu andara com uma escassez de sabedoria e coragem, de modo que passara meu tempo sozinha, me voluntariando para todos os atendimentos de pacientes que me manteriam muito, muito longe do centro de curandeiros.

Embora Maura tivesse me banido do palácio, ela me permitia continuar servindo os Descendentes da Cidade de Lumnos, e eu aceitara aquelas visitas com uma ânsia renovada. Os Guardiões tinham educadamente recusado minha ajuda para novas missões, com Vance me encorajando a manter olhos e ouvidos abertos enquanto examinava os enfermos nas residências dos Descendentes.

Foi o que fiz, e, ainda que não tivesse descoberto nenhuma informação valiosa, aquilo me permitira cair em uma rotina fácil na qual eu me iludia de que era útil sem correr o risco de prejudicar a vida de todos a meu redor.

Henri, por sua vez, havia desaparecido. Ele tinha sido recrutado para uma missão secreta que o manteria afastado para reuniões de planejamento quase todas as noites. E, para ser sincera, embora eu vocalizasse um protesto pouco entusiasmado, estava secretamente grata pela distância.

Eu ainda não havia respondido sua proposta de casamento, e não parecia próxima de descobrir se estava pronta para dar esse passo. Eu nem havia contado para ninguém sobre o assunto, exceto para Teller, que apenas levantara as sobrancelhas e dissera, enigmático: *Se isso for te fazer feliz...*

À medida que o outono dava lugar ao inverno e as folhas brilhantes das florestas de Lumnos se enrolavam, murchavam e eram absorvidas pelo solo endurecido de frio, o ar gelado carregava consigo a sensação de que algo estava por vir. Era uma coisa silenciosa e perigosa, como o crepitar que anunciava um raio próximo de cair.

A voz dentro de mim também sentia isso. Ela não mais cochilava – ela *aguardava*. Eu dormia e acordava com seu zumbir interminável em meu ouvido. *A voz* tinha se tornado uma presença tão constante que eu quase conseguia ignorá-la. Quase.

Mas havia momentos em que ela ficava tão alta, tão insistente em seus chamados para *lutar*, que se tornava avassaladora. Ela sempre ganhara vida quando eu me sentia ameaçada – o que agora era uma raridade, graças à proibição de frequentar a propriedade real –, mas eu vinha percebendo que seu canto constante ficava mais alto e mais selvagem cada vez que eu me aproximava do palácio.

A voz ficava tão alta, que, enquanto eu estava parada do lado de fora da mansão palaciana de um paciente, no coração da Cidade de Lumnos, observando os pináculos brilhantes do palácio, nem ouvi o som de meu nome sendo chamado do outro lado da rua.

– Diem! Di-em! *Diem?*

Fui arrancada do transe. Um grupo de adolescentes de olhos azuis caminhou em minha direção, usando roupas que eu só poderia descrever como o tipo de traje que se encontra em um circo itinerante. Havia mangas bufantes feitas de chiffon transparente, pantalonas de seda lisa que se arrastavam por um metro e meio atrás das garotas e pele nua em abundância. E cor – muita cor.

Na Cidade Mortal, meninas em idade escolar eram obcecadas pelo decoro, vestidas do pescoço aos pés com tecidos monótonos em tons suaves. O objetivo disso era transmitir que a garota era prática e altruísta, desinteressada em qualquer tipo de atenção – o que a tornaria uma futura mãe e esposa ideal. Mesmo uma fita tingida com brilho demais podia ser o suficiente para fazer a cidade cochichar sobre a falta de virtude de uma garota.

Bastaria um olhar para as adolescentes diante de mim e todas as fofoqueiras da Cidade Mortal cairiam rindo nas próprias tumbas.

– Diem!

Uma das meninas abriu caminho pela multidão – radiante e espevitada, usando tons de lavanda e menta, cujos cachos escuros caíam em cascatas até os quadris.

Levei um momento para fazer a conexão de que a garota alegre correndo até mim – usando nada menos do que sandálias com tiras de cetim com pedrarias – era a mesma que eu tinha visto quase sangrar até a morte no chão do palácio.

– Ah... Lily! Hum, olá.

Dei a ela um aceno curto e desajeitado.

Arquejos e cochichos irromperam do grupo atrás dela. Mais de uma das meninas zombou de mim com desdém. Lily me lançou um sorriso reluzente, embora eu pudesse ver a tensão em suas feições enquanto ela tentava não ficar constrangida.

Era quase certo que eu havia quebrado alguma regra sagrada de etiqueta dos Descendentes, mas aquilo se tornara um fato tão constante nas últimas semanas que eu não me sentia mal por isso.

– Estava torcendo para encontrar você por aí em algum lugar – falou ela. – Gostaria de agradecer por tudo que fez por mim naquele dia no palácio.

Meus olhos se alternaram entre Lily e o grupo aos cochichos atrás dela.

– É gentileza sua dizer isso, mas não foi nada de mais. É sério.

– É claro que foi. Você salvou minha vida. Devo tudo a você.

– Seus poderes de cura fizeram todo o trabalho. Fico feliz que esteja se sentindo melhor.

Lily franziu a testa, uma expressão que parecia pouco usual nela.

– É estranho como funcionou rápido. Todos os meus ferimentos se curaram antes mesmo de você deixar o palácio.

– Isso é incomum?

– Bastante. Pequenos cortes saram depressa, mas levamos ao menos um dia para ferimentos maiores. Às vezes até uma semana. – Ela inclinou a cabeça, inquisitiva. – Talvez um dos remédios que você me deu tenha acelerado o processo de cura?

Foi minha vez de franzir a testa.

– Dei apenas verme-prata para a dor e uma mistura de ervas para diminuir o sangramento.

Nós duas nos encaramos com uma expressão confusa enquanto as vozes ecoavam às costas dela.

– Já podemos ir?

– Vamos!

– Ande logo, princesa! Está frio demais aqui fora.

Lily me ofereceu um sorriso exasperado e se virou para falar com as amigas.

– Podem ir na frente, meninas. Alcanço vocês depois.

Uma ruiva esbelta atirou um buquê de cachos por cima do ombro.

– É o palácio, Vossa Alteza. Não vão nos deixar entrar sem sua companhia.

– É só flertar com os guardas como você sempre faz, Roxie – respondeu Lily.

A garota fez uma careta enquanto as amigas davam risadinhas, mordendo os lábios. Depois se virou, bufando, e o grupo seguiu pela estrada, me lançando alguns olhares duvidosos antes de enfim desaparecerem ao dobrar uma esquina.

– Mas o que te trouxe a Lumnos? – Lily fez uma pausa, depois enrijeceu, arregalando os olhos. – Não que você não pertença à cidade. Digo, é claro que pertence. Qualquer um é bem-vindo aqui. Você não precisaria de um motivo. Eu só...

Ergui a mão para libertá-la daquele sofrimento.

– Está tudo bem, eu entendo. Acabei de visitar um paciente.

– Ah, certo... – A princesa desviou o olhar para as mansões ao redor. – Seu paciente pertence a qual casa? Talvez eu o conheça. Se estiver doente, posso mandar flores, talvez um bilhete, ou então...

– Não posso dizer. Voto de confidencialidade e tudo mais.

As palavras tinham gosto de veneno em minha língua.

– Ah, claro. Me desculpe, eu nem deveria ter perguntado.

Lily parecia tão mortificada que não consegui deixar de oferecer um sorriso tranquilizador.

– Como vão seus primos, os que também se machucaram naquele dia?

A expressão dela se iluminou.

– Ah, estão ótimos! Muito melhores agora, graças a você e suas colegas. – Ela estendeu a mão para tocar meu braço, mas depois hesitou. – Teller sempre me disse que você era uma curandeira talentosa, mas eu não entendia muito bem até te ver em ação. Fiquei assustada naquele dia, mas você foi tão gentil comigo, tão fácil de se confiar!

Eu não sabia o que responder: agradecer à princesa parecia um tapa na cara, considerando tudo que tinha acontecido.

– Meu irmão também pensa assim – acrescentou ela, esboçando um sorriso.

Arregalei os olhos.

– Quê?

– Ele ficou impressionado. E isso não é algo que acontece fácil, você sabe. Luther não faz elogios com muita frequência. Quer dizer, ele faz para mim, claro, porque sou irmã dele. Mas para todos os outros ele é meio... bom, ele não é *desagradável*. Ele só é muito...

– Elogios? – Inclinei a cabeça. – Que tipo de elogios?

– Ah! Bem, ele disse que você era impressionante. E interessante. Ele continuou me perguntando o que eu sabia sobre você, o que Teller tinha dito. Acho que Luther chegou a ir até a Cidade Mortal para te encontrar. Algumas vezes, na verdade, mas acho que você não estava lá...

– O que você contou? – perguntei, erguendo as sobrancelhas.

Se Luther estava me investigando tão a fundo, eu duvidava que tivesse algo a ver com estar *impressionado*.

A princesa deu de ombros.

– Eu disse que Teller sempre fala muito bem de você. Ele realmente te admira. Teller e eu sempre comentamos a sorte que é ter irmãos mais velhos que nos dão bons exemplos. – A faca em meu coração se torceu um pouco mais fundo. – Ele é um bom homem, sabe?

Lily me encarou com expectativa, os olhos grandes e cheios de esperança.

Dei um sorriso fraco.

– Eu sei. Tenho sorte por tê-lo comigo também. Teller é um ótimo irmão.

– Ah, eu não estava falando de Teller. Digo, sim, ele é um bom rapaz, um rapaz incrível, um dos melhores que conheço. – Ela deu uma risadinha nervosa, passando as mãos várias vezes pelos cabelos enquanto as bochechas coravam em um rosa suave. – Ele é tão gentil e inteligente, e nunca... Bom, deixa para lá. Eu estava falando do meu irmão. Luther. Hum, quer dizer, o *príncipe* Luther. *Ele* é um bom homem.

Precisei de cada gota de autocontrole em meu corpo para impedir que meu rosto reagisse.

– Tenho certeza de que é.

– Sei que não foi muito agradável com você naquele dia no palácio. É que ele estava preocupado comigo, e se sentiu muito culpado pelas crianças machucadas. Se alguém de quem Luther gosta está em perigo, ele fica meio...

Lily ergueu as mãos em garra, depois mostrou os dentes e rosnou.

Engoli em seco.

– Achei que Elric tivesse causado o acidente.

– E causou. Não por querer, é claro. Elric também é um bom rapaz, a propósito, mas você já sabe disso, certo? Elric disse que conversou com você. Ele contou que você também foi bem legal com ele e...

– Então por que Luther se sentiu culpado?

Provavelmente eu estava violando mais um punhado de regras da etiqueta real ao interromper Lily toda vez que seu fluxo de consciência escapava, mas eu tinha a sensação de que, se não fizesse isso, ficaríamos ali até a primavera.

– Sim, certo... Luther é o general Comandante da Guarda Real, então é responsável por manter todos no palácio em segurança. Se alguém se machuca, ele leva para o lado pessoal, mesmo quando a culpa não é dele. – Lily revirou os olhos. – Uma vez, alguns dos nossos primos estavam brincando e caíram de uma escada. Acho que Luther ficou sem dormir por uma semana. Ele não parava de andar de um lado para o outro, pensando com os próprios botões.

A princesa cerrou o maxilar em uma imitação precisa do irmão, depois cobriu a boca e riu.

– Ele designou guardas para vigiar todas as crianças do palácio durante meses – continuou ela. – Até que o tio Ulther... digo, o *rei* Ulther o mandou parar. E Abençoada seja a Linhagem por isso!

A familiaridade afetuosa com que ela falava sobre Luther e o rei me pegou desprevenida. Eu havia passado tanto tempo pensando naquelas pessoas como meras peças no tabuleiro. O príncipe, herdeiro da Coroa. O rei, governante do reino. Era estranho pensar neles como família – primos, tios, irmãos – ou como pessoas que se amavam e se preocupavam com a segurança umas das outras. Aquilo as fazia parecer humanas de um jeito que me deixava desconfortável.

– De qualquer forma, sei que Luther não foi legal com você *naquele dia*, mas ele *é* legal. Ninguém nunca acredita em mim quando digo isso. Ele só é meio incompreendido, sabe? – O sorriso de Lily vacilou, as feições endurecendo com um sentimento fraterno de proteção que eu sabia reconhecer muito bem. – Todo mundo está sempre tentando usá-lo para chegar à Coroa, ou então tentando conquistá-lo porque ele vai ser rei algum dia. Luther não pode confiar em ninguém. – Ela inclinou a cabeça outra vez, pensativa. – Mas acho que ele confia em você.

Deixei uma risada escapar pelo nariz.

– Tenho certeza de que está enganada.

– Não, é sério. Acho que Luther confia em você porque você foi desagradável com ele. Ninguém *nunca* é desagradável com ele. – Os olhos de Lily brilharam. – Acho que ele meio que gostou.

– Eu não… acho que fui desagradável. *Ele* foi desagradável. Eu estava apenas fazendo meu trabalho. – Parei e balancei a cabeça. – Espere, o que quis dizer com "ele gostou"?

– Gostaria de vir jantar conosco no palácio qualquer dia desses?

Fiquei olhando para ela sem saber o que falar.

– Talvez você pudesse até, hum, levar Teller também. Só nós quatro, sabe?

O sorriso de Lily era deslumbrantemente esperançoso e dolorosamente ingênuo.

A compreensão me atingiu. Ela devia saber que Luther desaprovava o relacionamento com Teller – o irmão certamente havia ignorado meu conselho de deixar para lá. Talvez ela pensasse que, caso pudesse arquitetar uma amizade forçada entre mim e Luther, o príncipe poderia ficar menos inclinado a interferir.

Era um pensamento doce. Uma ideia absurda e impossível, embora doce.

Fiz menção de rejeitar o convite, mas o otimismo em seus olhos trazia tanta inocência que não fui capaz de partir seu coração.

Estendi o braço e segurei a mão da princesa. Ela se assustou um pouco com meu toque, mas seus dedos se fecharam de imediato em volta dos meus.

– É muita gentileza da sua parte, Lily. Eu vou, hum… pensar no assunto.

A alegria dela se desfez.

– Mas você é bem-vinda para vir à nossa casa quando quiser – acrescentei depressa. – Não é um palácio real, mas sempre temos espaço para mais um no jantar. E não haverá julgamentos ou mexericos sobre nada que acontecer por lá. Isso eu posso prometer.

Não era bem verdade. Se meu pai soubesse que Teller estava se aproximando de uma princesa Descendente, ele julgaria – e com *muito afinco* –, mas eu também sabia que meu pai jamais expressaria tais pensamentos na frente de Lily. Ele a trataria com gentileza e receptividade enquanto estivesse em nossa casa, o que com certeza era mais do que Teller receberia de qualquer pessoa naquele palácio miserável.

Ela sorriu, amolecida por minha oferta.

– Sério? Não seria um incômodo?

– Claro que não. Quem é amigo de um Bellator é amigo de todos nós.

Ela agarrou minha outra mão e apertou ambas contra o peito, dando um pulinho de animação.

– Isso seria maravilhoso. Eu adoraria. E talvez… talvez você pudesse me ensinar sobre ser curandeira. Quer dizer, se quiser e tiver permissão.

– Você quer ser uma curandeira?

– Abençoada seja a Linhagem, não! – respondeu depressa a princesa, parecendo quase assustada ante a ideia. – Eu não poderia. Não que exista algo de errado com isso, curandeiras são incríveis. Ajudar as pessoas desse jeito é tão… tão… – Lily suspirou. – É só que minha família não permitiria. Não temos… hum… permissão para trabalhar, por assim dizer. Fora do palácio ou da Guarda Real, no caso.

Eles não têm permissão para trabalhar.

Quase bufei.

– Mas gostaria de aprender – continuou ela. – Se… se estiver tudo bem por você. Seria bom saber de algumas coisas, caso eu tenha filhos algum dia.

O brilho de dor nos olhos dela partiu meu coração. Eu sabia as palavras não ditas ali – ter filhos com alguém que não meu irmão. Crianças que não seriam condenadas a morrer por sua herança mista.

Apertei as mãos dela e dei um sorriso.

– Eu ficaria feliz em te ensinar, Lily. Venha quando quiser.

Luther poderia me matar por esse convite, mas isso nunca me impediu de nada.

VINTE E TRÊS

—Então, Teller... Encontrei com Lily hoje.

O garfo de Teller congelou na boca enquanto o rosto de meu irmão ficava branco feito papel.

Seu olhar voava de um lado para outro pela mesa de jantar, observando meu pai e eu. Sua expressão era uma mistura em partes iguais de "O que está fazendo?" com "Pelos deuses, Diem, seja lá o que for, não faça".

– Lily nos convidou para jantar na casa dela – continuei. – Acho que está tentando me arrumar um encontro com o irmão.

Teller se engasgou com um pedaço de comida.

Meu pai se esticou e deu tapinhas firmes em suas costas algumas vezes.

– Quem é essa tal de Lily?

– Uma amiga em comum – respondi. – Ela tem mais ou menos a idade de Teller, e foi uma paciente minha.

– E o irmão dela? Eu o conheço? – Papai olhou para mim por cima dos óculos de leitura. – Eu *deveria* conhecê-lo?

– Ah, não se preocupe com ele, pai. Eu preferiria cortar um braço fora a cortejar aquele homem. Mesmo que fosse o braço da espada. – Sorri com candura para Teller, que me olhava como se estivesse disposto a ser voluntário para realizar a amputação. – Eu a convidei para vir jantar aqui, em vez disso. *Sem* o irmão.

– Você convidou Lily... para cá? – quis saber Teller. – Para a *nossa* casa?

Papai sorriu, felizmente alheio às adagas que Teller lançava pelos olhos.

– Que ótima ideia. Vamos ficar felizes em receber sua namorada, Teller.

– Ela não é minha... Somos só amigos. Só isso.

– Bons amigos. – Comecei a subir e descer as sobrancelhas. – Amigos *íntimos*.

Meu pai começou a sorrir lentamente quando percebeu a natureza da minha provocação.

– Ela é bonita, essa tal de Lily?

– Que boa pergunta, pai. Eu diria que ela é bonita. Teller, você diria que ela é bonita?

Meu irmão me olhava de cara feia agora.

– Sim. Ela é muito bonita.

– *Muito* bonita – repeti, dando uma piscadela para nosso pai.

– Não acho que seja uma boa ideia Lily vir até aqui – resmungou Teller. – Você devia dizer para ela que se enganou.

– O que tem de errado com a nossa casa? – perguntou papai.

– É, Teller, o que tem de errado com a nossa casa? – repeti.

Por baixo da mesa, a ponta de uma bota atingiu minha canela. Mordi o lábio para me impedir de cair na risada e continuei:

– Bom, você não convidava a menina, então fui lá e convidei. Lily me perguntou se eu poderia ensiná-la a curar, e falei que mostraria algumas coisas.

A raiva de Teller se transformou em confusão.

– Ela perguntou isso?

– Que maravilha – declarou papai. – Talvez ela possa se juntar ao centro como aprendiz. Nunca é demais ter curandeiras nesta família.

O rosto de Teller ficou tão pálido que achei que ele poderia murchar e morrer.

– Nunca se sabe – respondi, dando de ombros. – Tudo é possível.

Meu pai bateu de leve no braço de Teller e apertou seu ombro.

– Fico feliz por você, filho. Seja ela quem for, tem sorte por ter você. E sabe que sua irmã e eu trataremos qualquer pessoa que trouxer para casa como se fosse parte da família.

Teller me encarou por um instante demorado. Havia um peso triste e derrotado em seu rosto que levou embora minha diversão.

Ele se recostou na cadeira, os braços cruzados sobre o peito.

– Falando em novos membros da família, como vai Henri?

Fechei a cara. *Ele não ousaria.*

– Henri está bem.

– Henri não é novo na família – disse meu pai, rindo, mais uma vez alheio ao assunto. – Ele e Diem são amigos desde antes de você nascer.

– De fato. – Teller sorriu. – Bons amigos. Amigos *íntimos.*

Papai virou seu sorriso para mim.

– Aquele garoto finalmente tirou a cabeça da bunda e pediu você em namoro?

– Ah, ele pediu bem mais que isso – falou Teller.

Os olhos de nosso pai se arregalaram.

Passei a mão pelo rosto e me deixei cair na cadeira. Eu nem conseguia ficar brava com Teller. Eu merecia aquilo.

– Diem Bellator. – Uma pitada do Comandante surgiu na voz de meu pai. – Olhe para mim agora.

Resmunguei, mas acabei obedecendo, minha mão caindo do rosto.

– Albanon pediu você em casamento?

Assenti.

– E você aceitou?

Hesitei, depois fiz que não com a cabeça.

Seus olhos se semicerraram de leve, como se minha resposta não o tivesse surpreendido, e sim o deixado interessado.

– Você disse que não?

– Ela não respondeu – explicou Teller. – E isso já tem três semanas.

– Falei que era uma grande decisão, que eu precisava de tempo para pensar. E Henri *concordou* – acrescentei, atirando um pedaço de comida em meu irmão, do outro lado da mesa.

Meu pai me observou com cuidado, tamborilando no tampo de madeira. Mordi o lábio e me vi de repente fascinada por um dos muitos arranhões que formavam uma pátina opaca sobre nossa velha e gasta mesa de jantar.

Ele tirou os óculos, empurrou a cadeira para longe e foi até um armário próximo. Depois pegou uma garrafa bulbosa cheia de um líquido âmbar e três pequenas taças, em seguida voltou para a mesa. Sem dizer uma palavra, meu pai encheu dois copos, deslizando um deles para mim, e adicionou uma dose mínima ao terceiro antes de colocá-lo na frente de um Teller de aparência irritada.

– Tudo bem, vamos ouvir – ordenou ele.

Tomei um gole lento e deliberado, saboreando o calor que se espalhava por minha garganta. Eu me questionei brevemente se eu seria capaz de enrolar meu pai o bastante para que ele perdesse o interesse – ou até que ficasse bêbado demais para se lembrar da conversa.

– Vamos ouvir o quê? – perguntei.

– Seja lá qual for o motivo que você tenha para fazer aquele garoto sofrer esperando uma resposta.

Ergui as sobrancelhas.

– Você não acha que preciso respeitar meu tempo para tomar essa decisão?

– É claro que sim. Mas vocês dois são inseparáveis faz anos. Se tem alguém com quem você já deveria saber se quer se casar é com ele.

Cutuquei o arranhão na mesa, raspando lasquinhas de madeira com a unha. Diante de mim, Teller engoliu sua dose de uma só vez e imediatamente começou a tossir. Quando abri a boca para provocá-lo, meu pai pigarreou, chamando minha atenção de volta. Bastou um olhar para a expressão dele e meus lábios se fecharam.

Girei o licor na taça e tomei outro gole comedido, torcendo por um pouco de coragem líquida.

– Como você soube? – perguntei. – Quando conheceu mamãe... como soube que ela era a pessoa certa?

Ele me estudou por um momento, depois estendeu a mão e pegou a garrafa, reabastecendo meu copo.

– Você não vai gostar da resposta.

– Vocês não se conheciam fazia muito tempo, certo? – quis saber Teller. – Ela me disse que vocês só namoravam fazia um mês quando se casaram.

Um sorriso gentil curvou os lábios de meu pai.

– *Eu* a conhecia bem antes de namorarmos. Auralie era muito respeitada no Exército, e eu sempre tinha ouvido falar sobre ela ser convocada para as missões importantes. As pessoas falavam muito bem da bravura e da inteligência dela. Até os Descendentes se impressionavam com ela.

Embora eu não ficasse surpresa em ouvir que minha formidável mãe cativava todos que a conheciam, me parecia estranho que alguém notasse tais qualidades em uma curandeira, mesmo no Exército de Emarion. Eu sempre imaginara que curandeiros só chegassem quando a glória da batalha já havia passado e restava apenas a dura realidade do derramamento de sangue.

– Eu a tinha encontrado poucas vezes. E a achava linda, é claro. A mulher mais linda que eu já tinha visto. Mas sua mãe tinha essa presença... – Os olhos de meu pai ficaram vidrados, perdidos na memória. – Mesmo no Exército, cercada por soldados com armas perigosas e egos ainda piores, ela comandava qualquer espaço em que pisasse. Minha Auralie era uma força da natureza.

A voz dele ficou embargada apenas de leve, e a névoa distante da nostalgia deixou seus olhos. Meu pai se endireitou na cadeira antes de tomar um grande gole da bebida.

– Pensei em chamá-la para sair muitas vezes, mas sempre me convencia a não fazer isso. Dizia a mim mesmo que estava comprometido com meu trabalho e que não tinha tempo para uma mulher ou uma família.

– E o que mudou? – perguntei.

– Ela partiu em uma missão demorada. Ficou fora por um ano inteiro. Era altamente confidencial. Eu não tinha autorização para saber os detalhes, e essas... bem, essas são as missões das quais os soldados em geral não retornam. Eu não sabia se veria Auralie de novo. Durante todo o tempo em que ela esteve fora, eu só conseguia pensar em como eu havia tido aquela mulher incrível bem na minha frente e a deixado escapar. Falei para mim mesmo que, caso ela voltasse, eu iria até ela e confessaria meus sentimentos no segundo em que a visse.

– E você fez isso? – perguntou Teller.

– Não – respondi no lugar de meu pai, sorrindo. – Mamãe me contou essa parte. Você olhou para ela e saiu correndo.

Ele sorriu, envergonhado.

– Nunca tive tanto medo na vida. Eu já havia passado por todo tipo de perigo que vocês possam imaginar, mas a ideia de pedir sua mãe em namoro... aquilo foi um verdadeiro terror. Eu a evitei por quase um mês.

– O poderoso Andrei Bellator, enfim derrotado por uma garota bonita – provoquei.

Nós dois caímos na risada, mas, do outro lado da mesa, a expressão de Teller era pensativa.

– Como teve coragem para finalmente fazer isso? – questionou ele. – Como sabia que ela não iria rejeitar o pedido?

– Não sabia. Mas acabei decidindo que a chance de receber um sim valia o preço de sua mãe dizer não. Poder chamar Auralie de minha namorada… valeria qualquer risco.

Teller assentiu e baixou o olhar para a taça vazia, franzindo a testa enquanto traçava um dedo ao redor da borda.

– Então você a pediu em namoro… e aí? – perguntei.

– Foi tudo normal no começo. Eu a cortejei como qualquer homem faria com qualquer mulher. Eu a levava para jantar na cidade, trazia flores e chocolates. Estava de quatro por ela, mas sentia que Auralie continuava se contendo. Meu palpite era de que havia algo que ela queria me contar, mas ainda não estava pronta.

Dei uma risada seca e sarcástica.

– Nossa mãe, guardando segredos? Que surpresa!

Meu pai me ofereceu um sorriso solidário.

– Auralie sempre foi uma pessoa reservada, mesmo naquela época. *Especialmente* naquela época. Talvez seja por isso que sempre nos demos tão bem. Sempre confiei que, se havia algo que sua mãe estava escondendo de mim, era porque ela tinha um motivo. Isso sempre me bastou. Eu ficava feliz com qualquer pedaço de si mesma que ela estivesse disposta a dar.

Uma sombra cruzou seu rosto.

– Para ser sincero, o mesmo valia para mim – continuou ele. – A maioria das mulheres queria ouvir histórias de guerra e das batalhas em que lutei… Mas eu não queria reviver aqueles momentos, e sua mãe não tinha problemas com isso. Nunca precisamos nos enxergar por inteiro para nos amar por inteiro.

Engoli o nó que se formou em minha garganta.

– Você disse que ela continuava se contendo. O que finalmente uniu vocês?

– Você. – Ele me encarou, os olhos brilhando. – Um dia, Auralie apareceu na minha porta com uma linda menina nos braços. Ela confessou que tinha engravidado e dado à luz enquanto estava naquela missão. Tinha decidido deixar o Exército e começar uma nova vida com você em outro lugar. Sua mãe estava bem nervosa, mas, mesmo em meio às lágrimas, ainda tinha a mesma determinação. Eu sabia que nada do que eu dissesse iria convencê-la a mudar de ideia e ficar.

– Mamãe pediu para você ir embora com ela? – perguntou Teller.

– Não, pelo contrário. Ela ia partir sem dizer nada, mas decidiu que não podia fazer isso sem se despedir de mim. – Ele riu baixinho, entristecido. – Minha Auralie, doce e altruísta... Ela queria que eu tivesse um encerramento, assim poderia seguir em frente sem ela. E foi quando eu tive certeza. Bastou uma olhada nas duas para perceber que não havia sacrifício que eu não pudesse fazer para manter vocês na minha vida.

Tentei piscar para afastar o formigamento morno em meus olhos, mas senti a quentura das lágrimas já rolando pelo rosto. Meu pai se inclinou e puxou minha mão para segurá-la.

– Minha querida Diem, você me perguntou como eu sabia que sua mãe era a pessoa certa. A verdade é que eu simplesmente *sabia*. Nunca houve uma decisão a tomar. Qualquer que fosse o caminho que ela estivesse trilhando, era a ele que eu pertencia. Ao lado dela e do seu. Qualquer outra opção parecia impensável.

Senti um peso no estômago. As palavras dele eram lindas. Perfeitas. Exatamente o que uma pessoa apaixonada deveria dizer e sentir.

– Mesmo que tenha precisado desistir de tudo? – questionei. – Sua carreira, sua vida em Fortos, seus objetivos... Você não teve medo de abandonar tudo isso?

– Não – respondeu meu pai, sem hesitar. – Só o que me assustava era o pensamento de viver sem Auralie. Todo o resto parecia trivial em comparação.

– E você só a conhecia fazia um mês – comentei com a voz fraca, mais uma afirmação do que uma pergunta.

Ele deu um tapinha em minha mão.

– Cada história de amor é diferente. Talvez com você e Henri seja preciso... – A voz dele morreu, e meu pai desviou o olhar.

O silêncio e as palavras não ditas trovejaram no ar. Ousei encarar Teller, mas a mente de meu irmão estava em outro lugar, a expressão nublada de quem contemplava a própria decisão impossível.

Papai se aprumou na cadeira de repente. Um sorriso brilhante, ainda que tenso, iluminou seu rosto.

– O que eu quero dizer é que não faz sentido apressar uma decisão. Você devia esperar para falar com sua mãe quando ela voltar. Ela vai trazer uma perspectiva inteligente sobre tudo isso.

Teller e eu congelamos ao mesmo tempo. Nossos olhares se encontraram por um segundo antes de se voltarem para nosso pai.

– Como assim, *quando* ela voltar? – perguntei.

– Quando ela voltar para casa – respondeu ele com simplicidade.

Papai se levantou da mesa com a garrafa na mão e deu as costas para nós enquanto remexia nos utensílios da cozinha.

Teller e eu nos encaramos de novo. Meu irmão ergueu as sobrancelhas, os olhos arregalados em um questionamento silencioso. Balancei a cabeça em uma resposta silenciosa.

– Você sabe onde nossa mãe está? – Minhas palavras saíram dolorosamente lentas, cada uma mais hesitante e incerta.

Não discutíamos o paradeiro dela de forma direta fazia meses, não desde aqueles primeiros dias horríveis logo depois que ela desaparecera. Ficávamos apenas insinuando tudo em termos vagos.

Sua *ausência*.

Nosso *tempo separados*.

Desde que ela fora *embora*.

Reconhecer que minha mãe sumira para sempre tornaria aquilo real, então simplesmente não tocávamos no assunto.

– Que pergunta ridícula – falou meu pai.

Mais uma vez, seu tom era definitivo, como se nada mais precisasse ser dito.

Devagar, comecei a me levantar.

– Pai, se você souber...

Bum.

Um barulho ensurdecedor cortou o ar. As paredes da casa chacoalharam, a bebida ondulou e espirrou para fora das taças.

– Pelo Fogo Eterno, o que foi isso? – murmurou Teller.

Bum. Bum.

Corremos e nos agachamos no chão. Um quadro se desprendeu do prego na parede e caiu, e fragmentos de gesso se soltaram do teto. Os anos de treinamento fizeram com que nós três sacássemos as armas.

O som tinha sido distante, mas alto a ponto de ensurdecer.

– Foi um trovão? – sugeriu Teller. – Não vi nuvens de tempestade, mas...

Papai fez que não com a cabeça, as sobrancelhas formando um vinco profundo.

– Já ouvi esse som antes. Foi uma explosão.

Meu estômago ficou embrulhado.

– Tipo... uma bomba?

Ele se levantou e foi até a janela da cozinha, os olhos semicerrados esquadrinhando a escuridão. Após um momento, papai assentiu e apontou com o dedo.

– Ali.

Teller e eu corremos para junto dele, ambos esticando o pescoço para tentar ver melhor.

Bum.

Nós nos sobressaltamos de novo. Teller agarrou meu braço e me puxou para mais perto.

À distância, um redemoinho ondulante de chamas saltou no ar. Nuvens fofas de fumaça refletiam o fogo logo abaixo, uma mancha alaranjada contra o céu escuro feito tinta.

Meu pai franziu a testa.

– Parece ser na Cidade de Lumnos. Deve ter sido algum tipo de acidente. Talvez um depósito tenha pegado fogo.

– Ou foi um ataque rebelde ao palácio – acrescentou Teller.

O ar de repente parecia impossível de respirar, pesado demais para entrar em meus pulmões.

Eu causei isso. A culpa é minha.

– E-eu... preciso ir – gaguejei.

Saí tropeçando para trás e bati na mesa, tentando afastar os olhos da névoa vermelha que se erguia acima da floresta.

Meu pai se virou depressa.

– O quê? Precisa ir aonde?

– Tenho que ajudar. Pode haver gente ferida. Eu posso... Eu preciso...

– O incêndio é na Cidade de Lumnos, Diem. Você sabe que não deve ir até lá.

Abri e fechei a boca. As palavras e os pensamentos pareciam tão inacessíveis quanto as estrelas no céu. Ele não fazia ideia de que eu não apenas tinha quebrado a regra de minha mãe sobre evitar Descendentes – eu a havia obliterado por completo.

Papai estendeu a mão para mim.

– Seja o que for, tenho certeza de que a Guarda Real é capaz de lidar com a situação.

Recuei com violência para evitar seu toque. Meu corpo inteiro era uma bomba, um fusível aceso e pronto para explodir a qualquer momento.

Eu fiz isso.

– Tenho que ir. – Minha voz estava trêmula, rouca.

– Diem, *não*.

Ele se moveu para bloquear meu caminho, mas Teller – que os deuses o abençoassem – impediu.

– Pai, pode haver feridos. Eles vão precisar de curandeiros. Diem pode ajudar.

– Existem outros curandeiros. Maura deve ter ouvido as explosões, ela vai mandar alguém.

Talvez. Nunca tínhamos enviado curandeiros para Lumnos por conta própria, apenas sob convite. E agora, com a relação entre o centro e o príncipe Luther por um fio, Maura podia achar mais seguro esperar por um pedido formal. E mesmo que não esperasse...

A culpa é minha.

Não quis perder mais tempo discutindo. Corri para meu quarto e agarrei a bolsa grande que usava para viagens, atirando-a depressa sobre os ombros antes de voltar para a porta da frente.

– Diem, pare agora mesmo. Sua mãe proibiu você de...

Conforme eu descia os degraus da varanda, mais explosões ecoavam pela clareira, abafando os protestos de meu pai.

Em questão de segundos, desapareci por entre as árvores.

VINTE E QUATRO

Eu corri sem parar.

Corri pela floresta sombria, pelos becos da Cidade Mortal, abrindo caminho pela multidão de curiosos reunidos do lado de fora para especular. Corri sem parar até chegar à porta do centro de curandeiros.

Os dois aprendizes do plantão noturno vieram de imediato até mim e me soterraram de perguntas, mas suas palavras pareceram abafadas e distantes.

Meu cérebro vasculhou possíveis ferimentos e cataloguei o que eu precisaria para cada tipo. Verme-prata e casca de salgueiro para dor, calêndula e lavanda para queimaduras. Cravo para anestesiar, milefólio para acelerar a coagulação. Confrei para fraturas ou esmagamento. E gaze – muita, muita gaze.

A cada item que eu atirava na bolsa, a visão dos pacientes que poderiam estar me esperando assombrava minha consciência.

Se tivesse sido no arsenal dos Benettes, talvez não fosse tão ruim. Já era tarde o bastante para que apenas uns poucos vigias noturnos estivessem em serviço.

Mas se tivesse sido no palácio real... Se os Guardiões tivessem se esgueirado por aquela passagem secreta e plantado as bombas ao redor do terreno...

A perda de vidas seria catastrófica. E muitas pertenceriam a crianças – algumas que eu inclusive conhecia.

Elric.

Lily.

Ah, pelos deuses, *Lily*.

A bile subiu por minha garganta. Tapei a boca e me forcei a respirar devagar pelo nariz.

Um dos aprendizes agarrou meu braço e me afastou daqueles pensamentos sombrios.

– Diem, o que fazemos? Vamos com você?

– Fiquem aqui para o caso de alguém na cidade precisar de ajuda – ordenei. – Se mais alguém aparecer, enviem para Lumnos. Digam a todos para seguir até a explosão e me encontrar.

Sem esperar por resposta, joguei a bolsa lotada por cima do ombro e disparei porta afora. No segundo em que minhas botas tocaram a rua, comecei a correr.

E corri, e corri, e corri.

O vento chicoteava meus cabelos conforme eu corria pela longa estrada que conectava a cidade dos mortais e a dos Descendentes.

Minhas coxas queimavam pelo esforço, os pulmões clamando por mais ar, mas não ousei diminuir o ritmo nem por um segundo. Os mesmos pensamentos ecoavam repetidas vezes por meu cérebro, um metrônomo implacável marcando o tempo de minhas passadas aceleradas.

Eu fiz isso.

A culpa é minha.

Eu fiz isso.

A culpa é minha.

Quanto mais eu corria, mais altas as chamas ficavam e mais nebuloso o ar cheio de fumaça se tornava. Se eu parasse, talvez pudesse dizer se a coluna de fogo vinha do palácio ou da cidade mais além, mas meu corpo se recusava a diminuir o ritmo.

À frente, uma fileira de seis pessoas caminhava em minha direção, rebocando duas carroças grandes. As silhuetas eram masculinas, com ombros largos e fortes. Em qualquer outra noite, meus instintos teriam avisado para que eu me escondesse entre as árvores e os deixasse passar. Uma mulher sozinha em uma estrada escura na companhia de um grupo de homens desconhecidos raramente acabava bem.

Mas, naquela noite, minha segurança era a última coisa que eu tinha em mente. Tirando uma ligeira mudança de trajetória para passar pelo lado esquerdo do grupo, mal olhei para o rosto dos homens quando eles se aproximaram.

– Diem?

Levei um momento para registrar o chamado.

A voz era familiar – *muito* familiar.

Mas eu não conseguia parar. Não podia perder velocidade, nem mesmo para...

– Diem? Pare de correr, sou eu!

Um dos homens avançou e entrou em meu caminho. Sob a escuridão espessa da lua crescente, não consegui distinguir os detalhes de sua fisionomia. Mas aquela voz...

– Não posso parar! – Eu me forcei a dizer entre uma e outra respiração ofegante. – Por favor, *saia da frente*!

– Diem! Sou eu, Henri.

Meus passos vacilaram e diminuíram de ritmo, mas não parei. Não conseguia. Eu precisava continuar, precisava chegar até o incêndio e ajudar a...

Henri agarrou meus braços, me obrigando a interromper a marcha contra minha vontade.

– O que está fazendo aqui?

Apontei com a mão trêmula para o inferno à distância.

– Houve explosões. Fogo. Vou ajudar.

Meu peito estremeceu enquanto eu ofegava para puxar o ar.

Ele me encarou de um jeito estranho, depois olhou por cima do ombro para o grupo reunido atrás dele, os rostos ainda envoltos em escuridão.

As mãos de Henri pareciam pesadas demais em meus ombros. Sua voz ficou mais baixa.

– Diem, vá para casa. Não se preocupe com o fogo.

– Você não entende. Alguém pode ter se machucado. Preciso ir...

– Diem. – Havia uma gravidade mortal em suas feições. – Escute. Vá para casa e não saia de lá. Esqueça que viu o fogo, e esqueça que nos viu.

Comecei a protestar, mas uma explosão distante interrompeu minhas palavras. O chão tremeu em resposta, e a nuvem de labaredas inflou, ficando mais alta e mais brilhante no céu.

Risadas discretas percorreram o grupo. Um dos homens ocultos nas sombras deu um tapinha nas costas de outro. Os cantos dos lábios de Henri se contraíram para cima ao escutar o som.

Meu corpo ficou imóvel.

O *mundo* ficou imóvel.

– Henri – arquejei. – O que está acontecendo?

Um dos homens se separou do grupo e veio para junto de Henri. Com o incêndio agora queimando forte, uma pálida luz laranja iluminou seu rosto.

Fui atravessada por um fragmento de memória. *Um homem, parado do lado de fora do centro de curandeiros, o rosto suavemente iluminado pelo brilho de um lampião. Não era um paciente – era um visitante. Cochichando com minha mãe.*

– Irmã Diem – cumprimentou Vance. Seu sorriso era relaxado e triunfante. – A vitória de hoje é tão sua quanto nossa. Não teríamos conseguido sem você.

Meu olhar percorreu depressa o grupo, e avistei Brant e Francis, além do par de carroças, ambas pesadas e cobertas com lona.

– O que tem aí dentro? – perguntei.

Henri encarou Vance, que fez uma pausa e depois balançou a cabeça em um gesto sutil.

– Irmão Henri está certo – falou Vance, em um tom tão gentil quanto firme. – Você deveria voltar para casa e não mencionar nada disso com ninguém.

Uma sensação horrível de pavor encheu minha alma.

– Não posso. Pode haver pessoas feridas, crianças. Tenho que ir.

Comecei a me mover, mas as mãos de Henri me seguraram com força.

O sorriso de Vance desapareceu quando ele chegou mais perto.

– Não podemos deixar você fazer isso, irmã. É melhor que nenhum mortal seja visto nas proximidades do alvo.

Tentei me soltar outra vez, mas Henri apertou ainda mais meus ombros, seus dedos cravados de forma dolorosa em minha pele. Eu o encarei, em choque.

– Diem… – censurou ele.

– Tire as mãos de mim, Henri.

Ele não se mexeu.

Em silêncio, os outros homens formaram um círculo a nosso redor.

A expressão de Henri se tornou suplicante.

– Estávamos planejando isso fazia semanas. Não podemos arriscar que sua presença levante suspeitas. Por favor, não me obrigue a fazer isso.

– A fazer *o quê*? – sibilei.

O círculo de Guardiões se aproximou, me cercando com olhares duros e desconfiados. As mãos de Henri deslizaram dos meus ombros e se fecharam em torno de meus braços.

Meu coração batia desesperado no peito.

Seis homens. Seis homens grandes e fortes.

Não havia como eu vencer – eles me agarrariam, me arrastariam aos chutes e gritos de volta para a Cidade Mortal. Mesmo que eu pudesse alcançar minhas armas, mesmo que estivesse disposta a apunhalá-los, a ferir *Henri…*

As palavras de meu pai abriram caminho em meio aos pensamentos tempestuosos.

Mas o que ensinei sobre lutar contra alguém muito mais forte do que você?

Se não pode ser a mais forte, seja a mais esperta.

Meu pai havia me preparado para aquilo.

Apesar do pânico crescente, forcei uma máscara de falsa calma. Com um longo suspiro, assenti e relaxei os ombros.

– Sim, é claro – falei, a voz suave. – Fiquei confusa por um instante, mas agora eu entendo.

Uma expressão de alívio tomou as feições de Henri. Seu aperto em meus braços relaxou, ainda que Vance permanecesse parado, os olhos fixos em mim.

– Vai voltar conosco? – perguntou ele.

Forcei uma risada e ergui as mãos em um gesto bem-humorado de rendição.

– Eu não queria causar problemas. Nunca faria nada que pusesse a missão em risco.

Vance me encarou, depois assentiu.

– Ótimo. Fico feliz em ouvir isso, irmã.

A mão de Henri desceu até a parte inferior das minhas costas, me guiando com firmeza de volta para a Cidade Mortal. Mantive meus olhos à frente, mas percebi como os outros se reagruparam em nossos flancos, bloqueando meu acesso à Cidade de Lumnos.

– Essa sua bolsa parece pesada, irmã. Por que não deixa que um de nós a carregue para você?

Virei o rosto e vi Brant me encarando com a mão estendida. A voz dele, assim como a expressão, estava fria e severa, temperada com uma ameaça silenciosa.

Não tive tempo de pensar.

Então corri.

Henri se lançou para me segurar um segundo tarde demais, embora eu tivesse sentido o puxão em minha túnica quando a bainha escorregou pelos dedos dele.

Vance gritou comandos, e dois dos homens se juntaram para formar uma barreira. Com a bolsa cheia, eu estava pesada demais para desviar, meu equilíbrio afetado demais para qualquer tentativa de ser ágil. Tudo que pude fazer foi baixar o queixo e me lançar com toda a força contra seus corpos de pedra.

Exclamei quando meu ombro atingiu músculos e ossos. Fechei os olhos e me preparei para ser jogada para trás pelo impacto.

Mas eu não estava recuando.

Estava correndo – *seguia* correndo.

Atrás de mim, ouvi um coro de grunhidos e xingamentos, além de Henri chamando meu nome e Vance vociferando ordens sob uma percussão de passadas.

Forcei minhas pernas e meus pulmões até que ambos quase entrassem em combustão, mas o peso da bolsa estava me atrasando. Embora a voz de Henri tivesse diminuído de volume, o som das botas no cascalho ganhava terreno. Senti dedos roçando na bolsa, depois um puxão de leve. Em seguida, outro puxão – mais forte dessa vez, a tira em meu ombro puxando meu torso para trás.

– Pare de correr, sua vadia imbecil – rosnou uma voz.

Se eu entregasse a bolsa, não teria suprimentos, e haveria pouco que eu pudesse fazer para ajudar alguém. Mas se eu não a entregasse... se os Guardiões me pegassem...

Outro puxão me desequilibrou, quase me fazendo cair. Em um movimento fluido, tirei a adaga da bainha e apertei a lâmina contra a faixa de couro que prendia a bolsa ao meu peito. A correia estalou, e o peso em minhas costas foi embora, aterrissando bem no caminho de meu perseguidor. Ele gemeu ao tropeçar nos suprimentos caídos, o corpo batendo e deslizando pela estrada de cascalho.

E depois... silêncio. Nenhum grito, nenhum som, nenhum barulho de passos além dos meus.

Então eu corri, e corri, e corri.

VINTE E CINCO

Com um alívio culpado e os joelhos trêmulos, constatei que o incêndio não vinha da fachada magnífica do palácio, mas de algum lugar a oeste dele. Soltei o ar, sentindo o corpo estremecer até o âmago.

Ainda assim, meus outros medos foram confirmados quando entrei nas ruas de Lumnos e ouvi os murmúrios atordoados de Descendentes comentando uma explosão no arsenal dos Benettes. Tirando uma espiada breve enquanto invadia o escritório de Evrim Benette, eu não tinha olhado muito de perto para as plantas que roubara antes de entregá-las aos Guardiões. Tirando a coluna de fogo e fumaça me chamando como um farol, eu não tinha como saber onde ficava o prédio ou o que poderia encontrar quando chegasse lá.

Eu também não tinha suprimentos – nem um único frasco de remédio ou tira de gaze para contar história. Tinha apenas duas adagas mortais inúteis nos quadris, a faca de Brecke na bota e minhas mãos. Estava mais bem equipada para tirar uma vida do que para salvar uma.

Para piorar a situação, logo ficou evidente que eu não teria apoio de outros curandeiros. A Guarda Real havia formado um perímetro grande ao redor do local do ataque, e não importava a quantos guardas eu implorasse que me deixassem passar e ajudar, nenhum deles cedeu. Se Maura ou qualquer um dos aprendizes aparecesse, seriam mandados de volta tão rápido quanto chegassem.

Caso não tivesse acabado de colocar seis Guardiões enfurecidos em meu encalço, eu poderia ter aceitado a derrota e voltado para casa. Se eles arriscariam me seguir até ali ou se apenas esperariam meu retorno, eu não tinha como saber. De qualquer jeito, estava disposta a dar um tempo para que eles se acalmassem antes de enfrentar aquelas consequências em específico.

E, é claro, havia o pequeno detalhe de tudo aquilo ser cem por cento *minha culpa.*

Minha única opção era seguir em frente, de mãos abertas e bolsos vazios. Eu havia chegado até ali, já tinha arriscado tudo, não dava para voltar sem nem ao menos ter tentado.

Enquanto eu lutava para recuperar o fôlego após a corrida frenética até a cidade, com minhas pernas parecendo gelatina por mais de uma razão, me aproximei do perímetro isolado e estudei os guardas que formavam a barreira. De alguma forma, eles tinham conectado sua magia, cada um ligado ao outro por um cordão grosso de luz brilhante em azul-claro. Eu suspeitava que qualquer esforço em romper aquela formação me deixaria com minhas próprias queimaduras para curar.

O arsenal em si estava quase destruído. O fogo se alastrava pela parede dos fundos e, embora a fachada do prédio ainda estivesse intacta, as chamas se espalhavam depressa. Fosse lá o que os Guardiões tivessem feito, havia sido brutal e terrivelmente eficiente.

Retornei para junto da multidão de espectadores e dei a volta no local, parando perto da entrada, onde um grupo de Descendentes estava reunido. De vez em quando, um deles se destacava do resto e desaparecia dentro do edifício, então emergia de mãos vazias alguns instantes depois.

Foi quando o avistei.

Com o cabelo preto e as roupas de meia-noite, ele formava uma silhueta ameaçadora contra a parede furiosa de laranja cintilante. Eu não conseguia distinguir as feições de seu rosto, e o corpo imponente estava oculto pela multidão aglomerada ao redor dele, mas, de alguma forma, mesmo em meio ao pandemônio, eu o reconheci. Mais do que isso: eu o *senti*, aquela sua aura estranha percorrendo minha pele.

Luther.

Como se tivesse escutado meus pensamentos, ele virou a cabeça em minha direção. Mesmo que eu estivesse camuflada em meio ao mar de espectadores, os olhos azuis e brilhantes do príncipe encontraram os meus em um segundo.

Abri caminho até ficar diante do guarda mais próximo.

– Estou aqui para ajudar! – gritei, tentando vencer o barulho da multidão. – Chame o príncipe Luther. Ele está bem ali, ele me conhece.

– Não dou a mínima para quem você conhece – respondeu o guarda, sem a menor emoção. Ele parecia despreocupado quanto à confusão que se desenrolava atrás dele. – Ninguém entra, ninguém sai.

– Só chame o príncipe, ele vai explicar que...

– Não.

– Sou curandeira. Se houver gente machucada, posso ajudar.

– Não.

– Vai mesmo se recusar a...

– Se eu precisar falar *não* outra vez, farei isso com minha espada.

Olhei por cima do ombro do guarda – Luther continuava me observando, embora não tivesse movido um dedo sequer.

Seu rosto apresentava a típica falta de emoção, mas percebi os vestígios de tensão em seus olhos de aço e no maxilar retesado. Havia algo severo em suas feições, algo semelhante a...

Suspeita.

Um calafrio percorreu minha coluna.

Luther achava que eu era a responsável por aquilo?

Caramba... Quer dizer, eu *era* responsável. Por tudo. Talvez não do jeito que ele suspeitava, mas o sangue estava em minhas mãos do mesmo jeito.

A culpa viria depois – e, *pelos deuses*, como viria –, mas eu ainda tinha uma chance de conter a hemorragia. Tanto figurativa quanto literalmente.

– Luther! – gritei, agitando os braços no ar. – Aqui!

Ele não esboçou nenhuma intenção de vir até mim, nem mesmo um vestígio de reação.

– LU-THER!

Ele fez que não com a cabeça, murmurou um "Vá para casa" e começou a se virar.

– *Luther, seu babaca arrogante*, venha até aqui e fale comigo!

Na multidão, uma centena de olhos se voltou para mim, como se eu fosse um ratinho que acabara de acordar um leão. Os ombros de Luther subiram e desceram depressa no que, eu não tinha dúvidas, se tratava de algum tipo de suspiro irritado, mas ele enfim veio me encontrar.

Eu havia esquecido o quanto ele era alto, o quanto sua silhueta se erguia acima da minha com aquele olhar sempre tão gélido. O cabelo de Luther estava solto, caindo em uma cortina preta ao redor dos ângulos agudos do rosto, sua pele oliva brilhando sob a intensidade do calor daquele inferno. Gotas de suor desciam por sua cicatriz, pingando pela curva do pescoço. Flexionei os dedos para conter o desejo insano, selvagem e inadequado de limpar uma delas.

– Você não devia estar aqui – advertiu ele.

– Ouvi a explosão lá da minha casa. Pensei que, se houvesse alguém ferido, alguma criança, talvez eu pudesse ajudar.

– Não há crianças aqui.

Graças aos deuses. Quase caí de joelhos.

– Mesmo assim – insisti. – Talvez eu possa ajudar com os feridos, pelo menos até que possam se curar sozinhos. Juro pela minha vida que vou seguir as regras desta vez.

Ele estudou meu rosto sem dizer nada.

– Cometi um erro – continuei. – Do qual me arrependo mais do que você imagina. Me deixe pelo menos tentar consertar as coisas. *Por favor.*

Eu me perguntava se ele conseguia ouvir a sinceridade em minhas palavras – se sabia que elas significavam muito mais do que ele era capaz de entender.

Luther ergueu uma mão, e uma esfera pálida de luz azul brilhou a meu redor. Ele inclinou o queixo em um convite silencioso para que eu o seguisse, depois deu as costas. Prendi a respiração enquanto atravessava os cordões brilhantes do isolamento, maravilhada pela forma como faiscavam e desapareciam nos pontos em que tocavam a cúpula de luz.

Apressei o passo para acompanhar Luther, e o escudo a meu redor desapareceu assim que me juntei a ele, murmurando um agradecimento baixinho.

– Fique fora do caminho, fique longe do fogo – ordenou ele. – E não saia correndo para lugar algum. Se fizer isso, vou pessoalmente atirar você numa masmorra.

– Entendido.

Ele parecia pouco convencido.

– Onde estão seus suprimentos?

– Não tenho nenhum.

– Você veio até aqui sem remédios ou suprimentos?

– Bom, eu saí da Cidade Mortal com todas as coisas que pude carregar, mas aí fui atacada na estrada por um grupo de imbecis que roubaram minha bolsa. Então, tecnicamente, eu só fiquei sem remédios ou suprimentos *na metade* do caminho.

Luther se deteve. Seus olhos ficaram escuros conforme percorriam meu corpo inteiro sem pedir desculpa.

– Eles te machucaram? – rosnou.

Fiquei desconfortável sob seu escrutínio súbito.

– Não. Consegui escapar.

– Eram mortais ou Descendentes?

– Eu, hum… não sei dizer. Estava muito escuro. – Fiz uma careta. – Podemos nos concentrar no incêndio agora?

O príncipe me lançou um olhar que sugeria que minhas mentiras eram ainda menos críveis do que pareciam, mas não voltou a insistir, me guiando até onde um ajuntamento de corpos jaziam esparramados em uma área de grama.

Quando nos aproximamos, o fedor de cabelo queimado e carne esturricada atingiu meu nariz, provocando uma onda de náusea que ficou ainda mais intensa com o som dos gemidos atormentados. Queimaduras graves cobriam as figuras prostradas, os uniformes de guarda esfarrapados e chamuscados – alguns ainda fumegando como velas recém-apagadas. Um punhado de guardas havia perdido membros. Um deles estava anormalmente imóvel.

– Esses são os piores – falou Luther, a voz baixa. – Não sei se tem muito o que possa fazer. Estamos reunindo carruagens para levá-los até os curandeiros Descendentes em Fortos.

Eu assenti, as palavras se mostrando difíceis demais de pronunciar.

Aos poucos, comecei a andar ao redor do grupo e caí de joelhos entre dois dos feridos. À minha direita, um homem se contorcia de dor, apertando o rosto, gritando sequências mutiladas de palavras que eu não pude entender. Peguei sua mão e a puxei com gentileza para mim.

– Olá, eu me chamo Diem. Sou curandeira, estou aqui para…

Minha garganta se fechou quando ele afastou a mão. Seu rosto – ou o que já tinha sido um rosto – era agora uma maçaroca de carne brilhante, sangrenta e queimada.

A mão dele, ainda quente do fogo, apertou meu pulso.

– M-me... aj...

Os lábios tinham sumido e a língua era apenas um toco carbonizado, o que tornava a fala um emaranhado lento e confuso de sangue e dor. Ainda assim, não havia como confundir o que o guarda lutava para dizer.

Me ajude.

Não havia nada que eu pudesse fazer. Se eu estivesse com minha bolsa de medicamentos, poderia ao menos aliviar a dor ou fazê-lo dormir enquanto seu corpo se recuperava, mas eu entregara tudo aos Guardiões.

Por que não lutei com mais afinco? Por que não corri mais rápido?

Um soluço engasgado se prendeu em minha garganta.

Eu fiz isso. A culpa é minha.

Segurei a mão do homem entre meus dedos e cheguei mais perto.

– Você vai ficar bem – sussurrei. – Vai se curar em breve. Logo, logo isso não vai passar de uma memória distante.

– Me... aju... – gemeu ele outra vez.

Seus dedos tremiam junto a meu braço – ou talvez fosse eu quem estivesse tremendo.

– Vamos levar você até alguém que possa ajudar. Apenas aguente firme, seja forte só mais um pouquinho.

Os ombros dele começaram a tremer, as tentativas de falar se transformando em lamentos longos e desesperados. Avistei um pedaço de pele sem queimaduras junto de suas costelas e apoiei a outra mão ali, roçando meu polegar em movimentos leves e circulares.

– Você não está sozinho. Estou aqui. Você vai ficar bem.

No fundo da mente, eu sentia o peso do olhar de Luther observando cada gesto meu, mesmo quando o grupo voltou a envolvê-lo feito um rebanho. Sua voz chegava até mim enquanto ele dava ordens, sempre calmo, porém firme, a confiança seguindo inabalável mesmo diante da loucura ao redor. O som era estranhamente reconfortante.

Fiquei sentada com o guarda, sussurrando palavras de consolo até que seus soluços diminuíssem e enfim estancassem. A mão dele ficou mole e escorregou de meu pulso. Por um momento, temi pelo pior, mas as batidas de seu coração sob minha palma permaneciam firmes e fortes, ainda que preocupantemente aceleradas. A dor o havia arrastado para a inconsciência – uma pequena misericórdia.

Do meu outro lado, uma guarda começou a convulsionar sob os efeitos do choque. Segui o mesmo padrão, apertando as mãos dela e garantindo que a ajuda chegaria em breve. Era outra mentira – algo que eu vinha me tornando muito experiente em fazer nos últimos dias –, mas que pareceu oferecer consolo suficiente para que o corpo da mulher se acalmasse e ela respirasse mais devagar.

Continuei avançando de Descendente em Descendente, oferecendo meus gestos insignificantes de qualquer maneira que fosse possível. Para alguns, eu era capaz de oferecer mais – Luther ordenou que um guarda me trouxesse água limpa e álcool, que usei para desinfetar alguns ferimentos, além de fazer um torniquete improvisado com um cinto de couro para um homem cuja perna fora amputada a partir da coxa.

Segui até a última vítima, aquela cujo corpo permanecia imóvel desde a minha chegada. Eu andara evitando olhar muito de perto, tentando me convencer de que era melhor focar nos pacientes que estavam acordados e sofrendo com mais consciência, mas a verdade era que eu tinha medo do que poderia encontrar – e agora minha covardia não podia mais ser protelada.

Era uma mulher... ou assim eu imaginei. Seu corpo inteiro estava carbonizado, o cabelo chamuscado até ter virado cinzas. O fogo havia consumido os dois pés e todo o braço esquerdo. Era difícil dizer se as roupas tinham queimado ou apenas derretido por cima da pele.

Por um longo instante, fiquei observando seu peito, implorando a qualquer deus disposto a me ouvir que a mulher exibisse até a mais fraca das respirações.

Mas houve apenas silêncio.

Um terrível e eterno silêncio.

Eu fiz isso. A culpa é minha.

As lágrimas rolaram em queda livre enquanto eu me inclinava para fechar o que restava de suas pálpebras. Segurei a mão dela e sussurrei o Rito dos Encerramentos, acrescentando uma prece ao divino para que tivesse misericórdia de sua alma.

Não me incomodei de pedir o mesmo para a minha.

Por fim, o silêncio horrível em minha cabeça começou a abrandar e as vozes da multidão reunida em torno de Luther alcançaram meus pensamentos.

– ... achamos que tínhamos evacuado todo mundo...

– ... alguns ainda presos...

– ... bombas rebeldes não detonadas...

– ... a abertura pode desabar a qualquer momento...

Voltei minha atenção para Luther. Seus olhos ainda estavam focados em mim, e uma expressão nebulosa que eu não conseguia ler estampava suas feições. Ao encontrar meu olhar, ele piscou – como se tivesse sido arrancado dos próprios pensamentos tempestuosos.

Dois Descendentes estavam ao lado dele – um homem enorme com cachos dourados e bagunçados e uma mulher magra de rosto severo, cujo cabelo curto e azul meia-noite terminava em uma mecha afiada na altura do queixo. Ambos encaravam o príncipe com uma resignação lúgubre.

– Se cercarmos o prédio com magia das sombras, podemos extinguir o fogo, mas isso pode matar qualquer sobrevivente que tenha restado lá dentro – disse o homem, exibindo uma carranca profunda que não parecia combinar com seu rosto.

– O arsenal foi construído com apenas dois acessos por questão de segurança – acrescentou a mulher. Seus inúmeros piercings brilharam à luz do fogo quando ela balançou a cabeça. – A entrada dos fundos desabou, e a da frente está tão ruim que ninguém consegue passar. Poderíamos tentar abrir um novo acesso, mas a integridade do edifício está muito comprometida. A coisa toda poderia vir abaixo.

O homem assentiu com desolação, concordando com o que ela dizia.

Luther lançou para ambos um olhar furioso que fez com que até eu me encolhesse – embora, para crédito da dupla, nenhum deles tivesse se esquivado.

– Estão me aconselhando a deixar pessoas lá dentro para queimarem vivas? – rosnou o príncipe.

– Não sabemos se ainda tem alguém vivo lá dentro – argumentou o homem. – Mesmo que seja possível infiltrar alguém, poderíamos estar pedindo que a pessoa arriscasse a vida por um cadáver.

– Eu vou.

Os olhos de Luther dispararam para mim.

Eu me levantei e encarei o prédio, agora quase que engolido por completo pelo fogo. A grande porta de ferro da entrada havia sido arrancada das dobradiças por uma explosão, e os destroços tinham reduzido o portal a pouco mais do que um vão de madeira carbonizada e flamejante. Era estreito, mas...

– Eu consigo – insisti. – Sou menor do que todos vocês. Consigo passar.

O homem e a mulher ao lado de Luther se entreolharam, depois se viraram para mim.

– Você está disposta a entrar? – perguntou ela.

– Não – interrompeu Luther. – É muito perigoso.

– Você mandou seus guardas entrarem lá durante a última hora inteira – retruquei. – Também não era perigoso?

– Você não é um dos meus guardas.

– E daí?

– *E daí* que é perigoso. Você é mortal, lembra? – Seu tom era seco, quase sarcástico. – Seu corpo é frágil.

Fiz cara feia.

– Para começo de conversa, se me chamar de *frágil* de novo, eu vou cortar essas suas preciosas bolas reais e fazer você engolir.

O grupo caiu em um silêncio pesado. O canto dos lábios de Luther se contraiu – apenas de leve.

– Em segundo lugar, por que você se importaria se eu me machucasse? – Sorri com amargura. – Sou só uma mortal, afinal de contas. Nossa vida é descartável se comparada à de vocês.

Os músculos ao longo do pescoço de Luther se retesaram conforme ele se esforçava para não responder. O homem loiro olhou para o príncipe, mas depois inclinou a cabeça para mim com curiosidade, um sorriso lento crescendo no rosto.

– Pode funcionar – refletiu a mulher. – Se conseguir entrar e guiar os sobreviventes até a saída, podemos erguer as vigas o bastante para tirá-los de lá. Mas só vamos ter uma chance. A coisa vai desabar assim que soltarmos.

Dei de ombros.

– Eu consigo. Não estou com medo.

– Isso dá para notar – falou o homem loiro, sorrindo para mim.

– Não. – Luther cruzou os braços, os ombros altos e tensos. – Ela não vai entrar. Isso está fora de cogitação.

Voltei a olhar feio para ele.

– Ah, qual é, Luther?

– *Príncipe* Luther.

Eu não seria capaz de revirar *ainda mais* os olhos.

– Pessoas estão morrendo e você está preocupado com seu título chique de merda?

Ele ensaiou me rosnar uma resposta, mas eu o interrompi ao enfiar a palma da mão na muralha imóvel que era seu peito.

– Vai mesmo contar para a família deles que existia uma chance de salvá-los e você não tentou? É *esse tipo* de líder que vai ser?

Era um golpe calculado no orgulho do príncipe – algo que se mostrou eficaz. Uma centelha de fúria brilhou por trás de seus olhos, mas as expressões inquisitivas da multidão ao redor dele foram ainda mais importantes.

Luther estava encurralado. Eu sabia, ele sabia. Proibir que eu entrasse seria priorizar uma mortal acima da própria espécie, uma demonstração de fraqueza com a qual o futuro rei de Lumnos não podia arcar.

– Tudo bem – disse ele entre os dentes. – Vá lá se matar. Mas não espere que eu envie meus guardas para socorrê-la.

– Tudo bem – retruquei de volta, me virando para a mulher ao lado dele. – Pode me explicar para onde devo ir depois de entrar?

Ela assentiu e caminhou a meu lado conforme nos aproximávamos do prédio. Mantive o olhar fixo na estrutura em chamas enquanto ela descrevia os cômodos onde sobreviventes tinham sido vistos pela última vez. Eles estavam mais para dentro da construção do que eu imaginara – *bem* mais para dentro. Foi apenas meu orgulho inflado que me impediu de dar meia-volta e desistir.

Espiei por cima do ombro para onde os guardas feridos estavam descansando e meus olhos recaíram sobre a mulher imóvel. Eu me perguntei se eles seriam capazes de determinar a identidade dela sob tantos ferimentos. Só os deuses sabiam quantos outros como ela estariam dentro daquele prédio, mortos ou morrendo de forma lenta e dolorosa.

Por minha causa.

– Se quiser, posso tentar encontrar um guarda menor para ir com você – ofereceu a mulher, talvez sentindo que minha coragem havia evaporado.

Eu dispensei a ideia com um aceno.

– Não temos tempo. Vou ficar bem.

Ela assentiu.

– Traga-os para o mais perto possível da saída. Quando tiver reunido todos, levantaremos as vigas e vamos ajudar a puxar todos para fora.

Eu precisava admitir que estava impressionada com o foco daquela mulher. Ela não tentara me dissuadir nem me tratara como se meu sangue mortal fizesse de mim muito fraca ou ignorante para entender os riscos que estava assumindo. Por mais imprudente que minha escolha pudesse ser, ela estava determinada a respeitá-la.

Tirei o cinto com as armas e o entreguei para ela, sabendo que eu precisaria ser o mais aerodinâmica possível para atravessar pela abertura.

– Se eu não voltar, fale para esse seu príncipe que…

Procurei Luther por cima do ombro, mas ele já tinha sumido.

Uma pontada de mágoa se alojou em meu peito, fazendo com que eu me sentisse constrangida e ingênua. É claro que minha morte iminente não seria interessante o bastante para prender a atenção dele. Por que eu devia ter esperado algo diferente?

– Não importa – acrescentei depressa. Enfiei o cabelo por dentro da parte de trás da túnica, fiquei de joelhos e respirei fundo uma última vez. – Hora de descobrir se vovó Lumnos gosta mesmo de mim.

Quente era um enorme eufemismo para descrever o interior do arsenal. A palavra era suave demais, inadequada.

Aquilo era uma panela de óleo fervente e fumegante.

Metal em brasa liquefeito sobre a forja de um ferreiro.

A superfície flamejante do maldito sol.

As paredes e o piso do arsenal eram feitos de pedra – provavelmente o único motivo pelo qual qualquer parte do edifício continuava de pé –, mas as vigas altas de madeira haviam se tornado uma gigantesca nuvem ondulante de fogo. A quentura me empurrava para baixo com uma força quase corpórea, e o ar estava tão espesso que qualquer movimento era como tentar nadar através de um mar de calor.

O espaço à frente estava quase livre, ainda que pontilhado por destroços caídos de madeira em chamas. Contudo, lá em cima, as vigas que haviam sobrado estalavam como lareiras de inverno. Um som que costumava me trazer um conforto nostálgico e que agora servia como um aviso de que tudo podia desabar sobre minha cabeça a qualquer momento.

Rastejei pelo chão o mais rápido que pude, puxando a gola da túnica por cima da boca para filtrar o ar cheio de fuligem.

– Olá? – gritei, minha voz já rouca por causa da fumaça. – Alguém pode me ouvir? Grite se estiver me ouvindo.

Silêncio.

Era uma luta manter os olhos abertos. Era ainda mais difícil enxergar para além de poucos palmos de distância.

Ainda em quatro apoios, me arrastei pelo percurso que a mulher me ensinara, tateando ao longo das paredes do corredor principal. Na entrada de um depósito enorme, uma placa dourada com a palavra LÂMINAS gravada estava caída no chão. O teto cedera parcialmente, permitindo que o ar noturno expulsasse um pouco da fumaça ofuscante. As prateleiras que revestiam as paredes estavam estranhamente vazias, e vários caixotes de madeira tinham sido virados e esvaziados no chão. Um conjunto de facas jazia espalhado pelo piso, com as pedras preciosas pálidas incrustadas nos punhos de madeira escura brilhando sob a luz bruxuleante.

Meu olhar se fixou em um par de botas que aparecia por trás de um caixote. Corri na direção do homem caído de lado, meu coração disparando, minhas preces sendo repetidas em silêncio em um ciclo sem fim.

Agarrei-o pelo ombro e o virei para mim, então me afastei cambaleando, com um grito assustado. Seus olhos azuis estavam esbugalhados e vazios, a boca aberta em um apelo não atendido por misericórdia. Sangue cobria seu peito, a garganta rasgada em um corte que afundava até quase chegar ao osso.

Ele não tinha morrido queimado ou sufocado pela fumaça.

Tinha sido assassinado.

Meus pensamentos se voltaram para os Guardiões que eu encontrara na estrada e para as duas carroças que levavam. Observei outra vez as prateleiras vazias e os caixotes revirados e juntei as peças.

O que você achou que aconteceria?, repreendeu minha consciência. *Que os Guardiões bateriam à porta e pediriam por favor?*

Rastejei pelo depósito, buscando sobreviventes, mas encontrando apenas cadáveres – mais dois guardas, um decapitado e o outro despedaçado em uma explosão.

Pelo menos quatro guardas haviam sido mortos. Quatro vidas interrompidas de modo cruel e violento.

Matar parecia tão fácil quando eu enfrentara o homem Descendente no beco. Depois de vê-lo assassinar aquela mulher, eu estava pronta para tirar a vida dele em um piscar de olhos, minha raiva tão feroz que não pensaria duas vezes antes de acabar com a existência do desgraçado.

Era a mesma fúria que Henri sentira após testemunhar o garoto mortal sendo pisoteado pelo Descendente a cavalo – uma necessidade de vingança, de *justiça*, que ardia com tanta força que queimava todo o resto.

Eu tinha acreditado que o dia no beco me preparara para virar uma Guardiã, para me juntar à guerra e fazer o que fosse preciso para proteger meu povo.

Até matar, se necessário.

Mas o homem que eu enfrentara naquele dia havia selado o próprio destino quando assassinara dois inocentes. Até onde eu sabia, os guardas do arsenal não tinham cometido nenhum crime pior do que ser um Descendente no lugar errado e na hora errada.

A guerra é morte, miséria e sacrifício. É fazer escolhas que vão te assombrar pelo resto da vida.

Se aquele era o tipo de matança que a guerra exigia… eu não estava pronta.

E jamais estaria.

Desmoronei no chão ao lado dos guardas mortos enquanto a fumaça e o calor me dominavam. Por um momento, pareceu que o teto em chamas colapsara, porque senti o peso enorme de tudo que eu tinha passado nos últimos meses desabar em minha cabeça.

Mesmo que eu sobrevivesse para testemunhar um novo dia, minha carreira como curandeira estaria acabada – não tinha como voltar agora que eu vira em primeira mão o preço sangrento de ter quebrado meu voto. Minha mãe possivelmente estava morta; minha vida, prometida a serviço de um rei perverso e de seu herdeiro miserável. Era provável que Henri me odiasse, e, mesmo que não fosse o caso, talvez os Guardiões o obrigassem a escolher entre mim e eles. Será que eu venceria essa batalha, considerando o quanto ele era apaixonado pela causa, a ponto de tatuá-la na pele?

Essa era uma batalha que eu queria vencer?

A tosse por causa da fumaça se transformou em um soluço trêmulo que sacudia minha garganta, o oxigênio parecendo perigosamente escasso. Meu cérebro estava tão nebuloso quanto o ar, cada novo pensamento precisando ser arrancado de um poço de alcatrão pegajoso e borbulhante. Tentei me levantar, mas, toda vez que lutava por um pouco de energia, minha atenção se fixava nos olhos sem vida dos cadáveres a meu lado e eu me lembrava do tanto de sangue que havia em minhas mãos.

Talvez fosse melhor só... ficar ali. Encolhida em posição fetal e esperando o inevitável.

Henri poderia seguir em frente. Maura e os curandeiros estariam mais seguros. Papai e Teller ficariam de coração partido, mas seria para o bem deles. Minhas escolhas já os tinham colocado sob riscos demais.

Seria um fim excruciante. Mas talvez fosse o que eu merecia.

Eu fiz isso. A culpa é minha.

O ímpeto de lutar abandonou meu corpo. Desabei no chão, e uma lágrima escorreu por meu rosto enquanto eu fechava os olhos e me rendia à escuridão.

VINTE E SEIS

Lute.

Meus olhos se abriram.

Há quanto tempo estou aqui? Estou morta?

Minha pele exposta parecia inchada e sensível, quase chiando junto ao chão de pedra fervente.

Lute.

– Não – sussurrei.

Eu tinha feito uma escolha. Aquele era o fim. Não havia sentido em lutar, não havia sentido em...

Lute.

A energia explodiu em minhas veias, enchendo-as com uma rajada fria que acalmou minha pele dolorida e me fez sair de perto dos ladrilhos escaldantes.

– Pela Chama Eterna – praguejei, me sentando bem ereta. – Não posso nem morrer em paz?

A voz andava de um lado para o outro dentro de mim como um predador, batendo os dentes e me incitando a agir. Queria que eu me movesse, que fosse embora, que me salvasse, que *lutasse* por mim mesma – decisões que minha cabeça e meu coração haviam abandonado.

Respirei fundo, surpresa ao encontrar meus pulmões limpos e ilesos. A sala ainda rodopiava com muita fumaça preta e nociva – eu já deveria ter caído desmaiada àquela altura.

Lute. Lute. Lute.

– Está bem – rosnei, me obrigando a ficar de pé. – Só me deixe em paz. Já me levantei.

Longe do chão, o ar parecia derretido e bem mais quente, mas por alguma razão inexplicável aquilo não me incomodava mais. Uma sensação gelada de formigamento se espalhou por minha cabeça, descendo pelos braços e pelas pernas, me anestesiando contra o inferno ao redor.

Fiquei maluca, pensei. *Foram só dois meses sem o pó de raiz-de-fogo e eu já fiquei biruta de verdade.*

Eu me arrastei para fora do depósito e cambaleei no corredor enquanto meu cérebro embaçado de fumaça tentava se orientar na escuridão fumegante.

A saída era para a direita.

Mas as pessoas que eu viera salvar estavam à esquerda, se é que ainda estavam vivas.

Como se os deuses estivessem me escutando, um pedaço flamejante de uma das vigas de madeira em ruínas despencou à minha direita, por pouco não acertando minha cabeça. Outro pedaço ainda maior caiu ao lado do primeiro, e saí aos tropeços para a esquerda, xingando.

Uma olhada rápida para cima confirmou que eu não tinha muito tempo antes de o resto do telhado desabar. Se fosse para fazer aquilo, seria agora ou nunca.

Apressei o passo pelo corredor.

– Olá? – chamei. – Ainda tem alguém vivo?

Suave e fraca, quase inaudível sob as chamas crepitantes e os destroços caindo, uma voz gemeu em resposta.

– Olá? – gritei. – Consegue me ouvir?

– Por favor... Me ajude.

Meu coração disparou no peito.

– Continue falando! Vou encontrar você.

– M-me ajude... Pela Linhagem Abençoada, por favor... Não quero morrer.

Em um cômodo perto do corredor principal, avistei dois homens – um todo amontoado no chão, o segundo preso sob uma viga caída. Por baixo da madeira pesada, os quadris dele pareciam achatados de um jeito que fazia embrulhar meu estômago, as pernas dobradas em um ângulo nada natural.

Seus olhos encontraram os meus, escuros e sem esperança. Eu não precisava contar para ele sobre a dura realidade da situação.

– Por favor, não me deixe – implorou ele. – Por favor... me salve.

– Vou fazer isso, prometo. Você vai ficar bem.

As palavras tinham um gosto amargo em minha boca. A viga gigantesca era muito mais pesada do que qualquer coisa que eu pudesse levantar. Mas talvez eu pudesse voltar e chamar um dos guardas Descendentes, depois convencer os outros a sustentar a abertura por tempo o bastante para que nós...

Uma tempestade de escombros caiu no saguão, enviando uma onda de chamas que se espalhou pelo corredor e inundou a sala. Por instinto, me joguei sobre o homem ferido para protegê-lo do fogo.

Lute.

A voz pulsou de novo, e uma explosão de gelo atingiu minha pele. Ouvi um som sibilante e olhei para cima, dando de cara com uma nuvem de vapor que subia na direção do teto.

É, fiquei mesmo biruta.

– Qual é o seu nome? – perguntei.

– Perthe.

– Certo, Perthe, você consegue tirar essa viga de cima da sua perna?

Ele balançou a cabeça, o desespero se acumulando nos olhos azuis.

– Não consigo. Estou muito fraco.

Eu me movi para junto do homem esparramado ao lado dele. Uma rápida verificação de pulso me confirmou que ele estava vivo, mas vários tapas fortes no rosto não foram suficientes para trazê-lo de volta à consciência.

Aquilo não era nada bom. Mesmo que eu pudesse libertar Perthe, teria que carregar os dois homens por um corredor flamejante sob uma chuva de escombros. Eu não acreditava nem que seria capaz de carregar *um deles*.

A desesperança voltou a se instalar. *Não consigo fazer isso, os dois vão morrer aqui e vai ser tudo minha culp...*

Lute, rosnou *a voz*.

Certo.

Não havia tempo para chorar.

Passei o braço em torno da viga que prendia Perthe, estremecendo enquanto minha pele criava bolhas em contato com as brasas ainda vermelhas ao longo da madeira lascada. Com um gemido alto, joguei o peso contra o objeto em uma tentativa desesperada de soltá-lo.

Em meu tempo como curandeira, eu já ouvira histórias sobre mortais que alcançavam algum poço oculto de força sobrenatural em momentos de crise – mães desesperadas que erguiam carruagens inteiras para salvar os filhos, damas delicadas tirando um cavalo de cima do amado. Havia algo no terror iminente de perder um ente querido que revestia nossos ossos de aço, injetando fogo em nossas veias, dando-nos coragem para desafiar a morte e forçar o corpo para além de qualquer limite que julgássemos possível.

Perthe estava longe de ser um *ente querido*, mas aquela era a única explicação para o modo como a viga gigantesca, com cinco vezes o meu tamanho e pelo menos dez vezes o meu peso, lentamente se deslocou e deslizou para longe de suas pernas esmagadas. Brasas incandescentes rodopiaram à nossa volta quando a madeira carbonizada atingiu o chão com um baque.

Perthe soltou um grito – se de dor ou alívio, eu não saberia dizer.

– Você consegue sustentar um pouco de peso em alguma das pernas? – perguntei a ele.

O guarda tentou se levantar, mas o peito mal havia deixado o chão quando do seu rosto se contorceu de agonia, os braços cedendo.

– Sinto muito – disse ele, os olhos ficando marejados com um tipo de derrota que eu, infelizmente, sabia reconhecer.

– Está certo. Você vai ficar bem. – Alternei o olhar entre ele e o outro homem, começando a esboçar um plano. – Vamos sair daqui. Nós três.

A esperança brilhou em suas feições.

– Nós vamos?

– Vamos. Mas... – Eu me encolhi. – Vai doer pra caramba.

Perthe assentiu, sem se deixar abater, e tentou içar o torso de novo. Embora um grito atormentado tivesse saído de seus lábios, ele conseguiu se apoiar nos cotovelos.

– Eu aguento – disse ele, ofegante.

– Ótimo. – Peguei os braços do homem inconsciente e o deitei no sentido do comprimento, deixando seu corpo o mais próximo de Perthe que consegui. – Não posso levantar vocês dois, mas talvez eu consiga arrastá--los. Vamos usar seu amigo aqui como maca. Acha que consegue se deitar por cima dele?

Perthe assentiu outra vez, uma determinação afiada pincelando suas feições. Ele cerrou os dentes e deixou os gritos morrerem na garganta enquanto eu o envolvia pelo peito e o puxava sobre as costas do companheiro. Eu me encolhi ao arrumar com cuidado as pernas mutiladas e o quadril despedaçado de Perthe até que os dois homens estivessem alinhados.

– Segure o mais firme que puder – instruí, agarrando os braços flácidos do guarda desmaiado e os apertando contra minha cintura.

Cravei os calcanhares no chão e joguei o peso do corpo para a frente, me obrigando a avançar sob grunhidos de esforço. Meu coração martelou com uma esperança tímida quando os guardas atrás de mim se movimentaram – e depois afundou assim que voltamos a ficar presos.

Respirei fundo e tentei de novo. Mais alguns metros – e outro obstáculo. Gritei enquanto me lançava o mais fundo que podia para dentro de mim mesma, raspando as bordas de minha alma em busca de qualquer resquício de força que pudesse encontrar.

Outro pé, depois outro – e um obstáculo.

Continuamos assim pelo que pareceu uma eternidade, progredindo centímetro por centímetro de esforço extenuante. Mesmo Perthe, com seu corpo dizimado, fez o melhor que pôde para ajudar, empurrando o chão de pedra com a palma das mãos.

Após cada movimento, eu me sentia murcha e drenada, convencida de que não conseguiria tentar outra vez, de que não seria capaz de encontrar um pingo de força sobrando em minha alma cansada e exaurida – mas a todo momento *a voz* dentro de mim rugia e destrancava uma nova caverna de bravura escondida lá no fundo.

Chamas lambiam as paredes conforme passávamos, e as lascas dos destroços que caíam salpicavam meus braços com bolhas e queimaduras, embora eu mal as sentisse. Notava apenas as batidas de meu coração e os chamados *da voz* enquanto ela me incitava a prosseguir.

Quando uma brisa fresca enfim acariciou minha bochecha, foi como sentir o borrifar de água de uma nascente nos desertos de Ignios. Através da fumaça e das labaredas, avistei uma saída se abrindo para a noite estrelada lá fora, e, naquela abertura, um rosto. Com olhos azul-acinzentados brilhantes.

– Diem!

Luther.

A voz dele soava rouca, quase em pânico. Tão diferente da calma fria a que eu estava acostumada.

Como uma vela soprada na escuridão, o restante de minha energia desapareceu. Caí de joelhos com um baque pesado e doloroso.

– Luther – murmurei. – Não consigo...

– Fique aí. Segure firme. Estou indo.

Escutei gritos. Pés apressados. O ranger de metal e madeira se movendo.

– Estou indo até você! – gritou ele de novo.

Cordas gêmeas de luz ofuscante se desenrolaram da entrada e vieram deslizando pelo chão. A névoa da fumaça conferia a elas um halo sobrenatural que me cercou conforme a magia se enrolava ao redor do meu tronco e me puxava. Agarrei os dois homens, mas meus músculos estavam fracos, eu me sentia incapaz de continuar segurando.

– Não – ofeguei. – Eu, não. Eles. Tire os dois primeiro.

Mais uma vez, as cordas brilhantes tentaram me arrastar, deixando os guarda para trás.

– Não, Luther – rosnei mais alto. – Salve *os dois.*

Segurei um dos tentáculos luminosos e o arranquei de meu corpo. Quando minha mão roçou na magia de Luther, a sensação que percorreu minha pele foi diferente de qualquer coisa que eu já tivesse sentido – era como a luz das estrelas em forma sólida, como segurar um fragmento da lua em minhas mãos. A magia parecia quase fluir para mim e cobrir meu corpo com um brilho prateado e cintilante.

Uma onda formigante de energia explodiu em meus braços e floresceu em meu peito, amenizando a dor da fadiga e renovando meu foco. Peguei os fios de luz e os enrolei como ataduras ao redor dos pulsos do homem inconsciente. A magia de Luther sussurrava sob meu toque, e jurei ouvir uma harmonia distante, que silenciou no momento em que eu a soltei.

– Puxe... agora! – gritei. – *Puxe!*

As cordas se retesaram. Desabei de lado enquanto os dois homens deslizavam juntos, devagar mas sem pausas, avançando na direção da abertura até que não fosse mais possível atravessar.

As vigas que bloqueavam a porta começaram a ser erguidas, reforçadas por uma cúpula de luz azul e brilhante. Foi lento, e o emaranhado de toras estava tão estilhaçado que tive certeza de que a coisa toda cederia a qualquer minuto, mas fiquei assistindo com admiração e um alívio intenso conforme mãos se estendiam pela fumaça, puxando os guardas até que eles desaparecessem na noite.

Uma risada absurda e exausta borbulhou em meu peito. Eu tinha conseguido: eles estavam em segurança. Com ferimentos graves e provavelmente com cicatrizes eternas, mas vivos.

E talvez eles fossem homens terríveis. Talvez tivessem torturado mortais, executado crianças pelas leis de progenitura ou cometido uma série de outras atrocidades. Talvez um dia eu me arrependesse por ter dado a eles uma segunda chance.

Mas, pelo menos naquele dia, eu havia salvado vidas. De certa forma, eles também tinham salvado a minha.

O ranger da madeira se acomodando indicava que a abertura não duraria por muito tempo. Lutei para ficar de pé e cambaleei para a frente, minhas pernas cansadas tremendo de forma precária.

Luther entrou marchando pela abertura alargada, a silhueta assustadora emoldurada pelas luzes brilhantes da cidade lá fora, e nossos olhares se encontraram na escuridão.

Ambos congelamos quando algo antigo e profundo se passou entre nós dois. Era uma força primordial que transcendia qualquer palavra ou pensamento, tão poderosa quanto um relâmpago, como o primeiro suspiro de uma criança ou a profundidade infinita do oceano. Ela não pertencia àquele mundo, mas estava emaranhada nele. A sensação aqueceu meu sangue, trazendo uma paz calmante que eu nunca havia experimentado, mas também me enchendo com o terrível pavor de contemplar um destino inevitável.

Uma visão me atingiu. Era a mesma de antes – um campo de batalha afundado em chamas prateadas e repleto de cadáveres formando um círculo a meus pés, meu corpo vestido em uma armadura de ônix brilhante, uma espada dourada e preta como a noite em minha mão. Só que, daquela vez, eu não estava sozinha.

A figura sombreada que eu vira antes agora estava visível, como se tivesse removido um grande manto de escuridão, a espada incrustada de joias pingando sangue carmesim. Quando olhei para aqueles olhos familiares, a mais linda das dores atravessou o lado esquerdo de meu peito e cortou meu coração. Eu o cobri com a palma da mão e, do outro lado do campo de batalha, a figura espelhou meu gesto.

A visão terminou, evaporando no ar como névoa sob o sol. O campo de batalha se tornou um arsenal em chamas, as labaredas prateadas escurecendo em um vermelho-alaranjado furioso, os corpos espalhados se dissolvendo em escombros caídos. Mas a figura que eu tinha visto permaneceu. Seus olhos pálidos ainda estavam presos a mim, a mão ainda no peito, assim como a minha.

– Diem – sussurrou ele.

– Luther – respondi.

Ele estendeu a outra mão e deu um único passo.

Crec.

O som vinha de cima.

Interrompi o contato visual e olhei para o alto a tempo de ver uma viga enorme, e depois uma segunda, se desprendendo dos apoios.

Tudo ficou em câmera lenta.

A boca de Luther se abriu, os lábios formaram meu nome, os olhos arregalados de pavor.

Minha mão trêmula se estendeu em direção à dele.

O céu estava desabando.

E o mundo ficou escuro.

VINTE E SETE

Tudo doía.

Minha pele, meus ossos, meu cérebro.

Cada centímetro de mim *doía*.

Mãos fortes seguraram minhas pernas e meus ombros e me recostaram contra algum tipo de parede rígida e quente. Uma parede que tremia e pulsava como se houvesse um coração batendo.

Soltei um choramingo, e a parede ficou imóvel.

– Vossa Alteza…

– Saia do meu caminho.

– Ainda há bombas ao redor do prédio. O que devemos…

– Encontre a vice-general, ela vai assumir o comando a partir de agora.

– Mas, Vossa Alt…

– *Saia do meu caminho.*

E então eu estava me movendo, balançando, cada impacto fazendo meu crânio chacoalhar.

Tentei abrir os olhos, mas nada aconteceu.

Tudo doía tanto, tanto.

– Estou aqui com você – falou alguém, a voz suave. – Você vai sobreviver. Prometo.

E, por algum motivo, eu acreditei. A voz era familiar de um jeito que parecia mais do que uma lembrança, como se não fosse minha mente que a conhecesse, mas algo mais profundo, algo arraigado de forma muito mais íntima. A determinação firme daquela voz acalentava a vulnerabilidade de meu coração, mas havia algo em seu tom que soava... abalado.

Perdido.

Um calafrio percorreu meu corpo conforme uma brisa gelada beijava minha pele em lugares inesperados – nas costelas, nas coxas, nos quadris. Tentei falar, mas apenas um som fraco e quebradiço saiu de meus lábios.

As mãos me seguraram com mais força, um aperto tão desesperado quanto terno.

Eu me senti segura. Muito segura. Queria adormecer naqueles braços e nunca, nunca mais ir embora.

Adormecer...

– Fique comigo, Diem. Por favor, fique comigo. Não, espere, não...

Escuridão.

– Quem é ela?

– Não importa. Preciso que a ajude.

– Ajudar? Olhe para ela. Essa garota não precisa de mim. Precisa de um curandeiro.

– Só faça o possível.

– Mas como eu vou...

– Ajude-a, Eleanor. *Por favor.*

– Está bem, está bem. Me conte o que aconteceu.

– Os Guardiões atacaram o arsenal da casa Benette. Ela entrou para resgatar dois guardas do incêndio. O teto desabou antes que ela conseguisse sair.

– Abençoada seja a Linhagem... Por que, pelos nove reinos, essa garota estava metida em uma missão de resgate?

Um rosnado baixo.

– Porque eu sou um idiota.

Silêncio.

– Certo. Eu vou... hum... pegar um vestido para ela.

– *Calças.* Ela... Ela geralmente usa calças.

– Calças? Não tenho nenhuma... Deixa para lá. Vou ver o que encontro. Você fica com ela até eu voltar?

– Nem a própria deusa Lumnos seria capaz de me tirar do lado dela.

Mais silêncio.

– Primo… qual é a sua relação com essa mulher?

Uma pausa, seguida por um suspiro longo e pesado.

– Eleanor, eu… acho que ela é…

Escuridão.

Confortável.

Eu nunca me sentira tão confortável na vida.

Meu corpo inteiro estava envolto em calor – não como antes, no arsenal, onde eu me sentia como se estivesse assando em um espeto. Aquele era um calor agradável, no qual eu poderia ser embalada feliz e nunca mais escapar.

E macio. Eu estava rodeada de maciez. Um ninho macio, que me envolvia por todos os lados.

Também havia um cheiro celestial. Masculino. Musgo fresco e terroso com cedro úmido. Couro antigo e curtido com um almíscar apimentado.

Cheirava a minha amada floresta. Cheirava como *um lar.*

Alguém estava segurando minha mão, nossos dedos entrelaçados. Um frio crepitante de energia subia por meu braço no ponto onde nossa pele fazia contato. E a pessoa falava comigo.

Parecia gentil.

Eu não conseguia entender as palavras – minha cabeça ainda estava confusa, e aquela *voz* maldita dentro de mim não parava de *ronronar.*

Mas parecia… agradável.

Seguro.

Correto.

Escuridão.

VINTE E OITO

Luz.

Abri os olhos diante de uma claridade tão ofuscante que minha cabeça começou a girar no mesmo instante. Meu corpo perdeu o senso de direção e pareceu estar em queda livre. Agarrei os lençóis enquanto o mundo se inclinava e tropeçava em uma bagunça selvagem e desorientada.

Meus dedos roçaram contra pele. A solidez daquilo me deu um norte, desacelerando minha descida, até que parei de cair e o quarto entrou em foco.

Ouvi uma respiração lenta e profunda. E uma lareira.

Minha garganta apertou ante o primeiro estalido da lenha queimando. Por um segundo, eu estava outra vez no arsenal, meus pulmões e meu nariz sufocando com a fumaça pútrida, observando, impotente, enquanto o inferno se fechava à minha volta. Estiquei os dedos até tocar novamente a pele, e o pânico diminuiu.

Pisquei algumas vezes para clarear a vista.

Eu estava em uma cama. Grande e aconchegante, mas desconhecida. Os lençóis de seda me envolviam como as carícias de um amante, em nada parecidos com o linho áspero e velho de minha cama em casa. Cobertores macios estavam empilhados sobre mim, e uma montanha de travesseiros confortava minha cabeça.

Olhei ao redor do quarto. Era espaçoso mas acolhedor, decorado com móveis simples e elegantes – do tipo que se esforçava muito para parecer modesto, mas que, ao olhar com atenção, dava para saber que haviam custado uma pequena fortuna. O teto de pedra, abobadado e alto, sustentava um lustre em camadas de orbes que brilhavam com suavidade, mas a luz que tanto me ofuscara alguns minutos antes vinha da esquerda.

Girei devagar a cabeça naquela direção, o movimento forçando meus músculos rígidos e sensíveis. Ao longo de uma fileira de janelas arqueadas, cascatas de faixas de seda bordô tinham sido afastadas a fim de revelar o nascer do sol sobre um jardim coberto de névoa. O céu estava salpicado de rosa e lilás cremoso, mas era o brilho alaranjado e vívido do sol do amanhecer que banhava o cômodo em sua glória cintilante.

Envolto em uma moldura de luz da manhã, um homem descansava sentado em uma poltrona de encosto alto, a cabeça pendendo para a lateral. Tinha os olhos fechados, os lábios ligeiramente entreabertos, o peito subindo e descendo no ritmo do sono. Cachos soltos do cabelo cor de ébano emolduravam um rosto que, de algum jeito, se tornava ainda mais bonito adormecido, suas arestas afiadas enfim recolhidas pela noite. Apenas um vinco entre as sobrancelhas escuras sugeria perturbação sob sua calma imóvel.

A poltrona tinha sido puxada para junto da cama. Um dos braços do homem pendia por cima dos cobertores, os dedos roçando nos meus. A palma estava aberta e virada para cima, como se estivesse apenas esperando minha mão, assim como fizera naqueles momentos finais no arsenal.

Luther.

Ele abriu os olhos, encontrando os meus. Por um segundo, a expressão do príncipe não mudou, e fiquei maravilhada com a suavidade contida nela. Eu nunca o vira daquele jeito. Já tinha testemunhado Luther bravo, irritado – até mesmo apavorado –, mas nunca tão… em paz.

– Você acordou. – Ele se aprumou na poltrona. Esperei pela indiferença gélida que estava acostumada a receber, mas ele apenas franziu a testa. – Como se sente?

Eu me sentei na cama e balancei a cabeça, tentando organizar os pensamentos. Meu cérebro ainda parecia atolado em névoa.

– O que aconteceu? Onde estou?

– O arsenal desabou, e você… – Ele fez uma pausa. – Ficou inconsciente. Eu te trouxe de volta ao palácio para se recuperar.

Vislumbres aterrorizantes de memórias confusas cintilaram em meus pensamentos. As explosões, os Guardiões na estrada, os homens mortos, o prédio em chamas, Perthe...

– Perthe – arquejei. – Ele está bem? Os dois conseguiram sair? E o outro, ele está...?

– Ambos vão ficar bem. Perthe foi enviado a Fortos para se consultar com um curandeiro do Exército. O outro já está se recuperando em casa.

Soltei um suspiro profundo, um que eu talvez estivesse reprimindo a noite inteira. Então me afundei nos travesseiros, fechando os olhos enquanto o alívio enviava a onda de pânico para longe.

– Eles conseguiram – murmurei.

– Sim. Por sua causa.

Por minha causa. A culpa envolveu uma garra em volta de meu peito, apertando, enfiando as unhas afiadas em minha carne.

– Os outros... Os que estavam deitados do lado de fora. Eles...

– Alguns foram enviados para tratamento em Fortos, mas a maioria conseguiu voltar para casa e se curar por conta própria. Exceto...

A mulher.

Assenti em uma compreensão silenciosa. Seu corpo maltratado e terrível era uma visão que eu nunca esqueceria – que nunca me permitiria esquecer.

– Sinto muito – falei baixinho. – Por aqueles que não sobreviveram.

Luther não entenderia, não seria capaz de entender o quanto aquelas palavras significavam para mim. O quanto a vida daquelas pessoas pesaria em meus ombros pelo resto de meus dias.

Ou talvez entendesse. Eu me lembrei da dúvida estampada no rosto dele quando eu aparecera naquela noite. Ele sabia? Ele suspeitava?

Se era o caso, Luther não demonstrava. Ele bocejou e esfregou os olhos sonolentos. Seu cabelo estava amassado nos pontos em contato com a poltrona, as feições turvas com os sinais de exaustão.

– Você ficou sentado aí a noite toda? – perguntei.

– Fiquei.

– Por quê?

Ele me lançou um olhar solene, mas não respondeu.

Ouvimos um grito estridente. Parecia pouco humano, em agonia e terrivelmente próximo, sacudindo as janelas com força e me fazendo sentar bem ereta na cama.

– O que foi *isso*?

Luther suspirou e ficou de pé.

– *Isso* foi Sorae, o gryvern do rei Ulther. – Ele caminhou até a janela e apoiou um ombro contra a parede, os olhos voltados para cima. – Ela anda agitada a manhã inteira. Fiquei preocupado que as gracinhas dela pudessem acordar você.

– Algum dia ela *não esteve* agitada?

– Geralmente ela é bem dócil. Até demais. – A expressão de Luther ficou mais suave. – Tentei várias vezes usá-la para treinar a Guarda Real em batalha, mas, não importa o quanto a suborne, Sorae insiste em cochilar durante a coisa toda.

– Você fala como se ela fosse um animalzinho de estimação da família e não uma fera selvagem aterrorizante.

– Ah, ela ataca se for preciso, e que a Linhagem ajude qualquer um que seja idiota o bastante para provocá-la. O problema é que Sorae é muito esperta. Ela consegue ler as intenções da pessoa, por isso batalhas de mentira não a interessam. Quando ela sabe que os oponentes não querem fazer mal de verdade, ela prefere pegar suas guloseimas e tirar uma soneca.

Abri um sorriso.

– Sorae e eu temos isso em comum.

Luther riu – *ele riu!* –, e precisei me segurar para não ficar de queixo caído.

Não conseguia parar de encará-lo. A postura relaxada, quase preguiçosa. Os lábios carnudos curvados em um sorriso, a ternura que enrugava o cantinho dos olhos diante da menção ao gryvern. As calças de lã folgadas e a camisa para fora, ligeiramente amarrotada, solta com os botões abertos até a metade do peito, revelando mais da cicatriz que dividia seu corpo em dois. Era casual, despretensioso e incompatível com o herdeiro real sisudo que eu conhecia.

Parecia que eu estava vendo Luther – não Sua Alteza Real o príncipe Luther Corbois de Lumnos, mas apenas *Luther* – pela primeira vez, e eu não fazia ideia de como me sentir sobre isso.

A atenção dele se voltou para mim. Baixei o olhar depressa, minhas bochechas queimando.

– Por que Sorae está irritada? – perguntei.

A diversão sumiu do rosto dele, e Luther voltou a ser o príncipe frio e distante de sempre. Ele se aprumou ao máximo e voltou a se aproximar da cama.

– Quando o rei morrer, Sorae passará para um novo mestre. Suspeito que ela sinta esse momento se aproximando.

– Você acha que ela está triste?

– Não exatamente. – Ele fez uma pausa para me olhar, talvez debatendo se seria prudente continuar falando. – Ela o serviu com lealdade, mas Sorae e meu tio nunca foram próximos. Não do jeito que alguns gryverns e suas Coroas se tornam.

– Então qual é a preocupação de Sorae?

– Gryverns são extremamente inteligentes, com raciocínios e opiniões próprias, mas a magia os obriga a obedecer apenas à Coroa. Imagino que ela tenha receio de ser forçada a servir a um estranho de cujos objetivos ela não compartilha.

Contraí o maxilar.

– Parece que nós duas temos isso em comum também.

Luther franziu as sobrancelhas, sem entender.

– O acordo que você fechou – expliquei. – Uma vida servindo à Coroa. O acordo que minha mãe fez... e que concordei em cumprir no lugar dela.

Uma sombra escureceu as feições do príncipe e ele desviou o olhar.

Ficamos parados em silêncio por tanto tempo que o constrangimento começou a me irritar. Bufei e afastei os cobertores. Luther deu um passo à frente e ergueu a mão para me impedir, mas eu o ignorei e passei os pés pela beirada da cama – depois congelei.

Pisquei repetidamente ao olhar para mim mesma.

– De quem são essas roupas?

– As suas foram destruídas. Eu... mandei alguém trocar suas roupas. – Ele pelo menos teve a decência de parecer um pouco mortificado. – Uma mulher. Minha prima, no caso. *Ela* vestiu você.

Um lampejo de memória surgiu.

Calças. Ela... Ela geralmente usa calças.

Luther havia pedido para uma prima me despir e me vestir. Pior, deviam ter me dado banho – não havia uma partícula de sujeira à vista. Meu cabelo estava limpo e macio, caindo livre em ondas brancas feito leite. Até minhas unhas tinham sido limpas e lixadas, formando arcos delicados.

E eu estava usando calças. Azul-escuras e elegantes, feitas de um tecido grosso e elástico que eu nunca havia usado, com placas de armadura costuradas nas coxas e nos quadris que me faziam lembrar do uniforme da Guarda Real. Por cima, uma túnica três tamanhos maior pendia de meu ombro nu, com o cheiro daquele mesmo perfume amadeirado e almiscarado que eu tinha sentido antes.

– Você ainda está machucada?

Ergui a cabeça depressa.

– Machucada?

– Estava difícil dizer se seus ferimentos eram graves. Eu planejava chamar Maura depois que você acordasse.

Franzi a testa.

– Ferimentos?

Movimentei cada uma das pernas, arregacei as mangas para examinar meus braços e corri os dedos pelo rosto e pelo pescoço – nenhuma ferida, nenhum inchaço. Tirando um pouco de dor e a rigidez na nuca, eu não me sentia pior do que após uma noite de bebedeira.

– Eu... acho que estou bem. Sobrevivi à noite, então provavelmente não há um problema interno. – Lancei para Luther uma carranca bem-humorada. – Você não devia esperar antes de chamar um curandeiro para ver um mortal, sabia? Não somos como vocês, Descendentes. Nossos corpos nem sempre se curam sozinhos só porque um ferimento não nos matou.

Ele me devolveu um olhar estranho.

– Você acredita mesmo nisso, não é?

– Acredito no quê?

– Que você não é...

A voz dele morreu, e seu rosto passou a exibir uma tristeza terrível, algo que parecia muito próximo de pena.

Um zumbido furioso preencheu minha cabeça – uma guerra de sussurros e memórias, perguntas e acusações. Evitei o olhar de Luther, ajeitando a túnica enquanto lutava contra a invasão de suspeitas indesejadas que ameaçavam romper minhas defesas cuidadosamente construídas.

Balancei os pés, desconfortável.

– É melhor eu voltar para casa. Meu pai deve estar me procurando pela rua a esta altura.

– Enviei uma mensagem para sua família.

Fiquei imóvel.

– Você *o quê*?

– Achei que eles ficariam preocupados caso você não voltasse, então falei com o mensageiro do palácio. Ele disse que conhecia sua família. Pedi que enviasse uma mensagem dizendo que você estava em segurança e que passaria a noite aqui.

Soltei um gemido, massageando as têmporas. O mensageiro do palácio – o pai de Henri. A única coisa pior do que meu pai descobrir que eu tinha passado a noite no palácio era meu pai *e Henri* descobrirem que eu tinha passado a noite no palácio. Eu não sabia qual deles ficaria mais furioso.

– Há algo errado? – perguntou Luther.

Suspirei, encolhendo os ombros.

– Não… Foi um gesto atencioso. Obrigada.

Avistei minhas botas ao lado da cama, mas não me movi para pegá-las. De repente, eu não sentia a menor vontade de deixar aquele quarto e encarar o mundo lá fora.

O grito estridente de Sorae ecoou outra vez. Luther tinha razão, ela não parecia triste – mas também não parecia preocupada. Seu trinado prolongado soava urgente, sem paciência.

– Antes de ir embora, se importaria de cuidar do rei? – quis saber Luther. – Ele anda agindo estranho desde a noite passada.

Hesitei.

– Eu não devia…

– Nem mesmo um exame rápido?

– Eu… Eu não estou com meus suprimentos. E Maura… não…

– Só dê uma olhada nele e me diga se você acha que eu devia chamar Maura. Pode fazer pelo menos isso?

Negar o pedido exigiria explicar demais. Explicar que eu fora proibida de visitar os pacientes do palácio e que eu não era confiável para tratar Descendentes, principalmente no caso do rei.

Forcei um sorriso tenso.

– Posso dar uma olhada rápida.

Luther me deu um instante para que eu colocasse as botas. Para minha surpresa, encontrei meu cinto com as armas, que ele recuperara com a mulher para quem eu o havia entregado na noite anterior. Mesmo a faca de Brecke fora devolvida, presa contra minha panturrilha. Eu a encarei, me perguntando se tinha sido Luther a amarrá-la ali, e uma onda de calor percorreu minha perna.

Pensei em uma infinidade de comentários sarcásticos sobre as regras do príncipe com relação ao porte de armas no palácio, mas havia tamanha seriedade silenciosa na maneira como Luther me observava, a mão disparando para me firmar toda vez que meu equilíbrio vacilava, que não tive coragem de quebrar a trégua fácil que de alguma forma havia se estabelecido entre nós dois.

Eu o segui pelo corredor e pela porta de ferro da suíte da Coroa, onde dois guardas se curvaram para ele e fizeram cara feia para mim, sem dúvida se lembrando da agitação em minha última visita. Dei a eles um sorrisinho doce, embora sem a irreverência costumeira. Eles se pareciam tanto com os guardas de quem eu tinha cuidado na noite anterior, os soluços angustiados ainda ecoando em meus ouvidos.

Assim que entramos, o uivo agudo de Sorae reverberou pelo cômodo, agora muito mais alto e próximo do que antes.

Meu olhar se fixou em uma parede distante que exibia uma fileira de arcos amplos. As portas estiveram fechadas durante minha última visita, mas agora foram abertas, as cortinas transparentes ondulando na brisa da manhã e revelando vislumbres de asas emplumadas e de um corpo poderoso coberto de pelos esparramado em um terraço de pedra.

– Aquilo é…?

Luther seguiu meu olhar e assentiu.

– Sorae tem um poleiro do lado de fora, para que a Coroa sempre tenha acesso a ela quando necessário.

Como se tivesse escutado o próprio nome, uma cabeça espinhosa e dracônica surgiu por entre as cortinas finas. Suas pupilas pretas em forma de fenda se dilataram ao me ver.

Quase inconscientemente, comecei a andar na direção da criatura, atraída pelo mesmo magnetismo estranho de antes. Sorae inflou as narinas ao esticar o pescoço e me farejar. Ergui a mão para seu focinho, e ela exibiu as presas, ronronando baixo...

– Diem, *não*!

Luther correu para mim, os braços se fechando em torno da minha cintura. Ele me girou em suas mãos, me apertando enquanto colocava o próprio corpo entre mim e o gryvern.

– Não faça isso – advertiu ele, um tanto sem fôlego. – Se ela atacar, só o rei seria capaz de acalmá-la.

Eu queria protestar, mas as palavras se dissolveram sob o aperto urgente das mãos dele, o calor contra minha pele, a proximidade repentina de seu rosto junto ao meu, o desespero em suas feições. Era o mesmo jeito com que Luther me olhara enquanto o teto do arsenal caía – como se pudesse perder algo importante. Algo que o príncipe valorizasse mais do que ele próprio, ou eu, éramos capazes de compreender por completo.

Seus braços afrouxaram o aperto, mas não me soltaram.

– Abençoada seja a Linhagem – praguejou ele, os olhos cintilando ao estudar meu rosto. – Você não tem medo de nada, não é?

Na verdade, eu tinha *muito medo* da maneira como minhas terminações nervosas estavam em chamas, meu sangue correndo para todos os vários, vários pontos em que nossos corpos se tocavam.

E tinha ainda mais medo de como eu não conseguia reunir forças para me afastar.

Olhei para o gryvern por cima do ombro de Luther. Os olhos dourados da criatura desceram para as costas do príncipe – onde, percebi, eu o segurava com tanta firmeza quanto ele me segurava. Sorae inclinou a cabeça, e o ruflar baixinho que saía de sua garganta soou quase como uma acusação.

Reuni autocontrole suficiente para me soltar daquele abraço, o rosto queimando, incapaz de olhar o homem *ou* o animal nos olhos.

O rei Ulther parecia continuar no mesmo estado desde minha visita anterior, imóvel e tranquilo sob o dossel alto da cama de colunas. Pela força do hábito, assumi o comando da situação e caminhei em direção ao paciente, quase tropeçando em Luther quando ele parou para se ajoelhar em um gesto de respeito. Estaquei a tempo de imitar a saudação de maneira desajeitada, embora não deixasse de notar o esboço de um sorriso no rosto de Luther.

– Desculpe – murmurei. – O normal é que meus pacientes desacordados não liguem tanto para etiqueta.

– Há um motivo para o protocolo, sabia? – disse ele quando nós nos levantamos. – Ele distingue o que é um cargo de serviço público e o que é a pessoa que o ocupa no momento. É sobre entender que Sua Majestade rei Ulther de Lumnos e Ulther Corbois, tio, irmão e companheiro, são duas pessoas bem diferentes. Não é só… Quais foram as suas palavras ontem à noite mesmo? Um *título chique de merda*.

Lancei um olhar enviesado para ele.

– Continue acreditando nisso, *Vossa Alteza*.

– Me perturba o quanto é incomum ouvir você me chamando assim – murmurou Luther.

Aquilo me arrancou uma risada alta e genuína. Ele ficou tenso ao ouvir o som, uma expressão ilegível iluminando suas feições.

Andei até o rei e me sentei na cama ao lado dele, observando seu peito lutar para subir em rajadas rápidas e irregulares. Agora que estava mais perto, eu me surpreendia com quanto a condição dele havia se deteriorado – a pele cinzenta estava fina feito papel, o corpo tremendo em espasmos ocasionais.

Com cuidado, encostei a palma da mão em sua bochecha, desanimando ao encontrá-la gelada, apesar do calor espesso do quarto aquecido. Um toque em seu pescoço confirmou uma pulsação fraca que parecia se arrastar de forma relutante a cada batida.

– Está chegando a hora, não está? – perguntou Luther baixinho.

Assenti.

– Acredito que sim. Gostaria de ter notícias melhores, mas há pouco que Maura ou eu possamos fazer por ele agora.

Luther deu a volta na cama e se sentou ao lado do rei, descansando a palma no peito do tio e ostentando um olhar preocupado que eu não conseguia entender muito bem.

– Vocês eram próximos? – perguntei.

– Essa é uma pergunta… difícil de responder.

O maxilar de Luther se contraiu quando a máscara de pedra habitual foi cravada em suas feições. Em qualquer outra ocasião, eu poderia ter desistido, resmungando baixinho sobre seu método rude de encerrar conversas das quais não gostava.

Mas, naquele dia, a armadura que o príncipe usava parecia feita de vidro em vez de aço. Se eu observasse por tempo suficiente, com atenção, se focasse meu olhar não na indiferença ilusória que projetava, mas na verdade escondida nas sombras logo abaixo...

Coloquei minha mão sobre a dele por cima do peito do rei.

– Pode me contar – insisti.

Luther abriu os dedos apenas o suficiente para que os meus caíssem entre os vãos, curvando a mão apenas o bastante para que aquilo parecesse menos um toque e mais um enlace.

– Meu pai e meu tio eram bem próximos – começou ele, devagar. – Quando Ulther se tornou rei, meu pai dedicou a vida ao reinado do irmão. Até meu nome foi uma homenagem a ele. Mas as coisas... mudaram. – Um vinco se formou em sua testa. – Meu tio me acolheu desde muito jovem. Ele se tornou mais um pai para mim do que o homem que havia me gerado. Isso criou uma ruptura em nossa família, mas Ulther nunca se afastou. Ele pode ter sido a única pessoa no reino que não teria nada a ganhar comigo. Ainda assim, demonstrou mais gentileza comigo do que qualquer outro.

Embora o verniz estoico do príncipe se mantivesse firme, uma solidão de cortar o coração transparecia em sua voz. Nascer como herdeiro devia ser solitário; você sempre se perguntaria se qualquer relação era genuína ou apenas alguém querendo tirar vantagem no futuro.

– Mas? – questionei.

– Mas... nós nem sempre concordamos.

Esperei que Luther continuasse. Mas suas palavras secaram naquela hora, emaranhadas em um semblante pesado e turbulento. Ele roçou o polegar em minha mão, embora os olhos estivessem tão distantes que me perguntei se ele percebia o que estava fazendo.

– Quando ele morrer, a Coroa passa para você? – perguntei.

Seu olhar encontrou o meu, um pouco da escuridão deixando suas feições.

– É impossível saber.

– Mas todos acham que vai ser você, certo? A Coroa vai para o mais poderoso, e você é o mais poderoso.

– Nosso poder não é facilmente mensurável.

Revirei os olhos.

– Sou uma mortal impotente e insignificante, Luther, você pode me poupar da falsa modéstia.

Ele riu de novo, os dedos apertando os meus.

– Sim, é esperado que a Coroa passe para mim.

Não era difícil imaginar Luther assumindo a posição opulenta do tio. Ele já se portava com a autoridade de um monarca, sua presença imponente exigindo obediência antes mesmo que proferisse uma palavra. E ele com certeza ficava assustador em sua raiva, ou quando era contrariado. Eu não conseguia pensar em muitas pessoas ousadas o bastante – ou tolas o suficiente – para arriscar provocar sua ira.

Exceto eu mesma, é claro.

Mas também havia gentileza em Luther, por mais que eu detestasse admitir. Ele nunca me punira por minhas transgressões e tratava os curandeiros com mais respeito do que qualquer outro Descendente. Ele até se oferecera para enviar assistência às famílias necessitadas da Cidade Mortal – uma oferta que eu rejeitara por pura mesquinharia, me lembrei, ruborizando de vergonha.

– E que tipo de rei você pretende ser? – perguntei a ele. – Um rei como Ulther?

Ele inclinou de leve a cabeça.

– Você acha que ele é um mau rei?

Mordi a língua com força. Provavelmente não era boa ideia dar início a um sermão sobre os horrores políticos do rei Ulther para o homem que acabara de chamá-lo de figura paterna.

Dei de ombros.

– Sou uma mortal impotente e insignificante, lembra? O que eu saberia sobre o mundo dos reis?

– Pode me contar – disse Luther, repetindo minha adulação anterior.

Ele entrelaçou os dedos nos meus, e daquela vez não restava dúvidas de que o gesto fora intencional.

– Seja sincera – pediu.

Meu suspiro beirou um gemido. Aquela era uma ideia *terrível*, do tipo que muito provavelmente podia me condenar à morte. Mas havia um interesse tão genuíno nos olhos de Luther, uma disposição para escutar nascida de curiosidade verdadeira e não de acusação. E quando eu teria outra chance de ser ouvida pelo futuro rei de Lumnos?

– Ele fez coisas ruins. Aprovou leis ruins.

– Como por exemplo...?

Eu me endireitei, desconfortável.

– Leis que machucam crianças.

– As leis de progenitura – adivinhou Luther.

Assenti.

– E você acha que essas leis deveriam ser abolidas? – insistiu ele.

– Eu acho que nenhuma criança deveria morrer por quem ou pelo que os pais são.

– Mesmo que esse seja o preço necessário para manter nosso reino poderoso?

– Se a morte de inocentes é o custo que estamos dispostos a pagar, então não merecemos ser poderosos.

Um brilho azul-claro surgiu por trás de seus olhos, mas Luther não respondeu. No silêncio que se seguiu, voltamos nossa atenção para o rei.

Apesar de meus sentimentos quanto ao monarca, a morte iminente de Ulther atingira um ponto sensível em meu coração. Eu me perguntei se ele tinha filhos ou netos. Se estes se sentavam com ele às vezes, como eu estava fazendo. Se estes o abraçavam e esperavam nervosos pela dor de sua perda. Se o coração cruel de um Descendente era capaz de tais coisas.

Afastei a mão da de Luther, tentando não pensar muito em quanta força de vontade aquele gesto simples exigira. Meus dedos pareciam frios, solitários demais, então os mantive ocupados afastando o cabelo do rosto do rei e ajeitando a gola de seu pijama no ponto em que o tecido se amontoara, pressionando a pele.

– Você não tem acompanhado Maura nas visitas ao palácio – comentou Luther.

– Eu dei um tempo.

– Por quê?

Levantei uma sobrancelha.

– Preciso lembrar o que aconteceu da última vez que estive aqui?

– Justo. Você não me parece boa em seguir ordens.

– Obrigada – falei em um tom seco.

Ele sorriu.

– Mas você é muito boa no seu trabalho.

Um rubor subiu às minhas bochechas, e odiei a mentira que aquilo contava – uma garota humilde, modesta demais para admitir seus talentos. Eu estava longe de ser humilde, e *sabia* que era uma boa curandeira. Eu só não merecia ser.

– Você é – insistiu Luther. – Vi o jeito como acalmou minha irmã quando ela estava assustada, e como fez meus primos pequenos rirem quando estavam machucados. Você foi gentil mesmo quando as mães foram indelicadas. – Ele apontou para o tio com o queixo. – E o jeito como está lidando com o rei agora, mesmo que não goste dele. Meus guardas a desrespeitaram em quase todas as suas visitas ao palácio. Mesmo assim, você *me* repreendeu por tê-los machucado. Você brigou comigo para se enfiar em um prédio em chamas só para salvá-los.

Virei o rosto, incapaz de suportar a maneira como Luther me olhava com tamanho respeito – do mesmo modo que Henri havia me olhado no dia em que eu roubara os documentos da casa Benette.

O dia em que eu condenara aqueles guardas Descendentes à morte.

Luther esticou o pescoço, tentando chamar minha atenção.

– Acho que tem o raro dom de enxergar uma pessoa por quem ela é, e não só *pelo que* ela é.

– Se você me conhecesse melhor, poderia ter uma opinião diferente – falei baixinho.

Aquilo era o máximo que eu ousaria revelar.

Houve um longo silêncio. Luther continuou focado em mim.

– Diem... da última vez que esteve aqui, no dia em que fugiu deste quarto... o que estava procurando?

Meus ombros ficaram tensos, mas me forcei a seguir movimentando as mãos, a manter o rosto neutro.

– Já disse, esqueci minha bolsa.

– Era algo para os Guardiões?

O sangue congelou em minhas veias.

– Eu sei quem eles são – disse Luther. – É meu dever ter ciência do que acontece neste reino, e eles não são nem de longe um grupo tão secreto quanto pensam.

Devagar, ergui a cabeça e olhei para ele. Os pelos em minha nuca se arrepiaram – toda a suavidade havia desaparecido do rosto de Luther, substituída por uma quietude brutal e inabalável. Estávamos em terreno perigoso.

– E eu sei que foram eles os responsáveis pelo ataque de ontem à noite – completou, sem meandros.

Terreno perigoso *demais*.

E, porque a atmosfera daquele quarto agora parecia explosiva, pronta para ir pelos ares ao riscar de um fósforo, cerrei o maxilar e fiz a pergunta que vinha apodrecendo em meu coração desde aquela tarde fatídica:

– Onde está minha mãe?

Ele abriu um sorriso sombrio e desprovido de humor.

– Eu fiquei imaginando quanto tempo você levaria para me perguntar isso.

– O que fez com ela? – sibilei.

– Eu não *fiz* nada com ela – disse ele, soando quase ofendido pela acusação. – O que você estava procurando no palácio?

À medida que meus ânimos se exaltavam, eu também me exaltava, fechando os punhos em cada lado do corpo.

– Não tente negar. Vi vocês dois discutindo no dia em que ela sumiu. Sei que ela estava ameaçando revelar algum segredo seu, e aí...

Luther semicerrou os olhos.

– Então você não sabe qual era o segredo?

– Se eu soubesse, você me faria desaparecer também?

Algo sombrio cintilou em seu rosto. Ele deu a volta depressa na cama e parou bem diante de mim. Minha mão voou para a adaga na minha cintura enquanto eu cambaleava para trás, batendo contra uma grande cômoda de madeira.

Luther parou e ergueu a palma das mãos.

– Eu posso garantir que, seja lá o que ache que houve entre mim e sua mãe, isso não aconteceu.

– Então o que houve?

Ele ficou olhando para mim em silêncio, o maxilar retesado.

– *O que houve*, Luther?

Eu estava quase gritando.

Uma batida forte soou na porta do quarto.

– Entre – disse Luther, os olhos ainda presos aos meus.

Dois guardas apareceram, ambos me observando com cautela enquanto um deles andava até o príncipe e sussurrava algo em seu ouvido. Luther xingou baixinho e se virou para o guarda, trocando palavras inaudíveis com o subordinado.

Os dois seguiram até a porta, com o outro guarda no rastro.

– Preciso lidar com uma situação. Fique aqui e não corra desta vez. Estamos entendidos, Srta. Bellator?

Srta. Bellator. Por algum motivo, aquilo doeu.

– Você vai me deixar sozinha com o rei?! – exclamei.

Os guardas estavam boquiabertos, como se estivessem prestes a fazer a mesma pergunta.

Luther não parou de andar, nem mesmo olhou duas vezes.

– Estou oferecendo a você minha confiança. Não faça com que eu me arrependa.

A porta se fechou com força, me deixando sozinha com minhas facas e o rei de Lumnos.

VINTE E NOVE

Fiquei encarando a porta fechada por um minuto inteiro.

Eu debatia se devia esperar por Luther no salão principal ou convencer os guardas a me escoltarem até o saguão de entrada, ou mesmo oferecer minhas armas para eles até Luther voltar.

Pelas Chamas, eu estava assim tão desesperada?

Era estranho sentir tanta desconfiança de mim mesma. Não tinha certeza se era capaz de matar o rei. Se a noite anterior havia me mostrado alguma coisa, era que eu tinha pouco estômago para assassinatos.

A verdade era que eu não sabia mais como se sentia a respeito de nada.

Um mês antes, eu estivera focada. Tinha objetivos nítidos e tangíveis.

Encontrar minha mãe. Manter Teller na escola. Servir como curandeira do palácio. Ajudar os Guardiões.

Eu podia não amar meu lugar no mundo, mas pelo menos eu sabia a que lugar pertencia.

Naquele momento, porém, meu futuro era como fumaça, opaco e agourento, ameaçando me sufocar viva caso não encontrasse uma saída.

Naquele momento, meu futuro parecia... vazio.

Quando eu era criança e ficava chateada, minha mãe me enrolava em um cobertor. Ficávamos sentadas perto da lareira segurando canecas de cerâmica com chá fumegante e adocicado. Ela me contava histórias sobre a velha Emarion, de uma época anterior à Linhagem e seu governo devastador, histórias que haviam sido passadas por meio da tradição oral durante gerações depois que os Descendentes queimaram todos os livros escritos por mortais.

Ela tinha uma voz muito linda. Melodiosa e forte, cheia de confiança e afiada pelo mistério de todos os seus segredos. Mesmo em silêncio, era capaz de cativar uma sala inteira.

Mas, por mais formidável que fosse, ela ainda era apenas minha mãe. A mulher que me acalentava após um pesadelo, que me dava sopa e acariciava meu cabelo quando eu ficava doente. Ela era um farol constante quando o mundo parecia escuro e eu não sabia para onde ir.

Para o resto do mundo, ela era Auralie Bellator. Para mim, ela era apenas... minha mãe.

E eu estava com saudade. *Pelos deuses*, como eu estava com saudade.

Limpei a umidade em minhas bochechas, grata pela pequena misericórdia de não ter uma plateia para testemunhar *aquilo*. Com cautela, retornei para a cabeceira do rei como um animal selvagem se aproximando de outro na floresta, sem saber ao certo qual de nós era o predador mais terrível.

Assim como acontecia com Luther, o poder do rei irradiava em sua presença. Enfraquecido, é verdade, mas ainda impressionante. Qual seria a sensação de ser a pessoa mais poderosa do reino? De saber que você tem não apenas a autoridade, mas a habilidade de decidir sobre a vida e a morte com o estalar dos dedos?

Naquele dia, no entanto, ele não parecia um filho temível dos deuses.

Naquele dia, ele era só um homem velho morrendo. Sozinho.

Um espasmo percorreu seu corpo, depois outro. Suas pálpebras tremiam de leve, perdidas em um sonho. A respiração estava rápida – rápida demais, superficial demais. Não demoraria muito.

Peguei sua mão, pondo minha palma contra seu punho até alinhar nossas pulsações. Era um velho truque de curandeira – quando todos os remédios falhavam, às vezes um toque carinhoso podia persuadir um coração enfraquecido a acompanhar a batida mais forte e rápida de uma pessoa amada. Eu podia não ser um ente querido, nem mesmo próxima de Ulther, mas, naquele momento, tudo que tínhamos era um ao outro.

Apertei seu pulso de leve e recitei baixinho o sagrado Rito dos Encerramentos:

Seu tempo se encerra em uma troca justa,
uma vida bem vivida pela paz fora da terra.

Não há o que temer quando as sombras se dissipam,
pois dor e sofrimento vão desaparecer.

E então seu destino oculto será revelado,
pois um espírito digno será libertado.

No amor e na calmaria, nosso salmo sagrado,
guiará sua alma para o reino sonhado.

Quando a última palavra saiu de meus lábios, uma corrente de energia passou entre nós, um choque estático que fez arrepiar todos os pelos de meus braços.

Os dedos nodosos do rei agarraram os meus. Ele não parecia mais frágil e fraco – seu aperto era uma algema de ferro, me acorrentando a seu lado.

Seus olhos se arregalaram, fixos em mim, como se já estivesse me encarando mesmo enquanto dormia. Íris azul-escuras, profundas feito o oceano. Surpreendentes de tão límpidas. Lúcidas.

Não – era algo mais que lucidez. Era como se pudesse enxergar além de mim. Como se pudesse enxergar *dentro* de mim.

– Você – sussurrou o rei, a voz rouca após meses de atrofia. – Você finalmente veio.

Eu me inclinei para trás, puxando o braço enquanto tentava, em vão, escapar de seu aperto.

– Não... Me desculpe, eu... Por favor, me solte.

– Me disseram que você viria me buscar.

– O quê? Quem disse isso?

– Me disseram que seu sangue estilhaçaria a rocha e devastaria nossas fronteiras.

Gesticulei para que fizesse silêncio, tentando acalmar aquele rompante. O pobre homem estava delirando, perdido em alucinações.

– Está tudo bem. Não vou machucar você.

A pele dele começou a se iluminar com um brilho sobrenatural. Flutuando alguns centímetros acima de sua cabeça, algo circular tomou forma – um aro preto e delicado de vinhas espinhentas salpicadas por estrelas cintilantes, subindo até um único pico alinhado com a testa. Era uma coisa impressionante e etérea, feita não de materiais tangíveis, mas de luz e sombra.

A Coroa de Lumnos.

O rei arquejou e me apertou com mais força.

– Não estou com medo, Devoradora de Coroas. Devastadora de Reinos. Arauta da Vingança.

Ah, o homem estava mesmo delirando.

Esfreguei seu braço, arrulhando baixinho:

– Vou buscar seu sobrinho, o príncipe Luther... Só... solte minha mão, tudo bem?

– *Luther* – sussurrou ele.

A cada segundo ele brilhava mais, como o cintilar final de uma estrela moribunda. Seus olhos se arregalaram, e a cor vívida das íris se transmutou para algo enevoado, opaco e escuro.

Sua garganta produziu um som estrangulado, e a voz mudou de repente. Parecia mais velha – muito mais velha. Impossivelmente antiga.

De outro mundo.

E, sem sombra de dúvida, feminina.

– *Dê a ele nosso presente, Filha do Esquecido. Quando o fim chegar e o sangue tiver sido derramado, dê nosso presente a meu herdeiro fiel, e diga a ele que esta é minha ordem.*

As costas do rei arquearam, o peito subindo em um ângulo agudo e pouco natural antes de desabar de volta na cama. Sua mão ficou mole, enfim me libertando do aperto.

Meu coração trovejou com um mal-estar agourento. Cambaleei para trás e tropecei numa cadeira próxima, caindo no chão. A lâmina de Brecke escapou da bainha e quicou pelo piso de pedra. Eu a peguei e a empunhei de forma defensiva na frente do rosto.

O rei respirou de forma trêmula – um som rouco e pesado que eu só costumava ouvir quando a morte era iminente.

O brilho desapareceu da pele dele, levanto junto a pouca cor que lhe restava. Sua tez ficou cinzenta, a expressão contorcida em agonia, a boca escancarada em um grito silencioso.

– Abençoada seja a Linhagem, o que você fez?

Um dos guardas estava parado na entrada do quarto. Seu olhar horrorizado se alternava entre mim e o rei.

Ah, isso vai ser péssimo.

– Nada – respondi depressa, ficando de pé. – Isso... acontece às vezes. Quando a morte está próxima, as pessoas podem...

– O que está havendo aqui?

Era a voz de Luther.

Vai ser péssimo mesmo.

O príncipe e mais dois guardas entraram no cômodo, olhando para minhas mãos.

Minhas mãos trêmulas, que seguravam uma adaga de aço fortosiano com tanta força que os dedos estavam brancos.

Para alguém que acabasse de chegar, com certeza pareceria que eu estava prestes a fazer algo ruim. Algo que soaria muito como traição.

– Não aconteceu nada – protestei. – *Nada*. Ele só... Não foi nada.

Luther abriu caminho pelos guardas até chegar ao rei. Ele deu uma olhada na expressão de dor de Ulther, depois arrancou os cobertores e procurou por ferimentos no corpo do tio.

– Eu não o machuquei. Seu guarda me surpreendeu, só isso.

– Eu ouvi vozes – interrompeu o guarda. – Gritos e sons de luta.

Ele apontou para a cadeira virada a meus pés, fazendo cara feia.

– Luta? – Fiz que não com a cabeça de forma frenética. – Eu juro, não fiz nada!

Lancei um olhar suplicante a Luther, mas a suspeita sombria que eu tinha visto na noite do arsenal reaparecera em seu rosto.

A pior parte de tudo era que aquilo *doía*. Ele não tinha motivo para acreditar em mim – tinha muitos para não acreditar, na verdade. Mas ver Luther me encarando como se eu tivesse assassinado um homem indefeso e moribundo fazia parecer que havia sido *ele* a enfiar uma adaga em meu peito. Por um momento, só por um momento, eu fora tola em acreditar que poderíamos ter algo próximo de uma amizade.

Um nó queimou em minha garganta, e me odiei por isso.

Canalizei a mágoa, transformando-a em ira, escondendo meu coração machucado por trás de uma carranca.

– Eu nem queria estar aqui. Você que me implorou que eu viesse, lembra? Ninguém respondeu.

Em silêncio, Luther terminou de verificar o corpo do rei enquanto eu encarava a parede, piscando com força para lutar contra as emoções que comprimiam meu peito. Depois de se certificar de que o rei estava ileso, Luther fez uma pausa. Suas feições se contraíram quando ele se virou para mim.

– Diem...

– É Srta. *Bellator* para você – retruquei, ainda me recusando a encará-lo nos olhos. – Me prenda ou deixe que eu vá embora. Não quero ter mais nada a ver com este palácio ou com qualquer pessoa dentro dele.

Um longo momento de silêncio se seguiu.

– Você é livre para ir – falou Luther baixinho.

Dei uma trombada nele ao passar e deixei o quarto, avançando pelos corredores compridos. Ao ouvir o som de seus passos ecoando atrás dos meus, tive que conter o ímpeto de sair correndo, me contentando com uma marcha apressada pela escada em espiral do saguão, descendo dois degraus por vez.

Ao me aproximar da entrada principal, acabei chamando a atenção do guarda que eu havia colocado de joelhos durante minha primeira visita oficial. Ele olhou apenas uma vez para a faca ainda presa em minha mão e chegou um passo mais perto, abrindo um sorriso vingativo.

– Encoste nela e eu arrancarei seus braços.

O rosto do guarda ficou pálido sob o estrondo da voz de Luther ecoando pelo saguão de mármore. Ele espiou por cima de meu ombro e depois de volta para mim antes de se encolher outra vez no posto, mas, se seu olhar fosse uma arma, minhas entranhas estariam decorando o lustre acima de nossa cabeça.

Minhas passadas furiosas seguiram pelo lado de fora, descendo os degraus da entrada. Nem mesmo a lufada de ar fresco da manhã serviu para acalmar a erupção borbulhante e mal contida sob minha pele.

Meu coração parecia exposto de um jeito que eu não entendia. Por que deveria me importar com o que Luther pensava de mim? Ele era um Descendente, e os Descendentes eram meus inimigos. Só porque eu não estava pronta para matá-los como os Guardiões faziam não significava que poderíamos ser aliados.

E com certeza não significava que poderíamos ser algo ainda mais que isso.

Tentei me agarrar àquele pensamento com todas as forças. Eu precisava ir para bem longe dali e nunca mais voltar.

Comecei a correr, passando pelos portões do palácio e descendo a trilha de seixos que seguia junto aos muros da propriedade em direção à Cidade Mortal. Estava quase chegando à estrada quando a voz de Luther soou às minhas costas:

– Diem, espere.

– Você não tem o direito de me chamar assim – retruquei, me recusando a diminuir o ritmo.

– Por favor, pode parar de correr?

– Vá à merda.

Uma mão se fechou ao redor de meu pulso e me puxou.

A mudança abrupta de movimento me fez tropeçar para trás, me jogando contra o peito de Luther conforme nossas trajetórias colidiam. Meus músculos agiram em uma contradição entre treinamento e instinto, uma das mãos erguendo a faca entre nós dois enquanto a outra o agarrava para manter o equilíbrio. O braço dele se enrolou em minha cintura, me segurando com firmeza contra o corpo.

Um milhão de palavras raivosas brotaram em meus lábios, desaparecendo diante da pressão da mão dele em minhas costas.

– Cinco minutos, Diem. Me dê só isso.

Ele estava respirando pesado demais – nós dois estávamos, nossos corpos roçando a cada expandir dos pulmões.

Disfarcei meu constrangimento com um olhar fulminante.

– Já disse que não pode me chamar assim.

Seus lábios se curvaram.

– Então acho que somos ambos bem ruins em seguir ordens. – Luther espiou a adaga que pairava próxima ao pescoço dele. – Você vai guardar essa coisa?

– Ah, acho que ela está muito bem onde está. – Retribuí o sorriso, sendo o meu consideravelmente mais frio. – Uma garota sempre deve tomar cuidado. Existe todo tipo de monstro nesta parte da cidade.

Os olhos de Luther faiscaram.

– Você nem faz ideia.

Tentei me afastar, mas ele espelhou cada um de meus passos até minhas costas baterem contra o muro alto de pedra. Luther inclinou o pescoço para a frente, erguendo o queixo a fim de permitir que o fio da lâmina roçasse na carne vulnerável de sua garganta. Um brilho de desafio iluminou seu rosto.

Fiz uma carranca e obriguei minha mão a permanecer onde estava.

– Se esse é seu pedido de perdão, você tem um jeito estranho de se desculpar.

– Não vim até aqui para pedir desculpa. *É claro* que desconfiei de você. No meu lugar, você faria diferente?

Não, não faria. Certamente não. Não quando eu mesma duvidava de minhas intenções.

– Seria um insulto subestimar você com tanta facilidade, e eu não ousaria prestar esse desrespeito. Sei reconhecer uma ameaça quando vejo uma. – Seu olhar avaliador trilhou um caminho lânguido pelo meu corpo, fazendo com que eu me sentisse tão acariciada e exposta quanto no dia em que o príncipe me revistara em busca de armas. – E você é tão perigosa quanto parece.

– Então *por que* veio até aqui, Luther?

Seu olhar voltou a encontrar o meu. Ele entreabriu os lábios, mas não disse nada.

Eu poderia tirar a vida dele naquele instante. Um único movimento do punho e 7 centímetros de aço fortosiano romperiam sua artéria mais crucial. Seria uma morte horrível e sanguinolenta, porém rápida. Rápida demais até mesmo para que os poderes de cura dos Descendentes pudessem salvá-lo. E, naquela estrada isolada, o corpo dele só seria encontrado depois de horas, talvez dias. Até lá, qualquer vestígio meu já teria desaparecido.

Ainda assim...

O modo com que Luther me estudava, fascinado a cada movimento, por cada respiração. A maneira como me segurou com ainda mais avidez, mesmo que a barreira musculosa de seu corpo não deixasse espaço para eu fugir. O jeito como, a cada vez que eu piscava, o rosto dele parecia chegar mais perto. Mais perto. *Mais perto.*

Mesmo com a vida do príncipe em minhas mãos, eu me sentia menos como o predador e mais como a presa.

– Se acha que sou uma ameaça – falei, a rouquidão em minha voz revelando mais do que eu gostaria –, talvez eu devesse te matar agora, enquanto tenho a chance. Antes que você me mate.

– Faça isso – disse ele, sem nenhum traço de hesitação.

Luther baixou a cabeça, forçando o fio da lâmina em sua carne antes que eu pudesse impedir. Minha respiração falhou quando as gotas de líquido quente deslizaram sobre meus dedos.

Ele nem mesmo se mexeu.

– Acha que temo a morte? – sussurrou Luther em meu ouvido. – Cada dia respirando é tanto uma maldição quanto um presente. Estou vivendo além da conta por mais tempo do que imagina. Se você é o jeito que o destino encontrou de enfim acertar as contas, não consigo pensar em um final mais bonito.

Embora seu tom fosse áspero e desafiador, havia uma dor crua por trás de suas palavras, uma criatura ferida uivando por atenção.

– Faça isso – repetiu ele. – Me mate, se é o que acha que eu mereço. Mas, se for me matar, me faça um favor antes.

Sua pulsação vibrava contra meus dedos encharcados de sangue, os batimentos acelerando para acompanhar os meus.

– Um favor? – perguntei, a despeito da névoa inebriante nublando meus pensamentos.

Sem se afastar da adaga, Luther virou o rosto, o hálito quente se derramando em minha bochecha enquanto os lábios trilhavam o contorno do meu maxilar. Ele me encarou no fundo dos olhos.

– Me deixe morrer com seu gosto na boca.

Nossos lábios se encontraram, e eu me perdi.

Eu me perdi no toque de sua mão forte e áspera, que se ergueu para segurar com gentileza meu rosto. Eu me perdi na palma da outra mão deslizando por minhas costas, sobre meus quadris, descendo pela coxa. No ronronar que vibrava em sua garganta, ondulando através do sangue que escorria em meus dedos.

Eu me perdi no deslizar de sua língua enquanto ele me saboreava, devagar e de forma deliberada, como se eu fosse a mais decadente das sobremesas – como o último desejo de um homem condenado.

Eu me perdi no roçar de seus quadris entre minhas pernas e na parte rígida pressionada entre nós dois.

Eu me perdi no modo como eu me arqueava, faminta por conhecê-lo.

Só fui perceber que tinha soltado a faca quando minhas mãos já estavam em Luther, vagando por seu corpo, emaranhando-se em seu cabelo. Um gemido ofegante escapou de meus lábios e o som o incitou ainda mais, minhas costas esmagadas contra a pedra enquanto ele me envolvia nos braços.

Eu nunca tinha sido beijada daquele jeito. Eu nem sabia que um beijo podia ser assim.

E aquilo me assustava ainda mais do que uma adaga na garganta.

A adrenalina incendiou minhas veias. Tateei em busca de meu treinamento, quebrando a cabeça à procura de alguma lição pertinente sobre como combater um inimigo irresistível, mas as únicas palavras de meu pai que consegui lembrar naquele momento foram inúteis e insanas: *A verdade é que eu simplesmente sabia.*

Com mais esforço do que estava pronta para admitir, deslizei a palma das mãos para o peito de Luther e o empurrei para trás.

– Não sei quem você acha que eu sou – comecei a dizer, sem fôlego, enquanto tentava reunir os cacos de minha raiva. – Há muitas pessoas na Cidade Mortal que abririam as pernas com alegria para um Descendente rico, mas eu não sou uma delas.

Ele não podia ter parecido mais enojado, nem se tentasse.

– Você acha que é *disso* que estamos falando? Sua opinião sobre mim é assim tão baixa?

Algo sombrio cruzou seu rosto. Eu me forcei a desviar o olhar – olhei para as marcas de mão ensanguentadas que cobriam seu peito, seus braços, sua mandíbula, as linhas escarlates que desciam e acompanhavam o traçado da cicatriz.

– Como vou saber? – rebati, dando de ombros como se aquilo não significasse nada. Como se aquele beijo, aquele *maldito beijo*, não tivesse significado nada. – Você é praticamente um desconhecido. Nunca me mostrou um lado seu que fosse real.

Luther ficou imóvel. Qualquer fragmento de seu verniz gelado derreteu sob o calor dos ânimos crescentes e a alma dele resplandeceu, queimando, assustadoramente fora de controle.

A percepção daquilo me atingiu como um soco no estômago. Todo aquele tempo eu havia descartado Luther como alguém frio e sem coração, gélido demais para sentir algo verdadeiro.

Mas Luther não era nem um pouco frio.

Luther era um *vulcão*.

Olhar para ele naquele instante era como encarar o pior tipo de espelho. Eu me escondia atrás das falsas bravatas e das piadas sarcásticas, enquanto o escudo de Luther era formado por olhares sisudos e maxilares cerrados – mas éramos iguais.

Por dentro, sacudíamos as barras da jaula que nos mantinha presos em vidas que não havíamos escolhido. Por dentro, rugíamos em um desejo insaciável por mais. Por dentro, andávamos de um lado para outro, tramando e esperando.

Por dentro, nós *queimávamos*.

– Sabe, Diem – rosnou ele –, passei muito tempo pensando em você, me perguntando se era a melhor mentirosa que já conheci ou a pior de todas. Acho que encontrei a resposta. – Luther apoiou as mãos contra o muro, me prendendo entre seus braços. – A única pessoa para quem você é boa em mentir é para si mesma.

Minha raiva voltou a brotar em um estalo crepitante.

– Como ousa...

– Diga para mim que você não sente. – Faíscas cor de safira iluminaram seu olhar enquanto a energia à nossa volta se levantava em resposta. – Olhe na minha cara e diga que não sente a minha magia.

Embora nenhum traço de luz fantasmagórica ou sombra mortífera tivessem saído de suas mãos, eu poderia muito bem estar me afogando em Luther. O zumbir de sua magia era uma espada brandida na escuridão, uma tempestade sinistra que ainda não era visível, mas que podia ser sentida no balanço do vento. Estava em toda parte e em lugar nenhum, infundida no próprio ar, me segurando nos braços e acariciando minha pele como se tivesse mais de mil mãos.

A voz em meu peito ronronou em reconhecimento.

– Vá em frente – sussurrou ele. – Minta para mim. Eu já sei a resposta. Sei que sente meu poder. – Ele ergueu o queixo, nossos lábios muito, muito próximos. – Porque também consigo sentir o seu.

Não.

Não.

Ele sorriu.

– Você é tão mortal quanto eu.

– Não – murmurei. Argumentei. Bradei. Implorei. – Você está errado. Você... se enganou.

– Diem, se estiver com medo das leis de progenitura...

– Não estou com medo. Você só está... errado. Não sinto nada, e você também não.

Luther se afastou apenas o bastante para analisar meu olhar em pânico, sua decepção parecendo tão espessa que eu quase podia sentir o gosto – azedo e estragado. Com um suspiro pesado, os ombros caindo, ele recuou, deixando as mãos caírem ao lado do corpo.

– Se é isso que deseja... – falou ele baixinho, quase triste.

O que deseja...

Havia tanto que eu desejava. Pelos deuses, como havia. Coisas que eu não podia ter – não sem arriscar tudo e todos a quem eu amava. Não sem me sacrificar no processo. Mas como alguém como Luther poderia entender aquilo?

– E-eu... preciso ir – gaguejei. – Minha família...

Ele baixou a cabeça.

– Você deveria saber que eu não a obrigaria a cumprir o acordo de sua mãe. Aquilo foi entre mim e ela. Você não deve carregar esse fardo.

– Mas meu irmão...

– Também não é o fardo dele. Seu irmão pode terminar os estudos. Vou me certificar disso.

Algo doeu em meu peito.

Eu devia ter ficado feliz com a declaração. Em vez disso, me senti... confusa. À flor da pele e exposta. Ele roubara todas as minhas certezas com seus lábios, e agora a única coisa que me restava era um monte de perguntas que eu não tinha forças para responder.

Eu não conseguia me obrigar a ir embora – e a magia de Luther também não. Os tentáculos poderosos de sua presença se enroscavam em meus membros, pairando, como se ansiassem por me puxar para mais perto, mas hesitassem.

– Seja a curandeira do palácio – ofereceu ele, a voz rouca. – Reassuma o posto no lugar de Maura. Não por causa da sua mãe ou do acordo. Mas porque estou pedindo. Porque eu preciso...

– Estou abandonando meus deveres como curandeira.

Eu soubera disso no minuto em que vira as explosões pela janela da cozinha, mas não ousara admitir até aquele momento. Falar em voz alta tornava a decisão real. Definitiva.

A expressão que tomou conta de Luther se parecia muito com a daquela primeira manhã no palácio, quando ele vira Lily desmaiando em seus braços.

– O quê? Por quê?

Eu não saberia explicar para ele o que eu mesma não entendia por completo. Estava tomada pelo arrependimento de ter quebrado meus votos e por ter tido um papel no ataque dos Guardiões, mas a coisa toda era maior do que isso.

Algo havia se transformado em minha alma. O vento estava mudando de curso, empurrando minhas velas rumo a um caminho novo e incerto. Embora não soubesse como ou por quê, eu me sentia incapaz de detê-lo.

Pior que isso – eu *não queria* detê-lo.

– É algo que preciso fazer sozinha.

– Então... não é provável que eu a veja de novo.

– Não – concordei. – Não é provável.

Luther assentiu com rigidez, aprumando as costas. Conforme sua magia recuava, os fios traçavam os contornos de meu rosto, meus cílios pestanejando sob seu toque suave. A energia quente se prendeu à minha pele até não poder mais, me soltando apenas no último instante.

Dei um passo para trás, respirando fundo pelo que pareceu ser a primeira vez em minutos.

– Adeus, príncipe – murmurei.

Ele sorriu, e foi o sorriso mais triste que eu já vira.

– Adeus, Srta. Bellator.

Eu lhe dei as costas e fui embora.

Quando estava quase sumindo de vista, a voz de Luther me chamou de novo:

– Você também viu, não foi?

Parei de andar, mas não me virei.

– Ontem à noite – disse ele. – Logo antes de o teto desabar. A visão. O campo de batalha.

Não consegui me mover, meu corpo paralisado, meus pensamentos atordoados, em silêncio.

– E se a nossa história não tiver acabado, Diem Bellator? E se estiver apenas começando?

Assim como na visão, uma dor estranha surgiu no lado esquerdo do peito. Sem pensar, ergui a mão e pressionei o local.

Hesitando, dei uma olhada rápida para trás. A palma da mão de Luther estava abaixo do ombro esquerdo, um apelo nos olhos.

Eu não podia dar ao príncipe a resposta que ele queria. Nossos mundos eram distantes demais e nossos objetivos, alinhados demais em busca da destruição um do outro. Se algum dia nos encontrássemos em um campo de batalha, com certeza seríamos inimigos, e não aliados. Mas havia uma bandeira de paz que eu poderia hastear – uma arma que eu nunca deveria ter colocado em jogo, para começo de conversa.

– Tem um buraco no muro externo dos jardins do palácio – falei. – Escondido sob a hera no canto sudeste. Conserte assim que puder. Ainda hoje, se possível.

Ele assentiu, a expressão ficando tempestuosa mais uma vez.

Por fim, virei as costas e saí correndo, meus pés batendo contra a longa estrada de cascalho rumo à Cidade Mortal. Embora eu soubesse que ele não estava me seguindo, não consegui me livrar da sensação do olhar penetrante de Luther queimando em minha nuca a cada passo do caminho.

TRINTA

M aura recebeu a notícia melhor do que o previsto.

Eu havia esperado raiva ou talvez lágrimas. Que ela iria me dar um sermão, gritar comigo ou me dizer o quanto minha mãe estaria envergonhada. Eu tinha pensado – o que era meio constrangedor, olhando em retrospecto – que ela poderia até cair de joelhos e implorar para que eu ficasse.

Em vez disso, ela pareceu aliviada.

Não aliviada em me perder – minha ausência, tão pouco tempo após a de minha mãe, pressionaria os recursos do centro, e os aprendizes teriam que acelerar a formação como curandeiros –, mas aliviada por eu escolher seguir meu coração, ainda que isso me levasse a um destino nebuloso.

Ela trouxe uma chaleira fumegante de chá, e ficamos sentadas na sala dos fundos durante horas, compartilhando histórias de minha infância no centro, provocando uma à outra sobre antigas visitas a pacientes que deram errado, chorando ao lembrar de minha mãe.

Maura não me perguntou o que eu planejava fazer em seguida. Talvez tivesse percebido que eu ainda não sabia a resposta.

E, embora seus olhos quentes cor de caramelo brilhassem com questionamentos, ela também não perguntou sobre meus lábios inchados após o beijo, sobre o sangue coagulado cobrindo minhas mãos ou sobre a túnica que eu usava, que claramente pertencia a um homem.

Quando o chá esfriou e a tarde começou a lenta virada rumo à noite, eu me lavei e nós nos despedimos. Demos um abraço tão forte que eu mal conseguia respirar. Em meio às lágrimas, prometemos manter contato.

Enquanto eu deixava o centro pelo que poderia ser a última vez na vida, um pedacinho de meu coração ficou alojado dentro daquelas quatro paredes de pedra, onde permaneceria para todo o sempre.

Já com Henri a história foi outra.

Eu ficara imóvel na varanda precária de madeira da casa dele por quase uma hora, encarando a porta e tentando reunir coragem para bater.

Sempre que eu achava que tinha um plano sobre o que dizer, sobre as perguntas que faria e as respostas que poderia dar, eu levantava a mão fechada diante da porta. Mas, assim que os nós dos dedos roçavam a tinta branca lascada, cada pensamento se esvaía do cérebro feito maré baixa.

Naquela que devia ter sido a vigésima tentativa, eu achava que enfim havia descoberto as palavras certas, na ordem certa. Suspirei com força enquanto firmava os ombros. Ergui o punho até a altura dos olhos, e então...

– Diem?

Girei no lugar. Henri estava vários metros atrás de mim, os braços ocupados com bolsas transbordantes de pacotes embrulhados com papel-manteiga e amarrados com barbantes.

Nossos olhares se encontraram.

Vazia. Minha cabeça ficou vazia.

Henri subiu as escadas com esforço e depositou as bolsas na varanda. Com as sobrancelhas arqueadas, ele apoiou um ombro na parede e enfiou as mãos no bolso, a expressão de pedra não revelando nada.

Seu olhar percorreu meu corpo e se deteve nas calças com que a prima de Luther havia me vestido.

– Então agora você usa uniformes da Guarda Real?

– Minhas roupas foram destruídas no incêndio.

Ele franziu a testa, a preocupação escapando por uma fresta em seu humor sisudo.

– Você se machucou?

– Não. Quer dizer, acho que não.

– Você não sabe?

– Eu fiquei inconsciente.

– Está machucada agora?

– Não. Estou bem.

O rosto dele endureceu.

– Então você não se machucou, mas dormiu no palácio e brincou de se fantasiar como recruta da Guarda Real?

Eu me encolhi, olhando para baixo. Meus dedos brincaram nervosos com a manga da túnica – a túnica de Luther. Bastava inspirar fundo para o perfume amadeirado dele preencher meu nariz.

– Você não devia ter fugido – disse Henri. – Piorou muito as coisas.

– Parece ser uma tendência no meu caso – murmurei.

– Você mentiu bem na cara de Vance. Bem na *minha* cara. Fingiu estar do nosso lado e correu assim que te soltei. Sabe o que isso parece?

Trinquei os dentes.

– Eu não era sua prisioneira. Você não tinha o direito de me impedir, para começo de conversa.

– Eu estava tentando te impedir de fazer algo de que iria se arrepender depois.

– Meu arrependimento foi ter me juntado aos Guardiões.

Henri se inclinou para trás.

– Uma noite no palácio e de repente você já está do lado *deles*?

– Claro que não, mas os métodos usados pelos Guardiões foram longe demais. – Balancei a cabeça. – Pessoas morreram ontem à noite, Henri. Mortes horríveis e dolorosas.

– Mortais são vítimas de mortes horríveis e dolorosas todos os dias nas mãos dos Descendentes.

– E isso também está errado. Ninguém merece isso, seja mortal ou Descendente.

– Evrim Benette merece. Aquele rei merece. Eles são pessoas ruins que merecem pagar pelo que fizeram. Quanto mais cedo partirem deste mundo, mais seguros os mortais estarão.

– Mas não foram *eles* que morreram ontem à noite. Os guardas que morreram só estavam fazendo seu trabalho...

– E o carrasco que executa crianças sob as leis da progenitura só está fazendo o trabalho dele. Os soldados que massacraram mortais na Guerra Sangrenta só estavam fazendo seu trabalho. Os assassinos do Exército que reúnem e matam todos os Guardiões que encontram só estão fazendo seu trabalho. E nenhum deles vai parar até que sejam forçados a encarar as consequências.

– Se os Guardiões machucam inocentes para obter poder, então não são melhores que os Descendentes.

– *Não são melhores que os Descendentes?* – Ele recuou de desgosto. – Como pode dizer isso? Descendentes são monstros, Diem. Os Guardiões estão tentando proteger nosso povo e recuperar o que *eles* nos roubaram.

– Sei que confia neles, mas... – Estremeci, esfregando as têmporas para aliviar uma dor de cabeça aguda e latente que começara a se formar. – Henri, acho que eles envenenaram a filha dos Benettes para que eu fosse chamada como curandeira.

Ele desviou o olhar, uma sombra atravessando suas feições. Eu já vira aquela expressão em Henri antes. Fiquei mortalmente imóvel.

– Me diga que você não sabia disso.

Ele tirou as mãos do bolso e se endireitou, mas o olhar permaneceu distante, os lábios contraídos.

– Henri.

Nenhuma resposta.

– Pela Chama Eterna, Henri, me diga que você não me mandou para aquela casa sabendo que uma garotinha foi envenenada só para que eu pudesse...

– Ela estava bem – rebateu ele. – Foi só um pouco de sombra-da-morte.

Eu o encarei boquiaberta, sem fôlego.

– Você *sabia*?

– A menina só ficou doente por um dia. Sabíamos que você a trataria e ela não enfrentaria nenhum risco de verdade.

– Sombra-da-morte pode ser letal se for ingerida. Se algum pedaço da planta tivesse caído na comida ou na boca daquela criança...

Os olhos de Henri faiscaram de raiva, as bochechas ruborizando em um escarlate furioso.

– Eles mataram milhares das nossas crianças. *Milhares.*

– E você acha que isso justifica que os Guardiões machuquem as crianças deles?

– Ela está bem agora, não está? Foi um risco calculado, e você não faz ideia de quantas vidas serão salvas por isso. Atrasamos as remessas dos Benettes por uns bons meses. Recuperamos armamentos suficientes para equipar metade das células rebeldes em Emarion. Se uma garota mimada Descendente precisou ter brotoejas leves por um dia para que milhares de mortais sobrevivessem, como pode dizer que não é um preço que vale a pena ser pago?

Olhei feio para ele, retesando o maxilar.

– Você devia ter me contado. Eu nunca teria aceitado a missão se soubesse que…

– O que acha que os Guardiões fazem, Diem? – explodiu Henri, as veias saltando no pescoço. – Achou que iríamos dar as mãos e cantar musiquinhas de taverna? Achou que iríamos derrubar os Descendentes através do maldito *poder da amizade*?

– Mais violência não pode ser a melhor solução.

– É a *única* solução! – Ele bateu o punho na parede, pequenas rachaduras se formando a partir do ponto de impacto. Sua voz e seus ombros tremiam de fúria. – Durante toda a história dos mortais, a violência foi a única coisa que deu resultado. Tivemos que matar e lutar com unhas e dentes por cada direito que temos. Pessoas que detêm o poder não o entregam por causa da bondade em seu coração. Elas fazem isso quando não deixamos escolha. Quando temem o que faremos caso não cedam. E com certeza elas não vão devolver nossa terra natal a menos que coloquemos uma faca na garganta delas… uma faca que as faça sangrar.

Imagens de Luther faiscaram em minha mente – a faca em seu pescoço, seu sangue em minhas mãos. Seus lábios em minha boca.

Henri segurou meu queixo e ergueu meu rosto para que eu o olhasse nos olhos, a expressão febril.

– Diga que estou errado, Diem. Diga que acredita sinceramente que podemos vencer esta guerra sem derramar sangue.

Eu não seria capaz.

E eu soube disso pela satisfação sombria que invadiu Henri ao constatar a derrota em meu rosto.

Ele me soltou e deu um suspiro trêmulo enquanto esfregava a mão na nuca, parecendo de repente muito desgastado e exausto.

– Eu te amo, Diem. E não estou culpando você por isso, mas sua mãe te manteve afastada dos Descendentes, e o histórico do seu pai significa que sua família nunca foi um alvo. Você foi protegida deles a vida inteira. Mas o resto de nós, não.

Encarei o chão, minhas bochechas queimando.

– Sei disso.

E eu sabia. Dificilmente havia uma família em toda Lumnos que não tivesse sido atingida por algum tipo de tragédia ou injustiça vinda de mãos Descendentes.

Eu via evidências disso toda vez que andava pela Cidade Mortal e vislumbrava as bandeiras de luto em tantas janelas. Ou sempre que tratava de um paciente pobre que precisara arriscar a vida por comida, ou quando passava pelos cemitérios coletivos cheios de lápides da Guerra Sangrenta. Eu via isso sempre que olhava nos olhos de Henri, nos quais a perda da mãe havia incrustado uma cicatriz.

Um braço deslizou ao redor de minha cintura e me puxou para perto. Meu corpo enrijeceu por instinto àquele movimento. Desesperada, tentei me esquecer de como Luther havia feito a mesma coisa e de como meu corpo tivera uma reação muito diferente.

Girei os ombros, forçando os músculos a relaxarem. *É aqui que eu deveria estar*, lembrei a mim mesma. *É o lugar ao qual pertenço.*

Henri deu uma batidinha com o nó do dedo na ponta do meu nariz.

– Você tem um grande coração, Di. Quer que todos estejam seguros e felizes, não importa quem sejam. Mas não faz ideia de como a situação está ruim lá fora. Aqui, em Lumnos, as coisas estão pacíficas o suficiente, mas as outras células rebeldes estão lidando com problemas que...

Eu o observei por um momento, prestando atenção em como o maxilar dele batalhava com a tensão de uma raiva mal reprimida.

– Eu quero saber – insisti.

– Sabe como foi que eles expulsaram os mortais quando Ignios fechou suas fronteiras?

– Ouvi dizer que eles foram para Umbros.

– Os poucos sortudos que conseguiram sair, sim, mas o rei de Ignios não confia na rainha de Umbros. Não queria os mortais dando a ela nenhuma informação sobre as defesas dele. Ele mandou que os guardas os empurrassem para as dunas, e então... – A raiva sanguinária que brilhava em seus olhos me fez sentir calafrios. – Os guardas ficaram lá parados por uma semana enquanto os mortais cozinhavam até a morte sob o sol. Eles imploravam pela vida, e o rei nem mesmo usou sua magia de fogo para conceder uma morte rápida. Ele disse que aquilo era uma punição pela Guerra Sangrenta.

– Não... – sussurrei, balançando a cabeça diante daquela crueldade monstruosa.

– E esse foi um fim mais gentil do que os mortais de Sophos recebem. Sabe o que acontece com os mortais "convidados" para fazer pesquisa nos institutos de Sophos?

– Está me dizendo que eles não vão até lá para estudar?

– Ah, eles estudam. Por um tempo. – Sua voz azedou. – Já conheceu algum mortal que tenha estudado em Sophos? Já ouviu falar de algum mortal retornando para o próprio reino depois de se formar?

Franzi a testa.

– Bom, não, mas...

– É porque isso nunca acontece. Sempre há um motivo, seja uma doença, um acidente trágico ou a morte misteriosa das famílias, de modo que eles não tenham razões para voltar. Nenhum mortal que entra em Sophos consegue sair.

– Por que eles fariam isso? Se não querem os mortais por lá, para que convidá-los?

Henri mordeu o interior da bochecha e estudou meu rosto, parecendo debater sobre o quanto deveria revelar.

– Quando os mortais cumprem sua utilidade fazendo pesquisa, eles... *se tornam* a pesquisa.

Um nó doentio se formou em minhas entranhas.

– Não estou entendendo.

– Os Descendentes fazem experimentos com eles. Colocam os mortais em gaiolas e fazem testes. Às vezes com medicamentos, às vezes com magia ou armas.

Lutei para puxar o ar até os pulmões. Pensar em Teller indo para Sophos

– pensar no quanto ele ficaria animado ao receber um convite. No quanto eu ficaria orgulhosa por ver meu irmão entre os poucos e brilhantes escolhidos.

Deuses, eu andara rezando por aquilo durante *anos*.

Como era possível que tanto mal estivesse acontecendo e eu soubesse tão pouco sobre isso? Naquela manhã, no palácio... eu simpatizara com Luther, até mesmo com o rei. Sentira *pena* deles. Eu os segurara pela mão. Podia mesmo ter sido tão ingênua? Será que não vira a face do mal me encarando?

Eu me afastei e pressionei os olhos com a palma das mãos enquanto andava de um lado para outro. Minha cabeça rodava, meu estômago dava cambalhotas.

– Preciso de um tempo para pensar. Hoje foi um dia longo.

– Eu que o diga – zombou Henri. – Passei o dia inteiro tentando convencer os Guardiões a não enfiar uma faca nas suas costas antes que possa nos trair. Falei para eles que você só estava tentando fazer seu trabalho como curandeira, mas eles não estão nada felizes.

– Também não estou lá muito feliz com eles – murmurei.

– Você tem que levar isso a sério, Diem. Não preciso lembrar o quanto eles podem ser perigosos se forem provocados.

– Então os Guardiões estão atrás de mim agora?

Henri hesitou.

– Eles vão querer algum tipo de garantia de que você não vai revelar nada.

– Bom, eu não vou. Diga a Vance e seus *irmãos* que não tenho interesse em ver mais ninguém morrer por minha causa. Tudo que aprendi lá... considerem esquecido.

– Não é tão simples assim. Sua palavra sozinha pode não ser o bastante.

Inclinei a cabeça.

– Como assim, Henri?

Ele abriu a boca, mas fez uma pausa, a expressão sombria traindo mais uma vez a existência de alguma verdade que ele não queria revelar.

– Só fique na sua por enquanto, certo? Mantenha distância dos Descendentes. Não pise na Cidade de Lumnos e, aconteça o que acontecer, não se aproxime do palácio.

Eu dispensei as recomendações com um aceno.

– Tudo bem. Seja como for, não tenho motivo para voltar àquele lugar.

Uma leve pontada de tristeza espetou meu peito.

Ficamos em silêncio durante longos minutos dolorosos, evitando nos encarar, marinando no calor desconfortável de tudo que acontecera entre nós dois ao longo dos últimos meses.

O amor de infância que tínhamos compartilhado um dia fora simples e puro. Corríamos um atrás do outro nas florestas, colhíamos frutinhas silvestres e nadávamos pelados no mar, provocando um ao outro e imaginando as grandes jornadas que poderíamos fazer juntos um dia. Eu daria tudo para retornar àquela alegria fácil. Quanto mais eu tentava alcançá-la, porém, mais ela parecia flutuar para longe, encolhendo como um pontinho no horizonte sob o crepúsculo.

Se eu não tivesse sido uma curandeira, e se não tivesse Henri a meu lado, o que sobraria de mim? Quem eu me tornaria?

– Henri, e se... – Engoli em seco uma vez, depois duas. – E se fôssemos embora da Cidade Mortal? Poderíamos começar de novo em algum outro lugar longe dessa bagunça.

Seus grandes olhos castanhos piscaram de surpresa.

– Nós poderíamos ir para Umbros, talvez até juntar algum dinheiro e deixar Emarion. As coisas podem ser melhores em outro lugar... Precisam ser.

– Você quer fugir? – perguntou ele, franzindo a testa.

– Não é fugir – argumentei na defensiva. – É começar uma vida juntos, assim como você queria. Uma vida que seja só nossa. Longe de Guardiões, de Descendentes e...

E do príncipe Luther.

Mordi o lábio com força.

– Nós costumávamos falar sobre isso o tempo todo, lembra? Sobre sair e viver uma grande aventura juntos...

– Claro, quando éramos *crianças*.

– E agora somos adultos e podemos fazer muito mais do que só ficar falando.

Comecei a divagar, minhas palavras aumentando de ritmo como se eu pudesse fugir da verdade caso me movesse rápido o bastante. Avancei e segurei a camisa dele.

– Poderíamos encontrar um chalé bonitinho à beira-mar ou talvez uma casa em uma das cidades maiores. Você poderia trabalhar como mensageiro. E eu... poderia treinar curandeiros.

Assenti para mim mesma. Sim, eu poderia fazer pelo menos aquilo. Transmitir meu conhecimento, ensinar aprendizes a serem bons, honestos e leais. Todas as coisas que falhei em ser.

– Eu tenho uma vida aqui, Diem. Tenho meu pai e meu trabalho no correio. E você também tem. Quer mesmo deixar Teller aqui sozinho depois do que acabei de contar?

– Vou avisar a ele sobre Sophos, e Teller pode nos visitar sempre que quiser. Além do mais, Teller não vai ficar sozinho. Meu pai estará aqui também.

O pomo de adão de Henri subiu e desceu, e ele desviou o olhar.

Congelei no lugar. Outro segredo. Outra mentira.

– Henri? – Ele não olhava para meu rosto. – O que você está escondendo?

Com gentileza, ele tirou meus dedos de seu peito e afastou minhas mãos.

– Você pode não conhecer seu pai tão bem quanto acredita. Ele não é o herói que você pensa.

A amargura no tom de Henri irritou meu orgulho protetor.

– Sei que não concorda com as coisas que ele fez no Exército – retruquei –, mas meu pai lutou pelos mortais contra os Descendentes à própria maneira.

– Não é possível que acredite de verdade que ele se opõe aos Descendentes. – Henri me lançou um olhar exasperado e, quando apenas franzi a testa, jogou os braços para cima. – Seu pai pertence a eles, Diem. Ele é uma marionete dos Descendentes. Faz tudo que mandam.

– Uma *marionete*? – Dei um passo para trás. – Como ousa, Henri? Meu pai é um bom homem.

– *Como ouso?* – Ele deu uma risada áspera. – Por acaso ele já contou que está sendo reconvocado para o Exército?

– Ele... o quê?

– A ordem chegou semana passada. Eles o designaram para liderar um contingente contra a célula rebelde de Meros. Ele vai matar mortais como eu. Como *você*.

Balancei a cabeça – primeiro devagar, depois em um gesto desesperado.

– Meu pai está aposentado, não podem forçá-lo a servir de novo. Talvez tenham pedido isso, mas ele deve ter recusado. Ele me diria se estivesse indo embora.

– Ele já enviou a aceitação. Brecke entregou pessoalmente. Seu pai falou que se apresentaria no Exército até o fim do mês.

– Você está errado. Está *errado*. – Eu me agarrei ao corrimão da varanda enquanto meus joelhos bambeavam. – Ele não faria isso conosco. Não depois de perdermos minha mãe.

– Andrei escolheu ficar *com eles*, Diem. Ele escolheu os Descendentes em vez de você e Teller, da sua mãe e do nosso povo. Se não acredita, pergunte a ele. De qualquer forma, seu pai não pode mais esconder isso de vocês por muito tempo.

Desesperada, procurei por qualquer resquício de incerteza no rosto de Henri.

– Talvez você tenha se enganado. Talvez… Pode ser uma falha de comunicação. É possível, não é?

Ele abriu um sorriso tenso.

– Claro. Pode ser. Vá para casa e pergunte a ele.

Mas seus olhos, tão cautelosos e cheios de pena, me disseram que Henri já sabia qual verdade eu iria encontrar.

TRINTA E UM

E u já havia percorrido o caminho para casa mil vezes ao longo da vida, e cada uma delas tinha sido um alívio.

Claro que houve momentos em que eu estivera brigada com Teller, ou evitando confrontar meus pais, mas nossa pequena cabana no pântano sempre fora meu porto seguro, o único lugar onde eu era amada e aceita de verdade.

Mesmo depois do sumiço de minha mãe, quando sua cadeira vazia se tornara um lembrete constante e doloroso de sua ausência, nossa casa permanecera sendo um lugar de esperança – um farol no mar escuro e tempestuoso, algo que um dia poderia trazê-la de volta em segurança.

Mas só até aquele instante.

Naquele momento, pela primeira vez, cada passo parecia uma marcha constante rumo à tundra congelada do inferno.

Tudo estava errado. *Tudo*.

Minha carreira estava acabada. Eu não tinha perspectivas de como substituí-la e, graças à minha propensão para assumir os pacientes mais indigestos do centro, também não tinha nenhuma poupança.

Os Guardiões agora me enxergavam como inimiga. Embora eu tivesse ignorado os avisos de Henri, precisava admitir que estava assustada. Eu sabia muito bem até onde eles estavam dispostos a ir para deter qualquer um que considerassem uma ameaça.

Eu não me sentia pronta para desistir do objetivo de destronar os Descendentes. O assassinato que eu testemunhara no Cantinho do Paraíso acendera uma chama dentro de mim que não podia ser apagada. Era um chamado nas profundezas de minha alma, uma guerra que eu devia lutar, uma dívida de sangue que nasci para pagar. Mas eu me recusava a descer ao nível dos Guardiões. Eu encontraria meu próprio modo de trazer justiça a Emarion, mesmo que precisasse fazer isso sozinha.

Mas não era só o *meu* futuro que me preocupava.

O sonho de Teller estava morto, e ele ainda nem sabia. Meu irmão passara a vida estudando para ser o melhor e mais brilhante, torcendo para que a recompensa final fosse um convite para morar em Sophos. Aquele seria o único resultado que faria valer a pena a dor de se afastar de Lily. Descobrir a verdade o destruiria.

Meu pai estava prestes a marchar para a guerra. Quando criança, eu devorava com avidez cada fragmento de suas emocionantes histórias de batalha, mas as ameaças daquelas narrativas existiam apenas em suas memórias e em minha imaginação. Os inimigos que meu pai enfrentaria no presente eram bastante reais – e muito bem armados, graças a mim.

Minha mãe seguia desaparecida, e eu não estava mais perto de encontrá-la. Sem mais acesso ao palácio, minha esperança de descobrir respostas era, na melhor das hipóteses, remota.

E Luther...

O que ele tinha dito. O que ele tinha feito.

O que *eu* sentira.

Mergulhei em meus pensamentos confusos e complicados sobre o príncipe enquanto me arrastava porta adentro. Tudo que eu queria era me jogar na poltrona mais próxima e me render à exaustão e à dor de cabeça latejante da qual eu não conseguia me livrar, mas bastou um olhar em direção ao meu pai, sentado à mesa da cozinha com as mãos unidas e o rosto sério, para me fazer congelar.

– Sente-se.

Reconheci aquele tom. Aquele aço nos olhos, a rigidez dos ombros.

Era a voz do Comandante.

Eu sabia que era melhor não discutir quando meu pai estava assim. Ele seria obedecido, de um jeito ou de outro.

Sem dizer nada, puxei a cadeira de frente para ele e afundei no assento.

– Descobri algumas coisas interessantes hoje.

Eu também, pensei, embora meus lábios permanecessem lacrados.

– Fui até a Cidade de Lumnos ontem à noite para procurar você, mas não estavam deixando nenhum mortal passar. Então fui ao centro de curandeiros, achando que estaria lá esperando ser chamada, mas você não apareceu. Presumi que tinha voltado para casa, mas você também não estava aqui.

Eu me endireitei na cadeira.

– Me fez lembrar muito de um outro dia, quando vasculhei esta cidade inteira em busca de outro membro desaparecido da nossa família.

Baixei a cabeça, culpada.

– Não era minha intenção te deixar preocupado.

– Acontece que eu nem precisava ter me preocupado, já que você estava em tão boas mãos lá no palácio.

Encarei a mesa com uma fascinação arrebatada, a vista se fixando em qualquer coisa que não meu pai.

– Você pode não saber disso, Diem, mas tenho bastante experiência com a família real. O rei Ulther costumava me chamar quando as tensões entre Descendentes e mortais se agravavam.

Franzi um pouco a testa. Eu não sabia disso. Nem ele nem minha mãe haviam comentado nada, e Luther nunca mencionara o nome de meu pai.

– Por quase duas décadas, trabalhei com o rei e seus conselheiros para manter a paz em Lumnos. Eu o ajudei a impedir muitas revoltas e falava a favor do rei quando havia descontentamentos na Cidade Mortal.

Seu pai pertence a eles, Diem. Ele é uma marionete dos Descendentes. Faz tudo que mandam.

– E, durante todo esse tempo, nunca me permitiram explorar o palácio para além da sala de estar. Nunca fui convidado para jantar por lá nem me ofereceram os serviços da criadagem. E, com certeza, nunca, jamais, me receberam como um *hóspede para passar a noite*.

Tentei começar a falar, mas ele ergueu a mão para me interromper e tirou um envelope do bolso da camisa.

– Então imagine minha surpresa – disse ele, a voz ficando mais alta e irritada a cada palavra – quando recebi uma carta, escrita de próprio punho pelo príncipe Luther, informando que ele estaria *pessoalmente* cuidando da minha filha e garantindo que ela recebesse "o melhor que Emarion tem a oferecer".

– Ele só estava sendo gentil...

– Luther Corbois é muitas coisas, mas gentil não é uma delas.

Um desejo irracional de defender Luther me atravessou, e precisei morder a língua para conter as palavras.

– Talvez a realeza só quisesse retribuir seus serviç...

– Eu não terminei – ralhou meu pai.

Cerrei os lábios com força.

Ele arrancou a carta do envelope e a levantou para ler.

– O príncipe também me elogiou por criar uma filha que é, nas palavras dele, "tão corajosa e altruísta que correu para dentro de um prédio em chamas a fim de salvar a vida de dois guardas segundos antes da estrutura colapsar". – Ele bateu com o papel no tampo da mesa e se inclinou para a frente, cerrando os punhos. – Você me disse que estava indo até lá para cuidar dos feridos.

– E eu fui. Foi o que fiz.

– Que parte do trabalho de curandeira envolve correr para dentro de prédios em chamas?

Eu não podia contar a verdade para ele – que eu tinha resgatado aqueles guardas por culpa, e não por coragem. Que eu quase me deixara queimar ao lado deles pelo mesmo motivo.

– Os guardas estavam feridos – falei depressa. – Eles precisavam de ajuda para sair.

– E *você* era a única pessoa que podia ajudar? Uma mortal, que podia ter morrido de mil jeitos diferentes?

– Estou bem agora, não estou?

Seus olhos escuros e amadeirados se semicerraram para mim.

– Ah, mas se ao menos a carta tivesse acabado aí...

O medo começou a se enraizar dentro de mim. Engoli em seco, me contorcendo de agonia na cadeira.

– O príncipe também mencionou a grande dívida que tem com você. – Fechei os olhos, sabendo quais palavras condenatórias viriam a seguir. – Por salvar a vida de Lilian durante seu trabalho como nova curandeira do palácio.

Tombei a cabeça para trás contra o assento duro da cadeira. *Luther, seu idiota.*

– Você perdeu a porcaria do seu juízo? Eu mal sei pelo que devo brigar com você primeiro!

– Podemos colocar todos os motivos dentro de um chapéu e você faz um sorteio – murmurei.

Tomei um susto com o estrondo da mão dele batendo na mesa.

– Isso aqui não é uma piada, Diem.

Arregalei os olhos, endireitando a postura.

– Não, pai, não é uma piada. É minha vida. *Minha*, não sua.

– Sua mãe e eu fizemos grandes sacrifícios para manter você protegida dessas pessoas durante anos, e você jogou tudo fora.

– Eu nunca devia ter sido protegida. Por que deveria ser poupada quando todos os outros mortais do reino estão sofrendo?

– Então agora você deseja sofrer?

– O que eu *desejo* – sibilei – é viver minha vida de acordo com minhas escolhas. Está na hora de você começar a confiar em mim para decidir o que é melhor para sua filha.

Os dedos do Comandante empalideceram sob a tensão dos punhos cerrados.

– Há quanto tempo está trabalhando no palácio?

– Algumas semanas.

– Por que não me contou?

Cerrei os dentes.

– Ora, você está reagindo tão bem, não está? Não sei como fui imaginar que ficaria chatea...

– Você assumiu o lugar da sua mãe como curandeira do palácio?

– Sim.

– Por quê? Pensei que Maura estivesse fazendo isso.

– Na época, achei que Teller podia perder a vaga na escola Descendente se um Bellator não cumprisse o acordo.

– Que acordo?

– O que mamãe fez. Servir ao palácio em troca da admissão de Teller na academia.

Um misto de emoções atravessou o rosto de meu pai, mas a reação mais óbvia foi surpresa. Eu me empertiguei na cadeira, franzindo a testa. Ele não sabia sobre o acordo de minha mãe?

– Você disse ter pensado isso "na época". Como assim? O que mudou?

– Luther abriu mão do acordo hoje de manhã. Teller pode terminar os estudos mesmo que eu não trabalhe no palácio.

– Por que ele faria isso?

Era uma pergunta capciosa.

Baixei a cabeça e olhei para a mesa velha de carvalho, correndo a ponta do dedo ao longo das ranhuras no tampo.

– Não sei.

– A realeza nunca faz nada que não seja do próprio interesse. O que o príncipe tem a ganhar com isso?

– Você viu a carta. Ele acha que tem uma dívida comigo.

– Descendentes não ligam para dívidas com mortais. Eles dão como certo ter direito aos nossos serviços. Por que seu caso seria diferente?

– Você é o especialista em Luther aqui – resmunguei baixo. – Por que não me explica?

Mais uma vez, seus punhos atingiram a mesa. Com um sobressalto, voltei a encarar meu pai.

– Quem é Lilian?

– A irmã de Luther, a princesa.

– O que aconteceu com ela?

– Houve um acidente no palácio. Algumas crianças se machucaram, e Maura e eu fomos chamadas para ajudar. Eu tratei Lily com...

Ele enrijeceu. Eu soube de imediato que tinha cometido um erro muito, muito grande.

– Quantos anos tem essa Lily? – perguntou ele, com calma.

Eu me encolhi.

– Dezesseis.

O rosto de meu pai ficou vermelho.

– *Teller!* – berrou ele. – Venha até aqui.

Meu irmão se esgueirou pelo corredor quase no mesmo segundo – rápido o bastante para eu saber que ele devia estar ouvindo a conversa escondido. Ele fez uma careta para mim, a expressão contendo um misto de sentimentos de traição e pânico.

Meu pai apontou um dedo trêmulo na direção dele.

– Me diga que isso é um mal-entendido, filho. Diga que não andou cortejando *a princesa real de Lumnos*.

– Ele não está cortejando Lily...

– Estou falando com seu irmão – rosnou meu pai. – Vou lidar com você e *suas* escolhas daqui a pouco.

Lute.

Não. *Não, não, não, não, não.*

Tentei e falhei em abafar *a voz* enquanto me afastava da mesa, ficando de pé.

– Deixe Teller em paz – protestei. – Eu só estava brincando com ele naquela noite. Os dois são apenas colegas de classe, ele não fez nada de errado.

– Você disse que a convidou para vir aqui em casa.

– Sim, porque é isso que se faz com os amigos.

– Ele não vai ser *amigo* da princesa de Lumnos.

Semicerrei os olhos.

– Ele vai ser amigo de quem ele quiser.

– Diem – interrompeu Teller. – Deixa que eu cuido disso.

Meu pai deu a volta na mesa até ficar de frente para mim.

– Você anda encorajando essa loucura? Você devia ser um exemplo para seu irmão.

Lute.

– E você também – retruquei. Meu humor se tornou uma coisa viva, fundindo-se com *a voz* conforme esta se espalhava e crescia. – Me diga, pai, quando pretendia nos contar que vai voltar para o Exército? Hoje? Semana que vem? Mês que vem, quando estivesse saindo pela porta?

Teller cambaleou para trás, seu olhar confuso se alternando entre nós dois.

Meu pai baixou a voz para um tom mortalmente calmo:

– Quem contou isso?

– Uma pergunta melhor ainda é por que eu tive que ouvir isso de outra pessoa.

– É verdade? – sussurrou Teller.

A culpa obscureceu a expressão de meu pai.

– Eu queria ter discutido isso com vocês dois ontem à noite, mas as explosões nos interromperam.

– Discutir? – Soltei uma risada amarga. – Você enviou a aceitação *na semana passada*. O que sobrou para ser discutido?

Os músculos se contraíram por baixo de sua barba rala.

– A aceitação é uma formalidade. Essas ordens não são do tipo que podem ser recusadas.

– Que se danem as ordens! – gritou Teller.

Virei a cabeça de súbito para ele. Em toda a minha vida, eu nunca o vira gritar com nosso pai, nunca o vira sequer levantar a voz.

– Mamãe sumiu, e agora você vai embora? – continuou ele. – Como pode fazer isso com a gente?

A angústia no rosto de Teller despedaçou meu coração. Ele sempre fora o mais estável entre nós. Quando meu pai se retraíra após o desaparecimento de minha mãe e eu me afogara em escolhas destrutivas, Teller mantivera sozinho o prumo das coisas. Sua atitude positiva, a gentileza, o comprometimento com os estudos – nada disso fora deixado de lado, nem mesmo durante o luto.

– Filho – começou meu pai, a voz instável. – Eu não tenho escolha.

– Diga que não vai. – Teller balançou a cabeça, os olhos lacrimejando. – Diga que não pode ir. Fale para eles… Fale que tem um filho em casa precisando de você.

– Você já é adulto para um mortal. O Exército não vai se importar que ainda esteja na escola.

– Então não vá – falei, me juntando aos apelos. – Eles não podem recrutar você a menos que uma guerra seja declarada.

– A guerra já foi declarada. – Os olhos do meu pai cintilaram de raiva ao se voltarem para mim. – O ataque de ontem à noite não foi um incidente isolado. Houve explosões em vários reinos. As Coroas querem acabar com isso antes que se torne algo pior.

Lute.

– Então você vai matá-los? – perguntei, incapaz de esconder meu julgamento fulminante. – Vai matar seu povo porque os Descendentes mandaram?

– Estou tentando manter a paz. Se isso continuar por muito mais tempo, outros reinos podem querer banir os mortais das fronteiras. Milhares morrerão, e as restrições sob as quais vivemos vão piorar. Se deter um punhado de rebeldes significa impedir a aniquilação do nosso povo, então farei isso com prazer.

As palavras dele soavam tão parecidas com as de Henri que fizeram meu estômago embrulhar. Cada lado acreditava estar lutando por um bem maior, todos convencidos de que as mortes cometidas eram necessárias e justificáveis para poupar inocentes. Como era possível que eu amasse tanto duas pessoas em lados opostos daquela guerra?

E que escolhas cada um de nós seria forçado a fazer antes que tudo acabasse?

Meu pai soltou um suspiro longo, relaxando a postura conforme os ânimos se acalmavam. Ele pôs uma das mãos no ombro de Teller e a outra no meu.

– Sei que vocês estão preocupados, mas eles só me querem lá porque, se as ordens vierem de um Comandante mortal, passarão uma impressão melhor. Ficarei longe de qualquer perigo verdadeiro.

Teller me encarou com as sobrancelhas erguidas, como se pedisse permissão para acreditar em nosso pai, mas eu estava com a cabeça cheia demais para oferecer qualquer apoio, o chamado *da voz* formando um estrondo constante e exigente em meus pensamentos.

Lute.

Meu pai deu uma cotovelada bem-humorada em Teller.

– Foque nos estudos, filho. Estarei de volta antes que perceba. E quanto a você... – Ele me olhou, encostando a palma da mão em minha bochecha. – Sei que acha que não confio em você, minha Diem, mas nada poderia estar mais longe da verdade. Sei que vai cuidar bem do seu irmão enquanto eu estiver fora. Você vai precisar pegar mais trabalhos no centro de curandeiros para se sustentar na minha ausência, mas, assim que...

Congelei. Tentei controlar meu semblante, mas soube, pelo brilho nos olhos de meu pai, que ele havia percebido minha aflição.

– O que foi? – perguntou ele.

Dei um passo para trás, e a mão dele deslizou de meu rosto. Suas sobrancelhas se juntaram em um arco profundo.

– Diem...

– Eu me demiti do centro de curandeiros.

Teller ficou boquiaberto e também se afastou do toque de nosso pai.

Meu pai fechou os olhos, o peito subindo em uma inspiração lenta e controlada. Meus músculos enrijeceram como se antecipassem um golpe.

– Então você vai até lá – começou ele com calma – e vai pedir a Maura para te aceitar de volta.

Lute.

Contraí o maxilar.

– Não.

Ele arregalou os olhos.

– Sim.

– *Não.*

– Por quê?

– Porque não posso mais ser curandeira. Não *quero*. Fiz isso pela mamãe, porque era o que se esperava de mim, mas eu... não posso. Não mais.

O tremor em seus punhos irradiou para os ombros conforme ele lutava de maneira visível para conter a ira.

– Então você vai se casar com Henri – grunhiu meu pai. – A família dele pode sustentar vocês dois.

Arquejei, ou talvez tivesse sido Teller. Estava ficando difícil separar o que acontecia diante de meus olhos do caos que se formava dentro de mim.

Lute.

Aquela *voz* – aquela *coisa* miserável e raivosa – andava a passos frenéticos, torcendo as mãos, arranhando minha pele por dentro, gritando para ser libertada assim como já fizera em tantas ocasiões.

Daquela vez, no entanto, parecia assustadoramente diferente.

Eu nunca conseguira controlar *a voz* de forma confiável, mas tinha conseguido *me* controlar. Durante seus piores e mais violentos impulsos, eu fugira para a segurança da solidão até que meu temperamento esfriasse e *a voz* voltasse a dormir.

Só que naquela noite eu me sentia uma passageira de minha raiva.

Cada instinto e vestígio de bom senso me diziam para ir embora, para me trancar no quarto ou sair correndo de casa até que todos estivessem de cabeça fria. Mas eu não conseguia correr. Não conseguia nem me mexer.

Não conseguia fazer nada, exceto...

Lute.

– Se vou ou não me casar com Henri, essa decisão é minha – rebati. – Não sua.

– Você abriu mão dessa escolha quando deixou de ser curandeira.

– De jeito nenhum. Se mamãe estivesse aqui, nunca deixaria você me dizer isso.

– Bom, ela não está! – rosnou meu pai. – E todos nós precisamos fazer sacrifícios.

– Por favor, parem, vocês dois – implorou Teller.

– Então eu posso fazer outro sacrifício. Posso arranjar emprego no Cantinho do Paraíso.

– Nenhuma filha minha vai trabalhar como garçonete ou prostituta. Isso não está aberto a discussão.

Lute.

– Essa escolha não é sua. – Meu rosto queimava, o ar ao redor chiando como se eu tivesse retornado para o incêndio da noite anterior. – Sou uma mulher adulta, não sou mais criança.

– Então pare de agir feito uma.

– Você não pode…

– *Chega!* – berrou ele. Até os talheres no armário da cozinha tilintaram de leve sob o estrondo de sua voz. – Sou seu pai, e você vai me obedecer.

LUTE.

– *Você não é meu pai!*

As palavras empestearam o ar com um odor fétido. Persistente. De revirar o estômago.

– Seja como for – disse ele, a voz rouca e trêmula. – Sou a coisa mais próxima que você vai ter de um.

LUTE.

– Ótimo. – Eu estava fervendo, os dentes cerrados. – Então me diga, querido *pai*… onde está nossa mãe?

Ele vacilou. Um gesto sutil, quase imperceptível.

– Eu não sei.

Mentiroso.

– Não acredito em você. – Semicerrei os olhos, uma tempestade prateada brilhando através deles. – Por que parou de procurá-la, *pai*? Por que mal levantou um dedo desde o dia em que ela sumiu?

Eu nunca o vira tão furioso comigo. Eu devia estar aterrorizada, mas sua ira alimentava as chamas de minha raiva. Minhas mãos formigavam, pulsando com aquela sensação de gelo e fogo.

Lute. Lute. Lute.

– Por que não viveu o luto da perda dela, *pai*? Por que fala como se ela fosse entrar por aquela porta a qualquer momento? O que você sabe que nós não sabemos?

O formigamento percorreu meus braços e queimou em meu peito. Algo estalou em meus ouvidos, e os cantos de minha vista escureceram conforme as paredes da casa sumiam, deixando apenas o homem enfurecido diante de mim em uma escuridão infinita e raivosa.

Lute.

Destrua.

Assim como acontecera semanas antes, quando briguei com Henri em Fortos, fui consumida por uma vontade avassaladora de machucá-lo – de esmagar seu corpo e seu espírito, de golpear de um jeito tão cruel que ele jamais poderia se recuperar.

E foi o que fiz – usando as palavras no lugar das armas.

– Talvez você não esteja procurando porque não se importa. Talvez seja *você* o verdadeiro motivo para ela ter ido embora.

– Diem! – Teller arquejou.

Meu pai explodiu, virando a mesa e fazendo pratos e cadeiras voarem para o chão.

– *Saia daqui!* – berrou ele – *Dê o fora da minha casa!*

– Com prazer – rosnei.

Passei esbarrando por Teller e cruzei a soleira, deixando a porta bater.

TRINTA E DOIS

Atravessei o terreno ao redor da casa em direção ao pântano alagado. Embora a noite tivesse caído e a floresta mal fosse visível sob o brilho tênue do luar, o chão sob meus pés parecia cintilar com sua luz prateada. Eu ainda lutava para pensar, para *respirar*.

Por trás de mim, o som distante da voz de Teller gritava meu nome, mas eu não conseguia parar.

Minha raiva não estava diminuindo – estava crescendo. Transformando-se. Eu perdera o controle e não sabia mais do que era capaz.

Corri por entre as árvores, mal percebendo a dor dos galhos rebeldes que chicoteavam meu rosto. Uma raiz se prendeu em meu pé e me fez cair de joelhos em uma clareira próxima à costa.

Eu estava quente... Por que eu estava tão *quente*?

Havia sons demais.

Minha respiração irregular e ofegante. A voz abafada de Teller. Algo chiando sob minhas palmas.

E *a voz*. Não era mais apenas uma ladainha – ela agora me provocava, cantando para mim, implorando, gritando comigo. Tapei os ouvidos a fim de bloquear o barulho, mas *a voz* só ficou mais alta, abafando todo o resto.

Liberte-me, Filha do Esquecido.

– Diem, você está bem?

A voz de Teller cortou a cacofonia conforme ele se aproximava com cautela.

Eu não conseguia vê-lo – a luz era ofuscante demais. Mesmo na escuridão da noite, era como se o próprio sol estivesse sobre mim, balançando sua cabeça decepcionada.

– O que está havendo comigo? – choraminguei.

Cravei os dedos no solo úmido e turfoso, ouvindo o chiar do vapor. Sob minhas palmas, o chão havia se transformado em um cobertor de escuridão completa. Por um momento, eu me senti perdida e em queda livre pelo céu noturno, sem nunca chegar ao fim.

Ao longe, um grito estridente e inumano soou pela noite. Um som ancestral.

Um som de lamento – e um chamado.

Liberte-me.

O topo de minha cabeça latejava em ondas de pressão e dor. Aos poucos, o incômodo passou a adquirir forma física ao mesmo tempo que um calor excruciante se acumulava no lugar. Havia um peso colossal que ameaçava esmagar meus ossos até que virassem pó.

Teller gritava:

– Diem, você está… está…? Ah, deuses… Ai, meus deuses!

De repente, eu estava berrando. Minha garganta parecia áspera e dolorida – talvez eu tivesse berrado aquele tempo todo. A conexão com a realidade havia se tornado tênue, meu corpo sobrecarregado demais de sensações conflitantes para saber separar o que era real e o que era imaginário.

Me reivindique. Sou seu direito de nascença e seu destino.

Eu não aguentava mais.

A dor, o calor, o peso, *a voz*.

Eu iria morrer com tudo aquilo. Eu queria morrer, nem que fosse apenas para deter a coisa.

Levantei as mãos para os deuses enquanto um grande raio de luz disparava de minhas palmas na direção do céu.

– *Me leve* – sussurrei para *a voz*. – *Eu me rendo*.

Meus sentidos foram reduzidos pelo calor acumulado em minha cabeça e, por um segundo, o mundo inteiro ficou imóvel de maneira sobrenatural.

A luz diminuiu.

A voz se calou.

O formigamento desapareceu.

Olhei para meu irmão, sua silhueta parecendo turva e aquosa. Eu estava chorando, percebi. Pisquei até que as lágrimas escorressem por meu rosto e minha visão clareasse.

Com olhos arregalados e uma expressão de terror, Teller murmurou as palavras que mudariam minha vida para sempre:

– Diem… você está usando a Coroa. Você foi escolhida. É a nova rainha de Lumnos.

EPÍLOGO

Em algum lugar de Emarion...

S eis meses, duas semanas e quatro dias.
Ela girou a pedra branca de giz entre os dedos enquanto contava as fileiras de traços irregulares marcadas na parede de gema-dos-deuses.

Havia aprendido da última vez sobre como os dias podiam passar depressa. Uma semana podia parecer um ano, ou um mês podia parecer um único dia. Na época em que os soldados haviam chegado para tirá-la daquele lugar, duas décadas antes, se não fosse pela recém-nascida em seus braços, eles poderiam facilmente tê-la convencido de que passara anos fora de casa.

Dessa vez, ela tinha sido mais cuidadosa. Havia registrado cada pôr do sol com uma linha branca, agrupando de sete em sete, contando conforme os dias passavam.

Seis meses, duas semanas e quatro dias.

Quando partira, o estado do rei já era frágil, a mente turva e o poder reduzido a brasas. Ela tinha se preparado, tanto psicologicamente quanto num sentido mais prático, para esperar os estertores finais da morte dele sozinha durante algumas semanas, talvez um mês ou dois no máximo.

Ela não contara com o rei resistindo por mais da metade de um ano.

Assim como costumava acontecer nos últimos tempos, a incerteza a perseguia. E se o rei se recuperasse? E se ela houvesse interpretado mal os sinais e o monarca tivesse sido acometido apenas por uma doença passageira?

Com uma tarefa tão perigosa, ela só havia confiado seu plano a três pessoas... e apenas duas conheciam sua localização. Mesmo que uma delas estivesse disposta a arriscar a vida para resgatá-la, ela levara vinte anos para encontrar o caminho de volta àquele lugar. Quando surgiria a próxima oportunidade?

Ela poderia ficar presa ali durante anos. Décadas. Séculos. Seu corpo poderia virar pó soprado no vento antes que outra alma mortal tocasse aquele solo.

Ela enfiou o pedaço de giz na bolsa e voltou a esconder o calendário improvisado com a cobertura de folhas. Não havia sentido em ficar chafurdando no campo das possibilidades. Tinha conhecimento dos riscos quando chegara ali. Se aquele seria o local de seu descanso eterno, então que assim fosse.

Assoviou uma melodia para acalmar a mente enquanto dava início à rotina do dia – ou melhor, da noite. Era perigoso demais vagar sob a luz do sol e correr o risco de ser vista, então ela aprendera a sobreviver apenas no escuro. Não tinha sido tão ruim durante as noites quentes do verão, quando pudera se deitar sob as estrelas, mas o inverno se aproximava. As noites estavam ficando mais frias e a comida, mais escassa. Ela logo teria que tomar algumas decisões difíceis para ficar escondida e permanecer viva.

Mas ainda não, repreendeu a si mesma. *Em breve... mas ainda não.*

Ela percorreu as trilhas que cruzavam o terreno e verificou cada um dos locais que havia mapeado para a culminação de seu plano. Limpou os detritos do caminho e conferiu os estoques – água fresca, depósitos de comida, armas e também as preciosas *surpresas* que miraculosamente conseguira trazer. Ela se aproximou o máximo que teve coragem de cada um dos pontos de entrada, fazendo pequenos ajustes onde quer que as forças da natureza tivessem afetado seus preparativos.

Conseguiu até mesmo caçar um pouco, obtendo um raro jantar fresco com coelhos, cuja presença inesperada naquele local ela só podia atribuir a uma dádiva dos deuses antigos. A refeição farta a deixou com um humor tão bom que até se convenceu a chegar perto da porta brilhante de pedra preta.

Fora o primeiro lugar que visitara após retornar àquele destino horrível.

Tinha sido tudo em que conseguira pensar durante a jornada agonizante. O que encontraria ali? *Quem* encontraria ali?

Quando parara diante da porta e gritara o nome dele, a resposta fora um grande *nada* seguido por *ninguém*.

Mesmo assim, ela não conseguira se convencer a descer as escadas escuras em espiral. Uma vez por semana, forçava-se a voltar, segurando a adaga de gema-dos-deuses com força junto ao peito, imaginando o que a esperaria naquele espaço infestado de ratos.

Aquela já fora sua casa. Muito tempo atrás. Ela tinha sido uma mulher bem diferente naquela época, com objetivos bem diferentes.

– Olá? – chamou ela, forçando-se a descer os primeiros degraus. – Você... ainda está aí?

Ela apurou os ouvidos, cada mínimo ruído e movimento fazendo seu coração saltar. Ela deu mais um passo, depois outro, os dedos dos pés roçando a linha onde o luar dava lugar à escuridão sinistra. Ela enfiou a mão na bolsa e tirou de lá uma pequena caixa de fósforos. Mesmo racionando com cuidado, o número de palitos diminuía perigosamente. Desperdiçar até mesmo um deles podia fazer a diferença, sobretudo considerando seus planos.

Mas ela precisava saber.

Riscou o fósforo. A cabeça do palito sibilava conforme a luz alaranjada inundava as paredes e iluminava alguns metros à frente. Ela deu mais passos, contando cada um. *Nove, dez, onze...*

Quinze passos. Enquanto permanecesse dentro do limite de quinze passos, estaria segura. Fora de alcance. Na época, havia aprendido aquilo do modo mais difícil.

Naquela noite, ela parou em doze.

Encarou as sombras profundas.

– Sou eu. Voltei para te ver.

Apenas o silêncio respondeu.

Ela arremessou o fósforo, prendendo a respiração enquanto a pequena chama quase se apagava no trajeto até o chão. Ele atingiu o solo, quicando para trás de um jeito infeliz, não chegando longe o bastante para preencher as sombras do cômodo.

Mas chegando o suficiente para que visse a borda de uma velha mancha escurecida no chão. *Sangue.*

Virou as costas e voltou correndo pelos degraus, o coração martelando em seus ouvidos enquanto o alívio lutava contra uma apreensão agourenta.

Ele foi embora, lembrou a si mesma. *Está morto. Você o matou. Você está segura, e ela também.*

Quando emergiu para o ar frio da noite, algo na atmosfera pareceu... diferente.

A estática no vento a fez lembrar daqueles momentos delicados entre o acender de um pavio e o detonar de uma bomba – aqueles segundos preciosos em que não há mais como voltar atrás, onde tudo que se pode fazer é prender a respiração e esperar pelas consequências.

Um pressentimento a conduziu rumo a outro lugar que ainda não visitara. Até aquele momento, ela sempre tinha encontrado alguma desculpa para se manter afastada, mas, naquela noite, sentia que o local sussurrava o nome dela na brisa do outono.

Manteve a lâmina firme na mão enquanto subia o caminho até a ampla plataforma de pedra. Evitou passar pelos arcos que ladeavam os limites do lugar. Em vez disso, seguiu pela ampla abertura na borda da face norte.

Um calafrio sobrenatural a atingiu quando seu pé cruzou o limiar do piso de ladrilhos pretos. A luz brilhava sobre a rocha lisa, revelando um símbolo esculpido sob seus pés: uma estrela de dez pontas.

Estar ali parecia *errado* de alguma maneira fundamental, como se o sangue sob sua pele soubesse que não pertencia àquele lugar.

A sensação apenas a deixou com mais raiva. Era um não pertencimento artificial, uma santidade roubada cujos construtores não tinham o direito de reivindicar. Aquilo inflamava sua intrepidez e a incentivava a continuar andando rumo ao centro.

Do outro lado do círculo, seus olhos recaíram sobre um dos arcos. Assim como acontecia com os outros, um obelisco alto se erguia no topo, encimado por um caldeirão raso com fios de chamas azul-gelo dançando em torno da borda. Gravado no centro da coluna de ônix cintilante havia outro símbolo: uma lua crescente no interior de um sol ardente. Uma luz suave emanava de seus contornos, pintando o rosto da mulher com um tom pálido de safira.

Ela ficou em silêncio, observando as chamas lamberem o ar, o silêncio da noite sendo perturbado apenas pelo crepitar das nove piras que a cercavam.

O chão sob seus pés começou a estremecer e ela cambaleou para a frente com o movimento repentino. Tentando se firmar, pôs a mão sobre um pedestal curto no meio do círculo, encimado por um pedaço de rocha brilhosa e enevoada. No instante em que seus dedos roçaram a borda áspera, uma dor lancinante percorreu suas veias.

Ela caiu de joelhos, apertando a mão que latejava contra o peito e tentando respirar fundo conforme as ondas de agonia a atravessavam. Vergões vermelhos já haviam se formado no ponto em que a pele tivera contato com a pedra, e ela observou com horror enquanto as marcas inchavam e formavam bolhas em um tom anormal de cinza.

Bem ao longe, ela ouviu uma série de brados longos e penetrantes, cuja natureza *nada humana* atravessou a névoa da dor.

Ela ergueu o olhar na direção do som, mas acabou percebendo outra coisa.

O obelisco que estivera contemplando momentos antes tinha escurecido, o símbolo em seu centro desaparecendo nas sombras. O caldeirão no topo agora continha apenas fios de fumaça.

No céu além, uma coluna de luz surgiu de dentro da floresta e desapareceu nas nuvens. Como em resposta, um feixe gêmeo desceu do céu diretamente acima da cabeça da mulher. Ele pousou sobre a rocha vítrea a seu lado, preenchendo-a com brilho azulado.

Apesar da dor na mão, um sorriso de júbilo se espalhou por seu rosto.

O rei estava morto.

Após seis meses, duas semanas e quatro dias de espera, longe da família, refazendo os passos que a assombravam... o rei de Lumnos estava *finalmente* morto.

O que só podia significar uma coisa...

Em trinta dias, Auralie Bellator iria para casa.

CAPÍTULO BÔNUS

Luther

E u não tinha o hábito de olhar espelhos.

Havia removido quase todos do meu quarto e deixado apenas um painel de vidro prateado, desgastado e cheio de manchas, que eu mantinha escondido atrás de uma estante. Ele tinha uma teia de rachaduras e, em meus momentos mais patéticos, eu fingia que o traçado longo e irregular da cicatriz era inerente à superfície do espelho – e não algo esculpido em minha pele.

Eu não era um homem vaidoso. Não era minha *aparência* que me causava desconforto. Cada vislumbre da marca grotesca era um lembrete do que eu tinha perdido naquele dia. Do que meu fracasso havia custado. A razão para eu manter a cicatriz era a mesma pela qual tomava tanto cuidado em evitar encará-la.

Naquele momento, porém, eu era incapaz de desviar o olhar.

Não da cicatriz, mas da mancha de sangue que a atravessava, das linhas vermelhas que seguiam seu rastro, do cabelo ao queixo, e da marca de mão escarlate pressionada contra meu peito.

Meu sangue.

As mãos *dela*.

Já fazia horas que ela fora embora, mas eu ainda podia sentir o aperto faminto de seu toque, como se ela estivesse parada diante de mim, de volta em meus braços. Ainda podia sentir seu cheiro, familiar de um jeito estranho, e *o gosto* de sua língua na minha.

Estivera disposto a arriscar tudo por aquele beijo. Talvez fosse desejo ou loucura – ou talvez, com a morte do rei e a rápida aproximação de uma vida atrelada ao dever, eu tivesse agarrado a primeira coisa que quis de verdade em toda a minha vida. Uma ânsia tão feroz que, mesmo com aquela lâmina cortando a carne de meu pescoço, eu estivera disposto a aceitar de bom grado qualquer consequência que viesse.

Mesmo ao custo de minha vida.

De alguma forma, Diem Bellator sempre encontrava uma maneira de me surpreender. Antes que eu pudesse roubar o beijo que talvez significasse minha ruína, ela havia feito a última coisa que eu esperava: foi *ela* quem procurou *minha boca*.

E, ainda que Diem tivesse saído de minha vida, possivelmente para sempre, eu não sabia se um dia seria capaz de pensar em outra coisa.

Uma batida à porta me forçou a enfim desviar o olhar do espelho. Tirei a camisa ensanguentada e a dobrei com cuidado, deixando a marca da mão de Diem visível por cima. Encostei a palma na mancha por um momento breve antes de guardar a camisa em uma gaveta escondida no guarda-roupa, junto com a adaga delicada que ela havia deixado cair.

Era uma adaga excelente – chique demais para a maioria dos mortais, especialmente para alguém que ganhava a vida como curandeira. Aço fortosiano era caro, e, embora os mortais não fossem proibidos de portá-lo, aqueles que o tinham costumavam obtê-lo por meios ilícitos.

Fiquei imaginando que outras surpresas Diem Bellator estaria escondendo sob a manga.

A batida soou de novo, dessa vez mais alta.

– Vamos, abra logo! – disse uma voz abafada do outro lado da porta. – Quero saber sobre a garota misteriosa que você trouxe para casa e... Pelas bolas de Fortos, ela está aí com você?

Merda.

Ao que parecia, Eleanor não fora tão discreta quanto o esperado. Eu confiava em pouquíssimas pessoas, e descobrir que ela me traíra tão depressa era um golpe mais doloroso do que estava disposto a admitir.

– Só um momento! – exclamei.

Mergulhei um pano na bacia e, com uma pontada de arrependimento, limpei o sangue da pele. Peguei uma camisa limpa e a espada, e coloquei depressa as duas coisas enquanto caminhava até a porta.

O sorriso que esperava do outro lado se alargou ao me ver.

– Você parece cansado. Não conseguiu dormir muito ontem à noite?

– Primo – murmurei em saudação. – Não comece.

Seus olhos azuis se dirigiram ao quarto, brilhando com uma alegria perversa.

– Ela está aí? Posso ver?

Eu me esgueirei para o corredor e fechei a porta atrás de mim.

– Ela se foi.

Passei por meu primo e segui andando.

Ele veio correndo em meu rastro.

– É só isso que eu ganho? Sou seu amigo mais antigo e leal, e tudo que me diz é "ela se foi"?

– Parece que Eleanor já te contou tudo.

– *Eleanor* está sabendo? – choramingou ele. – Aquela cobra. Perguntei hoje de manhã e ela jurou não ter conhecimento de nada.

Franzi a testa, embora estivesse aliviado.

– Então como ficou sabendo?

– O palácio inteiro não fala em outra coisa. – Ele soltou uma risada ao notar minha carranca. – Acha que o famoso príncipe Luther pode sair por aí carregando uma mulher para o quarto e ficar lá trancado até de manhã sem ninguém notar?

– Ela estava ferida por causa do incêndio no arsenal.

– Muita gente se feriu no incêndio do arsenal. Você chamou todo mundo para uma festa do pijama ou só as mais bonitas?

Meu olhar se tornou sombrio. Os rumores do palácio raramente permaneciam dentro de quatro paredes. Mexericos significavam perguntas, e tais perguntas viriam de gente muito poderosa e perigosa. Ao tentar salvar a vida de Diem, eu podia muito bem tê-la colocado sob ainda mais riscos.

Chegamos à entrada da suíte real, e os guardas postados à porta enrijeceram em saudação.

– Quem está aí dentro? – perguntei a eles.

– Ele está sozinho, Alteza – respondeu um dos homens. – O regente veio logo depois que o senhor saiu com a curandeira. A princesa se juntou a ele um pouco mais tarde. E ambos saíram ao meio-dia.

– Ninguém mais?

– Não, Vossa Alteza.

– Eu não ordenei que o resto da família fosse informado de que a morte de Sua Majestade era iminente?

O guarda engoliu em seco.

– Nós informamos, Vossa Alteza. – Ele trocou um olhar com o outro soldado. – Duas vezes.

Lutei para não demonstrar minha raiva crescente. Cerrei um punho enquanto o outro se erguia, lançando gavinhas de sombra para abrir as portas. Meu primo veio junto, e entramos nos aposentos da Coroa, onde meu tio jazia inconsciente na cama.

No terraço, Sorae enfiou a cabeça dentro do quarto e nos examinou com seus olhos dourados e penetrantes. A atenção do gryvern permaneceu em meu peito, como se a criatura ainda pudesse ver onde a marca da mão ensanguentada de Diem estivera.

Assim que Sorae concluiu que não éramos uma ameaça e voltou a andar com ansiedade de um lado para outro no poleiro, meu primo e eu nos ajoelhamos perante o rei e nos postamos ao lado da cama.

– Uma vida inteira servindo ao reino, e a família nem se dá ao trabalho de se despedir – falei, seco.

Meu primo franziu a testa, parecendo envergonhado – e com razão –, enquanto passava a mão pelos cachos loiro-escuros e bagunçados. Ele se apoiou na beirada da cama e o colchão cedeu sob seu peso. O corpo dele, enorme e musculoso, fazia nosso frágil tio parecer quase minúsculo.

Eu ouvira as histórias sobre o homem formidável que Ulther havia sido antes de se tornar rei. Sua constituição costumava ser tão forte quanto sua magia – uma presença opressora que deixava os inimigos de joelhos.

Aquele não era o Ulther que eu conhecia. A morte prematura de sua companheira o transformara na casca de um homem, facilmente controlado pelos irmãos e preso demais ao passado para cuidar do futuro de Lumnos. A minha instrução tinha sido a única luz a lhe dar propósito – a nós dois, talvez. Mas eu não era páreo para o coração partido que a tristeza deixara. Em sua fraqueza, Ulther permitira que os males prosperassem, inclusive alguns que eu jamais poderia perdoar.

– Quando amanhecer, você será rei – falou meu primo. – Como se sente?

Puxei uma cadeira para perto da cama e me afundei nela.

– O tio Ulther me preparou para cumprir o papel da melhor forma possível.

Meu primo bufou.

– Sim, eu sei. Você leu todos os livros de história e estudou a árvore genealógica de cada casa. Memorizou tudo que vale a pena saber sobre quase metade da porcaria do reino. Você tem aliados em toda parte, e todos têm medo demais para arriscar encher seu saco. A Linhagem é testemunha de que você está pronto. – Ele inclinou a cabeça. – Mas como você *se sente*?

Lancei a ele um olhar sério e significativo – do tipo que sugeria os muitos segredos não ditos que compartilhávamos.

– Do mesmo jeito de sempre.

Suas sobrancelhas se levantaram.

– Sério? Mesmo agora?

Agora mais do que nunca, pensei.

Embora não tivesse respondido em voz alta, nós dois caímos em silêncio. Meu primo era uma das únicas pessoas para quem eu representava algo mais do que "o herdeiro presunçoso do rei". Ele me conhecia bem o suficiente para não insistir no assunto.

Todo o resto, porém, era permitido.

– E quanto à tal mulher? – começou ele. Suspirei e esfreguei o rosto, fazendo-o sorrir. – Será que algum dia vou conhecê-la?

– Você já conheceu. Ontem à noite.

Ele se aprumou na cama.

– Espere. A mortal que correu para dentro do arsenal? Aquela que zombou dos seus títulos e ameaçou cortar suas bolas fora?

Um sorriso breve surgiu em meus lábios. Eu o fiz desaparecer depressa, mas, quando se tratava de me provocar, meu primo não deixava nada passar.

Ele se pôs de pé e exclamou:

– Eu sabia! Eu *sabia* que tinha algo acontecendo entre vocês. Se qualquer outra pessoa te tratasse daquele jeito, você a teria esfolado viva e usado como casaco.

– Ninguém mais ousaria tentar.

Talvez seja por isso que você não consegue parar de pensar em Diem, zombou minha consciência.

– Luther... – O sorriso de meu primo se desfez. – Mas ela não é mortal?

Desviei o olhar. Aquela resposta era... complexa.

– É a mesma mulher de quem me falou antes? – insistiu ele. – A curandeira que salvou Lily?

– É.

Meu primo ficou quieto por um tempo, o rosto em geral alegre agora com rugas profundas de reflexão. Embora eu soubesse que jamais me julgaria, especialmente não *naquele assunto*, ele vivia no mesmo mundo de regras e obrigações que eu. Sabia melhor do que ninguém que nosso status privilegiado como membros da nobreza diminuía nossa liberdade, não aumentava. Cada conversa com Diem, cada olhar, cada toque... era um risco.

E nós dois tínhamos segredos. *Um monte* deles. Segredos que, de minha parte – e eu suspeitava de que da parte dela também –, poderiam nos matar.

Segredos pelos quais poderíamos até matar um ao outro.

– Você vai vê-la outra vez? – quis saber meu primo.

No fundo do peito, a magia se agitou, sibilando uma resposta por mim.

Fui poupado de me manifestar por um som estranho vindo de meu tio, algo entre um chiado e um gemido, seguido por uma tosse doentia. Meu primo e eu corremos até a cabeceira da cama e vimos um líquido vermelho e espumoso escorrer dos lábios do rei.

– Vai ser agora, não é? – sussurrou meu primo.

Assenti.

– Vá buscar nossos pais. Rápido. Lily e Aemonn também.

Ele franziu o nariz, mas não discutiu e saiu correndo da câmara um instante depois.

Segurei a mão de meu tio enquanto tentava me lembrar das palavras que já ouvira os mortais recitando para seus mortos e moribundos. O Rito dos Encerramentos, era como chamavam. Descendentes não tinham nada parecido. Quando nossa vida chegava ao fim, era mais um alívio do que uma perda. Para aqueles sortudos o suficiente de terem encontrado um par, era a promessa de reunião com a pessoa amada na vida após a morte, em que nunca mais se separariam. Era o melhor *felizes para sempre* que um Descendente poderia esperar.

Ainda assim, a memória dele merecia *alguma coisa*. Ele fora mais meu pai do que o irmão, o homem que me gerara, e, graças a ele, eu desfrutava de algumas poucas liberdades. Ele me amou como o filho que nunca teve.

Eu não sabia se o amava também. Mas sabia que sentiria saudade. E que choraria por ele.

Mantive uma mão sobre a dele e abri a outra, deixando que uma centelha de luz mágica flutuasse acima da palma.

– Abençoada Mãe Lumnos – murmurei. – Imploro sua misericórdia pela alma do meu tio. Guie meu tio até a parceira e deixe que sejam um só coração mais uma vez.

O corpo dele convulsionou. A boca se abriu em um grito silencioso, buscando por um ar que não parecia capaz de encontrar. Suas pálpebras se abriram e os olhos se voltaram para mim no mesmo instante.

– Luther – disse o rei, arquejando.

Congelei. Fazia meses que não o via acordado.

Apertei sua mão.

– Estou aqui, tio. O senhor não está sozinho.

– Encontre... ela...

– Lily está vindo. Ela vai chegar logo.

Com esforço, ele fez que não com a cabeça.

– A garota... Encontre a garota...

– Que garota?

– *Olhos acinzentados* – sussurrou ele.

Lá fora, Sorae soltou um grito agudo.

Mais uma vez, fiquei imóvel. Eu conhecia somente uma mulher com olhos acinzentados.

– A curandeira? O senhor quer que eu chame as curandeiras mortais?

Ele desvencilhou a mão da minha e a levantou, trêmula, na direção do meu ombro, buscando o punho cravejado de joias de minha espada. Franzi a testa, soltando a bainha das costas e oferecendo a arma para ele.

– É isso que o senhor deseja?

A pele do rei assumiu um leve brilho prateado.

– A garota… traz a morte… a guerra… o fim… de *tudo*. – Ele descansou a mão na bainha. – Você precisa… usar a espada…

Minhas perguntas foram abafadas pelos uivos ensurdecedores do gryvern. Sorae andava de um lado para outro, arranhando, pateando e batendo as asas poderosas, correndo as garras contra a pedra. Eu nunca a tinha visto daquele jeito, como se algo dentro dela estivesse lutando para se libertar. Seus gritos eram tão desesperados, tão apavorados, que deixei a cabeceira de meu tio e fui até o terraço para ter certeza de que o palácio não estava sob ataque.

Sem ver sinal de perigo, voltei a me virar para o quarto, e o mundo explodiu em uma onda ofuscante de luz azul. Ela inundou o cômodo e vazou para o lado de fora, disparando em uma coluna na direção do céu. Tive apenas um vislumbre antes que minha vista ficasse branca e me agarrei a uma coluna de pedra para continuar de pé.

Em algum lugar entre o chiado da luz e os rugidos de Sorae, ouvi a voz de meu tio sussurrando:

– Encontre a garota. *Encontre.*

Quando a luz cedeu e pude enxergar de novo, bastou uma espiada no quarto para confirmar meus medos: o peito de meu tio estava anormalmente parado, os olhos abertos mas desfocados, e a Coroa brilhante não pairava mais sobre sua testa.

O rei de Lumnos estava morto.

Sorae parou de gritar e, por um momento, tudo ficou em silêncio. Eu me virei para a criatura e caminhei devagar até ela. Na escuridão de seus olhos dourados, vi meu reflexo: um homem com cicatrizes, iluminado pelo luar.

Um homem sem uma Coroa.

De novo, minha magia se agitou. Ela zumbia, pateava e rosnava, atraindo minha atenção para o leste – para outra coluna de luz azul-clara, nos arredores da Cidade Mortal.

De alguma forma… eu sabia.

Não sabia onde, como ou por quê, mas sabia. Na escuridão de minha alma, na medula de meus ossos. Todo aquele planejamento e preparo para que eu me tornasse rei fora um desperdício risível.

Porque Diem Bellator havia acabado de roubar a Coroa de Lumnos.

E eu iria encontrá-la.

AGRADECIMENTOS

Não há palavras para descrever a sensação de lançar o primeiro livro no mundo. É emocionante, aterrorizante, agoniante, estressante, inspiradora, intimidadora, desconcertante – mas, para mim, acima de tudo, tem sido gratificante a tão esperada realização do meu desejo mais profundo.

Por isso, antes de mais nada, devo agradecer a *vocês*: meus leitores. Nossas horas neste planeta são tão limitadas e tão, tão preciosas, que o fato de você ter dedicado algumas das suas para Diem e sua jornada é algo que não tem preço. Espero que este livro tenha devolvido a você o mesmo tanto que você deu a ele.

Obrigada ao meu marido, que se sacrificou demais para que este livro acontecesse. Você tem sido meu leitor alfa, meu incentivador, meu companheiro de *brainstorming*, meu investidor e meu terapeuta, tudo ao mesmo tempo. Você me disse uma vez que seu sonho era garantir que os meus virassem realidade, e, meu querido, você fez isso um milhão de vezes. Ter me casado com você será para sempre minha melhor decisão. Amor é uma palavra lamentavelmente inadequada para o que sinto por você, mas eu te amo mesmo assim.

Obrigada a Ivy, minha leitora beta que virou minha melhor amiga escritora e que me manteve sã e me apoiou toda vez que a síndrome de impostora me capturava em suas garras. Sua amizade tem sido um farol de luz nesse processo e, se eu não ganhar nada além de você como prêmio, já terá valido a pena. Mal posso esperar para ver até onde essa jornada nos levará!

Obrigada às minhas leitoras beta: Ivy, Kaela, Céline, Kiki, Tasha, Aditya, Ella, Ellie, Tiffany, Bianca C., Bianca M., Joy, Anase, Hannah, Helen, Autumn, Summer, Lina, Adrianne, Anuschka, Aleixa e Elise. Vocês deram uma chance para uma completa desconhecida, pelo que sou incrivelmente grata, e este livro ficou muito melhor com seus comentários.

Obrigada à minha editora, Kelly, cujo feedback foi essencial para tornar esta série o que ela é. Seu apoio, sua gentileza e sua orientação foram inestimáveis durante todo o processo, e tenho muita sorte por ter encontrado você.

Obrigada a Maria pelas lindas capas. Você é tão talentosa e tão fácil e divertida de se trabalhar.

Obrigada aos meus amigos e familiares, que me perderam por mais de um ano enquanto eu me enfiava em um buraco negro enorme para escrever esta série – e que ainda estavam me esperando quando saí de lá. Diem e seus companheiros excêntricos ficam gratos, e eu também.

Por fim, porque sempre devemos ouvir o conselho de falar com nós mesmos do jeito que falamos com nossos melhores amigos, aqui vai: querida eu, quase não conseguimos! Às vezes éramos as piores inimigas uma da outra, mas tínhamos fé na história que nosso coração queria contar e achamos forças para seguir em frente. Estou tão, tão orgulhosa. Nunca deixe de acreditar em si mesma. Você é digna da grandeza, desde que esteja disposta a trabalhar por ela.

Para qualquer outra pessoa que esteja lendo isto: continue brilhando, pequena chama. Não há limites para a intensidade do seu brilho.

Para saber mais sobre os títulos e autores da Editora Arqueiro,
visite o nosso site e siga as nossas redes sociais.
Além de informações sobre os próximos lançamentos,
você terá acesso a conteúdos exclusivos
e poderá participar de promoções e sorteios.

editoraarqueiro.com.br